Regensburg 16.06.24

Soul Saviors

Mit dir ins Jenseits

Nadja Schindler

Liebe Claudia,
lass die Magie
in dein Herz
♡
Nadja

Über die Autorin:

Nadja Schindler wurde 1989 in der Oberpfalz geboren. Sie studierte in Nürnberg und Stuttgart Grafikdesign, Illustration und verbale Kommunikation.
Bereits im Studium keimte die Idee für ihren Debütroman. Nach ihrem Masterabschluss arbeitete sie sechs Jahre in Berlin als Grafikdesignerin, bis sie mit Kind und Kegel zurück in ihre alte Heimat zog. Am liebsten liest und schreibt sie im saftig grünen Wald - hier findet sie Inspiration und Ruhe.
Im Jahr 2022 veröffentlichte sie ihre beiden Romantasy-Romane "Nephilim - Spread your wings" und "Schicksalsblick - dein Licht in meinen Augen".

Auf Instagram kannst du sie unter @nadja_schindler_novel bei ihrem weiteren Werdegang als Autorin begleiten.

Soul Saviors

Mit dir ins Jenseits

Nadja Schindler

IMPRESSUM

Titel: Soul Saviors – mit dir ins Jenseits
Autorin: Nadja Schindler
ISBN: 978-3-98942-252-0

Lycrow Verlag GbR
Schillerstraße 8
17266 Teterow
info@lycrowverlag.de

Bestellung und Vertrieb:
Nova MD GmbH, Vachendorf

Widmung

Für alle, die sich in der Finsternis dieser Welt verloren fühlen.

Triggerwarnung

Liebe Leserinnen und Leser,

“Soul Saviors - Mit dir ins Jenseits“ enthält potenziell triggernde Inhalte. Deshalb findet ihr hier eine Triggerwarnung.

Die Inhalte sind:
Mobbing, Drogenkonsum, Depressionen, körperliche Gewalt, Trauerbewältigung und Tod. Außerdem beschäftigt sich die Geschichte mit dem Leben nach dem Tod und beschreibt eine fiktive Vorstellung des Jenseits.
Falls diese sensiblen Thematiken dir gerade nicht gut bekommen würden, lies dieses Buch bitte nicht weiter.

Für weitere Informationen wenden Sie sich bitte an den Verlag unter: lycrowverlag@gmx.de

Eine undurchdringliche Schwärze verschlang mich. Ich wollte schreien – kein Laut drang aus meiner Kehle. Mir fehlte dazu die Kraft. Die Stille schmerzte in meinen Ohren. Wo war all das Licht geblieben?

Ein dichter Nebel aus Verzweiflung zog sich stetig enger um meinen Körper und drohte, mich zu zerquetschen. Träge hob ich einen Arm und streckte ihn aus, doch da war nichts. Schwerelos trieb ich durch die Dunkelheit. Warum war ich ganz allein?

Eine Träne lief meine Wange hinab.

Ich wollte fort von hier – zurück ins Licht.

Die Schwärze sog mich in sich hinein, weiter und weiter, tiefer und tiefer. Sie raubte mir jegliche Energie. All meine Gefühle, all meine Wünsche und Träume stoben aus mir heraus wie zarte Motten auf der Suche nach Licht. Ich blieb zurück. Ich hatte mich verloren.

Resigniert schloss ich meine Lider.

Mein Herzschlag war lediglich ein zaghaftes Zucken - zu wenig für das Leben, zu viel für den Tod.

Veritas Oculus

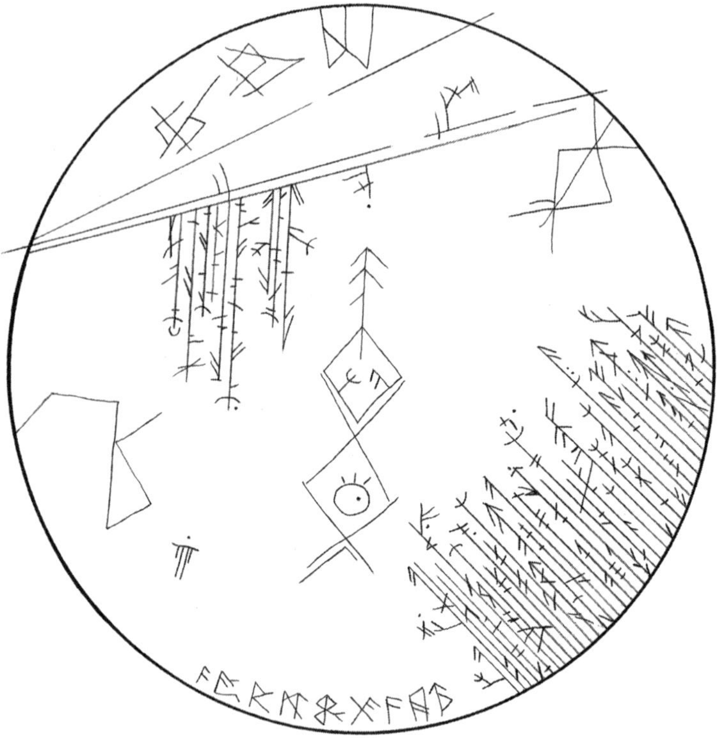

Kapitel 1

Luna

Zehn.

Auf einer Skala von eins bis zehn war es das Ausmaß meiner Nervosität. Ich ging durch die Tür zum Universitätsgebäude und presste meinen Bücherstapel fest gegen die Brust. Verdammt, ich war ein Landei und studierte ab sofort Physik an einer renommierten Uni in Berlin. Ein Traum wurde Wirklichkeit. Mein Herz pumpte kraftvoll das Blut durch meine Adern. Hunderte Studierende liefen an mir vorbei, die meisten unterhielten sich in kleinen Grüppchen. Ich hingegen schlurfte einsam durch die Gänge.

Das wollte ich schleunigst ändern, denn ich hatte ein Ziel: endlich Freunde zu finden!

Seit meiner Jugend trug ich das Image der Spaßbremse und Streberin. Ich war die graue Maus, mit der niemand befreundet sein wollte.

Damit sollte nun Schluss sein!

Es war Zeit für einen Neustart. Und ich hoffte inständig, er würde mir gelingen.

Die Vorlesung begann erst in einer Stunde. Um mir die Zeit zu vertreiben, schlich ich durch die Gänge und beobachtete eingeschüchtert das Treiben. Mehr aus Verlegenheit als aus Interesse begutachtete ich die Schaukästen mit Exponaten der verschiedenen naturwissenschaftlichen Bereiche. Ich holte mir einen Kaffee und lauschte den Gesprächen am Getränkeautomaten. Die Leute sahen alle so *normal* aus. Was hatte ich erwartet? Dass ausschließlich schräge Nerds hier studierten?

Fünf Minuten vor Beginn der Vorlesung traute ich mich in den Saal. Darin herrschte ein lautes Durcheinander.

Circa 50 Studierende saßen im Raum verteilt – hauptsächlich in den hinteren Reihen. Einige unterhielten sich angeregt miteinander, andere kramten in ihren Taschen herum oder lugten auf ihre Smartphones. Ich war so fasziniert von der Atmosphäre, die in der Luft schwebte, dass ich an der Kante des Pults hängen blieb und mein Bücherstapel samt Kaffeebecher herunterfielen und sich quer über den Boden verteilten. *Scheiße*!

Stille trat ein. Ich spürte sämtliche Augenpaare auf mir. Mein Magen zog sich zusammen. Frustriert ließ ich den Kopf hängen. Ein paar braune Haarsträhnen lösten sich aus meinem Zopf, fielen mir ins Gesicht und nahmen mir die Sicht. Das war typisch für mich. Ich trug den Titel ‚Größter Schussel des Jahrhunderts'. Wenn es eine Möglichkeit gab, sich zu blamieren, dann nutzte ich sie instinktiv.

Unter lautem Gekicher hob ich die Bücher und den leeren Becher auf und verkroch mich in die vorderste Reihe. Ich setzte mich auf einen freien Stuhl und starrte betrübt auf die braune Pfütze, die sich vor dem Pult gebildet hatte. Sollte ich sie aufwischen?

Dazu müsste ich aufstehen und würde erneut Aufmerksamkeit erregen. Nein, die Blöße wollte ich mir nicht geben. Entmutigt atmete ich tief ein und stieß die Luft mit einem Seufzen wieder aus. Da bemerkte ich den schwarzhaarigen jungen Mann in meiner Bankreihe. Er saß drei Plätze neben mir. Mit ernster Miene war er in ein Buch vertieft und würdigte mich keines Blickes. Eine protzige Armbanduhr schmückte sein dünnes Handgelenk.

Hatte er den peinlichen Auftritt von mir nicht mitbekommen?

Ich musterte den Titel: *Die kürzeste Geschichte der Zeit* von Stephen Hawking.

Ja klar, erster Tag als Physikstudent und der Typ las Hawking. Klischeehafter ging es kaum. Außerdem sah er viel zu attraktiv und gut gekleidet für den Studiengang Physik aus – wie eine junge Version von Ian Somerhalder.

Mochte ich *Vampire Diaries*? Aber so was von.

War Damon seit fünf Jahren mein absoluter Schwarm? Na hallo!

Warum studierte so jemand ausgerechnet Naturwissenschaften? Er würde vielmehr in eine Luxusmarken-Werbung passen. Im Vorlesungssaal des Fachbereichs Physik wirkte er völlig deplatziert. Selbst überrascht über meine Voreingenommenheit biss ich mir auf die Unterlippe.

Als der Dekan den Saal betrat, lösten sich die Augen des jungen Mannes von den Buchseiten und meine notgedrungen von ihm.

Professor Doktor Kroll erklärte uns die wichtigsten Eckpunkte über die Uni, damit wir uns in den nächsten Wochen zurechtfanden. Dabei sprach er derart monoton und langsam, dass ich Schwierigkeiten hatte, nicht einzuschlafen. Der Mann besaß die Ausstrahlung einer Trockenpflaume. Zum Glück bemerkte er die Kaffeepfütze nicht. Zumindest ließ er sie unkommentiert, sobald er vor das Pult trat, um ein Prospekt der Uni zu verteilen.

In Zeitlupe drückte er mir einige Flyer in die Hand, die ich durch die Bankreihen weitergeben sollte. In dem Moment, als ich dem jungen Schönling den Stapel reichte, wanderte sein Blick zum ersten Mal in meine Richtung. Er starrte mich mit weit aufgerissenen Augen an, als sähe er einen Geist.

Umgehend glühten meine Wangen.

Er zog seine Augenbrauen zusammen und rümpfte die Nase. Nervös zupfte ich an meinem Schal und rückte ihn mir zurecht. Ich bedeckte stets meinen Hals, denn ich hatte eine kreisrunde unschöne Narbe, die mir peinlich war.

Der Stoff verbarg sie vollkommen.

Das bedeutete, dass der Typ sie nicht gesehen haben konnte. Was passte ihm dann nicht?

Ich war keine Schönheit wie er, aber dermaßen irritiert musste er mich auch nicht anglotzen. Es vergingen einige Sekunden, bis er wortlos die Handzettel entgegennahm und nach oben weiterreichte. Dabei ließ er mich nicht aus den Augen.

Hatte ich etwas im Gesicht? Reste von der Zahnpasta? Gekritzel vom Kugelschreiber?

Mir war sein durchdringender Blick durch und durch unangenehm. Darum wandte ich mich ab und starrte in das hässlich gestaltete Infomaterial.

Der Dekan beendete seinen Monolog mit den Worten: „Morgen beginnen Ihre Vorlesungen. Ich wünsche Ihnen einen erfolgreichen Start. Und reinigen Sie den Fußboden. Das ist degoutant.“

Sofort zog ich den Kopf ein. Lautes Gemurmel erhob sich im Saal. Professor Doktor Kroll verabschiedete sich nüchtern und zog von dannen. Was für ein mieser Start. Das hatte ich mir anders vorgestellt.

Ich stand von meinem Platz auf, schlurfte demotiviert zum Waschbecken in der Ecke und holte Papiertücher zum Aufwischen. Während ich am Boden kauerte und den Kaffee beseitigte, liefen zwei Kommilitoninnen kichernd an mir vorbei.

„Das ist degoutant“, nuschelte eine von ihnen, dann brachen beide in lautes Gelächter aus.

Augenrollend ertrug ich das kindische Verhalten und tat, als hätte ich nichts davon mitbekommen. Offensichtlich war ich dazu verdammt, ein Loser zu bleiben.

„Da gehe ich nie wieder hin!“

Theatralisch schmiss ich mich auf mein Bett mit der Blümchendecke und zog mir ein Kissen über den Kopf. „Stell dich nicht so an. Morgen haben das alle längst vergessen.“ Amari, meine WG-Mitbewohnerin, stand vor meinem schmalen Bett und versuchte, mich aufzuheitern.

Ohne Erfolg.

Ich hatte meinen Neustart rigoros verbockt. Dabei hatte ich ihn mir von Herzen gewünscht.

Amari nahm mir das Kissen weg und tippte mir mit einem Finger gegen meinen Kopf. „Du hast schon nach deinem ersten Arbeitstag im Café rumgejammert. Steh zu dir und akzeptiere dich, wie du bist.“

Leichter gesagt als getan. Ich konnte mich absolut nicht ausstehen. Jegliche Versuche, an mir etwas zu ändern, waren bislang gescheitert. Ich drehte meinen

Kopf zur Seite und sah Amari an. Wenn ich nur schön und selbstsicher wie sie sein könnte. Sie hatte das gewisse Etwas.

Ihr schwarzer Afro und ihr Septum-Piercing passten perfekt zu ihrem mutigen Kleidungsstil. Außerdem studierte sie Kunst mit Leidenschaft und hatte unzählige Freunde.

Ganz klar: Ich bewunderte sie.

„Trinken wir erst mal 'nen Mocca und stopfen uns mit Blaubeermuffins voll. Dann sieht die Welt anders aus." Amari schwang rhythmisch ihre Hüften.

Sie und ihre hippe Art passten genauso gut in mein Zimmer wie ein Kaktus in ein Geschäft für Luftballons, denn mein kleines Reich erinnerte an das eines zehnjährigen Mädchens. Es war bis oben hin vollgestopft mit Funko-Pop-Figuren, Büchern und buntem Firlefanz.

Ich hatte versucht, den Kram auszumisten, hatte mich jedoch nicht von den Sachen trennen können. An den Wänden hingen Poster meiner Lieblingsfilme, auf dem Bett lagen übergroße Kuscheltiere.

Ich stand eben auf Kitsch.

Trotz meiner Niedergeschlagenheit schaffte Amari es, mir ein Lächeln ins Gesicht zu zaubern. Ich wohnte erst seit zwei Wochen bei ihr. Trotzdem verstanden wir uns bereits blendend. Ich war unendlich dankbar, dass ich bei ihr wohnen durfte. Die Wohnung lag im vierten Stock eines sanierungsbedürftigen Altbaus ohne Aufzug. Die Räume waren winzig und heruntergekommen. Die Möbel sahen aus wie vom Sperrmüll. Dafür war es günstig.

Amari zog mich am Arm hoch und schleifte mich tänzelnd in die notdürftig eingerichtete Küche. Eine selbst zusammengezimmerte Küchenzeile und ein alter Holztisch mit vier klapprigen Stühlen waren die einzigen Einrichtungsgegenstände darin. Als Ausgleich standen überall Pflanzen herum.

Amari liebte jegliches Grünzeug. Sie züchtete Unmengen davon; in zahlreichen Tiegeln sprießten kleine Pflänzchen.

„Pass auf, du vergisst das von heute und gehst morgen freudestrahlend in die Vorlesung. Und dem gut aussehenden Typen, der dich verächtlich angestarrt hat, schenkst du dein schönstes Lächeln, okay?“

Ich seufzte.

„Die zwei Kommilitoninnen waren ebenfalls voll gemein. Ich wollte durchstarten und jetzt? Zu allem Überfluss muss ich heute Abend ins Café. Da haben sie mich das letzte Mal runtergemacht, weil ich die Kaffeesorten verwechselt habe. Na ja, und das saubere Besteck habe ich beim Einräumen fallen gelassen, nur weil mich die Chefin angerempelt hat. Am liebsten möchte ich da gar nicht mehr hin.“

Meine Vorgesetzte Caroline war eine Cholerikerin. Bei jeder Kleinigkeit rastete sie aus und schrie herum. Selbst wenn *sie* einen Fehler machte, brüllte sie die Angestellten an.

Ich brauchte allerdings den Job. Bis auf ein paar Kröten in meiner Geldbörse war ich nämlich pleite.

„Du kannst nicht ständig davonlaufen, bloß weil es nicht gleich läuft. Gib dir ein paar Wochen Zeit. Du bist gerade erst angekommen. Ich will größeren Einsatz sehen. Zeig, was du draufhast.“

Ich nickte betrübt und starrte in die Tasse voll Mocca.

Amari hatte recht.

Ich wollte endlich unabhängig werden, um meiner Schwester Sarah nicht länger auf der Tasche zu liegen. Seit dem Tod unserer Eltern kümmerte sie sich um mich und verzichtete dafür auf vieles. Ich hatte es ihr währenddessen nie leicht gemacht. Die Erinnerungen an die dunklen Tage stiegen bis heute in mir hoch. Schaurige, schmerzerfüllte Gedanken, die ich niemals mit jemandem teilen würde. Lange Zeit hatte es für mich nur Leere und Finsternis gegeben.

Sarah hatte mir beigestanden und dafür ihre eigenen Bedürfnisse hintenangestellt. Sie hatte auf ein Medizinstudium verzichtet und sich zwei Jobs gesucht, um mich durchzufüttern. Dabei hatte ich stets das Gefühl gehabt, als würde sie mich dafür verabscheuen, ihr Leben ruiniert zu haben. Ich sah es bis zum heutigen Tag in ihren Augen, dass ihre Liebe mir gegenüber nur gespielt war. Kein einziges Mal hatte sie bisher ihren Groll mir gegenüber ausgesprochen. Nichtsdestotrotz spürte ich ihn, erahnte ihn in ihrer Mimik und Gestik.

Sie machte mich für ihr Schicksal verantwortlich. Und ich konnte es ihr nicht verübeln.

Damit sollte Schluss sein!

So schwer es auch werden würde, keinesfalls wollte ich bei meiner Schwester wieder angekrochen kommen. Nach all den Jahren sollte sie ihre Freiheit genießen.

Das war ich ihr schuldig.

Kapitel 2

Vincent

Dieses Mädchen …

Irritiert lief ich zu meinem Tesla in der Tiefgarage der Universität und versuchte, meine wirren Gedanken zu ordnen.

Seit vier Jahren hatte ich niemanden gesehen, der für mich nicht wie eine bunte Discokugel leuchtete.

Der Grund: Ich konnte die Auren aller Menschen sehen. Sie strahlten in den verschiedensten Farben. Manche waren beispielsweise in düsteres Violett oder dunkles Indigoblau getaucht, andere schienen grell in Gelb- und Rottönen.

Aber eines hatten sie gemeinsam: Sie nervten mich.

Die Lichter schmerzten in meinen Augen, als verbrächte ich jeden verfluchten Tag in einem Nachtclub. Es verging kein Tag ohne Kopfschmerzen. Draußen trug ich deswegen ständig eine Sonnenbrille, um mich zu schützen.

Es war anstrengend, konzentriert zu bleiben bei dem stetigen Geflimmer und Geblinke.

Dieses Mädchen hingegen in der Vorlesung hatte keine Aura gehabt. Nichts, nicht einmal ein leichtes Flackern war da gewesen.

Wieso? Sie hatte durchschnittlich ausgesehen, schien introvertiert – eine normale junge Frau eben. Ich würde sie im Auge behalten. Eine schlimme Vorahnung ließ mich erschaudern. Gehörte sie womöglich zu der Magiergilde ‚Circulus Arcanorum'? Hatte ich die Aufmerksamkeit des Zirkels geweckt?

Wundern würde es mich nicht, schließlich vermieste ich ihnen Nacht für Nacht das Geschäft.

Ich rettete Geister und brachte sie ins Jenseits, bevor dieser ominöse Verein sie in die Finger bekam. Und es gab verdammt viele arme Seelen, die es nicht allein auf die andere Seite geschafft hatten.

Seufzend ließ ich mich auf den Fahrersitz meines Wagens fallen und kramte die Sonnenbrille aus dem Handschuhfach. Wenn dieses Mädchen tatsächlich von der Magiergilde stammte, musste ich auf der Hut sein. Dieser Zirkel war gefährlich. Mein Großvater und meine Mutter hatten bereits Bekanntschaft mit ihm gemacht. Es waren keine guten Erfahrungen, die sie dabei gesammelt hatten.

Mit quietschenden Reifen fuhr ich aus der Tiefgarage und düste Richtung Potsdamer Platz zum Uhrenladen meines Vaters. Dort half ich ihm beim täglichen Geschäft und reparierte Uhren, am liebsten antike Armband- und Taschenuhren.

Es war ein Hobby von mir.

Für mich glich das Hantieren mit den Kleinteilen einer Art Meditation.

„Und, wie war der erste Tag?", fragte mein Dad mit seinem gewohnten britischen Akzent.

Sein Deutsch war nach 30 Jahren nahezu perfekt. Allerdings betonte er die Silben falsch und rollte das R verkehrt. Als er meine Mutter vor Jahren während einer Geschäftsreise in Deutschland kennengelernt hatte, entschied er sich Hals über Kopf, von London nach Berlin auszuwandern, und eröffnete seinen geliebten Uhrenladen am Potsdamer Platz.

Gerade stand er hinter der Ladentheke und ging die Buchhaltung durch. Wie immer akkurat gekleidet, mit Taschenuhr im Jackett, die wie üblich ein bisschen aus der Brusttasche hervorlugte.

Der Laden meines Vaters war ein Ort der Eleganz. Beim Betreten wurde man von einem warmen Licht empfangen, das die Armbanduhren und Chronometer in den Vitrinen perfekt zur Geltung brachte.

Die Wände waren mit einem cremefarbenen Stoff verkleidet und bis auf Brusthöhe mit edlen Holzvertäfelungen versehen. Das Geschäft war für meinen Vater das Wichtigste im Leben. Jedes kleinste Detail musste stimmen.

Und ich sollte diesen versnobten Laden einmal weiterführen.

Ob ich Lust dazu hatte oder nicht.

„War ganz okay", murmelte ich, sah ihn dabei aber nicht an. Schnurstracks lief ich an den beleuchteten Schaufenstern vorbei und verzog mich in das Hinterzimmer.

„Ich hoffe, dir wird das alles nicht zu viel. Dein Hauptaugenmerk sollte auf dem Geschäft liegen." Mein Dad verfolgte mich in die enge Kammer. Hier hatte ich meine kleine und chaotische Werkstatt eingerichtet. Die Tischplatten waren unter einem Berg von Krempel nur zu erahnen.

Uhren, Zahnräder, Lupen, Werkzeuge, hohe Stapel von Magazinen und anderem Kram türmten sich ohne erkennbare Ordnung. Das Sofa in der Ecke diente mehr als Ablagefläche für Kleinzeug als zum Sitzen.

Ich betätigte den Lichtschalter. Sofort ertönte das Brummen der Neonröhren an der Decke.

„Keine Sorge, ich bekomme das schon hin." Tatsächlich war ich mir da gar nicht so sicher. Weder die Arbeit im Laden noch das Studium setzten mich unter Druck. Meine Eltern ahnten nicht, was ich jede Nacht trieb. Sie dachten, ich würde bei Freunden oder in Bars rumhängen. An etwas Derartigem hatte ich kein Interesse. Trotz der Aufforderung meiner Mutter, mich aus den Angelegenheiten des ‚Circulus Arcanorum' herauszuhalten und keine Aufmerksamkeit zu erregen, verbrachte ich meine Abende lieber damit, Geister vor dem Zirkel zu retten.

„Mach heute nicht allzu lange. Die Reparaturaufträge eilen nicht."

Ich nickte stumm, in der Hoffnung, dass er mich endlich in Ruhe ließ.

Gerade wollte er erneut ansetzen, da klingelte das Telefon im Geschäft. Wortlos wandte er sich ab und ging zurück in den Verkaufsraum.

Erleichtert atmete ich aus. Mit den Fingern rieb ich mir die Schläfen und starrte auf die alte Taschenuhr, die ich gestern zerlegt hatte. Wieder kam mir dieses Mädchen in den Sinn. Ich musste einen Weg finden, mehr über sie zu erfahren.

Aber was machte ich, wenn sie wirklich eine Gefahr für mich darstellte?

Ihre bernsteinfarbenen Augen flackerten in meinen Gedanken auf. Vor lauter Grübeln rutschte ich bei der Einstellung der Graham-Hemmung ab, und die Spirale flog im hohen Bogen über den Schreibtisch.

Genervt schmiss ich mein Werkzeug auf die Platte. Das Arbeiten konnte ich vergessen.

Ich war viel zu abgelenkt. Zudem plagten mich aufs Neue Kopfschmerzen.

Die Tage wurden allmählich kürzer und die abendliche Luft kühler. Der Gestank von Pisse in den Straßen blieb hingegen der Gleiche. Ich schlenderte durch das wilde Getümmel der Sonnenallee und holte einen Döner von einem ranzigen Imbiss.

Dann setzte ich mich etwas abseits in einen kleinen Park auf eine Bank, nachdem ich mit dem Schuh den Müll von der Sitzfläche gekehrt hatte. Auf dem Boden lagen mehr Bierdosen und Sonnenblumenkernschalen als Herbstlaub. Selbst die Bäume waren mit Graffitis besprüht. Hier lungerten komische Gestalten herum: Gruppen von Jugendlichen, die laut Musik hörten und Passanten anpöbelten, und Penner und Dealer in Hülle und Fülle.

Ein unbehagliches Gefühl breitete sich in mir aus. Ich zündete eine Zigarette an und versuchte, so wenig Aufmerksamkeit wie möglich auf mich zu ziehen. Hoffentlich war es heute das letzte Mal, dass ich diese Gegend aufsuchen musste.

„Hey, hast du ihn?“

Mein Blick wanderte in die Richtung des Gebüschs, aus dem die Stimme gekommen war. Dort stand Emre. Er war erst vor Kurzem mit 23 Jahren gestorben. Vor sechs Tagen hatte ich ihn vor dem Dönerladen seines Onkels kennengelernt. Seine Jungs hatten ihn bei einem Bandenkrieg im Stich gelassen.

Er war einsam im Dreck liegend im Park verblutet.

Schöne Scheiße.

Seitdem ich mich mit Geistern unterhalten konnte, hatte ich viele unschöne Geschichten gehört.

Ich packte den Döner aus der Tüte und wedelte damit herum.

„Klar, mit extra Soße, wie du wolltest.“

„Klasse, danke dir.“

Emre sprang aus dem Dickicht, setzte sich neben mich auf die Bank und stierte auf das triefende Essen. Wie alle Geister schien er leicht durchsichtig. Und wie sie alle war auch er splitterfasernackt. Ich hatte mich mittlerweile an den Anblick gewöhnt.

„Warte kurz. Gleich kannst du loslegen.“

Ich drückte einen Knopf auf meiner Armbanduhr und drehte das Rädchen an der Seite. Sie aktivierte eine kurzweilige Barriere, die energetische Wesen materialisierte.

Außerdem schützte sie vor den neugierigen Blicken der normalsterblichen Passanten. Auf diese Weise konnte ich ungestört mit den Geistern quatschen, ohne dass mich andere Menschen für verrückt hielten.

Die Uhr hatte mir mein Großvater vermacht, bevor er sich selbst in einer Glaskugel eingesperrt hatte, um sich vor der Magiergilde zu schützen. Seither schlummerte er in einem ewigen Schlaf.

„Guten Appetit.“

Ich reichte Emre den Döner und nahm einen tiefen Zug von meiner Zigarette.

Gierig schlang er sein Essen runter.

„Du kennst unsere Abmachung. Gleich geht‘s für dich ab ins Jenseits.“

„Diese Schweine hätte ich gern länger aufgemischt. Die haben es verdient.“

„Kann sein. Ist mir ehrlich gesagt egal. Aber wenn die Magiergilde dich in die Finger bekommt, wird‘s für dich ungemütlich.“

Ich hatte ihm bereits vom ‚Circulus Arcanorum‘ erzählt.

Und der Deal zwischen uns war, dass er einen letzten Döner seines Onkels genießen durfte, ehe ich ihn ins Jenseits begleitete.

„Hab dem einen letztens einen Höllentag bereitet. Das war mega. Seine Karre ist abgefackelt. Ich denke, damit kann ich in Frieden ruhen.“

Lächelnd schloss er seine Augen.

„Ich hätte dir nicht verraten dürfen, dass Geister die Elemente beeinflussen können, was?“

Emre grinste und biss abermals vom Döner ab.

„Ich habe drei Tage gewartet, bis jemand eine brennende Kippe in der Nähe des Autos auf den Boden warf. Dann ging‘s richtig rund. Die Karre hat gebrannt wie beim Hidirellez-Fest.“

„Hast du gar keine Fragen, wie das Jenseits ist?“

Er schüttelte den Kopf.

„Allah wird mich leiten.“

Meine Augenbrauen wanderten vor Überraschung nach oben. Tatsächlich glaubte ich nicht an Gott, obwohl oder gerade weil ich mehrmals im Jenseits gewesen war. Ich wollte keine Glaubensdiskussion anzetteln und schwieg daher.

„Danke, das war echt lecker.“

Mit dem Handrücken wischte er sich über den Mund.

Ich nickte.

„Dann können wir los?“

Er senkte den Blick und deutete auf meinen erloschenen Zigarettenstummel.

„Kann ich ‘ne Kippe haben?“

Er wollte Zeit schinden. Alle Geister, die ich bis jetzt getroffen hatte, wollten das.

Ich hielt ihm die Packung vor die Nase. „Du gehörst nicht mehr hierhin. Dein Groll wird nur wachsen.“

Er nahm sich eine Zigarette und ließ sich Feuer von mir geben. Nach einem tiefen Zug meinte er: „Ich gehe heute mit, keine Sorge, Bro. Gönn mir ein paar zusätzliche Sekunden."

Emre hatte mich ein hartes Stück Überzeugungsarbeit gekostet. Das hier war unser fünftes Treffen, und er hatte fest versprochen, dieses Mal ohne Murren mitzukommen. Eigentlich war es sein größter Wunsch gewesen, Rache an den Männern zu nehmen, die ihn umgebracht hatten. Doch ich hatte ihn auf einen Döner heruntergehandelt. Auf illegale oder gewalttätige Machenschaften ließ ich mich niemals ein. Kleinigkeiten hingegen setzte ich für die Geister gern in die Tat um.

Wir saßen schweigend auf der Parkbank und starrten beide ins Leere.

In solchen Momenten fragte ich mich oft, was mein letzter Wunsch wäre.

Es gab einen.

Den konnte man mir allerdings nicht erfüllen. Resigniert fokussierte ich die flackernde Laterne, die ein paar Meter von uns entfernt stand, und beobachtete die Motten, die wild um das Licht herumschwirrten.

Als Emre seine Zigarette auf den Boden schnipste, wandte ich mich ihm wieder zu. „Bereit?"

Er nickte, dabei keine Miene verziehend. Ich stand auf und griff nach seiner Hand.

Ich atmete tief durch, schloss die Augen und konzentrierte mich.

Es kostete immens viel Kraft, vom Diesseits ins Jenseits zu reisen. Weitaus anstrengender war es, jemanden mitzunehmen. Meine Muskeln zitterten, in meinem Kopf kribbelte es. Es fühlte sich an, als läge eine Tonne Gewicht auf meinen Schultern, die mich versuchte zu zerquetschen.

Ich konnte nicht mehr atmen. Ein schmerzhafter Stich in meinem Herzen beendete das stetige Pochen. Immer enger zog sich ein unangenehmer Schleier um mich. Jede Zelle meines Körpers brannte wie Feuer. Langsam lösten wir uns auf und verließen das Diesseits.

Kurz bevor wir vollkommen verschwanden, konnte ich eine starke Präsenz wahrnehmen.

Sie pulsierte dunkel und aggressiv.

Ich öffnete meine Augen nur einen Spalt weit und sah für den Bruchteil einer Sekunde eine Person. Sie stand einige Meter abseits und spähte in unsere Richtung. Nach der Statur zu urteilen, war es eine Frau.

Ihre Silhouette umgab eine dunkelviolette Aura. Violett, ein deutliches Zeichen, dass es sich um eine Person mit magischer Begabung handelte. Mehr konnte ich nicht erkennen, denn wir verließen die Welt der Lebenden schlussendlich.

Grelles Licht und dichter Nebel umgaben uns.

Emre bestaunte die Umgebung.

„Fuck“, nuschelte er überwältigt und zitterte wie Espenlaub.

Für mich war das nichts Neues.

Wie oft hatte ich bereits an diesem Fleck gestanden? 100 Mal oder öfter?

Ich hatte das Zählen aufgegeben.

Der Nebel lichtete sich und gab die imposante Pforte zum Jenseits für uns frei.

Davor ruhte eine Gestalt ohne Gesicht, wie ich von meinen unzähligen Trips hierher wusste.

Sie war komplett gehüllt in einen schwarzen Umhang. Es war der Torwächter.

Er sprach nie, wies mit der Hand lediglich auf das Tor, wodurch es sich öffnete.

„Weiter komme ich nicht mit. Viel Glück.“

Winkend wandte ich mich von Emre ab. Ich hatte es eilig, denn ich wollte diese seltsame Frauengestalt aus dem Park genauer unter die Lupe nehmen.

„Warte, ich habe doch ein bisschen Schiss.“

Schmunzelnd drehte ich mich zu Emre und zwinkerte ihm zu.

„Das bekommen alle hin. Mach dir keinen Stress.“

Kapitel 3

Luna

„Das war Ihre Einführung in Quanten-, Atom- und Molekülphysik. Sie bekommen von mir jede Woche einen Arbeitsauftrag, den Sie bitte bis zur nächsten Vorlesung dokumentieren und auf dem Server ablegen. Bilden Sie für die Übungen am besten Arbeitsgruppen von zwei bis fünf Personen.“

Es gab für mich nichts Schlimmeres als Gruppenarbeiten. So ein Mist. Ich wollte das nicht. Alle vier Hauptmodule beinhalteten wöchentliche Arbeitsaufträge, die gruppenweise bearbeitet werden sollten. Und nun?

Mit eingezogenem Kopf warf ich einen Blick durch den Saal. Die ersten Gruppen rotteten sich zusammen. Was machte ich denn jetzt?

Kurz schielte ich zu dem schwarzhaarigen Schönling von gestern. Wir saßen wieder beide allein in der ersten Reihe. Er ignorierte die Ansage des Professors gänzlich, als hätte er sie nicht gehört.

Stand er ebenfalls nicht auf Gruppenarbeiten?

Professor Doktor Warth packte seine Sachen zusammen und verließ den Raum. Darauf kam lautes Gemurmel auf. Alle freuten sich allem Anschein nach auf die gemeinsamen Projekte.

Sollte ich einfach zu einer Gruppe schlendern und fragen, ob ich mich ihr anschließen durfte? Oder sollte ich abwarten, wer übrig blieb?

Meine Brust zog sich zusammen, und meine Handflächen wurden schwitzig.

„Hey, willst du bei uns mitmachen?“, piepste eine Frauenstimme direkt vor mir.

Hoffnungsvoll hob ich meinen Blick. Leider ging die Frage gar nicht an mich, sondern an den gut aussehenden Kerl neben mir. Die zwei Mädchen von gestern standen vor ihm und warteten auf eine Antwort. Sie klimperten mit den Wimpern und wippten beide auf ihren Füßen hin und her wie Pubertiere, die mit ihrem Schwarm flirteten.

Es dauerte einige Sekunden, bis er sein Buch zur Seite legte. „Ich habe schon eine Gruppe. Tut mir leid.“ Er wandte sich von ihnen ab und packte sein Notebook und das Buch in seine Tasche.

Wie dreist er sie angelogen hatte ... Das bemerkten auch die zwei jungen Damen und zogen mit herunterhängenden Schultern von dannen.

Kopfschüttelnd packte ich meine Sachen und verließ den Saal. Die nächste Vorlesung begann erst in zwei Stunden. Bis dahin musste ich mir die Zeit vertreiben.

Gedankenverloren schlenderte ich durch die Gänge Richtung Bibliothek.

Dort angekommen suchte ich mir ein paar relevante Bücher für die Hausarbeit heraus und setzte mich mit ihnen an einen abgelegenen Tisch.

Währenddessen gingen mir die blöden Gruppenarbeiten nicht aus dem Kopf.

Was machte ich, wenn keiner mit mir zusammenarbeiten wollte?

Würde es sich negativ auf meine Noten auswirken, wenn ich die Übungen allein bearbeitete?

Völlig vertieft in ein Buch für Experimentalphysik bemerkte ich, dass sich jemand gegenüber von mir an den Tisch setzte.

Ich hob den Kopf und strich mir meinen Pony aus der Stirn. Meine Augen weiteten sich, denn da hockte niemand Geringeres als der schwarzhaarige Typ. Warum zur Hölle setzte er sich zu mir? Ich inspizierte die restlichen Tische – nur die Hälfte von ihnen war belegt.

„Hey“, begrüßte er mich eintönig. Er holte sein Notebook aus der Tasche und nippte an seinem Kaffeebecher.

„Hey?“

„Die erste Aufgabe bei Professor Doktor Warth scheint recht simpel zu sein. Wollen wir sie gleich erledigen?“

Verblüfft starrte ich ihn an.

Meinte er mich?

„Ich denke, im Modul Optik bekommen wir auch direkt eine Übung aufgebrummt. Hast du dir die Bücher von der Liste bereits besorgt?“

Versuchte er, mit mir Small Talk zu halten?

„Die meisten Bücher habe ich, ja.“

Er nickte und glotzte auf den Bildschirm.

„Wir müssen Fragen zur Messung atomarer Spektrallinien beantworten ... Klingt interessant, oder?“

Abermals nickte ich, ohne dass er es mitbekam. „Heißt das, du willst mit mir eine Arbeitsgruppe bilden?“

Ich konnte es nicht glauben! *Er* wollte ausgerechnet mit *mir* etwas zu tun haben.

„Sieht wohl danach aus.“ Er verzog keine Miene, starrte schlicht weiterhin auf sein Notebook.

„Okay ...“

„Hast du was dagegen?“

„Nein. Nein, kein bisschen. Ich bin Luna.“

„Vincent. Also, hast du das Buch dabei?“

Hektisch kramte ich es heraus und hielt es in die Luft.

Wir legten geradewegs los.

Ganz sachlich und nüchtern.

Beide sagten wir kein Wort zu viel. Vor lauter Aufregung durchbohrte ich die Seiten meines Collegeblocks mit einem Kugelschreiber.

Als wir mit der Recherche fertig waren, setzte er sich dicht neben mich, damit ich auf seinen Bildschirm gucken konnte.

Mein Herzschlag beschleunigte sich, und meine Wangen glühten. So gern hätte ich mir eine Ladung Deodorant unter die Achseln gesprüht und das Gesicht mit Eiswürfeln gekühlt. Jeder Muskel meines Körpers spannte sich an.

Ich war überfordert und glücklich zugleich.

In rasender Geschwindigkeit tippte er die Antworten in ein Dokument. Wir waren in nur einer Stunde fertig mit den Aufgaben.

Ohne mich anzuschauen, fragte er: „Wie ist dein vollständiger Name?“

„Luna Mayer.“

Er gab ihn kommentarlos in das Protokoll ein. Da stand wirklich mein Name neben seinem: Luna Mayer und Vincent Clark.

Ich schmolz dahin.

„Ich denke, das haben wir gut gemacht.“

Er löste seinen Blick vom Bildschirm und sah zu mir. Wie konnte ein Mensch nur derart schöne Augen haben? Sie erinnerten mich an den dunklen, weiten Ozean. Ich verlor mich in ihnen, als würden mich die Wellen stetig weiter aufs offene Meer hinaustragen.

Als sich der Ausdruck in seinen Augen veränderte, wurde ich ins Hier und Jetzt zurückgeholt.

Ich blinzelte ein paar Mal, und mir fiel schlagartig mehr an Vincent auf:

Zwischen seinen Brauen lag eine Denkfalte, und sein Mund war zu einer schmalen Linie verformt. Zudem war sein Blick so eindringlich, dass sich mein Magen auf unangenehme Weise zusammenzog.

Ich ertrug den Augenkontakt nicht länger und drehte mich weg.

Verlegen räusperte er sich.

„Falls du Verbesserungsvorschläge hast, sag es ruhig. Sonst schicke ich es ab."

„Warum wolltest du mit den anderen beiden keine Gruppe bilden? Sie haben dich schnurstracks gefragt."

Eine seiner Augenbrauen huschte nach oben.

„Willst du das denn? Gestern haben sie bei mir einen recht fragwürdigen Eindruck hinterlassen."

Er hatte sie also meinetwegen zurückgewiesen?

Bevor ich dazu kam, ihn danach zu fragen, wechselte er das Thema.

„Wir haben 'ne halbe Stunde bis zur nächsten Vorlesung. Lass uns auf den Weg dorthin einen Kaffee holen."

Mit gesenktem Kopf lief ich neben ihm her. Wenn mein Herz weiter heftig vor Aufregung pochte, würde ich bald einen Infarkt erleiden. Ich fühlte mich unbehaglich an seiner Seite, als gehörte ich nicht dorthin. Er strahlte etwas Seltsames aus, wirkte kühl und brannte gleichzeitig wie Feuer. Solche Gegensätze hatte ich noch nie bei einer Person wahrgenommen. Einige Frauen drehten sich nach Vincent um und warfen ihm begierige Blicke zu. Er hingegen machte den Anschein, desinteressiert zu sein.

Ob er die Reaktionen gar nicht bemerkte?

Mit unseren dampfenden Kaffeebechern setzten wir uns beide in die vorderste Reihe des Vorlesungssaals - wie üblich mit drei Plätzen Abstand zueinander. Während des Vortrags sprach er kein Wort mit mir. Als der Professor seine Vorlesung beendet hatte, verabschiedete sich Vincent mit einem knappen ‚Bye' und verschwand.

Ich war absolut verwirrt.

„Bist du wirklich dermaßen blöd oder tust du bloß so?" Meine Vorgesetzte Caroline rollte mit den Augen und stieß mich von dem Kaffeeautomaten weg. „Mach lieber die Kasse. Ich kann das nicht mehr mit ansehen."

Mit ihren knallrot gefärbten Haaren erinnerte sie mich an Franka Potente aus dem Film *Lola rennt.*

Mit gesenktem Kopf schlurfte ich zur Kasse, um die Bestellungen der Leute entgegenzunehmen. Ich hatte einen Job in einem hippen Café ergattert, direkt am Potsdamer Platz.

Hier herrschte fortwährend Trubel.

Die Kunden waren genervt und in Eile, wollten so schnell wie möglich einen Coffee-to-go und einen Snack für zwischendurch.

Dementsprechend hektisch ging es zu.

Die vielen Menschen, der Stress, die Geschwindigkeit - all das war ich nicht gewöhnt. Darum passierten mir Fehler am laufenden Band.

Eine immer länger werdende Schlange bildete sich vor dem Tresen, während ich verzweifelt die richtigen Preise auf einem unleserlichen Zettel neben der Kasse suchte, um sie einzutippen. Schweißperlen tropften von meiner Stirn. Mit einem gekünstelten Lächeln versuchte ich, die Überforderung zu kaschieren. Die Arbeit hatte ich mir einfacher vorgestellt.

„Einen Kaffee. Schwarz. Zum Mitnehmen."

Als ich die Stimme hörte, bemerkte ich erst, dass Vincent vor mir stand. Mein Blick flog von der Kasse zu ihm. Ungläubig glotzte ich ihn an.

„Du arbeitest hier? Was für ein Zufall."

Seine Mundwinkel zuckten für den Bruchteil einer Sekunde, als wollte er lächeln. Dann stellte sich wieder sein anteilnahmsloser Gesichtsausdruck ein.

„Äh ... ja, ist mein dritter Tag heute."

Wie erstarrt stand ich da und stierte in seine ozeanblauen Augen.

Sie waren der einzige Farbtupfer an ihm und hoben sich deutlich von seiner blassen Haut ab. Von Kopf bis Fuß trug er Schwarz. Er wirkte unheimlich – wie ein Totengräber in Markenkleidung.

„Bekomme ich jetzt 'nen Kaffee von dir?"

Fragend hob er die Augenbrauen.

Umgehend brannten meine Wangen aufs Neue wie Feuer. Wie machte der Kerl das nur?

„Sorry ... ja, klar."

Er drückte mir das Geld passend in die Hand.

„Hier. Einen schönen Abend noch", sagte er. Ich rang mir ein Lächeln ab, das von ihm nicht erwidert wurde. Stattdessen stellte er sich neben den Tresen, um auf seine Bestellung zu warten, und ließ den nächsten Kunden durch. Nachdem ich dessen Bestellung aufgenommen hatte, fragte Vincent: „Wie lange geht deine Schicht?"

„Bis Ladenschluss um 21 Uhr. Dann muss ich jedoch beim Aufräumen helfen.“

Er nickte und ging.

Sich in einer großen Stadt wie Berlin über den Weg zu laufen, grenzte an ein Wunder. Es war allerdings nicht völlig unmöglich. So war der Potsdamer Platz ein gut besuchter Ort, ein Verkehrsknotenpunkt und Umstiegsbahnhof. Das Café lag direkt neben dem S-Bahnhof. Trotzdem machte es mich stutzig, dass Vincent mich gefunden hatte.

Den ganzen Abend musste ich an ihn denken: an seinen leeren Blick, den gleichgültigen Gesichtsausdruck. Es schien, als lebte er in einer Blase, abgeschottet von der Außenwelt.

Der Kundenandrang wurde langsam weniger, und ich hatte endlich einen Moment zum Verschnaufen. Ich legte den Kopf in den Nacken und atmete laut aus. Mein Rücken war vom permanenten Stehen total verspannt.

„Luna, starre keine Löcher in die Luft!“ Meine Chefin gönnte mir nicht eine Minute Pause. Sie warf mir einen Wischmopp zu und zeigte auf den Boden. „Je schneller du bist, desto früher können wir Feierabend machen.“

Akribisch reinigte ich den Fußboden.

Dutzende Kuchenbrösel vereinten sich mit Kaffeespritzern zu einer klebrigen Masse. Das Wasser im Eimer verwandelte sich binnen weniger Minuten zu einer trüben Brühe.

Ich hielt für einen Moment in meiner Arbeit inne, wischte mir mit dem Unterarm über die Stirn und sah zur Fensterfront hinaus.

Es regnete.

Die Lichter der Stadt funkelten auf dem nassen Asphalt wie ein Sternenmeer. Ich hatte so was von keinen Bock, da rauszugehen.

Einen Regenschirm hatte ich zudem nicht dabei. Widerwillig machte ich mich wieder an meine Aufgabe, bevor meine Chefin erneut nörgelte. Der Job war zwar mies, dennoch brauchte ich ihn. Sonst konnte ich die Miete nicht bezahlen.

Sobald ich fertig war, stellte ich das Putzzeug in die Abstellkammer. Prompt schaltete Caroline das Licht aus und blaffte zum Abschied: „Mach hinne. Ich will los." Mit dem Schlüssel klimpernd stand sie an der Tür.

Rasch schnappte ich mir meinen Mantel von der Garderobe, schlüpfte in ihn hinein und eilte zu ihr. Sie drückte gegen meine Schultern und schob mich über die Türschwelle.

Diese Frau hatte wahrlich keine Geduld.

„Bis morgen", nuschelte ich gequält und vernahm bloß das Klackern ihrer Absätze, das sich flink von mir entfernte. Kopfschüttelnd sah ich ihr nach, wie sie ihren Regenschirm aufspannte und Richtung S-Bahnhof lief. In der Ferne hörte ich das Rauschen der Autos und das Plätschern der Pfützen, wenn ihre Reifen durch sie fuhren.

Die roten Rücklichter der Fahrzeuge verschwammen im Regen und tauchten die Szenerie in eine rot glühende Farbe.

Der Geruch von nassem Asphalt und Abgasen lag in der Luft. Ich zog die Kapuze über und bereitete mich mental auf den Schauer vor, der jeden Moment auf meinen Kopf prasseln würde, wenn ich den ersten Schritt vorwagte.

„Na, fertig?"

Beim Klang der vertrauten Stimme durchzuckte mich ein Blitz. Erschrocken drehte ich mich um und fand mich Vincent gegenüber, der einen Regenschirm in der Hand hielt.

„Was machst du noch hier?", rutschte es mir heraus.

Er lächelte kühl. „Ich arbeite etwa fünf Minuten entfernt im Uhrengeschäft meines Vaters."

Mit weit aufgerissenen Augen glotzte ich ihn an.

„Ich kaufe mir öfter einen Kaffee in dem Laden. Bei meinem Vater gibt's nur schwarzen Tee. War überrascht, dich heute dort zu sehen."

„Das hat mich auch verwundert", gestand ich. Ich entspannte mich wieder. Offensichtlich war es wirklich reiner Zufall, dass wir uns über den Weg gelaufen waren.

„Soll ich dich nach Hause fahren?"

Schweigend strich ich mir eine Haarsträhne aus dem Gesicht und sah zu Boden.

Die Stille zwischen uns fühlte sich erdrückend an, als breitete sie sich wie eine gallertartige Masse über mir aus und drohte, mich zu ersticken.

Vincent hielt mir seinen schwarzen Regenschirm hin. „Wenn du nicht von mir gefahren werden möchtest, dann nimm wenigsten den. Ich geh dann mal."

Wie von selbst nahm ich den Schirm entgegen. Der Griff war aus echtem Holz gefertigt. Wahrscheinlich kostete er mehr als mein Stundenlohn.

Vincent stellte den Kragen seines Mantels auf und lief mit großen Schritten durch den Regen.

Er hatte extra auf mich gewartet, und ich hatte ihn eiskalt abblitzen lassen.

Schuldgefühle keimten in mir auf und versetzten mir einen Stich in der Brust.

„Warte!", schrie ich und eilte ihm nach. Als ich ihn eingeholt hatte, streckte ich den Arm weit in die Höhe, damit sein Kopf unter den Schirm passte. „Steht dein Angebot nach wie vor?"

Ein mulmiges Gefühl durchzog meinen Magen. Warum hatte ich das gesagt?

Ich hasste Autofahren!

Vor acht Jahren waren meine Eltern bei einem Verkehrsunfall ums Leben gekommen. Ich hatte knapp überlebt und drei Wochen im Koma gelegen.

Die Ärzte hatten von einem Wunder gesprochen, dass ich wieder aufgewacht war ohne bleibende Beeinträchtigungen. Seitdem mied ich Autofahrten wie der Teufel das Weihwasser.

Selbst beim Umzug war ich lieber mit dem Zug gefahren, während meine Schwester die Sachen mit dem Auto zur Wohnung transportiert hatte.

Vincent nickte und nahm mir den Regenschirm ab. Dabei berührte er flüchtig meine Finger. Umgehend lief ein Schauer über meine Haut. Ruckartig zog ich die Hand zurück und rieb irritiert über die Stelle.

„Alles okay?", fragte er mich und runzelte die Stirn.

Ich nickte leicht, meine Reaktion war mir unangenehm. „Deine Finger sind eisig."

„Ich habe auch ewig in der Kälte auf dich gewartet."

Erneut keimte ein schlechtes Gewissen in mir auf. Meine Finger krallten sich in den Saum meines Mantels. „Stimmt. Sorry."

„Warum entschuldigst du dich? Das habe ich freiwillig gemacht. Na komm, lass uns gehen."

Wir liefen am Bahnhof vorbei Richtung Arkaden. Es fiel mir schwer, Schritt zu halten.

Vincents Nähe versetzte mich in Unruhe. Ich fühlte mich unbehaglich, gleichzeitig war ich aufgeregt wie ein kleines Kind, dem ein Lolli versprochen worden war. Wir rannten Schulter an Schulter; Vincent duckte sich leicht, damit wir beide unter den Schirm passten und vor dem Schauer geschützt waren. Bei ihm mochte es nicht mehr allzu nützlich sein, denn er war längst klatschnass, und Wassertropfen perlten von seinen zerzausten Haaren.

Und das alles wegen mir.

Wir bogen in eine enge Seitenstraße ab, die auf beiden Seiten von nobel aussehenden Geschäften gesäumt war. Ein Luxusgegenstand jagte den nächsten in den Schaufenstern. Abrupt blieben wir vor einem Laden stehen, in dessen Auslagen Designerhandtaschen präsentiert wurden. Preisschilder fehlten. Sie waren vermutlich sündhaft teuer, dass man mit der *frohen Botschaft* anscheinend lieber wartete, bis die Kundschaft an der Kasse stand.

„Warte kurz." Vincent gab mir ein weiteres Mal den Schirm und rannte dann zu einem Metalltor. Er drückte ein paar Knöpfe auf einer Eingabetastatur. Das Tor öffnete sich, und Vincent verschwand hindurch. Rasch schloss es sich hinter ihm. Nun stand ich allein im Regen und sah mich mit einem unbehaglichen Gefühl im Bauch um. Nebenan war ein Uhrengeschäft. Das musste der Laden seines Vaters sein. Das Schaufenster war in ein diffuses Licht getaucht. Darin lagen kostspielig aussehende Uhren, die mit funkelnden Edelsteinen besetzt waren.

Das Tor öffnete sich aufs Neue. Heraus fuhr ein schwarzes Elektroauto. Ich schluckte.

Verdammt!

Warum hatte ich zugestimmt mitzufahren? Ich kannte Vincent kaum. Vielleicht war er ein Raser?

Ich ging einen Schritt auf den Wagen zu. Schweiß trat aus jeder meiner Poren.

Vincent ließ das Fenster runter und sah mich skeptisch an. „Willst du Wurzeln schlagen?"

Meine Beine fühlten sich an, als wären sie aus Blei. Wie in Zeitlupe schlich ich um das Fahrzeug zur Beifahrertür. Mit jedem Zentimeter, dem ich mich dem Auto näherte, beschleunigte sich mein Herzschlag.

Ich schloss die Augen und dachte an die verhängnisvolle letzte Fahrt. Vom Rücksitz aus hatte ich die Hinterköpfe meiner Eltern beobachtet. *All the things she said* von der Band T.A.T.U. hatte im Radio gedudelt. Mein Vater hatte über einen Arbeitskollegen gelästert. Die grellen Strahlen der untergehenden Sonne waren durchs Fenster gefallen und hatten mich geblendet. Dann hatte es laut geknallt ... Reifen hatten gequietscht ... Ich war mit voller Wucht gegen den Beifahrersitz geschmettert worden. Schließlich waren Stille, Leere und Dunkelheit eingetreten.

„Luna?" Vincents Stimme riss mich aus meinem Flashback.

„Alles okay?" Er hatte die Beifahrertür von innen geöffnet und musterte mich.

Behutsam schloss ich den Regenschirm. Augenblicklich prasselten mir die Regentropfen ins Gesicht.

„Ich mache dein Auto ganz schmutzig."

Mit zittrigen Knien stieg ich ein, traute mich nicht, den nassen Schirm auf den Rücksitz zu legen.

Vincent griff nach ihm und warf ihn achtlos nach hinten auf einen Berg leerer Kaffeebecher.

„Kann es sein, dass du Angst vor mir hast?"

Ich erwiderte seinen Blick und sah die Irritation in ihm.

„N-nein", stotterte ich.

Eigentlich wollte ich mich erklären, aber mehr Worte verließen meine Lippen nicht.

Mir fiel es schwer zu atmen. Die Erinnerungen schnürten mir die Kehle zu.

Vincent wandte sich ab und sah nachdenklich aus der Frontscheibe.

„Ich habe Angst", gab ich zu und holte tief Luft, „vorm Autofahren."

Sein Kopf wanderte ruckartig in meine Richtung. „Warum hast du dann Ja gesagt?"

„Ich weiß es nicht.“

Ich wusste es tatsächlich nicht. Als Vincent sich von mir verabschiedet hatte, hatte ich den Drang verspürt, ihm zu folgen.

Jetzt ärgerte ich mich über meine Entscheidung. Die Situation war mir schrecklich unangenehm.

Er lehnte sich in seinem Sitz zurück und seufzte.

„Ich habe oft mit kaputten Seelen zu tun. Mach dir nichts draus.“

Stirnrunzelnd beäugte ich ihn.

Warum hatte er das so seltsam formuliert?

„Willst du wieder aussteigen?“, fragte er und nahm seine Hände vom Lenkrad.

„Ich vertraue dir.“

„Du kennst mich doch gar nicht.“

Meine Finger krallten sich in das Armaturenbrett. „Fahr einfach.“

„Sicher?“

„Fahr!“, stieß ich entschlossen aus.

Sachte setzte sich das Auto in Bewegung. Ein Kribbeln durchfuhr meinen Körper wie bei einer Achterbahnfahrt.

„Bist du dir wirklich sicher?“

Ich kniff die Augen zusammen und nickte; sämtliche meiner Muskeln spannten sich an. Die Grenze meiner Komfortzone hatte ich meilenweit überschritten. Ein Zurück gab es nicht. In diesem Moment überwältigte mich eine Flut von Angst und Panik; gleichzeitig war ich stolz auf mich, weil ich über meinen Schatten gesprungen und ins Auto gestiegen war.

Im Schritttempo bog Vincent Richtung Hauptstraße ab. Wir fuhren mit niedriger Geschwindigkeit durch die Gegend. Aus dem Augenwinkel nahm ich wahr, dass mein Fahrer wiederholt zu mir hinüberschielte. Ich meinerseits richtete den Blick starr auf die Straße. Zum

Glück war nicht viel Verkehr. An jeder Kreuzung zuckte ich zusammen und wartete auf einen Knall.

Nach einiger Zeit fragte Vincent: „Wo wohnst du eigentlich?“

Stimmt, das hatte ich ihm gar nicht verraten. „Admiralstraße, nahe Kottbusser Tor.“

„Ach du Scheiße! Das ist nicht dein Ernst, oder?“

„Warum?“

„Das ist ‘ne beschissene Gegend.“

„Ich habe nicht viel Geld. Bin froh, günstig ein Zimmer bekommen zu haben.“

Vincent schüttelte den Kopf und rümpfte die Nase. Seiner Kleidung und seinem Wagen nach zu urteilen, waren ihm meine Probleme gänzlich fremd.

„In der Gegend werden die mir das Auto abfackeln.“

Traurig senkte ich den Blick. Für ihn war ich bestimmt ein Mensch zweiter Klasse.

Nach einer gefühlten Ewigkeit hatten wir meine Adresse erreicht. Auf der Hausfassade drängte sich ein Graffiti neben dem anderen. Selbst die Eingangstür war vollgesprüht. Erleichtert atmete ich durch, als das Auto zum Stillstand kam. Endlich konnte ich mich entspannen. „Danke, dass du mich nach Hause gefahren hast.“

„Kein Ding. Alles gut bei dir?“

„Ja, war gar nicht so schlimm. Sorry für den schrägen Auftritt.“

„Deine Phobie hat einen Grund, nicht wahr?“

Mit getrübtem Blick sah ich aus der Frontscheibe.

Ja, meine Angst war nicht unbegründet. Doch ich sprach nie über den Tod meiner Eltern. Die Erinnerung an den schrecklichen Tag hatte ich in eine imaginäre Kiste gepackt und weit hinten in meinem Kopf verstaut. Auf diese Weise konnte ich mittlerweile ein einigermaßen normales Leben führen. Jahrelang hatten mich die Bilder bis in meine Träume verfolgt und in eine schwere Depression geraten lassen.

Dieses schwarze Meer voll Traurigkeit und Hilflosigkeit hatte mich vollkommen verschlungen wie eine tollwütige Bestie. Allein an diesen Lebensabschnitt zu denken, bescherte mir eine Gänsehaut.

Als ich Vincent keine Antwort gab, meinte er: „Jeder hat sein Kryptonit."

„Und was ist deins?"

Seine Augen weiteten sich. Mit solch einer direkten Frage hatte er anscheinend nicht gerechnet. „Es ist eher ..." Er brach mitten im Satz ab und senkte den Kopf.

„Schon gut. Vielleicht erzählst du es mir ein anderes Mal. Wir sehen uns morgen in der Uni."

Ich lief zur Haustür und kramte den Schlüssel heraus.

„Licht."

Verdutzt drehte ich mich um. Er hatte die Scheibe heruntergelassen und lehnte sich über den Beifahrersitz.

„Ich hasse grelles Licht."

Kapitel 4

Vincent

Auf keinen Fall war Luna eine Anhängerin vom ‚Circulus Arcanorum'.

So gut konnte niemand schauspielern. Sie wirkte unsicher und scheu, und ihre Angst vorm Autofahren war definitiv echt gewesen.

Ich hatte ihr eine Gelegenheit geboten, mich anzugreifen. Wenn sie tatsächlich eine Hexe der Magiergilde wäre, hätte sie ihre Chance genutzt. Oder sie hätte mir zumindest unangenehme Fragen gestellt.

Erleichtert atmete ich aus und fuhr los.

Ich war froh, dass Luna offensichtlich keine Bedrohung für mich darstellte. Es war angenehm, sich mit ihr zu unterhalten. Ich konnte sie ansehen, ohne eine Migräne zu entwickeln.

Neben ihr fühlte ich mich beinahe *normal*.

Es interessierte mich brennend, warum sie keine Aura besaß. Vielleicht war es eine neue Fährte auf der Suche nach Heilung von meiner ungebetenen Gabe. Geister zu sehen, war okay für mich.

Ich half ihnen gern.

Aber die Auren sämtlicher lebender Menschen wahrzunehmen, kotzte mich an. Bisher hatte ich leider weder herausgefunden, warum ich diese Fähigkeit entwickelt hatte, noch wie ich sie wieder loswurde.

Planlos fuhr ich durch die Gegend. Überall lag Müll, und fragwürdige Gestalten lungerten an jeder Straßenecke herum. Ich hasste den Kotti. Und dieses arme Mädchen musste hier wohnen. Wahrscheinlich würde sie es bald bereuen, nach Berlin gezogen zu sein. Wie ein hipper Partymensch wirkte sie zumindest nicht.

Keine Geister weit und breit. Das stimmte mich froh. Heute würde ich mir zu Hause ein wenig Ruhe gönnen. Ich fuhr zurück Richtung Friedrichswerder.

Meine Eltern besaßen am Gendarmenmarkt ein Reihenhaus. Es war eine gut situierte und saubere Gegend mit klassizistischer Architektur. Von meinem Zimmer aus sah ich auf die imposante Kuppel des Französischen Doms. Die goldene Statue darauf schaute täglich zu meinem Fenster herein. Den Ausblick hatte ich schon als Kind geliebt. Das Einzige, was an dem Viertel störte, waren die vielen Touristen.

Auf einem Spielplatz neben dem Spreeufer sah ich auf einmal ein kleines Mädchen sitzen.

Sie war nackt und besaß keine Aura.

Ihr Körper schimmerte leicht durchsichtig – sie war definitiv ein Geist.

Seufzend parkte ich am Straßenrand und stieg aus. Gedanklich hatte ich mich bereits mit einem guten Buch im Bett gesehen.

Daraus wurde sobald nichts.

Mit bedächtigen Schritten ging ich auf das Mädchen zu. Sie war höchstens sechs Jahre alt und hielt eine durchscheinende Puppe in der Hand.

Ich schluckte.

So ein armes Ding. Ihre Eltern waren sicherlich zutiefst betrübt – wenn sie denn noch lebten.

Ich betätigte die Uhr meines Großvaters, um eine Barriere zu erschaffen und mich ungestört mit dem Geistermädchen zu unterhalten. Unverzüglich materialisierte sie sich vor mir.

„Hey", begrüßte ich sie.

Sie sah zu mir auf.

Ihre Haut war schmutzig, ihre langen braunen Haare verfilzt.

Ich beugte mich zu ihr herunter und lächelte. „Wie heißt du?"

„Mama sagt, ich darf nicht mit Fremden reden." Darauf rannte sie davon und kraxelte auf das Klettergerüst.

Ich kam näher und stellte mich davor.

„Ich bin Vincent. Wo ist deine Mama?"

„Ich darf nicht mit dir reden."

Sie hob einen Kieselstein auf und warf ihn nach mir.

Warum konnte es nie easy laufen mit diesen Geistern? „Hör mal, ich will dir helfen. Es ist dunkel, und du bist ganz allein."

„Ich will nicht. Du bist blöd!"

Bestimmt hatte sie Angst vor mir. Wer weiß, wie lange sie schon auf sich gestellt war.

„Soll ich morgen wiederkommen und dir was Schönes mitbringen?"

In ihren Augen blitzte etwas auf. Sie wurde still und sah mich neugierig an.

„Vielleicht ein Eis? Oder Schokolade?"

„Mama sagt, ich darf nichts von Fremden annehmen."

Ihre Mutter hatte einen guten Job bei der Erziehung geleistet. Allerdings war das für die Situation kontraproduktiv.

„Ich bringe dir morgen ein Eis mit extra viel Sahne. Das stelle ich dir auf die Bank. Du kannst es dir nehmen, okay?“

Mein Finger zeigte auf die Parkbank neben dem Sandkasten.

Sie nickte. Dann kletterte sie wie ein Äffchen das Klettergerüst entlang und sprang in einen Busch. Weg war sie. Das sah nach harter Arbeit aus. Mit herunterhängenden Schultern stand ich da und sah in den bewölkten Nachthimmel.

Warum ich?

Warum muss ausgerechnet ich *Geistern helfen?*

Seit Langem waren mir meine Mitmenschen scheißegal. Die meisten waren nur auf ihren Vorteil aus und ein Haufen opportunistischer Feiglinge ohne ehrliches Mitgefühl und Anstand.

Eine Serie schlechter Erfahrungen hatte sich aneinandergereiht, bis ich widerwillig aufgegeben und eine schützende Mauer um mich herum errichtet hatte. Lieber war ich ein Einzelgänger, als ein ums andere Mal enttäuscht zu werden.

Aber mit den im Diesseits verweilenden Seelen hatte ich Mitleid.

Sie brauchten mich.

Ich konnte sie keinesfalls ignorieren. Sie schafften es nicht ohne meine Hilfe, den Weg ins Jenseits zu finden. Mit allen Mitteln wollte ich verhindern, dass sie in die Hände der Magiergilde gerieten. Es hatte sich förmlich zu einem Zwang entwickelt, Geister zu suchen und ihnen meine Hilfe aufzudrängen.

Warum tat ich das?

Ich zündete mir eine Zigarette an und beobachtete den aufsteigenden Qualm.

Ich tat es, weil ich es konnte, es sonst keiner machte und es meine Aufgabe, meine Bestimmung war.

Ich tat es, weil ich nicht der schlechte Kerl sein wollte, zu dem ich in der Vergangenheit stigmatisiert worden war. Ich war kein böser Mensch.

Trotzdem fühlte ich mich permanent unbeschreiblich schuldig. Ich trug die Schuld an einer Tat, die ich nicht begangen hatte.

Genervt von den trüben Gedanken blies ich den Rauch aus meiner Lunge. Mein Blick wanderte von dem bewölkten Himmel zu dem Gebüsch, in dem das Mädchen verschwunden war. Darum würde ich weiterhin Nacht für Nacht Geister suchen und sie dorthin bringen, wo sie hingehörten.

Ich wollte etwas Gutes tun, um mein schlechtes Gewissen zu beruhigen.

Plötzlich spürte ich wieder diese bedrohliche Energie. Ein Schauer lief mir den Rücken hinunter. Blitzartig drehte ich mich zur Seite. Einige Meter entfernt stand eine Frauengestalt. Sie umgab dieselbe Aura wie letztens im Park. Mit großen Schritten kam sie näher. Meine Muskeln spannten sich an.

Zwei Meter vor mir blieb sie stehen und stemmte eine Hand in ihre Hüfte. „Na, Schönling, wieder auf Samaritertour?“

Mit verhärteter Miene musterte ich die junge Frau.

„Hat‘s dir die Sprache verschlagen?“

„Du bist eine Hexe“, stellte ich mit kühler Stimme fest.

Sie prustete los.

„Gut erkannt. Und du bist aus *The Sixth Sense* entsprungen?“

Ich knurrte. „Du weißt genau, wer ich bin!“

„Der Welpe der glorreichen Eugenia.“ Vor Wut flammte ihre Aura auf. „Elendige Verräterbande!“

„Was willst du von mir? Hat dich der ‚Circulus Arcanorum‘ vorgeschickt?“

„Du sollst endlich aufhören, unsere Geschäfte zunichtezumachen. Geh feiern, hab Spaß, fick dir die Seele aus dem Leib. Ist mir scheißegal. Aber lass die Finger von Dingen, die du nicht verstehst!“

„Na, na, eine Hexe des ‚Circulus Arcanorum‘ drückt sich derlei vulgär aus? Ich bin enttäuscht.“

Eine Kugel aus Feuer flog ein paar Zentimeter an meinem Gesicht vorbei und versengte die Spitzen meiner Haare. Der Geruch von verbranntem Haar stieg mir in die Nase.

Hastig warf ich die Kippe auf den Boden und rubbelte mit beiden Händen über meinen Kopf.

„Halt deine Fresse und verpiss dich, sonst bringen wir dich ein für alle Mal zum Schweigen.“

Ich hatte sie durchaus verstanden, was nicht bedeutete, dass ich mich daran halten würde. An der Situation war problematisch, dass sie die Magie der Elemente beherrschte, ich konnte das nicht. Feuerzaubern hatte ich nichts entgegenzusetzen. Meine magische Begabung beschränkte sich ausschließlich auf die Kommunikation mit Geistern – ziemlich ineffektiv in einem Kampf.

Sie wandte sich von mir ab und lief in Richtung des Gebüschs, in dem das Geistermädchen verschwunden war.

Mir stockte der Atem.

„Warte!“, schrie ich. Doch sie blieb nicht stehen. So schnell ich konnte, jagte ich ihr hinterher. Mit Schwung packte ich sie am Arm und zerrte sie zu Boden.

„Du elendes Arschloch!“, kreischte sie.

Als sie sich aufrichtete, hatte ich das Geistermädchen bereits eingeholt und ergriff ihre Hand. Ein markerschütternder Schrei drang aus ihrer Kehle. Händeringend versuchte sie, sich von mir loszureißen, schaffte es hingegen nicht. Mit der anderen Hand hielt ich das Amulett umschlungen, das stets um meinen Hals baumelte. Da flog der nächste Feuerball durch die Luft. Diesmal traf er mich mit voller Wucht in die Magengegend.

Ich wurde zusammen mit dem Mädchen einige Meter weggeschleudert.

Der Aufprall presste mir sämtliche Luft aus der Lunge. Ohne Amulett wäre ich längst ein Häufchen Asche. Das Schmuckstück absorbierte bis zu einem gewissen Grad Magie – äußerst praktisch, wenn man eine Magiergilde als Feind hatte. Meine Mutter hatte es vom Zirkel gestohlen und ich es von ihr.

Keuchend reckte ich meinen qualmenden Oberkörper in die Höhe.

Die Hexe erstarrte.

Sie hatte nicht damit gerechnet, dass ich den Angriff weitestgehend unbeschadet überstehen würde.

Das Geistermädchen weinte bitterlich. Ich musste ihre Seele vor dieser Hexe retten. Koste es, was es wolle.

Ich kniff meine Lider zusammen und atmete tief ein. Schleunigst beförderte ich uns ins Jenseits.

„Das nächste Mal bist du dran!“, konnte ich die Hexe schreien hören, doch wir waren bereits entmaterialisiert und so gut wie weg.

„Scheiße!“, stieß ich aus, als ich unsanft mit dem Mädchen auf der weißen Nebeldecke landete. Meine Glieder zitterten vor Aufregung. Solch einen direkten Angriff hatte ich bisher nicht miterlebt.

„Meine Puppe“, sagte sie und fing an zu weinen. Dicke Tränen kullerten ihre Wangen hinab. Sie hatte ihr Spielzeug bei dem Gezerre fallen gelassen.

„Es tut mir leid, Kleines. Ehrlich.“ Ich nahm sie fest in den Arm.

„Ich will zu meiner Mama.“ Ihr Wimmern ging mir durch Mark und Bein.

„Irgendwann darfst du deine Mama wiedersehen. Versprochen“, flüsterte ich ihr ins Ohr. „Aber vielleicht findest du hier deine Oma oder eine andere Person, die du magst.“

Sie befreite sich aus meiner Umarmung und sah mich mit tränenüberströmtem Gesicht an.

„Meine Oma?“

Selbst den Tränen nahe nickte und lächelte ich. „Da vorn ist ein Tor. Dahinter warten bestimmt liebe Menschen auf dich.“

Sie drückte ihren Kopf gegen meine Brust. Sie bebte am ganzen Leib vor Furcht. „Ich habe Angst.“

„Ich werde dich begleiten. Das mache ich normalerweise nicht. Bei dir mache ich allerdings eine Ausnahme, okay?“

Mit einer Hand wischte sie sich die Tränen aus dem Gesicht. „Bis ich jemanden finde?“

Ich nickte. „Weil ich das Versprechen mit dem Eis nicht erfüllen kann.“

Wir standen auf.

Sofort griff sie nach meinen Fingern. Gemeinsam schritten wir durch das Tor und über eine gläserne Brücke auf ein warm leuchtendes Licht zu.

Schon einmal war ich hier gewesen und hatte nach jemandem gesucht. Und ich hatte mir geschworen, das Jenseits erst wieder zu betreten, wenn ich so weit war, auf ewig zu bleiben.

Es war ein eindrucksvoller Ort.

Ehrlich gesagt, hatte ich bereits damals nicht von hier weggewollt. Seitdem lag ein trüber Schleier über meinem Leben.

Wie ein Junkie konnte ich dem normalen Dasein nichts mehr abgewinnen.

Insgeheim träumte ich jede Nacht davon, ins Jenseits zurückzukehren.

Doch ich wusste, dass ein wichtiges Rätsel von mir im Diesseits gelöst werden musste und eine weitaus größere Aufgabe auf mich wartete.

Von meinem Großvater hatte ich nicht nur die Uhr, sondern zudem ein Rätsel geerbt, einen Brief, der keinen Sinn ergab:

„Wenn deine dunkelste Stunde schlägt, finde das Licht. Wenn dein Schicksal dich zur Hoffnung führt, sieh in das Licht. Wenn das Licht die Ketten sprengt, folge ihm."

So verworren diese Worte klangen, so essenziell waren sie für mich. Denn sie beinhalteten die Lösung, meinen Großvater aus seinem selbst gebauten Gefängnis zu befreien. Ich musste es vor meinem Tod lösen. Das war der einzige Grund, warum ich am Leben im Diesseits hing.

Ehrfürchtig betraten wir das Reich der verstorbenen Seelen. Das Licht und der Nebel wandelten sich zu einem wolkenlosen Himmel. Wie ein Teppich lag eine Blumenwiese vor uns. Das Mädchen trug ein blaues Prinzessinnenkostüm mit einem Diadem und rannte kichernd durch das Blütenmeer. Ich schmunzelte. Es war ein märchenhaftes Paradies.

Ob es einen Gott gab oder nicht: Wir mussten dankbar sein für ein solches Leben nach dem Tod.

Ein Spielplatz erschien vor unseren Augen. Er war viel bunter und mit mehr Spielgeräten ausgestattet als der am Spreeufer, wo ich die Kleine gefunden hatte. Das Klettergerüst erinnerte an Zuckerstangen und die Türme an rosa Sahnehauben.

Die Rutsche leuchtete in einem satten Pink und endete in einem glitzernden Teich, der mit Seerosen bestückt war.

Wie aus dem Nichts tauchte eine Frau neben mir auf. Sie lächelte sanft und beobachtete das Mädchen, das den Spielplatz eroberte.

„Kennen Sie sie?“, fragte ich leise.

„Sie ist meine Enkelin. Danke, dass Sie sie hergebracht haben.“

„Wie ist sie gestorben?“

Die Frau senkte ihren Kopf und sah betrübt in den Teich. „Sie ist vor knapp einem Jahr ertrunken. Im Kinderbecken. Ihre Eltern leben, aber sie sind schrecklich traurig. Ihre Mutter kann weder die Grabstätte noch den Ort, an dem es passiert ist, besuchen. Zu tief sitzt der Schmerz. Ich war damals auf der Beerdigung. Es war schrecklich.“

„Verstehe.“ Neben dem Spielplatz am Spreeufer gab es ein Kinderschwimmbad – stets gut besucht und unübersichtlich. Dort war es sicherlich passiert.

„Hey, Kleine.“ Ich winkte ihr zu.

Sie unterbrach ihr Tollen und streckte ihren Kopf in unsere Richtung. Als sie ihre Großmutter sah, strahlten ihre Augen.

„Oma“, schrie sie und sprang vom Klettergerüst direkt in die Arme ihrer Großmutter.

Obwohl ihre Verwandte das Erscheinungsbild einer jungen Frau angenommen hatte, erkannte das Mädchen sie auf Anhieb.

Das war das Schöne am Jenseits: Jeder konnte sein, wie er wollte.

Nur die Seele blieb die gleiche.

Lächelnd genoss ich den friedvollen Moment.

„Ich gehe besser“, sagte ich nach kurzer Zeit, verabschiedete mich und wandte mich ab.

„Hey, warte!“

Das Mädchen hechtete zu mir und zog an meiner Hand. Ich ging in die Hocke und tippte mit einem Zeigefinger gegen ihre Nasenspitze. „Wenn ich wiederkomme, holst du mich dann ab?“

Aufgeregt nickte sie. „Na klar, das mache ich.“

Ich tätschelte ihren Kopf, dann erhob ich mich, bereit zu gehen. Kurz bevor ich die Brücke erreichte, schrie sie mir hinterher: „Hannah. Ich heiße Hannah.“

Ein letztes Mal drehte ich mich zu ihr, lief dabei ein paar Schritte rückwärts. „Bis bald, Hannah.“

LUNARIS LUMEN

Kapitel 5

Luna

Wo zur Hölle trieb er sich rum? Nicht mal die erste Woche des Semesters war geschafft und Vincent machte blau? Oder war er womöglich krank?

Ich musste an gestern denken. Meinetwegen hatte er im Regen gestanden und war vollkommen nass geworden. Lag er mit einer Erkältung im Bett?

Allein saß ich in der vordersten Reihe und schrieb jedes gesprochene Wort des Professors mit. Ich war es Vincent schuldig, ihm den verpassten Lernstoff zu geben, falls er wirklich mit einem grippalen Infekt das Bett hüten musste. Die anderen Studierenden tippten auf ihren Notebooks herum. Einzig ich notierte alles mit Kugelschreiber auf einen Collegeblock. Wenn ich mit der Hand schrieb, behielt ich das Geschriebene besser im Kopf. Außerdem war mein Laptop uralt und dementsprechend lahm.

Nach der Vorlesung schlenderte ich in den Computerraum und scannte die Notizen ein, um sie Vincent zu schicken. Da fiel mir ein, dass ich seine

Handynummer nicht kannte. Die E-Mail-Adressen der Universität setzten sich alle auf dieselbe Weise zusammen. Ich konnte ihm die Sachen also an sein Uni-Postfach senden. Nachdem ich den Anhang hinzugefügt hatte, überlegte ich, was ich dazuschreiben sollte. Es fiel mir schwer, mich zu konzentrieren.

Der gestrige Abend ging mir nicht aus dem Kopf. Vehement versuchte ich, nichts in die Situation hineinzuinterpretieren. Er hatte mich nach Hause gefahren. Nicht mehr und nicht weniger. Nur weil er freundlich zu mir gewesen war, musste ich nicht gleich Gefühle für ihn entwickeln.

Ich atmete tief durch, um meinen rasenden Puls zu beruhigen, und gab in die Tastatur ein: „Hey, hier sind deine Unterlagen. Wann machen wir die Übungen für das Modul Elektromagnetismus? Die Aufgaben liegen schon auf dem Server. Liebe Grüße, Luna."

Dreimal las ich den Absatz, bevor ich ihn schweißgebadet abschickte.

Alle fünf Minuten guckte ich auf mein Smartphone. Vincent schrieb nicht zurück. Zur Abendvorlesung fehlte er ebenfalls. Hoffentlich war ihm nichts passiert. Hatte er nicht behauptet, man würde ihm sein Auto am Kotti abfackeln? War er tatsächlich überfallen worden?

Auch am nächsten Tag blieb er der Uni fern. Hatte ich mich in Vincent getäuscht und ihm war das Studium egal? Selbst mit Husten und Schnupfen hätte ich mich in die Vorlesungen gequält, um nichts zu verpassen.

Lustlos saß ich neben einem Typen aus meinem Semester im Computerraum und hörte dem Dozenten zu. Er erläuterte uns die wichtigsten Programme für unser Studienfach. Computer waren überhaupt nicht meine Stärke. Mit verengten Augen glotzte ich auf den Bildschirm und verschaffte mir einen Überblick. Aus dem Augenwinkel nahm ich wahr, dass mein Nachbar gelegentlich zu mir rüberstierte und kicherte. Diese wöchentliche Tutorialstunde würde zu meiner Achillesferse werden oder – wie Vincent sagen würde - zu meinem Kryptonit. Wenn ich das Studium vergeigte, dann wegen dem Technikkram.

Nach 90 Minuten wurde ich erlöst und konnte nach Hause fahren. Mit steifen Schultern und brummendem Kopf verließ ich das Institut.

Der Weg zum S-Bahnhof zog sich eine Ewigkeit. Heute würde ich mir einen riesigen Hamburger reinziehen und einen Liter Cola auf ex trinken.

Mein Smartphone vibrierte. Ich kramte es hektisch aus der Umhängetasche und schaute darauf. Ein Kribbeln durchfuhr mich von Kopf bis Fuß.

Vincent hatte zurückgeschrieben:

„Bin total platt. Wir können die Aufgaben bei mir machen." Darunter stand seine Adresse.

Ungläubig blinzelte ich ein paar Mal.

Meinte er das ernst? Sollte ich zu ihm nach Hause fahren? Ich suchte mir die schnellste Strecke heraus und stieg in die Bahn.

Beim Umsteigen besorgte ich Fast Food an einem kleinen Imbiss. Mein Magen knurrte so laut wie ein Tiger, der sein Territorium verteidigen wollte.

Den ganzen Tag hatte ich mich nur von einem Milchkaffee und einem Croissant ernährt.

Bei der Haltestelle ‚Stadtmitte' stieg ich aus und lief eine Treppe hinauf, um den Bahnhof zu verlassen. Oben angekommen, ging die Sonne gerade unter.

Der weitläufige Platz vor dem Bahnhof erstrahlte in einem satten Pink.

Ich drehte mich einmal um die eigene Achse und sah mich um. Hier befand sich eine völlig andere Welt. Die Marmorplatten, mit denen der Platz ausgelegt war, glänzten, kein Dreck lag auf ihnen. Die Fassaden der Häuser waren aufwendig mit Stuck verziert und allesamt ordentlich gestrichen. Die Luft roch weder nach Abgasen noch nach Fäkalien. Jetzt konnte ich verstehen, warum Vincent meinen Wohnbezirk dermaßen ätzend fand.

Wenig später und eine Seitenstraße weiter stand ich vor Vincents Haus. Es war ein elegantes Reihenhaus mit einer Marmortreppe und einer imposanten Eingangstür aus dunklem Holz, die links und rechts von Säulen gesäumt war. Meine Augen wurden groß, als ich seinen Nachnamen auf dem goldenen Klingelschild las. Ja, das war tatsächlich sein Zuhause. Ich zögerte zu klingeln. Meine Handflächen waren mal wieder schweißnass.

Ganz ruhig, Luna, du schaffst das. Sei einfach völlig natürlich.

Wie in Zeitlupe hob ich meinen zittrigen Finger und drückte auf den Klingelknopf. Sofort ertönte ein lauter Glockenton, der vibrierend durch meinen Körper fuhr.

O Gott, ich hatte es getan. Es gab kein Zurück mehr. Mir wurde schlecht.

Die Minuten vergingen, doch keiner öffnete die Tür. Noch einmal überprüfte ich das Klingelschild. ‚Clark' stand darauf. Das war definitiv das richtige Haus. Erneut klingelte ich. Mit einem Knarren öffnete sich die wuchtige Holztür, und ein schwarzhaariges Etwas lugte verschlafen durch den offenen Spalt.

War das wirklich Vincent?

Er sah komplett verändert aus. Seine Haare waren auf der einen Seite total zerzaust und auf der anderen platt gedrückt.

Ein Dreitagebart wucherte in seinem Gesicht. Seine eingefallenen Wangen und seine blasse Haut erinnerten mehr an die eines Toten. Und er trug einen oversized

Hoodie und eine Jogginghose anstatt schicker Markenklamotten. Verdutzt starrte ich ihn an.

Er wuschelte sich durchs Haar und gähnte. „Was machst du denn hier?“

„Du meintest, wir machen die Übungen bei dir.“

„Und da bist du Hals über Kopf losgestürmt? Ich dachte, wir machen eine Uhrzeit aus. Für morgen.“

Ups, da war ich wohl zu voreilig gewesen. Mein Gesicht brannte wie Feuer. Vor Scham krallte ich die Finger in die Träger meiner Tasche.

„Wo du schon mal da bist, komm rein.“

Er öffnete die Tür komplett und ließ mich ins Haus. Der Eingangsbereich war weitläufig und mit Steinplatten gefliest, die goldene Ornamente zierten. In der Mitte stand ein Tischchen aus rötlichem Holz mit einer Blumenvase darauf, in der ein Strauß Gerbera steckte. Exakt so prunkvoll hatte ich mir Vincents Zuhause vorgestellt.

Ich schluckte.

Für ihn war ich definitiv ein Mensch zweiter Klasse.

„Meine vier Wände sind oben.“

Er schlurfte an mir vorbei und ging die Stufen hinauf in den ersten Stock.

Verdammt war ich nervös. „Bist du allein?“, fragte ich, während ich ihm nacheilte.

„Mein Vater ist noch im Laden. Meine Mutter ist in Frankreich auf irgendeinem Fashion-Mist.“

Wir bogen einen weitläufigen Gang nach rechts ab. An den Wänden hingen Ölgemälde in prunkvollen Goldrahmen. Eingeschüchtert blieb ich vor einem der Bilder stehen.

Darauf waren fünf Frauen in schwarzen perlenbestickten Seidenkleidern abgebildet. Um ihre Hälse hingen opulente Amulette, die mit Rubinen verziert waren.

Ihre Hände ruhten auf einem Seelenbrett, umringt von Kerzen. Offensichtlich hielten sie eine Séance ab. Die mystische Stimmung wurde durch dunkle Violett- und Brauntöne meisterhaft transportiert.

„Mein Dad steht auf altes Zeug. Darum sieht es bei uns aus wie im 19. Jahrhundert“, erklärte Vincent, der sich neben mich gestellt hatte, und vergrub die Hände in seinen Hosentaschen.

„Es ist wunderschön.“

„Tatsächlich ist eine der Frauen auf dem Bild meine Urgroßmutter mütterlicherseits. Sie war weltweit bekannt für ihre Geistershows.“

Er deutete mit seinem Zeigefinger auf die schwarzhaarige Dame in der Mitte. Ihre Haut war leichenblass und ihre Statur knochig. Ich konnte durchaus eine Ähnlichkeit zu Vincent feststellen.

„Ehrlich? Geister?“

Vincent schmunzelte. „Ja, früher sind die Leute darauf total abgefahren. Die reichen Schnösel trafen sich wie zu einer Party und spielten Gläserrücken oder ließen sich die Karten legen.“

Wir ließen das Gemälde hinter uns und liefen weiter zu seinem Zimmer. Nachdem er mich eingelassen hatte, stellte ich fest, dass es mit seiner modernen Einrichtung und der Unordnung ganz anders aussah als der Rest des Hauses.

Überall lagen Bücher und Kaffeebecher. Neben dem Bett türmte sich ein Wäschehaufen aus zerknüllter Kleidung. Durch die anthrazitfarbenen Wände wirkte der Raum geheimnisvoll und erdrückend. Die Luft roch nach getragenen Socken.

„Hab nicht aufgeräumt. War die Tage ziemlich kaputt.“

„Schon gut. Mein Fehler. Ich dachte echt, du meintest, ich soll gleich kommen.“

„Ist nicht zu ändern. Ich habe das schlecht kommuniziert. Setz dich.“ Er lief zum Schreibtisch und schmiss einen Stapel Magazine von einem Drehstuhl. Sie landeten fächerartig auf dem Parkett. Dann drehte er sich zum Fenster, zog die schwarzen Leinenvorhänge zurück und öffnete das Fenster. Eine kühle Brise streifte mein Gesicht.

„Was hast du eigentlich? Bist du fit genug für die Übungen?“

„Migräne. Die habe ich oft.“

Demnach war er nicht meinetwegen krank. Das besänftigte mein schlechtes Gewissen. Ich setzte mich auf den Stuhl und wühlte das Essen aus meiner Umhängetasche. „Hab dir was mitgebracht. Magst du Burger?“

„So was esse ich nicht. Sorry.“ Er bemerkte meine Enttäuschung und ergänzte: „Wenn ich Migräne habe, esse ich nichts. Ich trinke bloß Wasser und Kaffee.“

Ich nickte und packte alles wieder ein. Die Blöße, vor ihm fettiges Fast Food in mich reinzustopfen, wollte ich mir nicht geben. Ein verzweifeltes Grummeln drang aus meinem Magen.

Vincent befreite einen Hocker von einer vertrockneten Pflanze und stellte ihn neben mich. Gähnend ließ er sich darauf fallen. Er sah echt fertig aus.

„Wenn du heute nicht kannst, gehe ich wieder. Das ist kein Problem.“

„Geht schon. Du kannst ja die Führung übernehmen und schreiben.“

Gesagt, getan. Wir lasen die Aufgaben durch und suchten die jeweiligen Bücher heraus. Sobald wir unsere Lösungen erarbeitet hatten, übertrug ich sie in ein Dokument auf seinem Notebook.

Ich war schrecklich langsam und vertippte mich am laufenden Band.

„Fertig“, verkündete ich letztlich jubelnd.

Da merkte ich, dass Vincent gar nicht mehr neben mir saß. Er hatte sich ins Bett gelegt und die Augen geschlossen. Schlief er? Ich kniete mich davor und musterte ihn. Er sah so friedlich aus. Am liebsten hätte ich seine Wange gestreichelt. Ein Lächeln huschte über meine Lippen.

Mein Blick wanderte zu seinem Nachttisch. Hinter einem Müllberg entdeckte ich ein Foto in einem Bilderrahmen. Darauf war eine braun gebrannte Version von ihm abgebildet zusammen mit einer bildhübschen jungen Frau. Er warf sie freudestrahlend in die Luft. Beide lachten. Im Hintergrund sah man einen traumhaften Strand mit Palmen.

War das Vincents Freundin? Mein Herz zersprang in Tausend Teile. Was hatte ich auch erwartet? Dass sich so ein gut aussehender, reicher Typ in ein mittelloses graues Mäuschen wie mich verlieben würde? Hatte ich mich so schnell in Vincent verknallt?

„Das ist Penelope. Meine Ex.“

Überrumpelt schreckte ich hoch und stieß dabei alles, was auf dem Nachttisch stand, um. Ein lautes Klirren ließ erahnen, dass das Glas des Bilderrahmens zersprungen war.

„Entschuldige. Scheiße.“

Panisch griff ich mir die auf dem Boden liegenden Sachen und positionierte sie wieder auf dem Tisch. Vincent kämpfte sich stöhnend aus dem Bett und schnappte sich den Rahmen. Mit dem Daumen wischte er über den Riss in der Scheibe.

„Das Foto ist vier Jahre alt. Wir haben damals nach dem Abi eine Weltreise als Backpacker gemacht.“

„Ich wollte nicht schnüffeln, ehrlich.“

„Kein Ding. Ich weiß gar nicht, warum das da steht. Die anderen Bilder habe ich längst weggeräumt.“

Schlaftrunken torkelte er zum überquellenden Mülleimer und warf den Bilderrahmen achtlos hinein.

Mich interessierte brennend, warum sie Schluss gemacht hatten und ob er gerade in einer Beziehung steckte. Aber ich traute mich nicht zu fragen.

Vincent setzte sich auf den Drehstuhl und sah sich das Dokument an, das ich verfasst hatte. „Sieht gut aus. Ich vertraue dir.“

Den letzten Satz betonte er mit einem Schmunzeln. War das eine Anspielung auf die Autofahrt neulich? Mir wurde abermals heiß, und ich spürte, wie sich Schweißperlen an meinem Haaransatz bildeten.

„War nicht so gemeint.“

Er schnappte sich einen Bleistift vom Schreibtisch und spielte damit herum.

„Du hast nicht viele Freunde, oder?“

Small Talk, verdammt. Darin war ich mies. Vor allem wenn das Thema *ich* war.

„Ich habe niemanden. Amari, meine WG-Mitbewohnerin, scheint ganz nett zu sein.“

„Keine Freunde zu haben, ist nicht mal allzu schlecht. Auf diese Weise wirst du wenigstens nicht enttäuscht.“

Das konnte ich nicht nachvollziehen. Dieses permanente Gefühl der Einsamkeit war schrecklicher als alles andere. „Ich möchte in Berlin ein paar Freunde finden.“

„Die meisten haben ihren Fokus eher bei sich. Erwarte daher nicht zu viel.“

„Was ist mit dir?“

Vincent drehte überrascht seinen Kopf zu mir.

„Mit mir?“

Sofort bereute ich meine Frage.

Ich konnte den Blickkontakt mit ihm nicht halten und sah weg.

„Ich lege keinen Wert auf zwischenmenschliche Beziehungen. Außerdem bin ich viel beschäftigt.“ Er schnalzte mit der Zunge und warf den Bleistift zurück auf den Schreibtisch. Aus dem Augenwinkel bemerkte ich, wie er mich eindringlich musterte. „Allerdings unterhalte ich mich gern mit dir.“

Mein Herz blieb stehen. Ich biss mir fest auf die Unterlippe.

„Ich hasse Partys und Menschenmengen. Ich mag kein fettiges Fast Food, und du brauchst mich gar nicht erst zu fragen, ob ich mit dir shoppen gehe.“

Lauthals prustete ich los. „Merk ich mir.“

„Ach, und ich bin viel unterwegs. Und auf Anrufe reagiere ich prinzipiell nicht.“ Er schnappte sich einen Zettel und notierte seine Handynummer. „Also schreibe besser, wenn du was willst.“ Mit seinem Zeigefinger schob er mir die Notiz über den Tisch zu. Dann stellte er seinen Ellenbogen auf die Tischplatte und lehnte seinen Kopf seitlich gegen die Faust, während er mir beim Speichern seiner Nummer ins Handy zusah. Mein Gesicht musste inzwischen die Farbe einer Kirsche angenommen haben. Mir war schwindlig vor lauter Glück. Ich hatte seine verdammte Handynummer!

Kapitel 6

Vincent

„Die war ja speziell. Wusste gar nicht, dass du auf Mauerblümchen stehst.“

Mein Zwillingsbruder Valentin setzte sich verkehrt herum auf den Drehstuhl.

Seine Haut schimmerte wie durchsichtiger Stoff, so wie es bei allen Geistern der Fall ist. Und natürlich trug er keinerlei Kleidung.

Er war mit nur 18 Jahren an einer Überdosis Heroin gestorben. Direkt im Zimmer nebenan.

„Halt die Klappe. Für so was habe ich keine Zeit.“

„Sie ist in dich verknallt.“

„Rede keinen Quatsch. Sie kennt mich gar nicht.“

Schwungvoll warf er seine Arme in die Höhe. „Das erkennt eine blinde Eintagsfliege. Sie ist total in dich verschossen.“

Schweigend sah ich ihn mit zusammengekniffenen Augen an. Grimmig musterten wir uns. Der wachsende Altersunterschied zwischen uns beiden fiel mehr und mehr auf. Früher hatten wir einander dermaßen ähnlich gesehen, dass selbst unsere Eltern Schwierigkeiten gehabt hatten, uns auseinanderzuhalten. Mittlerweile wirkte ich eher wie sein großer Bruder. Das stimmte mich traurig. Auch wenn er mir oft auf die Nerven ging, liebte ich ihn über alles. Solch ein beschissenes Ende hatte er nicht verdient gehabt.

Nach einiger Zeit wandte er sich ab.

„Aber alle Mädchen sind in dich verknallt, seitdem deine Konkurrenz fort ist."

In seinem kurzen Leben war er ein schrecklicher Playboy gewesen.

Ein Mädchenherz nach dem anderen hatte er gebrochen. Seine Welt hatte aus Exzessen bestanden: Partys, Girls, Alkohol und Drogen.

„Wie gesagt, kein Interesse. Und jetzt raus!"

Sichtlich gekränkt stieg er auf mein Bett und lief wie ein Trampel darüber.

„Du gönnst mir keinen Spaß."

Die Fäuste in die Hüften gestemmt und die Nase in die Luft gestreckt, verschwand er durch die Wand in sein Zimmer.

Darin war alles genauso, wie Valentin es an seinem letzten Tag hinterlassen hatte.

Nur die Leiche und die Kotzeflecken waren beseitigt worden. Unsere Mutter besaß ebenfalls die Gabe, mit Geistern in Kontakt zu treten. Darum war ihr nach seinem Tod schnell aufgefallen, dass Valentins Seele weiterhin in unserem Haus weilte.

Allerdings konnte sie ihn nicht sehen. Durch zeitaufwendige Séancen mit einem Ouija-Brett war sie in der Lage, seine Präsenz zu fühlen und Antworten auf ihre Fragen zu erahnen – mehr nicht.

Seit meinem Unfall vor vier Jahren konnte ich nicht bloß über spirituelle Sitzungen mit ihm kommunizieren so wie meine Mutter. Valentin war wieder fester Bestandteil meines Lebens.

Wir wohnten zusammen wie früher als streitlustige Brüder, die sich tief im Inneren liebten. Er war der einzige Geist, den ich nicht davon überzeugen wollte, ins Jenseits zu gehen. Schließlich wandelte er nur meinetwegen im Diesseits umher.

Wir waren eineiige Zwillinge. Obwohl unser Wesen grundverschieden war, hatten wir keinen Tag ohneeinander verbracht. Das wollte Valentin auch nicht ändern. Er würde bei mir bleiben. Bis zum Schluss. Eines Tages würden wir gemeinsam die letzte Reise antreten. Das hatten wir uns geschworen.

Ich lehnte mich gegen das Fensterbrett und genoss die kühle Brise, die mir ins Gesicht blies. Es war bereits dunkel. Ein sternenklarer Himmel erstreckte sich über der Lichterglocke der Stadt.

Heute ging es mir wieder besser.

Hannah gegen ihren Willen ins Jenseits zu befördern und dort länger als nötig zu verweilen, hatte mich viel Kraft gekostet.

Leider endeten solche Aktionen immer in mehrtägigen Migräneattacken der übelsten Sorte.

Mittlerweile war ich einigermaßen auf den Beinen. Eigentlich wollte ich meine Runden durch Berlin drehen und nach Geistern Ausschau halten, die Hilfe benötigten. Doch ein ungutes Gefühl beschlich mich, wenn ich nach draußen sah.

Diese Hexe hatte mich angegriffen und bedroht. Sie war mir dicht auf den Fersen. Ich hatte rein gar keine Lust auf einen direkten Konflikt mit dem ‚Circulus Arcanorum'. Gegen ihre Elementarmagie war ich machtlos. In ihren Augen war ich ein Niemand, ein Störenfried, den es galt ruhigzustellen. Meine nächste Begegnung mit einem Anhänger des Zirkels würde sicherlich nicht so glimpflich ausgehen. Aber ich konnte mich nicht ewig im Haus einsperren.

Ich gab mir einen Ruck, zog Sneaker und eine Bomberjacke an und ging hinaus in die Dunkelheit zu meinem Auto. Planlos fuhr ich durch die Straßen. Ohne es vorgehabt zu haben, landete ich vor Lunas Haus. Ich sah an der beschmierten Fassade des Gebäudes hoch. Die Worte meines Bruders hallten in mir nach: *Sie ist in dich verknallt.*

Verächtlich schüttelte ich den Kopf, um den Satz aus meinen Gedanken zu vertreiben. An einer Beziehung hatte ich absolut kein Interesse. Zu tief saß der Schmerz, den Penelope bei mir hinterlassen hatte. Etwas in der Richtung wollte ich nie wieder durchleben. Inständig hoffte ich, dass Luna sich nicht in mich verliebte. Ich wollte ihr nicht wehtun. Sie war viel zu zart und naiv für diese Welt. Und ich war unterdessen zu einem Sozialphobiker mutiert, der sich mit jeglichen Bindungen schwertat.

Die Frage in diesem Fall war, was zur Hölle ich hier machte? Warum war ich zu ihr gefahren? Wollte ich mich vergewissern, dass sie heil zu Hause angekommen war?

Ihre bernsteinfarbenen warmen Augen kamen mir in den Sinn. Sie hatten sich in meine Gedanken gebrannt wie das Licht der Sonne in den Pupillen, wenn man zu lange hineinsieht.

Vor mich hin grummelnd, startete ich den Motor und fuhr davon. Ich war wütend auf mich selbst. Mein Bruder hatte mir den Floh ins Ohr gesetzt, dass Luna in mich verschossen war.

Nun wurde ich ihn nicht mehr los. Alles, was ich wollte, war, mit einer Person zu reden, die nicht wie ein Weihnachtsbaum blinkte. Das hatte hundertpro nichts mit Gefühlen zu tun.

Im Augenwinkel bemerkte ich etwas. Eine Frau mit violetter Aura sprang mir direkt vors Auto.

Sofort trat ich auf die Bremse. Reifen quietschten, der Wagen schlitterte in Schlangenlinien. Der Bremsweg war zu lang. Ich kniff die Augen zusammen und wartete auf den Aufprall.

Er blieb aus.

Als das Auto zum Stehen gekommen war, öffnete ich vorsichtig die Lider und sah aus der Frontscheibe.

Nichts.

Lag die Frau womöglich unter dem Fahrzeug?

Mit zittrigen Beinen stieg ich aus. Ich lief einmal um den Wagen herum.

Bis auf die Bremsspuren konnte ich nichts Auffälliges entdecken. Hinter mir bildete sich eine Autoschlange. Die Fahrer hupten.

Ein Mann brüllte aus seinem heruntergekurbelten Fenster: „Spinner, fahr weiter!"

Es grenzte an ein Wunder, dass mir keiner hinten aufgefahren war.

Irritiert legte ich mich neben das Auto, die Wange presste ich auf den dreckigen Asphalt.

Nichts.

Kein Menschenkörper oder Ähnliches unter meinem Wagen.

Nicht einmal ein Kaugummi klebte am Boden.

Hupend quetschten sich die Autos an mir vorbei. Ein leises Kichern drang in meine Ohren – nur kurz und kaum hörbar.

Hektisch stand ich auf, drehte mich einmal um die eigene Achse und inspizierte die Umgebung. Hatte ich mir das eingebildet?

Kopfschüttelnd stieg ich ins Auto und betrachtete mich im Spiegel. Mein halbes Gesicht war schwarz von der verschmutzten Straße.

Angewidert wischte ich mir mit dem Ärmel darüber. Die Reflexionen des Lichts hatten mir in Verbindung mit meiner ausklingenden Migräne offensichtlich einen Streich gespielt, oder?

Langsam verlor ich wohl den Verstand.

Ich beschloss, es für heute sein zu lassen und nach Hause zu fahren.

„Hey, geht's dir besser?", begrüßte mich Luna freudestrahlend im Vorlesungssaal. Ihre Augen wirkten noch wärmer als sonst. Schnell löste ich den Blick, nickte flüchtig und ließ mich zwei Sitze neben ihr auf den Platz fallen.

„Wollen wir heute direkt nach den Vorlesungen in der Bibliothek lernen?"

Wieder nickte ich, ohne sie anzusehen.

„Ich muss allerdings um sechs bei der Arbeit sein. Habe mal wieder die Spätschicht."

Flüchtig schielte ich zu ihr rüber. Sie sah fröhlich aus – kein Vergleich zum ersten Tag unserer Begegnung. Ihr Tatendrang sprühte mir förmlich entgegen. Schade, dass sie dermaßen einsam war. Man sah es ihr auf Anhieb an, dass sie darunter litt. Sie besaß ein aufrichtiges Herz und hatte mehr Freundschaften verdient, so wie es ihr Wunsch war.

Leider würde daraus nichts werden, unabhängig davon, wie eifrig sie sich bemühte. Denn ihre fehlende Aura ließ sie für andere seltsam erscheinen.

Die Leute waren es gewohnt, implizit die Auren ihrer Mitmenschen wahrzunehmen. Oftmals spürte man schon vor dem ersten Gespräch, wer sympathisch rüberkam. Und das war der Knackpunkt. In Lunas Nähe konnten die Leute nichts fühlen, hatten keine Vorahnung und keinen ersten Eindruck.

Darum gingen sie auf Abstand.

Wahrscheinlich wirkte Luna auf sie schräg oder unheimlich. Ihre Bemühungen, Freunde zu finden, waren für die Katz. Diese Tatsache machte mich traurig. Ich hatte am eigenen Leib erfahren, wie es sich anfühlte, allein zu sein. Ich kam mittlerweile mit der Einsamkeit klar.

Schließlich hatte ich wenigstens meinen Bruder zum Quatschen, ganz gleich wie nervtötend er auch sein konnte. Mitfühlend senkte ich den Kopf und starrte auf die abgenutzte Tischplatte vor mir.

Ich räusperte mich, um die Stille, die zwischen uns aufgekommen war, zu beenden. „Ich fahre dich."

Ihre Augenbrauen huschten erstaunt auf ihre Stirn. „Das musst du wirklich nicht."

„Ich muss ebenfalls noch ein wenig arbeiten. Das ist kein Problem."

„Autofahren ist echt nicht mein Ding. Nach der letzten Fahrt musste ich erst mal duschen, so schweißgebadet war ich." Luna drehte sich weg und starrte auf ihren Collegeblock.

Ich schnalzte mit der Zunge. „Schon okay. Wie du möchtest."

Auf dem Weg zur Bücherei wirkte sie weiterhin in sich gekehrt.

Ihre Phobie machte ihr zu schaffen.

Ich bekam ein schlechtes Gewissen, sie gefragt zu haben. Der Auslöser ihrer Angststörung interessierte mich brennend.

Vielleicht hatte es mit ihrer fehlenden Aura zu tun?

Wir setzten uns an einen abgelegenen Tisch und kramten die Arbeitsmaterialien heraus.

„Am Samstag findet die Party für die Ersties statt“, nuschelte sie, sah mich dabei jedoch nicht an.

„Ist mir ziemlich egal.“

„Wäre vielleicht eine tolle Erfahrung. Ich war bisher auf keiner Party.“

„Dann viel Spaß. Ich habe kein Interesse an so etwas.“

Sie nickte geknickt und schlug ihr Buch auf. „Und was machst du dann?“

„Cardiotraining, lesen, schlafen. Das perfekte Wochenende.“

„Hört sich langweilig an.“

„Ich *bin* langweilig.“

„Auf die Weise, wie dich die Mädchen anstarren, könntest du ein aufregendes Leben führen. Du brauchst nur mit den Wimpern zu klimpern und hättest ein Date.“

Das Gespräch glitt in eine Richtung ab, die mir nicht gefiel. Genervt rollte ich mit den Augen. „Warum sollte ich auf Partys oder Dates gehen, wenn es mir keinen Spaß macht?“

„Ist das nicht der Sinn des Lebens: Spaß haben, soziale Kontakte pflegen, was erleben, die große Liebe finden?“

Stocksteif saß sie da, musterte mich angespannt und quetschte sich die Finger in solchem Maße zusammen, dass sich die Haut weißlich verfärbte.

„Das Wichtigste ist, mit sich selbst im Reinen zu sein. Wenn ich auf etwas keinen Bock habe, lasse ich es sein. Die Gesellschaft schreibt mir nicht vor, was mir zu gefallen hat.“

„Für mich gibt es nichts Deprimierenderes, als ein weiteres Wochenende allein zu Hause zu verbringen. Ich dachte, es könnte lustig werden, wenn wir beide hingehen.“

Sollte ich sie aus Mitleid begleiten? War das ihr Plan? Wie erbärmlich.

„Ich habe keine Lust." In meinem Bauch brodelte es. Dennoch versuchte ich, ruhig zu bleiben.

„Bitte." Wie bei einem Gebet faltete sie ihre Hände. Ein hoffnungsvolles Glitzern stand in ihren Augen.

„Nein!"

„Ich habe sonst niemanden. Du würdest mir 'nen riesigen Gefallen tun. Wir müssen ja nicht lange bleiben."

Ich stieß die Luft hörbar aus und sah sie aus verengten Augen an. „Wow, du bist echt penetrant."

Sie zog einen Schmollmund. „Hab schon verstanden." Sie wendete den Blick ab und redete kein weiteres Wort mit mir. Wie kindisch.

Jede Sekunde wurde ich zorniger wegen unseres Gesprächs. Es war völlig unnötig gewesen. Die Übungsaufgaben hatten wir nicht ansatzweise geschafft. Mürrisch starrte ich auf den blinkenden Cursor auf dem Bildschirm. Ich konnte es nicht ausstehen, zu etwas gezwungen zu werden. Das machte mich wahnsinnig.

„Ich gehe jetzt. Auf so ein dummes Rumgezicke habe ich keine Lust." Fester als notwendig schlug ich das Notebook zu und packte mein Zeug in den Rucksack. „Ich mache die Übungen zu Hause allein. Ciao."

Luna erwiderte nichts, sah lediglich traurig in ihr Buch. Hatte sie ernsthaft erwartet, dass ich mich dazu überreden ließ, sie zu begleiten?

Ich hasste Menschenmassen.

Das hatte ich ihr ausdrücklich gesagt. Dazu kamen laute Musik und buntes Lichtgeflimmer. In meiner Welt gab es nichts Schrecklicheres als Partys.

Mit großen Schritten lief ich zur Tiefgarage und setzte mich fluchend ins Auto. Aus dem Brillenfach holte ich die Sonnenbrille und hielt kurz inne, um in den Innenspiegel zu blicken. In meinen Augen lag so viel Wut, dass es mich selbst erschütterte.

Wie konnte ich wegen einer solchen Kleinigkeit derart ausflippen? Die Reue breitete sich in mir aus, als ich mein Gesicht musterte. Ich war ein kaltherziger Vollarsch. Luna war gut gelaunt gewesen, und ich hatte alles zunichtegemacht. Ich hätte bessere Worte finden können, um mich zu erklären.

In den letzten Jahren hatte ich Bekanntschaften weitestgehend vermieden. Inzwischen konnte ich nicht aus meiner Haut. Luna war die erste Person seit Langem, mit der ich freiwillig Kontakt aufgenommen hatte, und dann hatte ich es in wenigen Tagen mit meiner empathielosen Art versaut. Ihre warmen Augen flammten erneut in meinen Gedanken auf und verursachten ein unangenehmes Ziehen in meiner Brust. Genervt von mir selbst schleuderte ich die Brille auf den Beifahrersitz und fuhr los.

Kapitel 7

Luna

„Na, Feierabend?“ Vincents Stimme fuhr wie ein Blitz durch meine Glieder. Ich drehte mich ruckartig in seine Richtung.

Lässig lehnte er sich gegen die Hausfassade und rauchte.

„Können wir reden?“ Er sah mich mit seinem gleichgültigen Gesichtsausdruck an und zog an seiner Zigarette. Beim Ausatmen pustete er die Rauchwolke in mein Gesicht. Ich rümpfte die Nase und wedelte mit der Hand in der Luft herum, um den Qualm zu vertreiben. Vincent zu sehen, überraschte mich. Am Nachmittag hatte er mir ziemlich direkt klargemacht, dass er keinen Bock auf mich hatte. Den ganzen Tag hatten mich seine kühlen Worte verfolgt.

Mit gesenktem Kopf murmelte ich: „Klar.“

Wir gingen auf die nahe gelegene Wiese und setzten uns darauf. Es regnete nicht, trotzdem war das Gras leicht feucht.

Die Kälte des Bodens hatte sich nach kurzer Zeit durch meine Kleidung gekämpft und bescherte mir eine Gänsehaut. Ich zog die Knie an die Brust und umschlang sie fest mit meinen Armen.

Vincent sah verlegen in die Ferne und räusperte sich. „Sorry für heute Vormittag. Ich war etwas zu harsch."

Diese Worte brachten mein Herz zum Rasen. Den ganzen Abend hatte ich mich schlecht gefühlt wegen unseres Gesprächs. Ich hatte jede verdammte Sekunde an ihn gedacht.

Kopfschüttelnd antwortete ich: „Nein, ich war viel zu aufdringlich. Tut mir ehrlich leid."

„Partys sind für mich der blanke Horror. Weißt du noch, mein Kryptonit? Ich mag kein grelles Licht. Und dann die laute Musik und die ganzen Menschen ... Da ist eine Migräneattacke vorprogrammiert."

„Stimmt. Tut mir leid, das hatte ich vergessen. Ich will nur unbedingt dorthin und traue mich nicht allein."

„Bist du enttäuscht?" Er drehte seinen Kopf in meine Richtung.

Ich suchte den Blickkontakt und sah in seine tiefblauen Augen.

Ein unangenehmes Kribbeln breitete sich von meinem Herzen bis in alle Gliedmaße aus. Es war eine Mischung aus Unbehaglichkeit und Sehnsucht, die mich überwältigte.

„Du bist extra wegen mir hergekommen, um dich zu entschuldigen. Das hat bisher nie jemand für mich gemacht."

Er lehnte die Stirn gegen seine geballte Faust und schloss dabei die Augen.

Es kostete ihn sichtlich Überwindung, mit mir zu reden.

Nichtsdestotrotz sprang er über seinen Schatten und sagte: „Weißt du, ich möchte wirklich mit dir befreundet sein. Das war nicht bloß dahingesagt."

Trotz der Kälte stieg eine unglaubliche Hitze in mir auf. Ich glaubte ihm und war dankbar für seine Offenheit.

Hörbar stieß er einen Seufzer aus. „Ich habe darin echt keine Übung."

„Weißt du, was ich nicht verstehe? Warum ausgerechnet ich?" Vor Überraschung, dass ich die Frage tatsächlich gestellt hatte, legte mein Herzschlag ein weiteres Mal an Geschwindigkeit zu.

Nachdenklich sah er in den Himmel und verwehrte mir eine Antwort.

„Es muss einen Grund geben. Ich will ihn wissen. Egal was es ist."

„Egal was es ist?" Ein mürrisches Grummeln drang aus seiner Kehle. Seine Augen wanderten schließlich wieder zu mir. „Als ich dich das erste Mal gesehen habe ..." Er stockte, wandte seinen Blick jedoch nicht von mir ab und starrte mich intensiv an. „Du bist die Erste nach einer gefühlten Ewigkeit, der ich in die Augen sehen kann."

Perplex runzelte ich die Stirn. Was wollte er mir damit sagen? Warum sprach er in solchen Rätseln?

„Verrätst du mir dafür, wovor du solche Angst beim Autofahren hast?"

Ich schluckte. Er hatte mich eiskalt erwischt. Darüber wollte ich nicht reden. Niemals nie. Mit niemandem. Wider Erwarten vertraute ich Vincent aus einem mir unbekannten Grund. Klar, er war der Erste, der den Kontakt zu mir gesucht hatte. Doch da war noch etwas anderes: eine Art Verbundenheit, von der ich nicht sagen konnte, woher sie kam.

„Du musst es mir nicht sagen. Aber wenn dir mal danach ..."

„Meine Eltern", unterbrach ich ihn.

Seine Augenbrauen huschten nach oben.

„Sie starben bei einem Unfall."

Er stöhnte, lehnte sich zurück und ließ sich ins weiche Gras sinken. „Shit."

„Ich war zehn, als es passierte. Meine Schwester hat mich danach großgezogen."

„Verstehe. Kein Wunder, dass du Autos hasst." Er verschränkte seine Hände unter seinem Kopf, während er den Blick auf den Sternenhimmel richtete.

„Seitdem ist mein Leben ziemlich verkorkst." Jetzt war es raus. Es fühlte sich befreiend an. Auch wenn ich ihm lediglich einen Bruchteil meiner Vergangenheit geschildert hatte.

„Bist du oft traurig deswegen?"

Ich lehnte mich ebenfalls zurück und sah hinauf in die Nacht. Vereinzelt blitzte ein Stern durch den Lichtsmog der Stadt. „Die Trauer hat sich verändert. Selbstverständlich vermisse ich sie. Aber ich komme damit klar. Oft fühle ich mich einsam. Und natürlich frage ich mich, wie mein Leben ausgesehen hätte, wenn dieses miese Arschloch nicht ins Auto meiner Eltern gerast wäre."

Vincent drehte sich auf die Seite und stützte seinen Kopf mit der Hand vom Boden ab. „Mein Zwillingsbruder starb vor sechs Jahren völlig sinnlos an einer Überdosis."

Entsetzt schlug ich mir die Hand vor den Mund.

„Was? Fuck."

Das war es also, woher unsere Verbundenheit rührte: der Tod geliebter Menschen.

Es war erschreckend!

Er zog sein Handy aus der Manteltasche, suchte ein Foto heraus und zeigte es mir. Darauf waren zwei identisch aussehende Vincents. Sie sahen fröhlich aus, alberten herum.

Wie Geschwister, die sich gernhatten.

„Er hieß Valentin. Er war stets in Feierlaune. Mit ihm hättest du auf die Party gekonnt."

„Ihr seht absolut gleich aus."

Schmunzelnd sagte er: „Ja, ich habe oft seine verpassten Prüfungen nachgeschrieben, was keiner gemerkt hat."

„Er fehlt dir bestimmt sehr."

Er lehnte sich weiter zu mir. „Darf ich dir außerdem etwas verraten?" Unsere Gesichter waren nur wenige Zentimeter voneinander entfernt. Seine Nähe raubte mir den Atem. Dafür schlug mein Herz umso intensiver.

„Irgendwann wirst du deine Eltern wiedersehen", flüsterte er.

„Du glaubst an ein Leben nach dem Tod?"

„Ich glaube nicht daran, sondern weiß es."

Seine klare Stimme klang dermaßen überzeugend, dass es mir den Wind aus den Segeln nahm. Ich glaubte nämlich längst nicht mehr an ein Leben danach oder an Gott.

Ein Grund, Physik zu studieren.

Ich hatte nichts übrig für Aberglauben, wollte die Welt und ihr Sein durch reine Wissenschaft erklären. Darum verwunderte es mich, dass Vincent an solchem Hokuspokus festhielt. Vielleicht brauchte er diese Vorstellung, um den Tod seines Zwillingsbruders zu verkraften.

Ernst musterte ich ihn eingehend. „Ich werde morgen allein auf die Party gehen."

Er lächelte kurz und schloss die Augen. „Mach das."

„Und du fährst mich nun nach Hause."

„Ach ja?"

„Ja, und wenn ich morgen panisch die Party verlasse, holst du mich ab."

Vincent prustete laut los. „Klingt nach 'nem Plan." Mit einem Satz stand er auf und reichte mir die Hand.

Stundenlang hatte ich mir die Haare frisiert und mich fünfmal umgezogen. Für den großen Tag hatte ich sogar versucht, mich zu schminken.

Jetzt stand ich einsam in einer Ecke der Aula und wischte mir ein ums andere Mal den Pony aus den Augen.

Unter der Schicht aus Make-up schwitzte ich entsetzlich. In dem weißen, mit Pailletten bestickten Top fühlte ich mich unbehaglich; normalerweise trug ich gedeckte Farben.

Der Bass vibrierte in meinen Knochen. Es roch nach Parfüm und Schweiß.

Los, Luna, deine erste Party, hab Spaß!

Zaghaft wippte ich mit dem Fuß zum Beat und versuchte, cool zu wirken.

Du wolltest hierher, also genieße es!

Die meisten Studierenden grölten die Lieder mit. Ich für meinen Teil kannte kein einziges. Ehrlich gesagt fand ich Black Music, R&B und House grässlich. In der Menschenmenge entdeckte ich ein paar Kommilitonen meines Jahrgangs. Sie standen genauso unbeholfen herum wie ich. Im Gegensatz zu mir waren sie zu viert und nicht allein. Ich schluckte, hielt meine Umhängetasche so fest umschlungen, dass sich meine Fingernägel ins weiche Leder gruben.

Geh da hin. Lächle und sei freundlich.

Ich gab mir einen Ruck und schlich zu den Jungs.

„Hey, ihr auch hier? Cool.“ Augenblicklich stieg mir die Hitze ins Gesicht.

Die Kerle glotzten mich verdutzt an.

„Hey“, antworteten sie im Chor. Mehr Worte sprachen sie nicht. O Mann, warum fiel mir Small Talk derart schwer?

„Und? Wie findet ihr‘s?“ Lässig bewegte ich den Kopf im Takt der Musik.

In dem Moment stießen die zwei Mädchen aus unserem Kurs zu uns.

„Hey, sorry, dass ihr warten musstet.“ Alle umarmten sich nach einander. Bloß ich wurde ausgelassen. Sofort waren sie in ein Gespräch vertieft und hatten mich vergessen.

„Ich hole mir was zu trinken“, sagte ich künstlich lächelnd, doch keiner schenkte mir Beachtung. Mit herunterhängenden Schultern suchte ich das Weite. Was war an den beiden Frauen besser als an mir? Nur weil ich nicht aufgebrezelt war wie sie, musste man mich nicht ignorieren. Ich verstand es einfach nicht. Warum behandelte mich jeder wie Luft?

Geknickt stand ich an der Bar und wühlte den Gutschein für ein Gratisgetränk, den der Studienrat am Semesteranfang ausgeteilt hatte, aus der Tasche. Ich wurde von allen Seiten angerempelt und geschubst.

Lächeln, sei verdammt noch mal fröhlich!

Ein gefühltes Jahrhundert dauerte es, bis ich die Aufmerksamkeit eines Barkeepers erhaschte.

„Einen Malibu Beach, bitte.“ Mein erster Cocktail auf einer Party. Den würde ich definitiv genießen.

Tänzelnd ging ich zurück zur Gruppe. Was blieb mir anderes übrig? Schließlich kannte ich sonst niemanden hier.

„Da bin ich wieder“, verkündete ich übertrieben grinsend.

„Ich bin Jennifer, und das ist Tanja“, begrüßte mich die Dunkelhaarige. Na endlich, der Knoten war geplatzt. Beide trugen Miniröcke, die denen einer

Schuluniform glichen, und enge weiße Blusen. Sie sahen aus wie aus einem Anime.

„Freut mich. Ich bin Luna."

Tanja prostete mir zu, dann fragte sie mich: „Wie hast du es geschafft, dir den Hübschen zu angeln? Ist er auch da?"

Ein Schauer überkam mich. Sie meinte Vincent.

Ich schluckte. „Ähm ..."

„Er ist echt heiß. Hut ab", ergänzte Jennifer.

„Also ich ... Eigentlich habe ich gar nichts gemacht." Das Gesprächsthema war nicht unbedingt mein Favorit. Aber es war besser als gar nichts. Aus Verlegenheit nippte ich an meinem Cocktail.

Der Alkohol schoss mir umgehend ins Blut und brachte meine Wangen zum Glühen.

„Hat er 'ne Freundin? Oder datet er dich?", quetschte mich Tanja aus. Die vier Jungs interessierten sie überhaupt nicht mehr.

„Nicht, dass ich wüsste. Wir sind nur Freunde."

Jennifer bekam große Augen. „Freunde? Vielleicht können wir ja was gemeinsam unternehmen?" In ihrer Stimme lag Verwunderung. Wahrscheinlich war es für sie völlig abwegig, dass Vincent ausgerechnet mit mir befreundet war.

Ich dachte an ihn und stellte mir einen Ausflug zu viert vor. Das Bild, das sich vor meinem geistigen Auge zeichnete, gefiel mir gar nicht. Ja, ich suchte händeringend Freunde. Die beiden Girlies indessen passten definitiv nicht zu mir. Sie erinnerten mich an die bösartigen Mädchen aus meiner Schulzeit, die mich permanent gedemütigt hatten.

„Wir könnten demnächst ausgehen. In eine Kneipe oder in einen Club. Hättest du Lust?"

Nein, hatte ich nicht. Absolut nicht. Und ich wusste, dass Vincent ebenfalls keine Lust dazu hatte. „Ich kann ihn fragen.“ Nervös strich ich mir ein paar nasse Haarsträhnen aus meinem Sichtfeld und wischte mir die Schweißperlen von der Stirn.

„Hast du seine Nummer?“

„Können wir sie haben?“ Beide Frauen rückten mir stetig näher auf die Pelle. Instinktiv wich ich einen Schritt zurück. Sie waren mir viel zu aufdringlich.

Plötzlich rempelte mich jemand von hinten an. Vor lauter Schreck kippte ich mir den Cocktail übers Dekolleté. Die orangerote Flüssigkeit breitete sich auf meinem weißen Shirt aus. Sofort kam die Spitze meines BHs zum Vorschein.

„Scheiße!“, stieß ich aus.

Jennifer und Tanja kicherten. Ihre Blicke sprachen Bände. Verzweifelt wischte ich mir über die Brust, verteilte den Cocktail dadurch allerdings weiter.

Tanja fragte vergnügt: „Ist das ein Tick von dir: Getränke zu verschütten?“

Die Jungs prusteten vor Vergnügen. Mir schossen die Tränen in die Augen. Warum musste ständig mir so eine peinliche Scheiße passieren?

Wortlos hastete ich auf die Damentoilette, zog hektisch unzählige Papiertücher aus dem Spender und rubbelte mit ihnen über das Shirt. Flusen bildeten sich, doch der Fleck blieb. Deprimiert starrte ich in den Spiegel. Mein notdürftig gezogener Lidstrich war verlaufen und bescherte mir Pandabär-Augen. Schweiß rann mir über die Schläfen, und mein Pony klebte auf meiner Stirn. Ich sah aus wie ein Zombie aus einem Horrorfilm. Schluchzend kauerte ich mich in der Ecke auf dem Fliesenboden zusammen und kramte mein Handy heraus.

Ich könnte Vincent schreiben. Er hatte versprochen, mich abzuholen. Wollte ich, dass er mich in dieser Verfassung sah? Wieder stellte ich mir die Frage, warum er ausgerechnet mit mir befreundet sein wollte. Ich war ein Desaster. Eine Träne lief meine Wange hinunter. Nein, die Blöße würde ich mir nicht geben. Ich verstaute das Smartphone in der Tasche und stand auf. Noch einmal wischte ich mir mit einem feuchten Tuch durchs Gesicht und betrachtete mich im Spiegel. *Luna, akzeptiere es: Du bist eine Versagerin.*

Ohne mich von den anderen zu verabschieden, verließ ich die Feier und schlurfte einsam den Weg zum S-Bahnhof entlang.

Ein unangenehmer Nieselregen sprühte auf mich herab. Ich zog meinen Mantel enger um mich und rieb mir schlotternd die Oberarme.

„Du hast verdammt früh aufgegeben."

Erschrocken reckte ich meinen Kopf in die Höhe. Vincent lehnte gegen sein Auto.

„Dachte mir, dass du dich nicht meldest, falls es ein Reinfall wird." Er trat aus der Dunkelheit in das diffuse Licht einer Straßenlaterne und streckte mir die Hand entgegen.

Wie versteinert stand ich da und glotzte ihn an.

Sein Anblick riss mich noch tiefer in die Verzweiflung. Ich war einerseits glücklich, ihn zu sehen. Andererseits begriff ich, dass er nicht an mich geglaubt hatte. Er war von vornherein davon ausgegangen, dass ich scheitern würde.

Diese Erkenntnis brachte mich bitterlich zum Weinen. Ich gab ihm keine Antwort, schüttelte nur den Kopf und sah zu Boden.

„Ich fahr dich nach Hause."

„Nein", stieß ich schluchzend aus.

Er kam einige Schritte näher. „Luna, es ist okay."

Meinen Blick starr auf den feuchten Asphalt gerichtet, drehte ich mich von ihm weg.

„Ich möchte dein Mitleid nicht."

„Spinn nicht rum. Natürlich möchtest du mein Mitleid.“

Ich presste die Zähne fest aufeinander. Er hatte es direkt zugegeben, ohne mit der Wimper zu zucken. Ein Seil aus Dunkelheit schnürte sich um mein Herz und zog sich eng zusammen.

„Und als Gegenleistung bekomme ich deins. So macht man das unter Freunden.“

Ich ging in die Hocke, umschlang meine Knie. „Lass mich einfach in Ruhe!“

Da fühlte ich plötzlich Vincents warme Handfläche auf meiner Schulter. Er war dicht hinter mir, seine Lippen streiften die Haarsträhnen vor meinem Ohr.

„War wohl echt ‘ne beschissene Party, was?“

Mein ganzes Gesicht war tränenüberströmt. Und seine Berührung half mir nicht dabei, mich zu beruhigen. Im Gegenteil, sie sprengte die Ketten in meiner Brust und schuf Platz für unendliche Traurigkeit. Ein Schluchzen brach aus meiner Kehle. Ich nickte und vergrub den Kopf in meinen beiden Händen.

Vincent zog mich an sich und schwieg. Er hielt mich fest und ließ mich ausheulen.

„Sie haben einzig aus dem Grund mit mir geredet, weil sie Infos über dich haben wollten“, sagte ich weinerlich. „Und dann wurde ich angerempelt und habe den Cocktail über mein Shirt geschüttet.“

Er hielt mich fest und lehnte seinen Kopf seitlich gegen meinen.

Ich flennte wie ein kleines Kind, während er den emotionalen Ausbruch ertrug.

„Ich will einfach endlich ein normales Leben führen.“

„Das wird nichts werden. Tut mir echt leid.“

Empört stieß ich die Luft aus. „Das wäre der Part gewesen, wo du mir hättest Mut zusprechen sollen.“

„Soll ich dich belügen?“

Ich wand mich aus seiner Umarmung und sah ihn aus verengten Augen an.

„Das, was ich an dir schätze, ist für andere abstoßend.“

Mit aller Kraft boxte ich ihm gegen den Oberarm. „Du bist extrem fies!“

Er rieb sich die Stelle, auf die ich geschlagen hatte, und sah mich mitfühlend an. „Luna, ich erkläre es dir. Aber du musst versprechen, mir zu glauben. Okay?“

Irritiert nickte ich. Vincent stand auf und strich sich durch sein feuchtes Haar. Seinen Körper nicht mehr an meinem zu spüren, hinterließ eine unangenehme Kälte und Leere in mir.

„Komm, wir kaufen dir ‘nen Milchshake.“

Kapitel 8

Vincent

„Du willst mir ernsthaft weismachen, dass du Auren sehen kannst?“

Luna hielt ihren Milchshake mit beiden Händen fest umschlungen und stierte mich mit offenem Mund vom Beifahrersitz aus an.

Ihre verlaufene Schminke war getrocknet und bröselte von ihrer Haut. Auf eine schräge Weise sah sie niedlich und schön aus.

Viel zu lange ruhte mein Blick auf ihren Lippen, der verschmierte rosa Lipgloss erinnerte mich an einen zuckrigen Strawberry Cupcake.

Sofort verwarf ich den absurden Gedanken, der sich in mir manifestiert hatte. Ich nickte stumm und ließ die Fensterscheibe herunter.

„Dir ist bewusst, dass das bescheuert klingt, oder?“

Wieder nickte ich und zündete mir eine Zigarette an.

„Dich umgibt keine Aura. Ich weiß nicht, wieso. Für andere Menschen wirkt das allerdings beängstigend oder unheimlich. Sie können dich nicht einschätzen.

Für sie hast du die Ausstrahlung einer Schaufensterpuppe."

„Kannst du das beweisen?"

„Ich wüsste nicht, wie. Warum, denkst du, trage ich oft 'ne Sonnenbrille und sehe anderen Leuten nicht in die Augen?"

Luna schlürfte ihren Milchshake durch den Strohhalm und lugte aus der Frontscheibe. Es war ihr anzusehen, dass sie über meine Worte nachgrübelte und sie mir nicht richtig glaubte. Das hatte ich befürchtet. Es wäre wohl besser gewesen, sie nicht einzuweihen.

„Du musst mir das nicht abkaufen. Aber sei froh. Jetzt hast du eine Antwort, warum es mit deinen Mitmenschen nicht klappt."

„Das würde bedeuten, dass ich wirklich auf ewig dazu verdammt bin, ausgegrenzt zu werden. Das ist schrecklich!"

„Unter Umständen finden wir eine Lösung. Ich recherchiere viel, da ich diese nervige Fähigkeit gern loswerden würde. Womöglich stoße ich auf etwas Hilfreiches."

„Und wo recherchierst du? Bei Auralesen.tv? Lässt du dir da auch dein persönliches Horoskop legen?"

„Man legt Karten und keine Horoskope, und nein, das Internet ist dafür tatsächlich weniger geeignet. Ich lese Bücher. Alte Bücher. Oft muss ich sie erst mühsam übersetzen."

„Welche Aurafarbe hat dieser Typ?" Sie zeigte auf einen Passanten auf der gegenüberliegenden Straßenseite.

„Orange", antwortete ich wie aus der Pistole geschossen.

„Und die?" Wieder zeigte sie auf jemanden.

„Grün."

Stöhnend rutschte sie tiefer in den Sitz. „O Mann, ich kann's nicht fassen."

„Ich kann dich nicht dazu zwingen. Wäre trotzdem schön, wenn du es nicht ausposaunst."

„Wem sollte ich davon denn erzählen?" Aufgebracht warf sie die Hände in die Höhe und verschüttete etwas Milchshake auf ihren Mantel.

Spontan prustete ich los.

Luna schubste mich völlig entrüstet über meinen Gefühlsausbruch.

Ich zog ein letztes Mal an meiner Zigarette, dann schnipste ich den Stummel aus dem Fenster.

„Du hättest bestimmt eine blaue Aura." Blau stand für Menschlichkeit und Fürsorge sowie für Sensibilität und Traurigkeit. Das hätte perfekt zu Luna gepasst.

Ich sah zu ihr rüber. In ihrem Blick stand die pure Skepsis. Ausgerechnet einer ambitionierten Physikstudentin etwas über spirituelle Auren zu erzählen, war schlicht dämlich. An ihrem Mundwinkel klebte ein Tropfen Milchshake. Ich wischte ihn mit dem Zeigefinger weg und steckte ihn in den Mund. Der unnatürlich süße Geschmack brachte meinen Verstand durcheinander. Ich verzichtete seit Jahren auf Süßigkeiten und Fast Food.

Luna glotzte mich mit weit aufgerissenen Augen an und wischte sich noch mal über dieselbe Stelle.

Ich wusste selbst nicht, warum ich das getan hatte, war perplex von meiner Tat. Schon lange lebte ich zurückgezogen in meiner eigenen Welt. Aber bei Luna fiel es mir erschreckend leicht, ihr nahezukommen.

„Ich fahre dich jetzt nach Hause", sagte ich, um von der Situation abzulenken.

Schweigend schlürfte sie an ihrem Getränk.

„Sie ist in dich verknallt", hallten die Worte meines Bruders in mir nach. Lunas Nähe fühlte sich so vertraut und angenehm an. Ich genoss ihre Gegenwart mittlerweile viel zu sehr.

Bis wir bei ihrer Wohnung ankamen, sprachen wir kein Wort miteinander. Ich parkte am Gehsteig und stellte den Motor ab. „Wir sehen uns in der Uni?“

Sie nickte und stieg wortlos aus. Das Geräusch der zuschlagenden Autotür beendete unseren nervenaufreibenden Abend. Stirnrunzelnd sah ich Luna nach, wie sie im Haus verschwand. Außer meinen Eltern hatte ich nie jemandem meine Gabe offenbart. Ein unangenehmes Ziehen breitete sich in meiner Brust aus. Ich fühlte mich verunsichert und auf eine seltsame Weise einsam. Genervt von mir selbst rieb ich mir übers Gesicht, um wieder einen klaren Kopf zu bekommen.

Ich fuhr an einer heruntergekommenen Kneipe vorbei, vor der eine nackte Frau kauerte.

Na toll, auch das noch.

Ich seufzte und parkte am Straßenrand. „Ganz schönes Hundewetter, was?“

Sie sah zu mir auf, als würde sie einen Geist sehen. Ich betätigte die Uhr meines Großvaters, damit die Kneipengäste nicht dachten, ich sei verrückt und führte Selbstgespräche.

„Magst du eine mit mir rauchen?“ Das Päckchen hielt ich ihr bereits entgegen. Ohne eine Miene zu verziehen, nahm sie sich eine Zigarette heraus.

„Danke, Kleiner.“

Das brennende Feuerzeug in meiner Hand entzündete den Tabak. Die Frau nahm den ersten Zug, der ihr eine Hustenattacke bescherte.

„Wie heißt du?“

„Brigitte. Kannst mich Gitti nennen.“

Ich setzte mich neben sie auf den feuchten Boden und zündete mir ebenfalls einen Glimmstängel an. „Ich bin Vincent, freut mich.“

„Und du kannst mich sehn? Bist du so‘n Engel, der mich abholt? Hast dir reichlich Zeit gelassen.“

Schmunzelnd kratzte ich mich an der Schläfe. „Ein Engel bin ich nicht. Abholen könnte ich dich dennoch, wenn du willst.“

„Und wo geht die Reise hin? Einmal Wolke sieben?“

„Würde dir eine andere empfehlen. Auf der schweben bereits so einige.“

Sie lachte und nahm einen weiteren Zug. „Mein Alter ist da drinnen. Als wäre nichts gewesen. Versäuft meine ganze Rente.“

„Wenn er vor dir gestorben wäre, hättest du es ihm wahrscheinlich gleichgetan.“

„Nich mal ‘nen Tag hat er gewartet, bis ‘ne Neue in seine Kiste gestiegen ist.“

Ein weiteres konkretes Beispiel dafür, dass Beziehungen überbewertet waren. Jeder wollte eine – glücklich machte sie die wenigsten.

„Und warum lungerst du hier rum? Du könntest dir längst ein schönes Leben im Jenseits machen“, fragte ich sie, ohne auf ihren Lebensgefährten einzugehen. Ich hatte unzählige Geschichten über unglückliche Beziehungen von Geistern gehört; sie quollen mir bereits aus den Ohren.

„Meine Katze Mimi ist noch bei dem. Der kümmert sich nich um sie. Ich wünschte, sie könnte woandershin.“

„Und wo genau ist das?“

„Zwei Ecken weiter. Ich zeig‘s dir. Kannst ‘se mitnehmen. Bei dir wird’s ihr besser gehen. Oder du bringst sie ins Tierheim. Ist auch okay.“ Sie stand auf und watschelte drauflos. Ihr verlebter Körper war kein schöner Anblick.

Wir liefen in eine schmale Gasse. Auf den Gehsteigen türmte sich der Sperrmüll. Eine Ratte saß auf einer versifften Matratze und schnupperte in meine Richtung. Was für ein Drecksviertel!

„Da oben ist sie. Sie maunzt den ganzen Tag auf dem Balkon." Brigitte zeigte die Hausfassade hinauf. Ein Miauen war tatsächlich zu hören.

„Welcher Stock?", fragte ich.

„Dritter."

Ich grübelte. Ich war gut trainiert. Ungesichert in den dritten Stock zu klettern, war trotzdem eine Hausnummer. „Und du kommst mit mir ins Jenseits, wenn ich deine Katze gerettet habe?"

„Jawohl, Mr. Engel. Mimi soll's gut haben."

Demotiviert stand ich vor dem Regenrohr. Ich hatte absolut keinen Bock, da hochzuklettern. Höhe war nicht mein Ding. Mit schwitzigen Händen umfasste ich das Metallrohr und zog mich hoch. Nach kurzer Zeit waren meine beiden Handflächen zerschnitten von den scharfkantigen Halterungen.

„Hast es gleich geschafft", rief Brigitte. Sie hatte recht: Es fehlte bloß ein kleines Stück. Die Höhenangst bescherte mir einen flauen Magen. Ein Kribbeln durchfuhr meinen Körper von Kopf bis Fuß.

Als ich auf der Höhe des dritten Balkons ankam, konnte ich die Katze sehen. Durch das gespannte Netz hatte Mimi nicht aus ihrem Gefängnis fliehen können.

„He, was soll das?", schrie Brigitte plötzlich.

Rasch sprang ich von dem Abflussrohr über die Balkonmauer, zerriss dabei das Netz und landete unsanft auf dem Betonboden.

Sofort rappelte ich mich hoch und sah nach unten zu Brigitte. Ich erstarrte.

Nein, das konnte nicht sein. Ein weißer Lichtstrahl umgab sie. Er kam aus der Hand einer Frau mit violetter Aura.

Das war diese verdammte Hexe von neulich!

Ein ohrenbetäubender Schrei drang aus Brigitte. Es dauerte nur wenige Sekunden, bis sie sich aufgelöst hatte und die Hexe einen leuchtenden Kristall in den Händen hielt.

„Du elendes Dreckstück!“, schrie ich zu ihr nach unten.

„Was denn? Du hast mich selbst hierhergeführt. Vielen Dank dafür.“ Sie streckte den Kristall in die Höhe, um ihn mir stolz zu präsentieren. Bevor ich reagieren konnte, rannte sie davon in die Dunkelheit.

Fassungslos setzte ich mich im Schneidersitz auf den Boden. Sie hatte mich also verfolgt. Ich trug die Schuld an Brigittes Ende.

„Scheiße!“, fluchte ich. Mit der Faust schlug ich hart auf den Beton. Ein pulsierender Schmerz breitete sich bis zu meinem Handgelenk aus. Mimi miaute und stupste mit ihrem Näschen gegen meinen Oberschenkel. Ich streichelte ihr schwarzes Fell. „Es tut mir leid.“

Schnurrend kletterte sie auf meine Arme und schmiegte sich an mich. Ich spürte, wie stark sie abgemagert war. Wahrscheinlich vegetierte sie bereits mehrere Tage vor sich hin. Schrecklich, zu was Menschen alles fähig waren.

Eine Träne lief mir über die Wange bis zu meinem Kinn, tropfte davon ab und fiel auf ihren Kopf.

„Echt, es tut mir unfassbar leid!“ Ich zog das Kätzchen an mich und vergrub mein verheultes Gesicht in seinem Fell.

„Seit wann hast du eine Katze?“

Luna ging in die Hocke und begrüßte Mimi.

„Ist mir zugelaufen. Sie heißt Mimi.“

„Sie ist goldig. Ich hätte auch gern ein Haustier.“

Mimi genoss die Streicheleinheiten und schmiegte sich an Lunas Bein.

Völlig fertig schmiss ich mich auf mein Bett und sah den beiden beim Kuscheln zu.

Es sah süß aus. Viel zu süß.

Skeptisch fragte sie: „Alles okay bei dir? Du wirkst müde.“

Das war ich auch. Seit zwei Nächten hatte ich kaum ein Auge zugemacht. Diese miese Hexe beschäftigte mich. Ich erahnte überall ihren Schatten. Die letzten Tage hatte ich meine Nachforschungen zu den Auren eingestellt und über den ‚Circulus Arcanorum‘ recherchiert. Dazu hatte ich mir die alten Bücher und Aufzeichnungen meines Großvaters aus seiner Bibliothek geholt.

Diese Leute waren nicht nur gefährlich, sondern größenwahnsinnig. Sie sammelten mit Seelensteinen die Energie von Geistern, um sie für magische Geräte zu verwenden. Auch meine Uhr funktionierte nach diesem Prinzip. In Großvaters Notizen wurden allerlei hochkomplexe Gegenstände beschrieben – die meisten von ihm eigens entworfen. Die Stimmung in der Gilde war damals gekippt, als ihr Anführer Donato den Bau eines Tores angeordnet hatte, das die Magier ins Jenseits befördern sollte. In einem Dokument hatte er das Projekt *Porta Aeternitatis* erläutert.

Donato hatte darin die Lösung für unbegrenzte Energie und Macht gesehen, mein Großvater hingegen eine Gefahr für das Diesseits und das Jenseits. Ich wollte mir nicht ausmalen, was geschehen würde, wenn dem Zirkel dieser Plan gelang. Kein Wunder, dass mein Großvater und meine Mutter daraufhin die Gilde verlassen hatten.

„Vincent?" Luna riss mich aus den Gedanken. Sie saß mittlerweile auf der Bettkante mit Mimi im Arm. „Hast du wieder Migräne?"

Ein tiefes Brummen drang aus meiner Kehle. „Nee, schlechte Laune."

Sie rückte ein Stück näher, und ich spürte ihren eindringlichen Blick auf mir. „Ich glaube dir übrigens. Also das mit dem Auren-Ding. Ich habe die letzten Tage darüber nachgedacht. Es ist zwar für mich unerklärlich, trotzdem glaube ich dir."

Ich legte einen Arm über mein halbes Gesicht und sah sie mit einem geöffneten Auge an. So gern hätte ich ihr die ganze Geschichte erzählt: von meiner Fähigkeit, Geister zu sehen, und dem Problem mit dem Magierzirkel. Und von ... Brigitte. Die Schuldgefühle fraßen mich regelrecht auf. Ich wagte es nicht mehr, nachts nach draußen zu gehen, um den Geistern zu helfen. Diese Hexe hatte es tatsächlich geschafft, mich ruhigzustellen.

Luna sah mich sorgenvoll an. „Du bist heute echt gruselig, weißt du das?"

Trotz schlechter Laune war ich froh, sie bei mir zu haben. Allein ihre Anwesenheit hellte meine Stimmung auf. Das Kribbeln in meinem Bauch konnte ich nicht länger ignorieren. Mein nerviger Geisterbruder hatte recht: Ich stand auf Mauerblümchen. Valentin kniete hinter Luna auf dem Bett, formte einen Kussmund und rekelte sich lasziv.

Idiot.

„Tut mir leid. Lass uns die Übungen machen. Vielleicht lenkt mich das ab."

Diesmal erledigten wir alle Aufgaben in Rekordzeit. Luna hatte dabei Mimi permanent auf dem Arm. Die beiden verstanden sich blendend. Das freute mich. Für Katzen hatte ich eigentlich nichts übrig. Aber ich war es Brigitte schuldig, ihrem Kätzchen ein liebevolles Zuhause zu schenken.

„Der Grund meines Physikstudiums: die Stringtheorie. Und was mache ich jetzt? Elektromagnetismus. Physik, zehnte Klasse“, raunte ich.

„Hab schon gesehen, dass du ein Buch von Hawking gelesen hast. Wir sind allerdings im ersten Semester. Da wirst du noch ein wenig warten müssen.“

Ich tippte unsere Namen in das Dokument und legte es auf dem Uni-Server ab. „Bist du hungrig?“

„Ich habe immer Hunger.“

Lunas Augen strahlten mich erwartungsvoll an. Ich konnte nicht anders, als zu lächeln.

Wir schlenderten die Treppe hinunter. Da stand unvermittelt mein Dad im Flur.

„Wir haben Besuch“, stellte er fest, während er seine Schiebermütze auf die Garderobe legte.

„Hallo, Herr Clark. Ich bin Luna.“ Sie winkte ihm von der zweiten Treppenstufe aus zu.

Mein Vater nickte. „Angenehm. Du kannst Richard sagen.“ Seine gelbe Aura flackerte auf wie Sonnenstrahlen, die sich durch ein Wolkenmeer kämpfen.

Die Haustür ging auf, meine Mutter mühte sich rückwärts taumelnd mit zwei riesigen Koffern ab.

„Richard, hilf mir endlich.“ Ihr langes schwarzes Haar wurde bis zum Nacken von einem dicken Pelzmantel verdeckt. Nur ihre schlaksigen Beine guckten aus dem beharrten Monstrum heraus.

Ich rollte mit den Augen und sah dem peinlichen Spektakel zu.

Mein Vater wuchtete einen der Koffer in den Gang und tätschelte meiner Mutter die Schulter.

„Vincent hat Besuch. Von einem Mädchen.“

Ihre violette Aura leuchtete auf wie ein explodierendes Pulverfass. Schwungvoll drehte sie sich um und starrte Luna an. „Huch, das ist ja eine Überraschung. Hallo, Liebes."

Luna winkte und lächelte gekünstelt.

„Es gibt also noch Hoffnung. Vincent verbringt seine ganze Zeit in diesem verstaubten Uhrenladen."

„Er ist nicht verstaubt, sondern glamourös", entgegnete mein Vater mit seiner gewohnt ruhigen Stimme.

„Ich bin Luna, freut mich, Frau Clark."

Diese Situation war mir unangenehm. Am liebsten hätte ich Luna gepackt und wäre mit ihr zurück ins Zimmer gegangen. Planmäßig sollten sie erst in zwei Stunden ankommen. Mein Dad hatte meine Mom vom Flughafen abgeholt. Meine Eltern waren mir peinlich – vor allem meine Mutter.

„Ich bin Eugenia. Du brauchst mich nicht zu siezen." Kommentarlos hob sie die Arme, damit mein Vater ihr den Mantel auszog.

„Komm, Luna, du hast doch Hunger." Ich vergrub die Hände in den Hosentaschen und schlurfte Richtung Küche.

Mom seufzte laut auf.

„Vincent, wie siehst du aus? Meine Güte, Jogginghose bei Damenbesuch."

Ich ignorierte das Gezeter und verschwand hinter der Küchentür.

Sie plapperte einfach weiter, erhöhte bloß die Lautstärke. „Machst du uns auch was? Lachs. Ich habe Appetit auf Lachs." Meine Mutter war der anstrengendste Mensch, den ich kannte. Als Luna neben mir auftauchte und hinter sich die Tür schloss, atmete ich laut aus und legte die Hand über die Augen. „Sorry. Sie sind schrecklich."

„Ich finde sie wundervoll.“

Ich zog erstaunt die Augenbrauen hoch.

„Sei froh, dass du sie hast.“

Traurig lächelte sie mich an.

Ihre Eltern waren tot. Dieser Fakt wurde mir wieder bewusst. Egal wie nervtötend meine Eltern waren, sie lebten. Dafür musste ich dankbar sein.

Ich machte einen Salat mit Räucherlachs und schnitt ein paar Scheiben Baguette auf. An Lunas Gesichtsausdruck erkannte ich, dass sie lieber etwas Nahrhafteres gegessen hätte. Das traute sie sich allerdings nicht zu sagen. Mit herunterhängenden Mundwinkeln deckte sie mit mir den Tisch im Esszimmer.

„Das sieht vorzüglich aus. Lieben Dank“, sagte mein Vater. Er schenkte allen Weißwein ein und setzte sich. Ich schob das Glas zur Seite und befüllte mir ein frisches mit Wasser.

„So, erzähl uns alles. Was machst du? Wie habt ihr euch kennengelernt?“ Meine Mutter richtete ihre volle Aufmerksamkeit auf Luna, die lustlos im Salat herumstocherte.

„Also ... ähm.“ Luna zog den Kopf ein und senkte den Blick.

„Wir sind Kommilitonen. Wir lernen zusammen“, erklärte ich kühl.

Meine Mutter wedelte aufgeregt mit den Fingern in der Luft wie ein Klavierspieler auf den Tasten. Ihre unzähligen Ringe und Armbänder klimperten bei jeder Bewegung.

„Interessant. Soll ich dir dein Horoskop erstellen, Liebes? Wann hast du Geburtstag?“

„Mom, bitte!“, flehte ich, wurde jedoch von allen Beteiligten ignoriert.

„Am 23. Oktober 2005.“

„Eine Waage, wie schön. Das passt perfekt zu Vincent. Er ist Wassermann. Lass uns nach dem Essen dein Horoskop erstellen, einverstanden?“

„Das ist ja nächste Woche“, stellte ich fest, ohne auf den Blödsinn von meiner Mutter einzugehen.

Luna nickte mit hochgezogenen Schultern; sie war total eingeschüchtert.

„Soll ich dich nach Hause fahren?“, fragte ich sie nach dem Essen, während meine Mutter bereits in ihrem Büro verschwunden war, um die Bücher für Lunas Horoskop zu holen.

„Das wäre unhöflich.“

Ich fasste sie an ihrem Handgelenk und zerrte sie in mein Zimmer. „Das ist Selbstschutz. Du wirst Stunden mit meiner Mom verbringen, wenn du nicht auf der Stelle fliehst.“

Luna kicherte. „Macht sie das bei dir oft?“

„Ich verweigere mich.“

Sie packte ihre Sachen in die Umhängetasche und zog sich den Mantel an. „Ein anderes Mal mache ich gern mit. Aber ich muss gleich arbeiten. Ich fahre mit der Bahn. Ist schließlich nicht weit von hier.“ Schleunigst hechtete sie aus dem Raum.

„Luna?“ Ich lief ihr hinterher. Sie blieb vor der Treppe stehen.

„Hast du einen Geburtstagswunsch?“

Sie drehte sich zu mir und lächelte. „Ich will ins Kino. Mit dir.“

VOLUNTAS MAGICA

Kapitel 9

Luna

„Wie lief dein Date mit Mr. Perfect?“ Amari verharrte in einer unbequem aussehenden Yogapose im Wohnzimmer, als ich nach Hause kam.

„Das war kein Date.“ Ich warf mich fix und fertig aufs Sofa. Meine Chefin hatte mich wieder den ganzen Abend lang drangsaliert.

„Du stehst doch auf ihn, oder?“

Ich schwieg.

Stand ich auf Vincent?

Verdammt, ja.

Aber er hatte deutlich gemacht, dass er keine feste Freundin wollte. Das zwischen uns war rein platonisch, und für unsere Freundschaft musste ich unendlich dankbar sein.

„Erzähl mal, ich will Details.“

Sie löste ihre Pose und streckte sich.

Neidisch ließ ich meinen Blick flüchtig über ihren Körper gleiten, mit dem sie wahrscheinlich jeden um den Finger wickeln könnte.

Selbst in diesem Sportoutfit bestehend aus Leggins, die ihren runden Po ideal betonten, und einem schwarzen Sport-BH.

„Er ist nett. Wir sind Freunde. Mehr gibt‘s da nicht."

„So wie deine Wangen glühen, lügst du mich an, Kleines."

Ich drehte den Kopf weg und kühlte mir das Gesicht mit meinem Handrücken. Amari setzte sich neben mich und nahm einen großen Schluck aus ihrer Wasserflasche. „Gibt es denn gar nichts Interessantes?"

„Er hat inzwischen eine Katze. Sie heißt Mimi."

Wider Erwarten kniff sie mir in die Wange und rieb mit ihrer Faust über meinen Scheitel.

„Komm schon! Das kannst du besser!"

„Er ist hübsch und sportlich und hat wunderschöne blaue Augen. Seine Eltern sind reich, und er ist total lieb zu mir, holt mich ab, muntert mich auf. Verdammt, Amari, er ist viel zu perfekt für mich!", kreischte ich wie ein kleines Kind.

„Du brauchst ein größeres Selbstvertrauen. Glaub mir, er will dich."

Ich bedeckte mein glühendes Gesicht mit meinen Händen und schüttelte den Kopf.

„Pass auf, ich unterstütze dich und mixe dir einen Liebestrank. Den hat mir meine Mutter beigebracht. Hundertprozentige Wirkung, ich schwöre."

„Einen Liebestrank? So ein Blödsinn."

„Na hör mal, willst du die Fähigkeiten meiner Mutter infrage stellen? Sie war eine begnadete Kräuterhexe." Amari züchtete nicht bloß unzählige Pflanzen. Sie machte zudem Tees und komische Pasten aus ihnen. Das meiste Zeug von ihr stank bestialisch.

Sie stand auf und tänzelte in die Küche.

Kurz darauf kam sie mit einer Schere zurück.

„Was hast du vor?"

Mit der Schere in der Luft wedelnd verkündete sie: „Breuvage d'Amour." Dann schnitt sie mir ohne Vorwarnung ein paar Haarspitzen ab.

„Bist du verrückt?"

Da war sie schon kichernd in ihrem eigenen Reich verschwunden.

Seufzend sank ich tiefer und legte die Füße auf den Wohnzimmertisch.

Lustlos machte ich den Fernseher an. Ich zappte durch sämtliche Streamingdienste, doch nichts reichte aus, um meine volle Aufmerksamkeit auf sich zu ziehen und mich abzulenken. Meine Gedanken kreisten um Vincent. Ich bekam ihn nicht mehr aus dem Kopf.

Ob er wirklich etwas für mich empfand? Dieser gut aussehende, gut situierte Typ?

Hinzu kam seine mysteriöse Art, die mich faszinierte. Immer noch konnte ich nicht fassen, was er mir über die Auren erzählt hatte. Er hatte mir klar zu verstehen gegeben, dass ich niemals mit anderen Menschen eine Bindung eingehen konnte. Warum war dann Amari so nett zu mir? Sie behandelte mich wie einen normalen Menschen und wollte mir sogar mit meinem Schwarm helfen. Für mich kam sie einer Schwester recht nahe. Widerlegte das nicht Vincents Aussage?

Gequält von wirren Gedanken hüpfte ich unter die Dusche und warf mich danach mit einem Handtuch bekleidet ins Bett.

Auch da konnte ich nicht aufhören, an ihn zu denken, an seine tiefgründigen Augen, an seine flüchtigen Berührungen, an seine klare Stimme. Er war schlicht wunderbar. Die Schmetterlinge flogen wie auf Speed durch meinen Bauch. Ich drückte den Kopf fest ins Kissen und kreischte drauflos.

Dabei strampelte ich wie wild mit meinen Armen und Beinen. Reagiere dich endlich ab.

Zerbrich dir nicht wegen eines unerreichbaren Kerls den Kopf!

Amari hielt mir ein Fläschchen mit elfenbeinfarbener Flüssigkeit vor die Nase.

„Dein Geburtstagsgeschenk. Schütte einen Schluck in sein Getränk, und er wird dir seine Liebe offenbaren." Sie hatte extra für mich einen Brunch vorbereitet. Ein kleiner Gugelhupf mit Kerze stand in der Mitte des Tisches. Ihr Engagement rührte mich zu Tränen.

Ich schob das Gläschen beiseite und stopfte mir ein Stück Kuchen in den Mund. „Hör auf mit dem Quatsch. Das funktioniert ohnehin nicht."

Sie schnalzte vergnügt mit der Zunge. „Probiere es einfach aus. Das Zeug ist geschmacklos. Er wird es gar nicht merken."

Skeptisch glotzte ich das kleine Gefäß an. So was würde ich niemals machen. Außerdem glaubte ich nicht an solch einen Hokuspokus. Entweder er verliebte sich in mich oder nicht.

„Ihr geht heute ins Kino, richtig? Das ist perfekt. Misch den Trank in seine Cola oder was auch immer, und dann lass den Zauber seine Wirkung entfalten. Er wird vor dem Hauptfilm mit dir kuscheln wollen."

Die Schamesröte stieg mir ins Gesicht, als sich die Szene in meinen Gedanken manifestierte. Zu gern würde ich seinen Körper an meinem spüren.

„Und nun blase die Kerze aus und hab einen schönen Tag."

Amari sprang auf und umarmte mich herzlich.

Hatte ich in ihr meine erste Freundin gefunden?

Ich konnte es nicht richtig fassen.

In kürzester Zeit hatte sich mein Leben drastisch verändert. Freudentränen bildeten sich in meinen Augen. Doch auch wenn es der beste Geburtstag zu werden schien, den ich je gehabt hatte, wurde er von einem traurigen Ereignis in der Vergangenheit überschattet.

Heute war nicht nur mein Geburtstag. Es war gleichzeitig der Todestag meiner Eltern. Vor genau neun Jahren war der fatale Verkehrsunfall passiert und hatte mich in den Abgrund gerissen.

„Hey, du Trauerkloß. Du sollst Spaß haben. Schon vergessen?“ Amari legte den Kopf schräg.

„Tut mir leid. Ich bin so gerührt wegen des Geburtstagsbrunches. Vielen Dank.“

„Ist keine große Sache. Ich muss dann los, viel Spaß dir.“ Sie trank den letzten Schluck aus ihrer Tasse und tänzelte zurück in ihr Zimmer.

Keine große Sache. Für mich war es das durchaus. Ein weiteres Mal schielte ich auf das Fläschchen, das mir Amari geschenkt hatte.

Plötzlich vibrierte mein Smartphone in der Hosentasche.

Es war meine Schwester Sarah.

„Alles Gute zum Geburtstag“, sang sie mit fröhlicher Stimme.

„Danke. Lieb von dir, dass du anrufst.“

„Natürlich rufe ich dich an. Wann kommst du denn mal zu Besuch?“ Meine Schwester versuchte fortwährend, besonders freundlich zu wirken und mir das Gefühl von Zuneigung zu vermitteln. Leider wirkte es jedes Mal gekünstelt und übertrieben. In ihren Augen erkannte ich seit Jahren, dass ihre liebevolle Art aufgesetzt war. Kein Wunder, ich hatte ihr Leben ruiniert.

„Ich denke an Weihnachten. Davor schaffe ich es nicht. Muss viel arbeiten.“

„Arbeit, Studium, hach, jetzt ist mein kleines Lunalein erwachsen. Wer hätte das gedacht.“

Ich kicherte. „Wurde auch Zeit.“

„Gehst du heute ins Kino, wie die Tradition es verlangt?“, fragte Sarah. Sie war all die Jahre mit uns gekommen. Nur an meinem zehnten Geburtstag nicht, was ich ihr damals sehr übel genommen hatte. Als ich aus dem Koma aufgewacht war, hatte sich meine Meinung geändert und ich war heilfroh gewesen, dass sie lieber auf ein Blind Date gegangen war.

„Ja. Mit einem Freund.“

„Was? Einem Freund? Ist nicht dein Ernst! Ein Typ?“

Ich musste grinsen.

„Wir reden später ausführlich. Und bringe ihn an Weihnachten mit“, verabschiedete sie sich.

„Es ist nicht ...“ Ich kam nicht dazu, den Satz zu beenden, denn sie hatte längst aufgelegt. Die Euphorie überwältigte mich. Das Kribbeln in meinem Bauch zwang mich, aufzustehen und wie verrückt herumzutanzen.

Angespannt saß ich in der Eingangshalle des riesigen Kinos am Potsdamer Platz und wartete auf Vincent. Er hatte sich bisher nicht gemeldet und mir dementsprechend nicht gratuliert.

Hatte er die Verabredung womöglich vergessen? Ich tippte mit dem Fuß auf und ab und starrte auf mein Smartphone. Es war schon zehn Minuten vor acht. Bald würde die Vorstellung beginnen.

Wo steckte er bloß?

Um mich abzulenken, begutachtete ich die eindrucksvolle Innenarchitektur. Die Decke war gut zehn Meter hoch. Die Eingangshalle war in helles Licht getaucht. Ein roter Samtteppich führte die Besucher von der Tür durch die Halle zu den Kassen. An den Wänden hingen riesige Poster von den neuesten Blockbustern. Es roch nach Popcorn und Käsesoße. Ich schloss die Augen und genoss das heitere Gemurmel der unzähligen Besucher. Der Kinobesuch war Tradition an meinem Geburtstag. Mein Vater war vor seinem Tod Wissenschaftler in einer renommierten Fakultät gewesen. Er war immer zwischen unserem Zuhause und seiner Arbeitsstelle gependelt. Darum hatte er nie viel Zeit für uns Kinder gehabt. Aber an meinem Geburtstag waren wir stets ins Kino gegangen. Auch an meinem zehnten Geburtstag, an dem schrecklichsten Tag meines Lebens. Auf dem Nachhauseweg war der Unfall geschehen und hatte meine heile Welt zerstört.

„Bist du wieder am Träumen?"

Ich öffnete die Augen und entdeckte Vincent vor mir. Er trug seinen eleganten Mantel, darunter einen anthrazitfarbenen Pullover, der herrlich weich aussah, dass ich ihn am liebsten angefasst hätte. Ich schluckte meine Nervosität runter.

„Alles Gute zum Geburtstag."

Emotionslos reichte er mir eine kleine Geschenktasche. Die ersehnte Umarmung bekam ich nicht. Während ich in die Verpackung lugte, setzte er sich neben mich. Seine Nähe brachte meinen Herzschlag auf Hochtouren. In der Tüte lag eine Schmuckschatulle. Meine Augen weiteten sich.

Schenkte Vincent mir tatsächlich Schmuck?

Langsam öffnete ich die Schachtel. Zum Vorschein kam eine antike Silberuhr. Ihre Glieder sahen aus wie filigran verarbeitete Blumen mit funkelnden Edelsteinen in der Mitte.

„Wow", sagte ich staunend, „das ist viel zu viel."

„Quatsch. Sie ist nicht neu. Habe sie selbst repariert.“ Er nahm mir zaghaft das Geschenk aus der Hand und strich über das Uhrenglas. „Das detaillierte Dekor und die Patina haben mir gut gefallen.“

„Du magst Uhren, was?“

Er lächelte, weiterhin auf das Schmuckstück sehend. „Alte Uhren, ja. Ich repariere sie gern. Wenn du magst, kannst du mich mal in der Werkstatt besuchen.“

Wieder vollführten Schmetterlinge in meinem Bauch einen Freudentanz. „Gern.“

Er gab mir die Schachtel zurück und stand auf. „Welchen Film sehen wir uns eigentlich an? Bitte keine Schnulze.“

Kichernd antwortete ich: „Keine Angst. Wir gucken Dune. Ich liebe Science-Fiction.“

Sein Gesicht hellte sich auf. „Gute Wahl. Anscheinend habe ich die Physikstudentin unterschätzt.“

Dass ich total auf Schnulzendramen wie *Vampire Diaries* oder *Beautiful Creatures* abfuhr, musste ich ihm ja nicht verraten.

Wir gingen an die Kasse und baten um zwei Karten. Vincent guckte auf den Monitor für die Platzwahl. „Können wir vorne sitzen? Du weißt schon.“

„Vorne? Ganz vorne?“

Er nickte und zeigte auf seine Augen. Erst jetzt verstand ich, was er mir sagen wollte. Normalerweise suchte ich wie jeder normale Mensch einen Platz weit hinten aus. Diesen Kompromiss musste ich wohl für ihn eingehen. Also nahmen wir uns Sitze in der vordersten Reihe. Vincent bestand darauf, die Karten zu bezahlen.

Eine Treppe führte nach unten zu den Kinosälen. Hinter der Kartenkontrolle gab es eine Fressmeile.

„Du willst bestimmt Popcorn“, sagte er und sah mich mit seinem durchdringenden Blick an.

„Klar, und 'ne Cola. Beides in Jumbogröße."

Wir stellten uns in der Schlange an. Vincent wirkte heute seltsam, als wäre er mit seinen Gedanken ganz woanders. Permanent drehte er sich weg und schaute sich um. Hatte er womöglich gar keine Lust, mit mir ins Kino zu gehen? War er schlicht zu höflich, um an meinem Geburtstag abzusagen? Er selbst kaufte sich bloß ein Mineralwasser. Ich kam mir doof vor mit dem riesigen Eimer voll Popcorn.

Als wir den Kinosaal betraten, stockte mir der Atem. Der Raum war bombastisch! Die schwarzen Sitze ragten steil nach unten. Die Leinwandbreite maß gut 20 Meter. Ich fühlte mich hier drinnen winzig wie eine Ameise.

Wir suchten unsere Plätze. Rings um uns herum saß niemand. Das war für Vincent von Vorteil. Nach dem Film würde ich dafür definitiv Nackenschmerzen bekommen.

Ich zog meinen Mantel aus und setzte mich mit Popcorn und Cola bewaffnet neben Vincent.

„Mein Gott, wie riesig alles ist."

„Ich glaube, wir sind im größten Saal."

Er saß zwar direkt neben mir, neigte aber den Oberkörper so weit er konnte von mir weg. Ein ums andere Mal drehte er sich nach hinten zu den übrigen Zuschauern, als würde er jemanden suchen.

„Hast du was?"

Er räusperte sich, sah mich nur für den Bruchteil einer Sekunde an. „Ich komme gleich wieder", nuschelte er, stand auf und verließ den Saal.

Betrübt starrte ich auf sein Getränk. Das Fläschchen von Amari kam mir in den Sinn. Tatsächlich hatte ich es in meine Umhängetasche gestopft. Es diente mir als Glücksbringer. Doch da Vincent sich abweisend verhielt und ich gerade allein mit seinem Getränk war, kam ich ins Grübeln.

Sollte ich einen Tropfen hineintun? Was konnte es schaden? Wahrscheinlich waren darin nichts weiter als aufgelöste homöopathische Kugeln oder Ähnliches.

Ich kramte das Fläschchen heraus und drehte es zwischen meinen Fingern, sah zu, wie sich die Flüssigkeit im Innern bewegte. Wenn Vincent herausbekam, dass ich ihm Substanzen ins Getränk mischte, würde er ausrasten. Aber die Versuchung war da. Sollte ich es selbst einmal kosten?

Ich schraubte den Verschluss auf und schnupperte daran. Es roch neutral. Unauffällig tunkte ich meinen kleinen Finger ein. Erneut schnüffelte ich, dann leckte ich meinen Finger ab. Wie Amari gesagt hatte, war der Trank geschmacksneutral. Mein Blick fiel wieder auf Vincents Wasserbecher.

Sollte ich es wagen? Was hatte ich zu verlieren?

Sofort verwarf ich den Gedanken und steckte das Glas zurück in die Tasche. Wie hatte ich solch einen Blödsinn in Erwägung ziehen können? Entsetzt über mich selbst schlug ich mir gegen die Stirn.

Vincent kam schließlich zurück und ließ sich stöhnend in den Stuhl fallen. Aus Scham vor meiner beinahe vollzogenen Tat rutschte ich tief in den Sessel und stierte auf die Leinwand. Die Werbung lief bereits.

„Alles okay?“, murmelte er leise.

Ich zuckte mit den Schultern und nickte. Den Mund hatte ich mit meinem Schlaufenschal bedeckt. Es fühlte sich an, als könnte Vincent meine Gedanken lesen und wüsste von dem Fläschchen. Wütend kickte ich mit dem Fuß gegen die Tasche.

Ich wollte doch bloß mal mit ihm kuscheln. Oder Händchen halten.

Ich dachte an den Abend, als er mir den Klecks Milchshake aus dem Gesicht gewischt hatte. Mein Herz hämmerte wild gegen meine Rippen. Ohne mich zu bewegen, schielte ich zu ihm rüber. Er hatte seinen Ellenbogen auf die Armlehne gestützt, und sein Kopf ruhte auf seiner Hand. Gelangweilt starrte er auf die Leinwand. Heute würden wir uns ganz offensichtlich nicht näherkommen. Was hatte ich auch erwartet? Er hatte eindringlich betont, dass er keine Beziehung suchte. Und ich Idiotin hatte mich trotzdem in ihn verknallt.

Bilder des letzten Kinobesuchs mit meinen Eltern flammten in meinen Gedanken auf.

Der letzte Film, den wir gemeinsam angesehen hatten, war *Ich – einfach unverbesserlich* gewesen. Geknickt schloss ich die Augen. Schlagartig war das vermeintliche Date mit Vincent gar nicht mehr wichtig für mich. Stattdessen vermisste ich meine Eltern und die unbeschwerte Zeit.

RESONANTIA SONUS

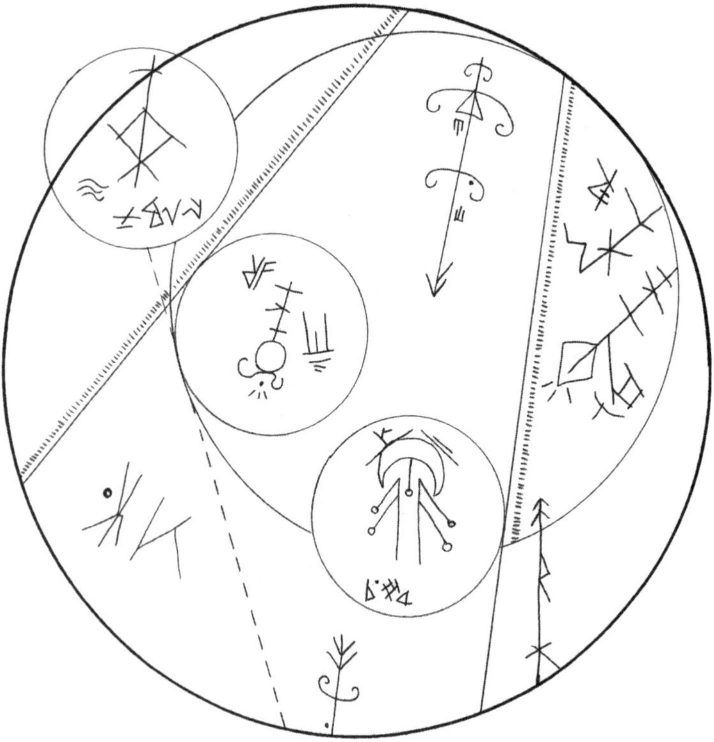

Kapitel 10

Vincent

„Hat dir der Film gefallen?“, fragte ich Luna, als das Licht im Saal anging.

Sie saß leichenblass neben mir. „Ja, und dir?“

Schweiß rann über ihre Stirn, und sie zitterte am ganzen Körper.

Verwundert über ihren Zustand hakte ich nach: „Alles okay? Du siehst fertig aus.“

„Mir ist kalt und schwindelig. Ist bestimmt der Kreislauf.“

Ich legte eine Hand auf ihre Stirn. Sie glühte förmlich. „Du hast Fieber.“

Desorientiert sah sie sich um.

„Bringst du mich nach Hause?“

Beim Sprechen klapperte sie mit den Zähnen.

„Klar. Hier, zieh meinen Mantel über.“

Sie stützte sich auf mir ab, während ich ihr in die Jacken half.

Beim Verlassen des Saals stolperte sie über die Stufen und fiel auf die Knie.

„Warte, ich helfe dir.“ Ich reichte ihr die Hand. Sie klammerte sich an meinem Arm fest. Als wir das Gebäude verlassen hatten und über den Potsdamer Platz liefen, schloss sie die Augen.

Ich trug sie mehr, als dass sie ihre Beine benutzte. Vor der Kreuzung, die zum Uhrengeschäft meines Vaters führte, blieb ich stehen. „Soll ich dich ins Krankenhaus fahren?“

Mit trübem Blick sah sie mich an. „Nein, bitte nicht. Ich hasse Ärzte.“

Sollte ich sie trotzdem dorthin bringen? Wenn ihr etwas zustieß, würde ich mir das niemals verzeihen.

Seufzend lehnte sie ihren Kopf gegen meine Brust. „Ich wollte so gern einen schönen Abend mit dir verbringen.“ Die Hitze ihrer heißen Stirn drang durch meinen Pullover.

Behutsam legte ich beide Arme um ihre Schultern und drückte sie an mich. Instinktiv schloss ich die Lider und sog ihren Duft ein.

Nicht lange und anzügliche Gedanken schossen mir durch den Kopf. Luna ging es nicht gut, und ich dachte einzig daran, sie ...

Augenblicklich besann ich mich auf die Realität. Sie gehörte in ihr Bett und nicht nach draußen in die Kälte. Ich schob einen Arm unter ihre Kniekehlen und hob sie hoch. Ihre Hände schlang sie halb in Trance um meinen Hals. So schnell mich die Füße trugen, rannte ich zu meinem Auto und setzte sie sachte auf den Beifahrersitz. Was sollte ich als Nächstes tun? Sie gehörte definitiv zu einem Arzt.

„Willst du sicher nicht ins Krankenhaus?“ Ohne Rücksicht auf ihre Phobie fuhr ich im schnellen Tempo durch die Stadt.

„Ist bestimmt nur ‘ne Grippe. Ich habe Angst vor Ärzten“, hauchte sie mit schwacher Stimme. Vielleicht reagierte ich über, und es war wirklich ein grippaler Infekt. Ich würde sie in ihr Bett bringen und beobachten, wie sich ihr Zustand entwickelte.

Ich parkte das Auto direkt vor der Eingangstür und hievte Luna aus dem Sitz. „Welcher Stock?“

„Vierter.“

Ich trug sie nach oben, kramte den Schlüssel aus ihrer Tasche, entriegelte die Tür und stieß sie auf.

Eine Frau mit violetter Aura kam jubelnd in den Flur gesprungen. „Und wie war‘s?“ Sie verstummte abrupt, als sie mich sah.

„V-verdammte Scheiße“, stammelte ich. Diese Aura ... Das war definitiv die Hexe, die mich seit Wochen beschattete und angegriffen hatte.

„Das kannst du laut sagen.“ Langsam senkte sie ihre Arme und nahm einen festen Stand ein. „Verpiss dich aus meiner Wohnung!“

Aus verengten Augen musterte ich sie. Luna hatte oft von ihrer Mitbewohnerin erzählt; sie schienen Freunde zu sein. Das bedeutete, sie würde ihr nichts tun. Das hoffte ich zumindest.

„Luna ging es auf einmal schlecht. Ich bringe sie bloß nach Hause“, knurrte ich.

Sie verschränkte beide Arme vor der Brust und funkelte mich wütend an.

„Das dumme Ding hat den Liebestrank, der für dich bestimmt war, selbst getrunken.“

„Was?“

Ich begriff nicht, was sie mir damit sagen wollte.

„Sie sollte dir ‘nen vergifteten Liebestrank unterjubeln.“

Meine Augen weiteten sich.

„Liebestrank?“

„Mann, du bist echt schwer von Begriff, was? Gift! Sie sollte dich aus dem Weg räumen.“ Sie wusste, dass

Luna und ich uns kannten? Hatte sie das alles geplant? „Sie hat fast nichts genommen. Sonst wäre sie jetzt tot."

Am liebsten wäre ich ihr an die Kehle gesprungen. Aber ich musste an Luna denken. Darum schluckte ich meine Wut runter und fragte mit bebender Stimme: „Hast du ein Gegenmittel?"

Die Hexe prustete los. Vor lauter Lachen hielt sie sich den Bauch. „Als ob ich euch das geben würde."

Was sollte ich tun?

So eine Scheiße!

Wir waren in großer Gefahr. Ich musste Luna heil von hier wegschaffen.

„Okay, hör mal, ich habe etwas, was für dich von Interesse ist." Ich stellte Luna vorsichtig ab. Sie taumelte, kippte zur Seite weg und glitt zu Boden. Nur ein Stöhnen drang aus ihrer Kehle.

„Alles in Ordnung?", fragte ich sie.

Luna nickte und hielt ihr Halstuch fest umschlungen. „Was ist los?" Verwirrt wanderte ihr Blick zwischen mir und Amari hin und her.

„Deine WG-Mitbewohnerin und ich mögen uns nicht besonders."

„Das kannst du laut sagen", bestätigte Amari zähneknirschend.

Ich zog den Ärmel meines Pullis zurück und präsentierte der Hexe die Uhr. „Ich weiß, dass ihr sie braucht. Sie ist eines der Artefakte, die ihr für dieses Tor zum Jenseits benötigt."

Im Gesicht der Hexe zuckte ein Muskel. Sie reckte ihren Kopf nach vorn und begutachtete die Uhr.

„Du holst sofort das Gegengift. Dann bekommst du das Artefakt." Mit diesem Biest zu verhandeln, war das Letzte, auf das ich Bock hatte. Dennoch, ich sah keine andere Möglichkeit, heil aus der Situation herauszukommen.

Sie biss sich auf die Unterlippe, offensichtlich über ihre nächsten Schritte nachdenkend.

„Wir können ein anderes Mal kämpfen. Von mir aus ballerst du mir wieder Feuerbälle um die Ohren …“

„Wenn du nicht in meiner Wohnung stehen würdest, hätte ich das längst getan.“ Widerwillig kehrte sie mir den Rücken zu und lief in ein Nebenzimmer. Erleichtert atmete ich aus. Sobald sie mit einem Reagenzglas zurückkehrte, fiel ihr Blick schnurstracks auf das Schmuckstück.

„Du gibst erst Luna das Gegengift. Wer weiß, was du ihr sonst verabreichst.“

Ihr Zögern machte mich nervös.

„Amari“, hauchte Luna und streckte erschöpft ihre Hand in die Richtung der Hexe.

Amari sah zu ihrer Mitbewohnerin. Wenn sie auch nur ein kleines Fünkchen Menschlichkeit in sich trug, dann würde sie nachgeben.

„Du weißt, dass ich dich allein aus dem Grund bei mir habe wohnen lassen, weil du seltsam bist, oder? Du hast etwas Unnatürliches an dir. Etwas, das ich ergründen wollte. Außerdem las ich in deiner Bewerbung, dass du Physik an der Humboldt-Universität studieren willst, genau wie dieser Kerl. Den beobachte ich schon eine ganze Weile. Ich hoffte, dass deine absonderliche Art sein ausgeprägtes Helfersyndrom ansprechen würde. Und ihr beide seid wie rollige Katzen aufeinander los. Das war echt zu einfach.“

„Aber …“

Luna verstand überhaupt nichts. Mit bleichem Gesicht starrte sie die Hexe an.

„Hast du ernsthaft geglaubt, ich wäre deine Freundin? Mein Gott, dein ständiges Gejammer ging mir voll auf den Keks.“

Der Zorn auf sie in mir wuchs ins Unermessliche, und ich hätte ihr liebend gern einen Kinnhaken verpasst. „Du hältst die Klappe und gibst ihr das Gegenmittel!“

Ihre Augen begannen hell zu strahlen. Plötzlich klang ihre Stimme wie die eines Mannes.

„Bring mir die Uhr!“

Die Hexe sah irritiert um sich.

„Meister ...“

Den Moment der Irritation nutzte ich und schnappte mir das Gegengift aus ihrer Hand. Dann stieß ich sie mit voller Wucht nach hinten.

Kreischend flog sie mit dem Rücken gegen die Küchenzeile. Sie schüttelte den Kopf, streckte ihre Glieder.

„Du mieses Arschloch!“ In ihrer Hand formte sich eine Kugel aus Feuer. Im Nahkampf war ich ihr allerdings überlegen. Ich holte aus und trat ihr in den Solarplexus, bevor sie ihren Zauber vollenden konnte. Keuchend brach sie zusammen und rang nach Luft.

Rasch lief ich zu Luna, warf sie mir über die Schulter und jagte aus der Wohnung.

Das Adrenalin durchflutete meinen Körper.

Ich hörte das Blut in meinen Ohren rauschen. Instinktiv riss ich mir den Anhänger vom Hals. Da sah ich in den Augenwinkeln bereits lodernde Flammen.

Ich hielt mein Amulett nach oben.

Der Zauber schlug ein. Wir wurden von der immensen Kraft weggeschleudert und prallten gegen die Wand.

Nach Luft schnappend, suchte ich Luna in den Rauchschwaden.

Ein weiterer Feuerball flog auf mich zu. Erneut hielt ich den Anhänger hoch und wurde gegen das Treppengeländer katapultiert. Lange würde das

Amulett nicht mehr halten. Es hatte nur begrenzt Energie und brauchte zum Aufladen einen ganzen Tag.

„Ihr kleinen Scheißer! Kommt zurück!“, schrie Amari.

Ich konnte sie nicht sehen, denn der Rauch war zu dicht. Das Treppenhaus hatte inzwischen Feuer gefangen. Da entdeckte ich Luna.

Sie lag fünf Stufen unter mir. Ich hechtete zu ihr und hob sie auf. Rasch rannte ich ins Freie. Durch den Handyschlüssel entriegelte sich mein Wagen automatisch. Ich legte Luna auf den Beifahrersitz und schlug die Tür zu. Daraufhin drehte ich mich zum Hauseingang.

Amari stand dort wutentbrannt. Sie atmete schwer und hielt sich vor Schmerzen den Bauch.

„Na los, wirf noch ‘nen Feuerball. Daran hast du viel Spaß, nicht wahr?“ Tatsächlich hatte ich keine Ahnung, ob mein Amulett einem weiteren Angriff standhielt.

Die Hexe kreischte wie eine Furie. Ehe sie Magie wirken konnte, stürmte ich auf sie zu, sprang gegen ihren Oberkörper und warf sie um. Amari grub ihre Fingernägel tief in meinen Hals, als ich sie zu Boden drückte.

„Lass mich los!“

Sie zappelte wie ein Fisch, versuchte, sich aus meinem Griff zu befreien. Ihr Mund öffnete sich, um abermals zu sprechen, doch ich schlug ihr mit der Faust ins Gesicht. Das Knacken von Knochen war zu hören, Blut trat aus ihrer Nase. Ihr Körper erschlaffte. Endlich gab sie Ruhe. Hatte ich sie umgebracht?

Für einen kurzen Augenblick hielt ich inne und suchte nach einem Lebenszeichen.

Amari atmete flach und hatte Puls.

Das war mir genug.

Ich ließ von ihr ab und torkelte zum Auto. Vor meinen Augen tanzten weiße Punkte. Ein Hinweis darauf, dass mein Kreislauf schlapp machte. Dafür hatte ich jedoch keine Zeit. Wir mussten schleunigst von hier weg. Mit Mühe und Not setzte ich mich hinter das Lenkrad, trat auf das Gaspedal und fuhr mit quietschenden Reifen davon.

Kapitel 11

Luna

Warmes Licht blendete mich, sobald ich einen Spaltbreit die Augen öffnete. Ich war umgeben von roten und violetten Farben.

Mit einem Schlag überkamen mich höllische Kopfschmerzen. Mein Hals kratzte, als hätte ich zwei Tage ohne einen Tropfen Wasser in der Wüste verbracht.

„Luna! Gott sei Dank!“, hörte ich Vincents Stimme sprechen. Überschwänglich warf er seinen Oberkörper auf mich, sodass mein Gesicht gegen sein knochiges Schlüsselbein gedrückt wurde.

Wo zur Hölle war ich?

Um die Orientierung wiederzuerlangen, blinzelte ich mehrmals und schüttelte den Kopf.

„Was ist passiert?“

Langsam realisierte ich, dass ich in einem Bett lag und Vincent neben mir auf der Bettkante saß. Das warme Licht kam von Dutzenden Kerzen, welche die lilafarbene Tapete erleuchteten. Der violette

Samtvorhang verdeckte das Fenster komplett. Ich wusste nicht, ob draußen Tag oder Nacht war.

Vincent sah mich mit Tränen in den Augen an. Ein Anblick, der mich denken ließ, dass der tiefe Ozean um mich weinte. Auf seiner Stirn prangte eine Platzwunde, die notdürftig mit einem Pflaster überklebt worden war. Blutige Kratzspuren zeichneten sich an seinem Hals ab. Erneut sah ich ihn mit Dreitagebart. Er lächelte; seine Hand griff nach meiner. Seine Berührungen verpassten mir eine Gänsehaut.

„Ich bin heilfroh, dass du lebst.“ Wieder drückte er mich so fest an sich, dass ich kaum Luft bekam.

In der Umarmung verweilend, prasselten die Erinnerungen auf mich ein. Wir waren im Kino gewesen und anschließend bei mir zu Hause.

„Amari“, flüsterte ich.

„Keine Sorge. Im Haus kann sie dir nichts tun. Ein Schutzzauber hält sie von uns fern.“

„Zauber? Wovon zum Teufel redest du?“

Plötzlich flog die Tür auf, und seine Mutter trat ein. Sie trug einen schwarzen Kimono aus durchsichtigem Stoff mit einem floralen Muster, darunter ein eng anliegendes Kleid, das ihre schmale Figur umschmeichelte. Um ihren Hals hingen unzählige Goldketten.

„Endlich bist du wach, Liebes.“ Sie stellte sich vor das Bett und zupfte an mir herum wie an einer Puppe. „Du hast uns einen ganz schönen Schrecken eingejagt.“

„Kann mir mal jemand erklären, was los ist?“

„Dank mir bist du dem Tod von der Schippe gesprungen.“ Eugenia breitete ihre Arme aus und reckte ihre Nase in die Höhe. „Du hast die Energie meines Heilamulettes komplett aufgebraucht. Ach, und das Gegengift war keines. Ich habe es analysiert. Es war alles andere als ein Heilmittel. Diese Schlange von einer Hexe ... Aber mittels meiner Expertise konnte ich aus den Resten des Giftes in deiner Tasche ein Gegenmittel herstellen."

Ihre Hand wanderte zum Nachttisch, hob das Fläschchen von Amari in die Luft und schüttelte es. Sofort zog ich den Kopf ein.

Wie hatte ich so dämlich sein und das Zeug probieren können?

Ich glaubte gar nicht an solch einen Schwachsinn.

„Hast du Schmerzen? Kannst du alle Glieder bewegen?", fragte Eugenia, ohne weiter auf den Trank von Amari einzugehen.

„Mein Kopf tut weh, und mein Körper ist schwer wie Blei. Es fühlt sich an wie Muskelkater."

„Das ist während des Heilungsprozesses normal. Du brauchst jetzt viel Ruhe, Liebes." Eugenia tätschelte meinen Kopf. „Vincent, mach der Kleinen was zu essen."

„Mom, ernsthaft?"

„Hopphopp, sonst verhungert sie."

Augenrollend stand er auf und schlurfte zur Tür. Bevor er brummend den Raum verließ, musterte er mich sorgenvoll.

Eugenia ignorierte den Groll ihres Sohnes und meinte zu mir: „Hör zu. Das, was da passiert ist, darfst du keiner Sterbensseele erzählen. Okay?"

Ich nickte, auch wenn ich nicht wirklich realisierte, was sie meinte.

„Es würde dir wahrscheinlich ohnehin keiner glauben." Sie kicherte wie eine alte Hexe und tätschelte mir den Oberarm.

„Ähm ... ich kapiere das nicht ganz. Amari hat mich vergiftet, richtig? Vincent brachte mich zu mir nach Hause, und dann brach Chaos aus und ... Ich erinnere mich nur vage wie bei einem Fiebertraum."

„Die hinterlistige Hexe hat Feuerbälle auf euch geworfen.“

„Feuerbälle“, wiederholte ich ungläubig.

„Ja, sie ist eine Elementarmagierin. Wir hingegen können bloß kleinere Zauber vollführen. Mit Amuletten oder Zauberformeln verstärken wir die Magie. Dafür können wir mit Geistern kommunizieren. Vincent ist am begabtesten. Er sieht sie sogar.“

Ich prustete laut los.

„Geister sehen? Was für ein Schwachsinn.“

Eugenia sah mich verschmitzt an.

„Glaub es oder nicht.“

Sie meinte das alles todernst. Fassungslos glotzte ich sie an und wartete darauf, dass sie in schallendes Gelächter ausbrach und aufklärte, dass sie nichts weiter als einen Witz gemacht hatte. Doch es geschah nicht.

Ihre Finger legten sich liebevoll über meine Hand. „Kindchen, es tut mir leid, dass du in all das hineingeraten bist. Diese Amari ist eine Anhängerin einer heimtückischen Magiergilde. Sie nennen sich ‚Circulus Arcanorum‘. Unsere Familie liegt seit Jahrzehnten mit ihnen im Streit. Und Vincent, dieser Idiot, hat sie provoziert. Obwohl ich ihm unentwegt gesagt habe, dass er sich von diesem Zirkel fernhalten soll.“

Ich konnte es nicht fassen.

Magie? Geister? Meine WG-Mitbewohnerin eine Hexe? Das konnte nicht sein!

Ich fühlte mich wie in einem schlechten Film. Ich hatte schon Probleme zu glauben, dass Vincent tatsächlich Auren sehen konnte.

Aber Geister? Das war zu viel.

Durch den Tod meiner Eltern hatte ich mich eine Zeit lang intensiv mit verschiedensten Religionen befasst. Bei jeder war ich zu dem Schluss gelangt, dass sie

Aberglaube und die Lösungen der fundamentalen Fragen der Menschheit in der Wissenschaft zu finden waren. Ein Leben nach dem Tod war reiner Unfug; ein Fünkchen Hoffnung der Gläubigen, um die Angst vor dem Tod zu mildern. In meiner Welt war kein Platz für Casper und Co. Und nun wollten die Clarks mein komplettes Weltbild umkrempeln?

Mein Verstand wehrte sich gegen die Vorstellung, dass Magie existierte wie in einem Computerspiel.

Vincent kam zurück, hielt einen Teller mit einem Sandwich in der einen und eine Wasserflasche in der anderen Hand.

Zum Glück brachte er keinen Salat. Mein Magen knurrte laut, als ich das Essen erblickte. Speichel bildete sich in meinem Mund.

Ich hatte Hunger wie ein Bär nach einem langen Winterschlaf.

„Mom, raus!“, befahl er ihr und setzte sich auf die Bettkante.

Drohend hob sie den Zeigefinger.

„Du hast hier gar nichts mehr zu melden, Freundchen! Klaust mir mein Amulett, spielst heimlich Ghostbuster und legst dich mit einer Hexe des ‚Circulus Arcanorum‘ an, ohne mir etwas zu sagen. Du hast Hausarrest bis ans Ende der Welt!“

Vincent rollte mit den Augen und reichte mir den Teller.

„Du hörst nie auf das, was ich sage. Und dann passieren jedes Mal Katastrophen, die ich ausbaden darf!“

Damit ging sie aus dem Zimmer und schloss hinter sich die Tür mit einem lauten Knall.

„Sorry, sie ist ein wenig sauer.“

„Ein wenig?“

Vincent schnalzte mit der Zunge.

„Sie sagt die Wahrheit: Ich höre wirklich nie auf sie.“

Wir mussten beide kichern.

Ich biss vom Sandwich ab. Ohne ordentlich zu kauen, schlang ich die Stücke hastig hinunter.

„Hat sie dir alles erzählt?“

Mit vollem Mund nuschelte ich: „Zauberei, Geister, das volle Programm.“

„Du solltest das lieber glauben. Es ist nämlich wahr.“

„So wie dein Auren-Ding?“

Er nickte. „Willst du mir nicht ebenfalls endlich die ganze Wahrheit erzählen?“

Aus verengten Augen musterte ich ihn.

Was zur Hölle meinte er?

Als er merkte, dass ich nicht verstand, deutete er mit dem Zeigefinger auf meinen Hals. Intuitiv fasste ich mir an die Stelle.

„Mein Halstuch“, stieß ich entsetzt aus. „Wo ist es?“

„Es hängt bei den Mänteln an der Garderobe.“

„Fuck!“ Mit der Handfläche bedeckte ich die hässliche Narbe.

„Du weißt von mir, dass ich Auren und Geister sehen kann, und ich habe dich vor einer Elementarmagierin gerettet. Wäre langsam an der Zeit, mehr über dich zu erzählen, findest du nicht?“

Ich senkte meinen Kopf. Darüber wollte ich jetzt nicht reden. Es war schrecklich genug, dass er die Narbe gesehen hatte. Stur sagte ich kein Wort. Er stellte den leeren Teller auf den Nachttisch und streichelte mir sanft über die Finger, die auf meinem Hals ruhten.

„Du musst sie nicht verstecken.“

„Sie ist hässlich.“

„Narben sind Wundmale des Lebens. Was auch passiert ist, du hast es überlebt. Du solltest sie mit Stolz tragen.“ Seine Finger übten leichten Druck auf meine aus, damit ich losließ. Den Gefallen tat ich ihm nicht.

„Also gut, dann nicht. Reden wir lieber über diesen Liebestrank."

Die Hitze stieg mir augenblicklich ins Gesicht. Vor Scham zog ich die Decke über den Kopf.

Ich konnte ihn laut auflachen hören. Dann entriss er mir die Decke, und ich sah ihm aus nächster Nähe in die Augen, so dicht kniete er neben mir auf dem Bett.

„Du wolltest mich echt mit 'nem Liebestrank verführen?"

„Ich will sterben. Auf der Stelle", sagte ich gequält und rollte mich auf die andere Betthälfte.

„Warum hast du nicht einfach was gesagt?"

Ich zuckte zusammen.

Ich lag eingerollt wie ein Embryo da, starrte die Wand an und hörte meinem Herzen zu, wie es vor Aufregung Purzelbäume schlug.

„Weil ich unsere Freundschaft nicht kaputt machen wollte."

„Genau das hast du aber."

„Was?", stieß ich entsetzt aus und drehte mich zu ihm.

Er setzte sich im Schneidersitz auf das Bett und grinste schelmisch. „Ich möchte nicht mehr mit dir befreundet sein."

Seine Worte versetzten mir einen schmerzhaften Stich mitten ins Herz, der mir den Atem raubte. Mit weit aufgerissenen Augen glotzte ich ihn an.

Er stützte seinen rechten Ellenbogen auf seinen Oberschenkel, lehnte die Wange auf seine Faust und sah mich erwartungsvoll an.

Was sollte ich zu allem sagen?

Mir hatte es die Sprache verschlagen.

Seine Gesichtszüge wurden weicher, und ein liebevolles Lächeln zeigte sich auf seinen Lippen. Mit allen fünf Fingern seiner linken Hand tippte er mir nacheinander auf den Oberarm wie ein Klavierspieler, der sanft eine Oktave auf den Tasten seines Instruments spielt.

Sämtliche meiner Härchen stellten sich auf; ich stand vollkommen unter Strom. Ich bebte vor lauter Emotionen, die unterschiedlicher nicht sein konnten.

Ich hatte Angst, ihn zu verlieren. Ich schämte mich, weil er wusste, dass ich in ihn verknallt war. Vor allem verspürte ich stetig stärker werdende Zuneigung für Vincent, die mehr und mehr aufflammte mit jeder seiner Berührungen. Ich sah ihn an und konnte mir kein Leben ohne ihn vorstellen. Ich wollte bei ihm sein und seine Nähe genießen. Jeden einzelnen Tag wollte ich in den dunklen Ozean seiner Augen blicken, der mich tiefer und tiefer in seinen Bann zog.

„Dummerchen", murmelte er, lehnte sich nach vorn und brachte sein Gesicht nahe an meines heran. Unsere Nasenspitzen berührten sich, und seine Stirn ruhte an meiner. Ich spürte ein sanftes Streicheln über meine Wange, das mich die Augen schließen ließ. In der nächsten Sekunde fühlte ich seine warmen Lippen auf meinen, die mir einen flüchtigen Kuss schenkten.

In meinem Körper brach ein Feuerwerk der Gefühle aus, das ich nicht unter Kontrolle bringen konnte. Meine Glieder zuckten unkontrolliert, völlig überfordert mit der Situation.

„Der Trank hat anscheinend funktioniert", flüsterte Vincent. Ein Lächeln schwang in seiner Stimme mit. Dann vergrub er seine Hand in meinem Haar und küsste mich ein weiteres Mal.

Kapitel 12

Vincent

Luna lag dicht neben mir und atmete ruhig und gleichmäßig. Bereits nach wenigen Minuten in meinen Armen war sie eingeschlafen. Vorsichtig strich ich eine Haarsträhne aus ihrem Gesicht. Sie sah so unschuldig und verletzbar aus, dass sich mein Herz verkrampfte. Es rebellierte regelrecht, war es diese Zuneigung und Geborgenheit seit Langem doch nicht mehr gewohnt. Immerhin hatte ich mir geschworen, nie wieder jemanden an mich heranzulassen.

Die letzten Tage hatte ich vergeblich versucht, die aufkeimenden Gefühle für Luna zu ignorieren. Es war um ein Vielfaches einfacher, allein durchs Leben zu gehen. Ich konnte tun und lassen, was ich wollte, Risiken eingehen, ohne mir einen Kopf zu machen. Schließlich war mir mein eigenes Dasein schon lange egal.

Aber nun, da ich Luna kannte, hatte sich das geändert. Und als ich um ihr Leben gebangt hatte, war mir klar geworden, dass ich nicht ohne sie sein wollte.

Meine Emotionen konnte ich nicht länger verbergen, weder vor ihr noch vor mir selbst.

Sie war in kürzester Zeit zum Mittelpunkt meines Lebens mutiert. Ich wollte ihr Lächeln sehen und das am besten den ganzen Tag. Sie sollte glücklich sein. Das hatte sie verdient.

Ruhelos wälzte ich mich im Bett hin und her und starrte ins Leere. Zum Schlafen war ich viel zu aufgewühlt. Seit Luna mein Herz aus seinem Winterschlaf geweckt hatte, krochen all die melancholischen Gefühle der Vergangenheit zurück an die Oberfläche. Penelopes plötzlicher Abgang hatte mich seelisch zerstört. Ich hatte sie intensiv geliebt, daher hatte mich der Schmerz in den Schlund der Verzweiflung gerissen, als sie ohne Vorwarnung fortgegangen war. Bis heute kannte ich den Grund für ihr Verschwinden nicht.

Nur eines wusste ich: Sie lebte. Irgendwo da draußen. Und sie meldete sich nicht bei mir. Seit verdammten vier Jahren gab es kein Lebenszeichen von ihr.

Und jetzt nach so langer Zeit empfand ich diese innige Verbundenheit zu Luna. Ich war total durcheinander. Meine wirren Gedanken und Gefühle tobten in mir wie ein gewaltiger Sturm. Ich sollte glücklich sein und auf Wolken schweben.

Trotz allem tat ich es nicht.

Stöhnend quälte ich mich aus dem Bett und schlich in den Keller. In einer engen Kammer stand ein Laufband.

Ich streifte mein Shirt ab, stellte mich auf das Fitnessgerät und rannte so schnell, als ginge es um mein Leben. Laufen half mir, mit den Problemen besser umzugehen und einen klaren Kopf zurückzugewinnen. Je weiter mein Puls in die Höhe schoss, desto ruhiger wurden die nervtötenden Gedanken. Bis zum

Sonnenaufgang powerte ich mich aus und fiel letztlich halb tot in mein Bett.

„Guten Morgen.“ Luna stand im Türrahmen, sah zu Boden und hielt sich die Hand über die Narbe am Hals.

Mein Bruder lag neben mir auf dem Bett und streckte neugierig seine Nase in ihre Richtung. „Dein Mauerblümchen ist da“, bemerkte er schmunzelnd.

Die Situation war mir unangenehm. Warum konnte er nicht in sein Zimmer verschwinden? Er musste doch checken, dass ich mit ihr allein reden wollte.

„Morgen.“ Ich räusperte mich und sah sie verhalten an. „Dein Schal hängt wie gesagt an der Garderobe.“

„Das ist es nicht“, meinte sie und drehte ihren Kopf zur Seite. „Ich müsste dringend duschen und habe keine Wechselkleidung.“

„Du kannst was von mir anziehen“, schlug ich nüchtern vor. Die Knutscherei und das Gekuschel der gestrigen Nacht erwähnten wir beide mit keinem Wort – als wäre nie etwas passiert. Sie war genauso zurückhaltend und ich abweisend wie zuvor. Wenn mein Bruder nicht im Raum gewesen wäre, hätte ich anders reagiert. Aber mir waren die frisch entfachten Gefühle selbst unangenehm. Daher konnte ich mich vor Valentin nicht auf sie stürzen und über sie herfallen wie ein liebestoller Affe.

„Du bist so dürr. Mir werden deine Klamotten niemals passen.“

Valentin kicherte. Sein Blick wanderte permanent zwischen ihr und mir hin und her.

Wortlos stand ich vom Bett auf und lief zum Kleiderschrank. Ich wühlte einen oversized Pulli und eine weite Jogginghose heraus und warf ihr beides entgegen. „Du kannst meine Dusche benutzen."

Ich öffnete die Badtür und deutete nach drinnen. Sie kannte bereits von den letzten Besuchen das kleine Bad, das aus einer Toilette, einem Waschbecken und einer Dusche bestand.

Luna nickte flüchtig und verschwand darin. Mein Bruder lief ihr selbstbewusst hinterher.

„Vergiss es", sagte ich leise, damit es Luna nicht hörte. Meinem Bruder entging der bedrohliche Ton in meiner Stimme dennoch nicht.

„Was denn? Ich bin ein verdammter Geist. Das einzig Gute daran ist, durch Wände zu laufen und Frauen heimlich anglotzen zu können."

„Verschwinde!"

„Wir sind Zwillingsbrüder. Wir müssen teilen."

Aus schmalen Augen funkelte ich ihn an. „Wenn du das tust, zwinge ich dich ins Jenseits."

„Du hattest gestern deinen Spaß. Du gönnst mir echt gar nichts."

Das Blut schoss mir ins Gesicht.

Er hatte uns beobachtet, der Mistkerl.

Wenn er nicht tot wäre, würde ich ihn in diesem Moment umbringen.

„Wir hatten keinen *Spaß*!"

Schmollend warf er sich auf mein Bett. „Du könntest wenigstens ein paar Poster mit nackten Mädels für mich aufhängen."

Ich legte mich neben ihn, vergrub mein Gesicht halb im Kissen und lugte ihn mit einem Auge an. „Du gehst mir auf den Sack."

„Ich liebe dich auch."

Grinsend zwinkerte er mir zu.

Einige Minuten musterten wir uns. Ich wusste, dass er sich für mich freute. Ihm hätte ich es ebenso gegönnt. Genervt stieß ich die Luft aus.

„Wir machen einen Deal: Wenn du dich nicht mehr blicken lässt, während Luna bei mir ist, tapeziere ich dir dein komplettes Zimmer mit nackten Frauen."

Er jubelte laut auf. „Das ist ein Deal nach meinem Geschmack." Mit seiner durchsichtigen, schimmernden Hand schlug er durch meine Handfläche und verschwand mit einem Satz nach hinten in der Wand.

„Mit wem hast du geredet?"

Ich erstarrte.

Luna stand in der geöffneten Tür zum Bad und sah mich mit zusammengezogenen Augenbrauen an. Die Ärmel meines Pullis waren ihr viel zu lang, genau wie die Hosenbeine. Sie sah unglaublich süß in meinen Klamotten aus. Unbeholfen stand sie da und spielte mit der Kordel der Kapuze.

Wasserperlen tropften von ihrem nassen Haar. Sofort stieg der Drang wieder in mir hoch, sie fest an mich zu drücken und in meinen Armen zu halten. Schweigend stand ich auf und taumelte zu ihr.

Verunsichert von meiner Nähe drückte sie sich gegen den Türrahmen und zog den Kopf ein. Sie starrte zu Boden und biss sich auf die Unterlippe.

Der Anblick gefiel mir überhaupt nicht. Sie sollte fröhlich sein und lächeln.

Ich legte den Zeigefinger der rechten Hand unter ihr Kinn und hob es ein Stück nach oben, damit sie mir in die Augen sah.

„Warum guckst du so traurig?"

Ich beugte mich zu ihr und küsste sie flüchtig auf die Stirn. Sobald ich mich zurückneigte, bemerkte ich ihre geschlossenen Augen. Sie öffnete sie in der Sekunde, in der ich meine Finger der linken Hand mit ihren verhakte. Ein Lächeln bildete sich auf meinen Lippen, bevor sie auf ihre wanderten. Ihr Gesicht war von der Dusche noch ganz feucht. Behutsam lehnte ich mich gegen sie. Ihre Hand schlang sich um meinen Hals.

Das Verlangen, sie auszuziehen und ins Bett zu zerren, flammte in mir auf. Sie würde es wahrscheinlich sogar ohne Protest über sich ergehen lassen. Dabei war es viel zu früh.

Luna war nicht bereit, um weiterzugehen. Darum zügelte ich meine Begierde und ließ von ihr ab.

„Alles okay?“

Da war es abermals: ihr wunderschönes Lächeln, das sie viel zu selten zeigte.

„Alles gut. War mir nur nicht sicher, ob ich das gestern geträumt habe.“ Verlegen strich sie sich ihr Haar hinters Ohr.

„Mein Bruder war im Zimmer.“

„Was?“ Mit großen Augen guckte sie mich an.

„Mein Bruder. Er gammelt seit sechs Jahren hier als Geist herum.“

Als könnte sie Valentin sehen, wenn sie sich anstrengte, suchte sie den Raum nach ihm ab.

„Hab ihn um Privatsphäre gebeten. Er ist nun fort.“

„Irgendwie gruselig.“

Ich lachte kurz auf. „Und nervig.“

„Du kannst also echt Geister sehen?“

„Kannst du es immer noch nicht glauben?“

Sie schüttelte den Kopf, löste sich von mir und setzte sich auf die Bettkante.

Ich nahm dicht neben ihr Platz, ließ meinen Oberkörper nach hinten auf die Matratze fallen und verschränkte die Hände über meiner Brust.

„Ich habe wie meine Mutter die Gabe der Geisterbeschwörung in mir. Magie ist genetisch veranlagt. Es ist Zufall, ob man die magischen

Begabungen vererbt bekommt und in welcher Intensität. Mein Bruder war zum Beispiel komplett untalentiert. Mein Großvater konnte Geister sehen und Seelen sogar für kurze Zeit aus dem Jenseits heraufbeschwören. Meine Mutter kann lediglich durch Zeremonien mit Geistern Kontakt aufnehmen und mit ihnen sprechen, ohne sie zu sehen."

„Und du?"

„Vor vier Jahren fing es mit dem Sehen von Geistern an. Seitdem nehme ich auch die Auren der Menschen wahr."

„Du bist aufgewacht und konntest es von einem Moment auf den anderen?"

Ich schluckte. Sollte ich ihr wirklich die ganze Geschichte erzählen?

Sie bemerkte mein Zögern, legte sich seitlich neben mich. „Ich schweige auch gern, wenn's unangenehm wird."

„Ich weiß." Meine Finger glitten durch ihr feuchtes Haar. Es dauerte einige Minuten, bis ich mich überwinden konnte und die richtigen Worte fand: „Meine damalige Freundin ist vor vier Jahren von einer Minute auf die andere verschwunden. Wir waren gerade in Thailand, haben eine Backpack-Tour gemacht."

Luna hob ihren Kopf und sah mich an.

Ich konnte ihr nicht in die Augen sehen und starrte an die Decke.

„Was denkst du, wie die Behörden auf mich abgingen? Alle dachten, ich hätte ihr was angetan. Auch ihre Eltern, unsere Freunde, einfach jeder sah in mir einen Mörder." Ich hielt inne, legte eine Sprechpause ein und schluckte schwer. Mit ihr über meine Ex zu sprechen, fühlte sich seltsam an. Doch Luna sagte kein Wort, hörte schlicht zu.

„Ich wollte Gewissheit haben, ob sie noch am Leben war, und habe einen komplizierten Blutzauber angewandt, der mich temporär umbrachte, um ins Jenseits zu gelangen und sie zu suchen“, gestand ich emotionslos.

„Du hast was?“

„Etwas ging dabei schief. Ich war viel zu lange dort, bis meine Mutter meinen Körper fand und mich zurückholte. Seitdem kann ich Auren und Geister sehen.“

„Du warst im Jenseits? Also tot? So richtig tot?“

Ich nickte. „Durch den Blutzauber hätte meine Seele eigentlich nach einer Stunde zurück in meinen Körper fahren müssen. Das hat aber nicht funktioniert. Mein Herz schlug weiterhin und hielt meinen Körper am Leben. Mein Geist dagegen war im Jenseits.“

„Deine Mutter hatte recht: Du baust nichts als Scheiße.“

Ich prustete los und bestaunte ihr freches Grinsen. „Sie war stinksauer. Sie wollte nicht ein weiteres Kind verlieren.“

„Verständlich.“ Luna richtete sich auf, zog die Knie an ihre Brust und umschlang sie mit ihren Armen. „Hast du sie gefunden?“

„Nein. Sie lebt oder ist ein Geist. Ich bin mehrmals nach Thailand gereist und habe sie gesucht. Ohne Erfolg. Geister sind an einen gewissen Radius des Ortes ihres Ablebens gebunden. Wenn sie einer wäre, hätte ich sie sicher gefunden.“

Luna vergrub ihr Gesicht in ihren Händen.

„Ich war auch schon tot.“

Ihre Worte durchzuckten mich wie ein Blitz. Prompt nahm ich ebenfalls eine sitzende Position ein und betrachtete sie prüfend. Sie verbarg ihre Augen fortwährend vor mir.

„Ich saß während des Unfalls mit im Auto. Die Sanitäter mussten mich reanimieren. Ich lag drei Wochen im Koma."

„Wie lange warst du tot? Kannst du dich an etwas erinnern?"

Sie schüttelte den Kopf.

„Keine Erinnerung. Keine coole Story über ein Nahtoderlebnis. Allerdings fühle ich mich seither seltsam. Ich habe es ständig auf den Verlust meiner Eltern geschoben, dachte, es seien Depressionen. Aber ich fühle mich ..."

Seufzend stieß sie die Luft aus, hob ihren Kopf und sah mich mit feuchten Augen an.

„Es kommt mir vor, als würde mir etwas fehlen. Als wäre ich nicht komplett. Ich fühle mich schrecklich!"

Ich lehnte meine Stirn gegen ihre Schulter.

„Das tut mir leid."

Sie schluchzte und drehte ihr Gesicht so weit weg von mir, wie es ihr möglich war.

Ich konnte erahnen, was sie durchgemacht haben musste. Sie hatte sich verloren, als sie zehn Jahre alt gewesen war.

Endlich ergab alles einen Sinn.

Luna hatte keine Aura, weil ihre Seele unvollständig aus dem Jenseits zurückgekehrt war.

Nicht nur die Menschen um sie herum fühlten sich in ihrer Gegenwart unbehaglich, sondern Luna selbst verspürte seit ihrem zehnten Lebensjahr ein permanentes Unwohlsein.

Ganz gleich wie sehr sie sich bemühte, sie empfand sich stets leer und unvollkommen.

Ich begriff, dass ich sie nie restlos glücklich machen würde.

Es reichte nicht aus, ihr Freund zu sein und ihr ein offenes Ohr zu schenken.

Meine Gedanken ratterten wie ein Uhrwerk. Mir kam ein konfuser Einfall. Wenn ich recht hatte, konnte ich ihr helfen.

„Vertraust du mir?“, flüsterte ich.

Sie hob ihren Kopf und sah mich an. „Du kennst die Antwort bereits.“

Kapitel 13

Luna

Vincent sprintete entschlossen in die Bibliothek seines Großvaters, um ein Buch zu holen. In seinen Plan hatte er mich bislang nicht eingeweiht. Er schien völlig weggetreten zu sein, murmelte leise vor sich hin, mehr zu sich selbst anstatt zu mir.

Was zur Hölle hatte er vor?

Mimi hüpfte auf meinen Schoß und forderte Streicheleinheiten. Ich vergrub meine Hand in ihrem Fell. Es fühlte sich viel weicher und gepflegter an als beim letzten Mal.

Dem kleinen Kätzchen ging es bei Vincent offenbar blendend. Es stimmte mich froh, dass er sich gut um sie kümmerte. Oft wirkte er kühl und desinteressiert, dabei hatte er eigentlich ein gütiges Herz.

Vincent kam zurück. „Ich habe es gefunden." Seine Nase steckte bereits tief in den Buchseiten.

„Was hast du überhaupt vor?"

Er reagierte nicht auf meine Frage. Seine Finger flogen über die Seiten.

„Erde an Vince." Erst als ich ihm durch sein Haar wuschelte, erlangte ich seine Aufmerksamkeit.

„Ich kann ins Jenseits reisen. Das ist kein Problem. Dich hingegen bekomme ich da nicht hin. Zumindest nicht auf normalem Wege."

Langsam machte er mir Angst. Würde er mich ebenso mit diesem Blutzauber umbringen? Darauf hatte ich rein gar keine Lust. Ich schluckte, traute mich nicht, nach Details zu fragen.

„Es wird anstrengend, aber ich kann es schaffen." Er legte den alten Schinken beiseite und sah mich mit glänzenden Augen an. Ein leichter Ausdruck von Wahnsinn schimmerte in ihnen. „Wir befördern dich ins Jenseits und puzzeln deine Seele wieder zusammen."

„Du wirst mich doch nicht abmurksen?! Ernsthaft, das hast du nicht vor, oder?"

Verwirrt musterte er mich, als wären meine Worte völlig abwegig.

„Abmurksen?"

„Na, du hast von dem Zauber erzählt, der dich getötet hat."

„Nein, keine Angst. Ich kann meine Magie durch einen Runenzirkel verstärken, und wenn wir Glück haben, reicht es, dich mit ins Jenseits zu nehmen."

Okay, er wollte mich allen Ernstes ins Reich der Toten verfrachten. Das machte mich nervös.

„Lass mir ein paar Stunden Schlaf. Ich bin noch angeschlagen wegen deiner Mitbewohnerin."

„Die Uni ein weiteres Mal schwänzen? Hat das nicht Zeit bis zum Wochenende?"

Er grinste schief und sah mich an.

„Kneifst du?"

Kneifen? Ich hatte Angst um mein Leben. War das nicht verständlich?

„Ich vertraue dir. Trotzdem ist mir ein wenig mulmig zumute. Und diesen Magiekram kann ich nach wie vor nicht so ganz glauben.“

„Ich werde nichts tun, was dich in Gefahr bringt. Das schwöre ich. Ich will dir nur helfen. Wenn du dir unsicher bist, lassen wir es.“

„Das Einzige, was ich gerade tun will, ist essen. Ich habe verdammt großen Hunger.“

Vincent grinste. „Du isst echt gern.“

„Was soll das denn heißen? Nennst du mich etwa fett?“ Am liebsten hätte ich ihn geboxt. Er kam mir jedoch zuvor und zwickte mich in die Wange.

„Nicht fett, niedlich.“

Zum Frühstück gab es Porridge, dazu frisches Obst und Kaffee. Wir saßen allein im Esszimmer. Mimi leistete uns Gesellschaft und erbettelte ein Stück Banane von Vincent, der einmal mehr in das Buch vertieft war.

Während ich mein Essen hinunterschlang, begutachtete ich die antiken Vasen und Tischuhren in der Vitrine.

„Was macht eigentlich deine Mutter?“

Vincent löste seine Augen von den vergilbten Seiten. „Sie hat eine Parfümerie, die gut läuft.“

„Ihr seid ziemlich reich, was?“ Ich zeigte um mich und deutete auf den Prunk.

„Mein Vater stammt aus einer wohlhabenden britischen Familie. Er hat mehrere Luxusgeschäfte in London vererbt bekommen, wo er auch ursprünglich gelebt hat. Er ist ein tüchtiger und erfolgreicher Geschäftsmann. Sein Herzblut liegt allerdings bei dem

Uhrenladen in Berlin. Er hat ihn eigenhändig eröffnet, als er meine Mutter kennengelernt hat und der Liebe wegen nach Berlin gezogen ist. Die Familie meiner Mutter war ebenfalls sehr vermögend. Als mein Großvater aus der Magiergilde floh, kaufte er dieses Haus." Endlich legte er das Buch zur Seite, stützte einen Ellenbogen auf den Tisch und lehnte seine Wangen gegen seine Faust. „Was haben deine Eltern zu Lebzeiten gemacht?"

„Mein Dad war Wissenschaftler beim Fraunhofer-Institut und selten zu Hause, meine Mutter war Hausfrau. Wir waren nicht reich wie ihr, hatten aber ein schönes Häuschen im Grünen und ein gutes Leben. Nach ihrem Tod kamen meine Schwester und ich mit Ach und Krach über die Runden."

„Darum studierst du also Physik."

Ich sah ihn an. „Plasmatechnik war das Fachgebiet meines Vaters. Ich habe ihn stets bewundert."

Vincent nippte nachdenklich an seinem Kaffee. „Durch diesen Magiekram ist mein Leben seit jeher konträr. Ich suche den Sinn, will wissen, wie alles zusammenhängt. Raum, Zeit, das Universum – wie passt da erklärbar das Jenseits ins Gefüge? Kennst du die Theorie der Extradimensionen? Unser ganzes Universum wäre nach ihr bloß eine dünne Membran in einem Raum unzähliger Dimensionen. Wie die Milchstraße nicht die einzige Galaxie ist, gäbe es neben unserem Universum unendlich viele weitere."

„Du meinst, das Jenseits ist eine Art Paralleluniversum?"

„Vielleicht." Vincent starrte ins Leere. Ich konnte förmlich die Rädchen sehen, die hinter seiner Stirn ratterten. Gedankenverloren nahm er einen Schluck von seinem Kaffee. Nach einer Weile klärte sich sein Blick, und er fixierte mich. „Jetzt kümmern wir uns erst mal um dich.“ Er lächelte verhalten. „Ich will das Buch noch durchwälzen und mich ausruhen. Morgen früh geht‘s los.“ Er stand auf und verschwand in seinem Zimmer.

Für mich hieß das wohl, ich sollte ihn allein lassen. Ich seufzte und streichelte Mimi, die unterdessen auf meinem Schoß saß. „Dein Herrchen ist anstrengend.“

Nach einigen Stunden kam Vincent in mein Zimmer gestürmt und warf den dicken Wälzer direkt neben mich aufs Bett.

Mimi schreckte auf, sprang von meinem Schoß und zwängte sich durch den Türspalt, bevor Vincent die Tür komplett schloss.

„Ich glaube, ich habe es mittlerweile drauf. Der Runenkreis dürfte kein Problem sein.“

Ich stemmte den Oberkörper in die Höhe und stützte mich auf den Ellenbogen ab.

„Hast du dich auch erholt oder nur gebüffelt?“

Er schmunzelte verlegen und setzte sich neben mich auf die Bettkante.

„Hab gehofft, ich kann bei dir ein bisschen Ruhe tanken.“ Seine Hand legte sich auf meine. Sofort beschleunigte sich mein Herzschlag. Ich erwiderte nichts auf seine Worte und befreite mein Gesicht von ein paar nervigen Haarsträhnen.

„Ist das in Ordnung?“, hakte er nach.

Nickend rutschte ich ein Stück weiter in die Mitte der Matratze und lehnte mich wieder zurück in das Kissen. Ich spannte mich an, als säße ich im Behandlungsstuhl eines Zahnarztes.

Vincent legte sich neben mich und streifte die Decke über uns. Wir lagen dicht nebeneinander, ohne uns zu berühren.

„Bist du nervös?“, fragte er.

War ich das?

Verdammt, ja!

Vincent hatte bereits eine langjährige Beziehung hinter sich. Für ihn war das hier normal. Ich für meinen Teil hatte bisher keinen Freund gehabt und keinerlei Erfahrung, wie ich mich verhalten sollte.

Augenblicklich schossen mir die Bilder des Sexualkundeunterrichts der fünften Klasse durch den Kopf.

„Nein, ich meine, es ist durchaus irgendwie seltsam, mit dir in einem Bett ...“ Ich schlang die Arme um meinen Oberkörper. „Ich will nur, dass du weißt, dass ich so was noch nie gemacht habe.“

Vincent hielt sich die Hand vor den Mund und kicherte. „Ich meinte wegen morgen.“

„Shit.“

Peinlich berührt rollte ich mich weg, kehrte ihm den Rücken zu und krallte die Finger ins Kissen. Warum musste ich mich permanent blamieren?

Im Prinzip wusste ich nicht einmal, ob Vincent und ich ein Paar waren. Heutzutage gab es allerlei Zwischenlösungen wie ‚Freundschaft Plus‘. Ich spürte, wie die Verunsicherung die Überhand gewann und ich zu schwitzen anfing.

„Schon okay.“ Seine Hand ruhte auf meinem Oberarm. „Ich kann gehen, wenn es dir unangenehm ist.“

„Was? Nein.“ Ich drehte mich wieder zu ihm und biss mir auf die Unterlippe. Sollte ich ihn fragen, ob wir ein Paar waren? Stellte man solch eine Frage überhaupt?

„Ich hoffe wirklich, dass ich dir helfen kann. Glaube mir, wenn mein Plan funktioniert, beginnt für dich ein neues Leben." Vincent schien sich komplett auf das morgige Vorhaben zu konzentrieren. Müde kuschelte er sich in die Decke ein, atmete erschöpft aus und schloss seine Augen.

Ich beobachtete ihn für eine Weile, wie er langsam ins Reich der Träume sank und sich entspannte.

Er sah zum Anbeißen süß aus mit seinen verwuschelten Haaren, die quer in seinem Gesicht hingen, sodass ich lächeln musste. Ich war wirklich bis über beide Ohren in ihn verknallt. Es war beinahe so, als umgab ihn ein pinker Schein. Endlich verstand ich die Metapher der rosaroten Brille.

Völlig desorientiert schreckte ich hoch. Etwas hatte mich im Gesicht getroffen. Reflexartig packte ich es und stellte fest, dass es meine frisch gewaschene Kleidung war. Wer mich mit ihr beworfen hatte?

Vincent.

Er stand wenige Meter entfernt vom Bett und strahlte vor Euphorie. Grimmig funkelte ich ihn an, denn derart abrupt aus dem Schlaf gerissen zu werden, fühlte sich unangenehm an. Mein Puls pochte mir in den Ohren, und ein Schwindelgefühl zwang mich, mehrmals zu blinzeln.

„Es kann losgehen. Wir müssen ein Stückchen fahren. In der Nähe gibt es eine Stelle, an der sich zwei passende Energielinien überschneiden. Genau dort werde ich den Runenzirkel zeichnen", plapperte er munter drauflos.

Mit skeptischem Blick musterte ich ihn. Er trug seinen Mantel und hatte einen vollgestopften Rucksack geschultert. Ihm war es absolut ernst damit. Ich konnte mir weiterhin nicht vorstellen, was genau er vorhatte. Überhaupt ging es nicht in meinen Kopf, dass es echte Magie geben sollte. Ich hatte Amaris Feuerzauber mit eigenen Augen gesehen. Trotzdem wollte ich es nicht wahrhaben.

Vincent drückte mir eine silberne Kette in die Hand. „Für den Fall der Fälle."

Ich betrachtete den schweren Anhänger mit dem riesigen roten Edelstein darin. „Was meinst du damit?"

„Das ist mein wieder aufgeladenes Schutzamulett. Keine Ahnung, ob Amari uns wie bisher nachstellt."

Betrübt drückte ich die Kette an die Brust. Wie hatte ich mich dermaßen von ihr blenden lassen können?

„Na los, Täubchen, ich warte unten." Damit verschwand er wieder. Diesen Elan kannte ich gar nicht von ihm. Normalerweise wirkte er eher in sich gekehrt. Anstatt unser Leben in Gefahr zu bringen, wäre mir ein kuscheliger Fernsehmarathon lieber gewesen.

Wir fuhren ein gutes Stück raus aus der Stadt in einen trostlosen Kiefernwald.

Vincent parkte das Auto am Ende eines zugewachsenen Forstwegs und stieg aus.

Ängstlich blickte ich mich um. Hier draußen sah man nichts als Bäume.

Es gab lediglich einen schmalen Pfad, der von Tieren platt getreten worden war. Die Nadeln und Kiefernzapfen knisterten unter den Füßen, als wir durch das Dickicht wanderten. Die Luft roch nach Holz und Harz.

„Bist du sicher, dass wir richtig sind?", fragte ich hinter Vincent trabend. Nur mit Mühe und Not hielt ich mit ihm schritt.

Er wedelte mit seinem Smartphone in der Luft. „Laut GPS-Koordinaten sind wir gleich da."

Nach weiteren zwanzig Minuten Fußmarsch durch die Pampa blieb er stehen und holte einen golden eingefassten Handspiegel, an dem Kristalle baumelten, aus seiner Manteltasche. Er hielt ihn schräg in die Höhe, sodass die Sonnenstrahlen durch die Baumkronen hindurch auf die Glasoberfläche und die Kristalle fielen.

Das Licht brach sich in den bunten Steinen und zauberte kleine Regenbögen auf den Boden.

„Hier ist es."

Ohne mich zu beachten, schmiss er seinen Rucksack auf die Erde. Er ging in die Hocke, öffnete den Backpack und kramte allerlei seltsame Utensilien aus ihm hervor: Kerzen, fünf silberne Schüsselchen befüllt mit getrockneten Kräutern, einen Dolch, Spiritus, ein Sturmfeuerzeug und das Buch.

Mir wurde aufs Neue mulmig zumute. In meinem Bauch kribbelte es, als würden Ameisen darin einen Tanz aufführen.

Vincent schlug das Buch auf und blätterte zu einer Zeichnung, die einem Pentagramm ähnelte. Er legte den Folianten aufgeschlagen neben sich und schob mit seinen Händen trockene Nadeln und Moos beiseite, sodass ein sauberer Kreis auf dem Boden entstand. Dann zeichnete er mit einem Stock das Symbol in die Erde. Ein ums andere Mal überprüfte er das Abbild im Buch. Es schien wichtig zu sein, dass seine Zeichnung identisch war.

Ich fühlte mich, als würde ich einem satanistischen Ritual beiwohnen.

Verunsichert lehnte ich mich gegen eine Kiefer, spielte nervös mit dem Amulett und beobachtete Vincent bei seinen Handgriffen.

Nickend überprüfte er sein Werk. „Sieht gut aus, denke ich."

Die Schüsselchen mit den Kräutern positionierte er in gleichmäßigen Abständen um den Kreis herum. Anschließend zündete er ihren Inhalt an. Augenblicklich stieg weißer Rauch auf.

Er wehte zu mir herüber und brachte eine Duftwolke der Kräuteraromen mit sich, die meine Sinne betörte.

Der Qualm nahm zu, was Vincent nicht störte. Unbeirrt verteilte er den Spiritus auf dem Pentagramm, während ich mir Mund und Nase mit meinen Händen bedeckte, um mich vor dem Qualm zu schützen.

Durch die Rauchschwaden hindurch sah ich, wie Vincent mit dem Dolch in der Hand in der Mitte des Kreises stand.

„Luna, komm her."

Mein Puls beschleunigte sich.

Sollte ich das wirklich tun?

Noch hatte ich die Chance wegzulaufen.

„Lu?" Vincent sah zu mir, streckte die Hand in meine Richtung aus.

Panik stieg in mir auf. Ich hatte ihm mehrfach mein Vertrauen ausgesprochen. In diesem Moment war ich jedoch verunsichert.

Zögerlich wagte ich einen Schritt auf ihn zu.

„Na komm, oder willst du dort drüben Wurzeln schlagen?"

Ich gab mir einen Ruck, hechtete zu ihm und ergriff seine Hand. Unverzüglich zog er mich zu sich.

„Dir wird nichts geschehen. Mach einfach die Augen zu", flüsterte er sanft und hielt meine Taille mit einem Arm fest umschlungen.

Ich lehnte mein Gesicht an seine Brust und konnte währenddessen den Schlag seines Herzens hören. Es pumpte aufgeregt das Blut durch seine Adern.

„Halte dich an mir fest und lass nicht los“, wies er mich an.

Ich nickte und krallte meine Finger in seinen Mantel. Vincent murmelte seltsam klingende Worte, die ich nicht verstand. Sie klangen wie ein Gebet auf Latein. Ich hörte, wie er das Sturmfeuerzeug entzündete und auf den Boden warf. Durch den Spiritus entflammte das gezeichnete Symbol im Handumdrehen. Aus dem Augenwinkel erkannte ich, dass er den Dolch zückte. Er erschauderte kurz und stöhnte. Was zur Hölle trieb er? Ich hob den Kopf, sah panisch um mich und schließlich in Vincents Gesicht. Seine Lider waren fest zusammengekniffen, seine Gesichtszüge angespannt. Er schmiss den Dolch, an dem Blut klebte, auf den Boden.

Er hatte sich selbst eine Wunde zugefügt, sein Blut als Zutat zu dem Zauber beigegeben oder einen Blutzoll gezahlt?

Die Gedanken überschlugen sich in meinem Kopf. Ihnen wurde schlagartig in dem Moment ein Ende bereitet, in dem Vincent ein violett leuchtendes Amulett unter seiner Kleidung hervorzog und mein Hosenbein Feuer fing.

„Vincent, ich brenne!“, schrie ich von Angst gepackt. Mir wurde stetig heißer, Schweißperlen tropften von meiner Stirn.

Langsam breitete sich ein brennender Schmerz in meinen Beinen aus. Die Flammen züngelten gierig bis hinauf zu meinen Knien. Ich stellte mich auf die Zehenspitzen, um der Hitze zu entkommen.

„Vincent!“

Er reagierte nicht auf mein Flehen, flüsterte unablässig wirres Zeug. Das Feuermeer färbte sich violett und hüllte uns in gleißendes Licht. Ich zuckte zusammen, wollte fliehen. Seine Arme schlangen sich fest um meine Schultern.

„Gleich geschafft", hauchte er. Sein Gesicht vergrub er dabei an meinem Hals.

Ein Lichtkegel bildete sich um uns herum; er strahlte bis in den Himmel. Der Schmerz in meinen Beinen wich einer angenehmen Wärme. Ich schloss die Augen und genoss das wohltuende Gefühl in meiner Brust. Die Angst war wie weggeblasen. Da waren nunmehr er und ich und dieser warme Schimmer. Noch nie im Leben hatte ich mich so leicht gefühlt – als flögen wir wie Vögel durch die Luft. Das Licht wurde heller und heller. Meine Haare wirbelten in einem spiralförmigen Sturm umher. Das Kribbeln in mir verstärkte sich, bis einzig ein Glücksgefühl übrig blieb. Es war kein Platz in meinem Herzen für Zweifel oder Angst. Ich war frei von allem.

Blinzelnd öffnete ich die Augen.

Ich lag eingehüllt in einer weißen Nebeldecke. Bedächtig hob ich meinen Oberkörper, inspizierte die Umgebung. Vincent lag neben mir.

Vorsichtig streichelte ich über seine Wange. Sie war eisigkalt, und er atmete nicht. War er tot? Panik stieg in mir auf. Da bemerkte ich, dass ich ebenfalls keine Luft in meine Lunge sog.

Ein tiefes Brummen drang aus Vincents Kehle. „Das war anstrengender, als ich gedacht hatte."

„Wo zur Hölle sind wir?", fragte ich.

Er hob seine Hände zu seinem Gesicht, rieb sich die Augen und schüttelte den Kopf. „Im Jenseits", antwortete er und sah nach vorn, „beziehungsweise davor. Das Tor da drüben ist der Eingang."

Ich folgte seinem Blick. Tatsächlich ragte ein Tor aus den Nebelschwaden. Es glänzte silbern, war prunkvoll mit leuchtenden Runen verziert.

Der Anblick faszinierte mich. Davor saß unbeweglich eine düstere Gestalt. Sie trug eine lange schwarze Kutte, hatte die weite Kapuze aufgesetzt und tief ins Gesicht gezogen, sodass es verborgen war. Meine Augen weiteten sich.

Vincent stand auf und reichte mir die Hand. „Hab doch gesagt, ich schaffe das."

„Du hast aber nichts von einem Dolch erwähnt. Was hast du damit getrieben?"

„Ich habe in meine Handfläche geschnitten. Für mächtige Zauber wie diesen braucht es ein paar Tropfen Blut."

Aha. Ich hatte demnach nicht allzu danebengelegen mit meinen Mutmaßungen.

„Die Information hast du galant verheimlicht."

„War ja nicht deines." Er grinste verschmitzt und führte mich zu der Pforte. Wie selbstverständlich wollte er mit mir hindurchschreiten. Doch es öffnete sich nicht. Die Gestalt in der schwarzen Kutte hielt urplötzlich ein Schwert in der Hand und versperrte uns damit den Weg.

„Was soll das denn auf einmal?", maulte Vincent und sah das Wesen irritiert an.

Ich beäugte es angespannt, versuchte, das Gesicht zu erkennen. Da war keines.

Die Kreatur erhob sich.

Instinktiv ging ich einen Schritt zurück.

Vincent legte den Kopf schief und sah sie an.

„Werter Herr Torwächter, ich bin dir gefühlt Tausend Mal begegnet, und nie hast du einen Terz gemacht." Er ließ mich los und führte seine Hand nachdenklich an sein Kinn. „Hat es etwas mit Luna zu tun?"

Die Gestalt baute sich vor uns auf, die Klinge versperrte uns weiterhin den Weg.

„Sie war schon einmal an diesem Ort und hat einen Teil ihrer Seele verloren. Wir wollen ihn suchen. Dann gehen wir wieder“, erklärte Vincent.

Der Kopf des Torwächters drehte sich zu mir.

Ich schluckte.

„Bitte“, flüsterte ich. „Wir wollen nichts Böses.“ Ängstlich lugte ich ihn an und schluckte.

Es dauerte einige Sekunden, bis er sein Schwert senkte und näher kam. Er streckte seine Hand nach mir aus. Beschützend stellte sich Vincent vor mich.

Der Torwächter schob ihn mühelos beiseite. Bevor ich reagieren konnte, hatte er die Hand auf meine Brust gelegt. Ein stechender Schmerz breitete sich von der Stelle seiner Berührung bis in jedes meiner Glieder aus. Ich stöhnte auf. Für einen Schrei fehlte mir der Atem, als drückte man mir die Kehle zu.

Ein weißes Licht glomm zwischen mir und seiner Hand auf. Mein Herz machte einen aufgeregten Sprung. Erst jetzt bemerkte ich, dass es die ganze Zeit stillgestanden hatte.

Es schlug zwei weitere Male kräftig – dann verstummte es wieder und der Schmerz verschwand. Der Torwächter nahm seine Hand von mir und trat zur Seite. Im selben Augenblick öffnete sich das Tor.

„Puh, das war neu“, gestand Vincent. „Lass uns schnell weiter, sonst überlegt er es sich womöglich anders.“ Er schnappte sich mein Handgelenk und geleitete mich durchs Tor über eine gläserne Brücke.

„Wir sind da. Spürst du irgendetwas?“

Ich drehte mich einmal um meine eigene Achse. Da war nichts, ausschließlich Licht.

„Das Jenseits ist ein seltsamer Ort. Alles verändert sich nach deinem Willen. Du kannst dich an deinen

Lieblingsort wünschen oder dein Aussehen verändern. Versuche, an etwas aus deiner Vergangenheit zu denken.“

Flugs schloss ich die Augen und dachte an meine Eltern. Ich konnte mich nicht mehr richtig an ihre Gesichtszüge erinnern. Die Bilder vor meinem inneren Auge waren starr wie Fotos. Dennoch stellte ich sie mir so detailliert wie möglich vor.

„Es funktioniert“, sagte Vincent.

Ich öffnete die Lider, war fasziniert von der Szenerie, die sich vor uns auftat:

Wir standen mit einem Mal vor meinem Elternhaus. Es war umhüllt von dichtem Nebel. Die umliegenden Nachbarhäuser fehlten genau wie die Straße und der Wald dahinter. „Das ist mein Zuhause.“

Wir liefen darauf zu. Plötzlich befanden wir uns direkt im Wohnzimmer. Der Plattenspieler dudelte das Lieblingsalbum meines Vaters: *Presence* von Led Zeppelin. Meine Eltern saßen beide auf dem Sofa und alberten herum. Sie sahen verändert aus, viel jünger, höchstens Mitte zwanzig. Nichtsdestotrotz erkannte ich sie sofort. Mir klappte die Kinnlade herunter, und ich glotzte sie an.

Beide erhoben gleichzeitig ihre Köpfe. Ihre Augen weiteten sich, als sie mich erblickten.

„Luna!“, hauchte mein Vater fassungslos.

Meine Mutter stürmte los und fiel mir um den Hals. Ihre Berührung erfüllte mich mit Wärme. Gerührt schloss ich die Augen und genoss den Moment.

Auch mein Vater eilte zu mir und umarmte mich.

Wir drei waren vereint.

Ich konnte es nicht fassen. Ich zitterte am ganzen Leib. Dieser Moment hätte eine Ewigkeit andauern können, und es wäre mir nicht genug gewesen. Die trivialsten Situationen von früher prasselten auf mich ein: wir beim Spaghetti-Essen, beim Baden, beim Zelten und im Kino.

Ein Räuspern zog mich zurück in die Realität. Vincent hatte ich vollkommen vergessen. Verlegen drehte ich mich zu ihm. Mit einem sanften Lächeln stand er da, die Hände vergraben in den Manteltaschen, und beobachtete uns.

„Ähm, d-das ist Vincent", stotterte ich. Er nickte zurückhaltend.

Mein Vater reichte ihm die Hand. „Seid ihr gemeinsam gestorben?"

„Keine Sorge, wir sind nicht tot", erklärte Vincent. „Ihre Tochter ist damals mit Ihnen hierhergekommen und dann wieder verschwunden, richtig?"

Meine Mutter runzelte die Stirn und wandte sich ihm zu. „Ja, genau. Luna war bloß kurz hier. Wir hatten gar keine Zeit, um zu realisieren, was geschehen war, da löste sie sich in Luft auf."

„Wir waren traurig, dass sie uns verlassen hatte. Zugleich wussten wir, dass sie dem Tod entkommen war, und wünschten ihr ein erfülltes Leben", ergänzte mein Vater. „Aber was macht ihr an diesem Ort, wenn ihr nicht gestorben seid?"

Vincents Blick wanderte zu mir. „Luna hat hier etwas verloren: ein Stück ihrer Seele. Wahrscheinlich wollte sie gar nicht zurück ins Leben und lieber bei Ihnen bleiben."

Ich hatte gar nicht leben wollen?

Ein Blitz durchzuckte meine Gedankengänge. Ich erinnerte mich an den Moment, als wir zu dritt im Jenseits angekommen waren. Tatsächlich hatte ich damals gar nicht begriffen, dass ich gestorben war. Gleichwohl war da dieses Wohlbehagen gewesen ... Ich war glücklich gewesen. Dann hatte mich eine erdrückende Dunkelheit eingehüllt, hatte an mir gezerrt wie ein Monstrum an seiner Beute. Ich hatte mich an meiner Mutter festgeklammert, hatte mein Gesicht in ihrem Kleid vergraben. Doch ich war zu schwach gewesen und war von ihr fortgerissen worden.

„Luna hatte es verdient weiterzuleben. Schließlich war alles meine Schuld“, sagte mein Vater.

„Deine Schuld?“ Überrascht sah ich ihn an.

„Ich war abgelenkt und übermüdet gewesen von der Arbeit und hatte nicht auf die Straße geachtet.“ Sein Blick wirkte gequält, sein Kiefer zitterte.

Ich schlang die Arme um seine Schultern. „Du hast keine Schuld. Der andere Fahrer hat dir die Vorfahrt genommen. Der Fall wurde von der Polizei untersucht. Du musst dir keine Vorwürfe machen.“

„Trotzdem ... Wenn ich vorausschauender gefahren wäre, wäre das alles nicht passiert.“

„Suchen Sie nicht den Fehler bei sich. Das frisst Sie nur auf.“

Vincent lehnte gegen eine Kommode, hatte die Arme vor der Brust verschränkt und sah meinen Vater mitfühlend an.

Dieser wischte sich peinlich berührt die Tränen aus dem Gesicht.

„Du hast recht. Dennoch ist es tragisch.“

„Der Tod – so überheblich es klingen mag - ist meistens tragisch. Ich habe diesbezüglich leider jede Menge Erfahrung.“ Vincent sah traurig aus. Zu gern hätte ich gewusst, was gerade in ihm vorging.

„Vincent, richtig?“, fragte meine Mutter.

Dieser nickte stumm und wartete, was sie zu sagen hatte.

„Danke, dass du dich um unser Mädchen kümmerst.“ Sie lächelte ihn an. „Du scheinst ein aufrichtiger Mensch zu sein.“

Er senkte seinen Kopf und schwieg.

„Ich bin froh, ihn zu haben“, sagte ich freudestrahlend.

Er sah auf, intensiv musterten wir uns. Es war, als ob die Zeit stillstand und bloß wir beide existierten. In seinen Augen lag aufrichtiges Mitgefühl. Er verstand meine gegenwärtigen Emotionen, die Mischung aus Glück und Traurigkeit angesichts des Treffens mit meinen Eltern. Magisch von ihm angezogen, ging ich einen Schritt auf ihn zu.

Erneut räusperte er sich und wandte seinen Blick ab. „Wir sollten weitersuchen. Allzu lange können wir nicht verweilen.“

„Aber ...“ Ich genoss es, bei meinen Eltern zu sein. Wir hatten unglaublich viel zu bereden. Ich wollte bleiben. Wenigstens ein bisschen. Nein, das war gelogen. Ich wollte gar nicht mehr weg.

Meine Mutter legte ihre Hand auf meine Schulter. „Du kommst früh genug hierher. Und dann sind wir für alle Zeiten zusammen.“ Sie hatte mein Zögern verstanden. „Und richte Sarah liebe Grüße aus.“

Mein Vater stimmte zu und meinte: „Sie hat sich sicherlich gut um dich gekümmert.“

„Ja, das hat sie“, murmelte ich. Mein schlechtes Gewissen, ihre Lebenspläne zerstört zu haben, erwähnte ich nicht. Genauso wenig wie die Zweifel an ihrer Liebe zu mir.

„Kommst du?“ Vincent stand schon auf der ersten Treppenstufe und wollte in den oberen Stock.

Ich folgte ihm mit herunterhängenden Schultern.

Auf der letzten Stufe blieb er abrupt stehen, drehte sich jedoch nicht um. „Mir ging es damals wie dir. Ich wollte auch nicht mehr weg.“

„Ich habe meine Eltern schrecklich vermisst“, gestand ich.

„Ich würde dich auch vermissen.“

Mit großen Augen starrte ich seinen Rücken an. Als ich einen Schritt auf ihn zuging und meine Hände nach ihm ausstreckte, lief er weiter und verschwand im Flur. Ob ihm bewusst war, was seine Worte in mir auslösten? Machte er das mit Absicht?

„Das ist mein Zimmer." Ich drängelte mich an ihm vorbei und öffnete die Tür. Im Grunde sah es aus wie früher, außer dass es heller und freundlicher wirkte. Der Kitsch und die Popstar-Poster waren mir peinlich vor Vincent. Flugs verschwanden all die kindischen Figuren. An den Wänden hingen plötzlich gerahmte Fotos von meinen Eltern und von meiner Schwester. Die pinke Blümchenbettwäsche färbte sich in ein neutrales Weiß. Irritiert guckte ich mich um. „Das ist wirklich praktisch."

Vincent stand am Nachtkästchen und hielt einen Bilderrahmen in der Hand. „In der Tat." Er drehte ihn zu mir, damit ich das Bild darin sah.

Schlagartig errötete ich.

Es war dieselbe Szene wie auf dem Foto, das einst auf seinem Nachttisch gestanden hatte. Nur war anstelle seiner Ex-Freundin ich mit ihm darauf.

„What the fuck?"

Vincent brach in Gelächter aus. „Okay, das wäre jetzt sogar mir peinlich."

Ich entriss ihm das Foto und starrte es an. Es änderte sich nicht, ganz gleich wie sehr ich es mir wünschte. Kreischend schmiss ich den Bilderrahmen auf den Boden, sprang aufs Bett und vergrub das Gesicht in einem Kissen.

Die Matratze senkte sich unter mir, was mir verriet, dass Vincent sich aufs Bett gesetzt hatte.

Ich tauchte vorsichtig aus dem Kissen auf und riskierte einen Blick zur Seite. Vincent lehnte sich zurück und legte sich dicht neben mich. Seine Wange berührte meine Taille. „Mit dir wäre Thailand kein Fiasko geworden."

„Ich mag da gar nicht hin. Das Foto lügt", murmelte ich und versteckte mich wiederum in dem Kissen.

„Vielleicht ändert sich das Motiv nicht, weil ich es nicht möchte."

Verwirrt drehte ich meinen Kopf zur Seite. „Was?"

Vincent richtete sich auf, griff nach dem Rahmen und sah das Bild gedankenverloren an. „Wir kennen uns nicht allzu lange ..." Er seufzte und strich sich durchs Haar. „Ich will nicht mehr ohne dich sein."

„Vincent ...", hauchte ich, rappelte mich hoch und setzte mich neben ihn auf die Matratze. Zaghaft streichelte ich über seine Wange.

Unsere Blicke fanden sich. Sein dunkler Ozean zog mich in sich hinein. Ich versank immer tiefer in dem Meer seiner Einsamkeit. Was ich früher als Kälte und Distanziertheit interpretiert hatte, erwies sich nun als Verletzlichkeit. Sein Geständnis hatte ihn sichtbar Überwindung gekostet. Ich wollte ihn fest an mich drücken und küssen. Ich wollte auf ewig bei ihm sein und sein einsames Herz mit Liebe füllen.

Als sein Gesicht sich meinem näherte und unsere Nasenspitzen sich berührten, breitete sich ein helles Licht zwischen uns aus, das in meinen Körper eindrang. Es riss mich mit voller Wucht vom Bett. Ich schlug jedoch nicht auf dem Boden auf, sondern fiel weiter ins Leere.

Kapitel 14

Vincent

Luna war verschwunden. Panisch suchte ich das Haus ab. Es fehlte jede Spur von ihr.

„Was ist mit ihr?“, fragte Lunas Mutter. Sie hatte ihre Hände wie zum Gebet vor der Brust gefaltet; in ihren Augen lag die Sorge.

„Ich denke, sie hat sich selbst wiedergefunden.“ Zumindest erklärte es das Licht und ihr plötzliches Verschwinden. „Ich muss gehen.“

„Finde sie und pass gut auf sie auf“, verabschiedete sich ihr Vater und schüttelte meine Hand.

Ich nickte und ging.

Draußen veränderte sich die Umgebung und verwandelte sich in einen saftig grünen Wald. Laubbäume schossen aus der Erde, Vögel zwitscherten, ein angenehmer Duft nach Harz schwebte in der Luft. Ich ließ mich von dem Idyll nicht beirren und rannte zurück zur gläsernen Brücke.

Der Torwächter schenkte mir wie üblich keine Beachtung.

„Bis bald, alter Freund.“ Zum Abschied winkte ich ihm. Er saß stumm da, bewegte sich nicht.

Langsam nahm ich seine Art persönlich.

Als ich in meinem Körper erwachte, lag ich allein auf dem trockenen Nadelboden. Die Flammen des Runenkreises waren erloschen. Nur hier und da glommen vereinzelte Stellen. Die Dunkelheit hatte mittlerweile Einzug gehalten. Ich sah kaum meine Hand vor Augen.

„Luna?“, schrie ich in die Nacht. Meine Stimme hallte zwischen den Bäumen, doch es kam keine Antwort. „Luna!“

Nichts. Sie war nicht in der Nähe. Wo war sie dann? Ich drehte mich einmal um meine Achse und schrie verzweifelt ihren Namen.

Was sollte ich tun?

Wenn sie irgendwo bewusstlos lag und irgendwann aufwachte, würde sie niemals aus dem Wald finden. Frustriert hockte ich mich hin und vergrub die Finger in meinem Haar.

„So ‘ne verdammte Scheiße!“

Schreckliche Vorwürfe überkamen mich. Dazu setzte die Migräne ein und lähmte meine Gedanken. Ich kippte nach vorne um, presste mir eine Hand fest auf den Mund, damit ich mich nicht übergab.

„Na, Kleiner? So schnell sehen wir uns wieder.“

Hektisch kam ich auf meine Füße und lauschte. Hinter einer Kiefer tauchte eine Frauengestalt mit violetter Aura auf.

„Amari“, flüsterte ich.

„Sieht ganz danach aus. Du Scheißkerl hast mir die Nase gebrochen!“

„Das hast du auch verdient.“

„Dir wird deine Überheblichkeit gleich vergehen, du arroganter Schnösel.“

Ich verengte die Augen, denn ihre leuchtende Aura schmerzte in ihnen und brachte meine Schläfen zum Pochen. Die Migräne war in vollem Gange. Am liebsten hätte ich ihr vor die Füße gekotzt.

„Dein graues Mäuschen ist bei uns. Ein Lichtkegel hat uns aufmerksam gemacht, und als wir hierherkamen, lag sie regungslos im Dreck."

„Du miese Hexe!" Wutentbrannt ging ich auf sie los.

Sie hob kichernd ihre Hände. „Warte, warte, das hatten wir schon. Versuchen wir es zur Abwechslung mit Kommunikation."

Kommunikation? Mir fielen Tausend Dinge ein, die ich mit ihr anstellen wollte, ohne ein einziges Wort dabei zu verlieren.

„Du fährst auf der Stelle nach Hause zu Mutti und holst uns alle Artefakte. Und dann verrate ich dir, wo Luna steckt."

Resigniert ließ ich die Schultern hängen und sah zu Boden.

„Schau nicht so deprimiert drein. Du würdest es nicht anders machen."

Ich lachte kühl. „Da hast du wahrscheinlich recht."

„Also, hopphopp, lauf und hol den Schmuck. Ich warte an der Straße, wo dein Auto gerade parkt."

Ich rieb mir über die Stirn, als könnte ich dadurch die Migräne vertreiben. „Geht's Luna gut?"

Sie schmunzelte. „Überzeuge dich selbst." Mit einem finsteren Lachen rannte sie davon.

„Fuck!", schrie ich in die Nacht und trat gegen einen Baumstamm. Der Schmerz in meinem Fuß pulsierte und zog sich bis ins Knie.

Ich war nicht mehr Herr der Lage. Meine körperliche Verfassung machte es nicht besser. Würgend spie ich neben den Baum, wischte mir die Tränen und die Kotze aus dem Gesicht. Durch die Bindung zu Luna hatte ich mich angreifbar gemacht, und der ‚Circulus Arcanorum' hatte seine Chance sofort genutzt. Wie sehr ich mich in diesem Moment verabscheute ... Luna war in Gefahr, und ich trug die Schuld daran. Falls ihr etwas zustieß, würde ich mir das für den Rest meines Lebens nicht verzeihen.

Als sich mein Magen beruhigt hatte, rannte ich zurück zu meinem Wagen. Ich stieg ein und raste davon. Wie sollte ich die Artefakte stehlen, ohne dass es meine Mutter mitbekam? Sie lagerten in einem Tresor bei Großvater. Ich kannte nicht einmal den Code. Mir blieb keine andere Wahl, als mit offenen Karten zu spielen und alles zu beichten.

„Du hast was?“, schrie meine Mutter aus voller Kehle und funkelte mich mit weit aufgerissenen Augen an.

Niedergeschlagen setzte ich mich aufs Sofa und vermied ihren Blick.

„Es tut mir leid.“ Ich vergrub das Gesicht in meinen Händen. „Ich bin ein Trottel.“

„Du bist ... Mir fehlen die Worte.“ Sie lief aufgebracht im Wohnzimmer auf und ab und fuchtelte mit den Armen herum. „Nicht einen Tag kannst du Ruhe geben!“

„Du musst mir die Artefakte geben. Ich muss Luna retten.“

„Bei aller Liebe, Vincent, das geht nicht.“

„Das ist die einzige Möglichkeit.“

„Nein, auf keinen Fall!“

„Mom, bitte, ich ...“ Verlegen räusperte ich mich. Das erste Mal seit Langem hatte ich an das Wort Liebe gedacht. „Sie ist mir wichtig. Sehr sogar.“ Ein Schauer durchlief meinen Körper.

„Das hättest du dir früher überlegen müssen, bevor ihr euch in solch ein Abenteuer gestürzt habt.“ Drohend zeigte sie mit dem Finger auf mich. „Herrgott, Vincent, warum schaltest du nie dein Hirn ein! Du bist überdurchschnittlich intelligent. Nutze das gefälligst.“

Ich schwieg, denn sie hatte vollkommen recht. Im Augenblick hasste ich mich selbst für diese dumme Aktion.

„Die Artefakte sind heilig. Mein Vater hat sein Leben riskiert, um sie aus den Händen des ‚Circulus Arcanorum‘ zu befreien. Wenn diese Leute sie zurückerlangen, wird Gott weiß was geschehen.“

„Das ist mir egal.“

„Dir ist immer alles egal. Es geht ausschließlich um dich.“ Sie eilte aufgebracht aus dem Raum und knallte die Tür hinter sich zu.

Allein blieb ich zurück und starrte auf die Standuhr meines Vaters. Ihr Pendel schlug im Takt der Zeit. Mit jeder ihrer Bewegungen vergingen weitere Sekunden, in denen Luna in Lebensgefahr schwebte. Ich musste etwas tun. Irgendwas.

„Na, was hast du wieder angestellt?“, murmelte mein Bruder durch die Wand.

„Ich bin nicht zu Scherzen aufgelegt.“

Er lümmelte sich neben mich auf die Couch. „Schon klar. Valentin, der Nichtsnutz, kann sowieso nicht helfen, stimmt‘s?“

„Geh weg!“ Ich boxte mit voller Wucht durch ihn hindurch.

„Wie wäre es, wenn du mich ganz lieb bittest, dir zu helfen? Ach, und meine Wände sind nach wie vor ganz kahl. Hattest du nicht versprochen, mir ein paar Poster aufzuhängen?“

„Wie willst du mir bitte helfen? Du bist ein verdammter Geist.“

„Genau, ein Geist, der unbemerkt durch Wände schleichen kann. Ich hänge andauernd bei Großvater ab.“

Damit weckte er mein Interesse. „Du warst ernsthaft bei ihm? Selbst wenn, du kennst den Code nicht und kannst die Artefakte nicht aus dem Safe holen.“

Er schnalzte vergnügt mit der Zunge. „Noch nicht.“

Irritiert beäugte ich ihn und wartete auf eine Erklärung.

„Mutter würde sogar ihren Kopf vergessen, wenn er nicht festgewachsen wäre. Sie hebt alle wichtigen Unterlagen in ihrer Kommode auf. Wenn sie bei Großvater war, hat sie jedes Mal einen karierten Zettel in die Schublade gelegt. Garantiert steht auf ihm der Code drauf.“

Ich war beeindruckt. Ihm fiel anscheinend wirklich die Decke auf den Kopf, und darum beobachtete er uns alle ausgiebig.

Valentin fuhr fort: „Du lenkst sie ab, ich suche den Code. Wenn ich bei Großvater bin, verwendest du deine Uhr und materialisierst mich. Dann spaziere ich mit den Artefakten heraus.“

„Geht die Tür denn von innen auf? Mom hat doch den Schlüssel für Großvaters Raum.“

Valentin nickte.

„Schutzvorrichtung, falls er aufwacht. Die Tür ist nur von außen verschlossen.“

Ich grübelte über seinen Plan und konnte keinen Fehler darin entdecken.

„Hört sich fast zu einfach an.“

„Als Gegenleistung darf ich mit Luna unter die Dusche.“ Ein hämisches Grinsen bildete sich auf seinem Gesicht. Bei mir hingegen machte sich Ernüchterung breit. Beinahe hätte ich geglaubt, dass mein Bruder kein opportunistischer Perverser war. „Vergiss es."

„Ach, komm! Sie sieht mich nicht mal."

Kommentarlos stand ich auf und ging.

Valentin rannte mir kichernd nach. „Das war ein Scherz. Sei nicht gleich eingeschnappt."

Ich blieb stehen und sah ihn an. „In 30 Minuten aktiviere ich die Uhr."

„Ist gebongt." Er zwinkerte mir zu. „Und denke an meine heißen Poster."

Schmunzelnd nickte ich ihm zu. „Wenn das vorbei ist, schmeiße ich 'ne fette Party für dich."

Nun galt es, meine Mutter abzulenken, damit sie nicht Valentins Gegenwart spürte, während er sich an ihrer Kommode zu schaffen machte. Am besten funktionierte das mit leckerem Essen. Meine Mutter liebte es, wenn ich für sie kochte.

Reumütig klopfte ich an ihre Tür und trat ein.

Sie saß an ihrem Schreibtisch und fixierte mich aus verengten Augen.

„Mom, ehrlich, es tut mir leid."

Seufzend schmiss sie den Stift, den sie in der Hand hielt, auf die Unterlagen vor sich, stellte den Ellenbogen auf den Tisch und stützte ihr Kinn auf ihrer Hand ab.

„Vincent, du bist 24 Jahre alt. Was soll ich da sagen? Du hast erstaunliche magische Fähigkeiten. Sie sind viel ausgeprägter als meine. Trotzdem kannst du nicht wie ein Superheld herumrennen und dich Hals über Kopf in gefährliche Situationen stürzen. Vor allem nicht, wenn du andere damit gefährdest. Weißt du, wie lange wir kämpfen mussten, bis der ‚Circulus Arcanorum' von uns abließ und wir euch Jungs dieses unbeschwerte Leben bieten konnten? Ja, ich hasse sie auch, gehe ihnen dennoch aus dem Weg, damit sie uns weiterhin in Ruhe lassen. Und du machst das alles ohne Rücksicht auf Verluste zunichte und bringst zudem dieses arme Mädchen in Gefahr."

O Mann, wieder eine Standpauke. Ich konnte es nicht mehr hören. Zumal sie mit jeder verdammten Silbe recht hatte.

Ohne auf ihre Tirade einzugehen, nuschelte ich: „Hab dir was zu essen gemacht."

Seufzend erhob sie sich, kam zu mir und nahm mich in den Arm. „Wir retten Luna. Uns fällt bestimmt was ein. Gemeinsam."

Ich schluckte. Mit jedem Wort, das sie sprach, wuchs mein schlechtes Gewissen.

Sanft streichelte sie mir über die Wange. „Komm, lass uns essen." Sie hakte sich bei mir unter und schlenderte mit mir in das Erdgeschoss ins Esszimmer. Das Essen stand längst bereit. Auf die Schnelle hatte ich einen Hähnchen-Mango-Salat gezaubert.

„Das sieht vorzüglich aus wie eh und je. Hast du deinem Vater auch eine Portion gemacht? Er wird bestimmt bald heimkehren."

„Natürlich." Ich konnte ihr nicht in die Augen sehen und kaute genusslos auf einem Mangostück herum. Ich liebte meine Mutter. Sie war schräg, keine Frage, aber sie war stets für uns Kinder da gewesen. Früher hatte ich gedacht, Valentin wäre das schwarze Schaf unserer Familie. Mittlerweile machte ich ihm ernsthafte Konkurrenz. Die arme Frau hatte zwei Nichtsnutze großgezogen. „Ich werde aufhören, den Geistern zu helfen. Ich werde ein ganz normales Leben führen. Das schwöre ich."

„Warum tust du das überhaupt? Was versprichst du dir davon?"

Ich zuckte mit den Schultern. „Sie tun mir leid. Ich wollte verhindern, dass der ‚Circulus Arcanorum' sie in die Finger bekommt."

„Du bist wie dein Großvater.“

Verdutzt sah ich sie an. Sie lächelte und sprach weiter: „Er hat das Tor zum Jenseits konstruiert, weil er einen Weg finden wollte, die Geister dorthin zu bringen.“

„Heißt das, er wusste gar nichts von den Plänen des ‚Circulus Arcanorum‘?“

„Ich war zu klein, als dass ich mich daran erinnern könnte. Ich denke allerdings, die Idee, das Tor für die eigenen Machenschaften zu verwenden, entwickelte sich erst zu einem späteren Zeitpunkt. Wenn dein Großvater es von Anfang an gewusst hätte, was Donato damit vorhat, hätte er es keinesfalls gebaut.“

„Das macht Sinn. Ich habe mich oft gefragt, ob unsere Familie nicht genauso Schuld an der Situation trägt.“

„Tun wir. Darum ist es wichtig, die Artefakte zu schützen. Mein Vater hat dafür sein Leben aufgegeben und sich in diese Sphäre gesperrt, um uns und die Artefakte zu behüten.“

Ich senkte den Blick. Mein schlechtes Gewissen lastete tonnenschwer auf mir. Aber Luna zu retten, hatte äußerste Priorität für mich. Ich wusste mir nicht anders zu helfen, als Amaris Anweisungen zu befolgen und dem ‚Circulus Arcanorum‘ die Artefakte zu bringen. Anschließend brauchte ich mich zu Hause wahrscheinlich nicht mehr sehen zu lassen. Meine Mutter dermaßen zu enttäuschen, zerriss mir jetzt schon das Herz. Doch ich musste Luna schleunigst da rausholen. Koste es, was es wolle. Meine Ehre spielte dabei keine Rolle. Selbst wenn meine Familie mich verstieß, wäre Lunas Leben es wert.

Mein Vater kam herein und begrüßte uns herzlich. Die Fehltritte meinerseits verschwiegen wir ihm beide. Meine Mutter bemühte sich stets darum, ihn aus solchen Angelegenheiten herauszuhalten. Sie spielten meist heile Welt, taten, als wären wir eine ganz normale Familie.

Ich brachte meinem Vater seinen Teller. „Komme gleich wieder“, sagte ich und lief in den zweiten Stock zum Dachboden. Direkt hinter der letzten Stufe versperrte eine unscheinbare Tür den Weg.

Sie war von außen mit einem Bannzauber belegt. Man konnte nur mit dem passenden Amulett, das um den Hals meiner Mutter baumelte, hinein.

Ich aktivierte die Uhr.

„Die Luft ist rein“, sagte ich mit gedämpfter Stimme. Mein Herzschlag dröhnte mir in den Ohren. Wenn ich entdeckt werden würde, wäre alles vorbei.

Langsam öffnete sich die Tür. Eine Hand gefüllt mit lauter baumelnden Silberketten und Amuletten kam zum Vorschein. Sofort schnappte ich sie mir und stopfte sie in meine Hosentaschen. Kichernd stand mein nackter Bruder vor mir und sah mich euphorisch an.

„Danke. Ehrlich, das vergesse ich dir nie.“ So fest ich konnte, nahm ich ihn in den Arm.

„Dafür bekomme ich Manifestationszeit und ‘ne Packung Kippen.“

„Du bekommst alles, was du willst.“

Wir schlichen in sein Zimmer. Auf den Möbeln hatte sich eine dicke Staubschicht gesammelt. Ein muffiger Geruch lag in der Luft. Es machte mich traurig, dass hier seit Langem nicht mehr sauber gemacht worden war. Als hätten wir vergessen, was sich hinter dieser Tür verbarg. Ich schmiss ihm die Zigaretten und ein Feuerzeug aufs Bett und schaltete den Fernseher ein.

„Zehn Minuten. Mehr geht für heute nicht.“ Ich drückte Valentin die Fernbedienung in die Hand. „Du bist der beste Bruder auf der Welt.“

Er zwinkerte mir zu. „Ich weiß.“

Noch einmal umarmte ich ihn und schloss dabei die Augen. „Ich mache das viel zu selten für dich. Es tut mir leid.“

„Wenn du zurück bist, trinken wir ein Bier zusammen.“

„Einen ganzen Kasten.“ Ein Handschlag besiegelte unser Versprechen.

Aegis Custos

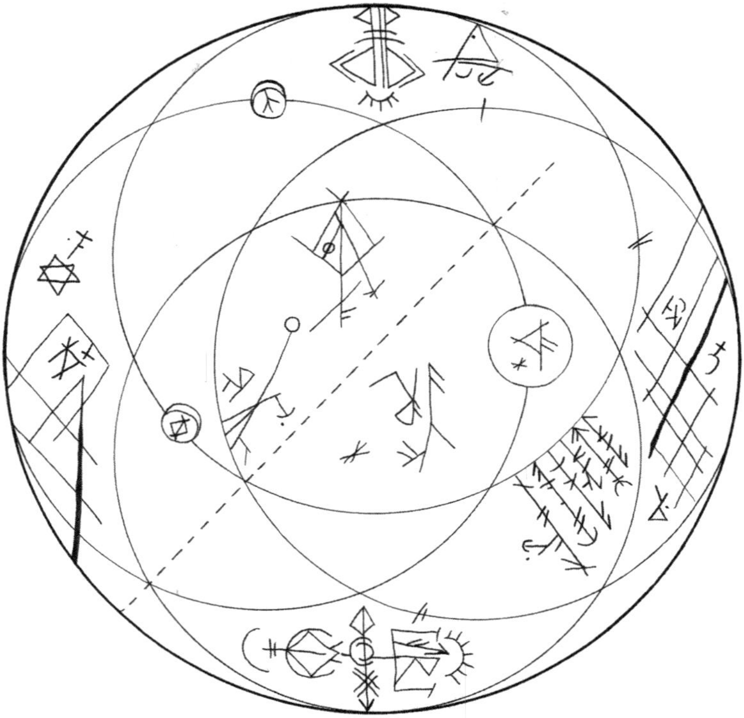

Kapitel 15

Luna

Als ich zu mir kam, saß ich mit verbundenen Augen gefesselt an einen Stuhl. Die Luft war stickig und roch verbraucht. Aus dem Gemurmel um mich herum erahnte ich, dass mich diese ominöse Magiergilde, von der Eugenia erzählt hatte, festhielt. Mein Magen zog sich zusammen.

Die Bilder von Amaris Feuerbällen schossen mir durch den Kopf. Nun war ich ihre Gefangene. Eine Welle der Angst brach über mich herein und bescherte mir eine Gänsehaut.

„Willkommen beim ‚Circulus Arcanorum'. Ich bin Gründer und oberstes Mitglied Donato Giuliani. Dein magisches Potenzial ist enorm. Du könntest dich uns anschließen. Mit der richtigen Ausbildung könnte eine mächtige Hexe aus dir werden."

Endlich wurden mir Augenbinde und Handfesseln abgenommen. Hektisch blickte ich mich in dem Raum um. Die Decke war niedrig, höchstens zwei Meter hoch. Die Wände waren mit edlen, antiken Gemälden geschmückt. Auch die Einrichtung wirkte hochwertig. Vor mir saß ein älterer Herr. Er sah aus wie ein Mafiaboss mit seinen buschigen Augenbrauen und dem Schnauzbart.

„Danke, kein Bedarf." Meine Stimme klang kratzig, und meine Kehle brannte wie Feuer. Ich brauchte dringend etwas zu trinken.

„Du legst dein Schicksal demnach lieber in die Hände dieser Verräter. Wie naiv."

Ich schwieg. Vielleicht war ich naiv. Trotzdem klammerte ich mich an den Gedanken, dass Vincent mich retten würde.

„Wie du willst. Entgegen der Umstände sehen wir dich als unseren Gast. Linus wird sich um dich kümmern."

Damit verschwand der Anführer des ‚Circulus Arcanorum' und ließ mich mit einem braunhaarigen Wuschelkopf allein. Er war höchstens Mitte zwanzig. Ich fragte mich, seit wann er Mitglied bei der Magiergilde war und ob er Amari kannte. Bisher hatte er keine Miene verzogen. Doch sobald Donato den Raum verlassen hatte, rieb er sich die Nase und grinste. „Hey, Prinzessin."

So hatte mich bislang niemand genannt. Trotzig drehte ich den Kopf weg.

„Verstehe. Hast du Hunger? Ich mach uns 'ne Fertigpizza."

Ich ignorierte ihn weiterhin, obwohl mein Magen knurrte und sich gern mit Linus verbünden wollte.

Linus seufzte.

Er setzte sich mir gegenüber, und ich linste aus dem Augenwinkel zu ihm.

Während er mich eindringlich betrachtete, vergrub er seine Hand in seinen dichten Locken. Als er lächelte, wandte ich meinen Blick ab.

„Auch wenn du das jetzt vermutlich denkst: Wir sind nicht wie die großen Bösewichte aus einem Hollywoodstreifen.“

Nein, Luna, lass dich nicht von diesem Typen einlullen. Du wirst kein Wort sagen, bis dich Vincent rettet.

Die Minuten zogen sich in die Länge, kamen mir wie Stunden vor. Ich hatte keinerlei Ahnung, wie spät es war.

Linus stand auf, stellte sich neben mich und streckte mir seine Handfläche entgegen. Ein weißes Licht strahlte aus ihr. Instinktiv zuckte ich zusammen. Eine sanfte Wärme breitete sich in mir aus und entspannte meine Muskeln.

„Du hattest eine Platzwunde am Kopf. Hab sie geheilt.“ Er zog seine Hand zurück, und das Licht verschwand umgehend.

Ein angenehmes Kribbeln zog fortwährend durch meine Glieder. „Lass mich mit deinem Hokuspokus in Ruhe!“

Linus schmunzelte. „Tja, du kannst natürlich die ganze Zeit da sitzen bleiben und rumzicken, oder ich zeige dir unser Quartier. Dein Held wird sich bestimmt über Informationen freuen, wenn ihr wieder glücklich vereint seid.“

Meine Augen wurden groß. Er hatte recht. Warum sagte er das so seltsam?

„Na los, Prinzessin.“ Ohne auf eine Reaktion zu warten, schlenderte er zur Eisentür, entriegelte sie und ging hindurch.

Zögerlich stand ich auf, ging zu der Tür und lugte um die Ecke. Der Gang, der sich mir zeigte, war ziemlich schmal; zwei Personen konnten gerade so nebeneinanderher laufen. Es gab nirgends Fenster, die Deckenbeleuchtung war düster und tauchte die Wände in ein orangefarbenes Licht. Linus lief den Korridor entlang und wartete vor einer geschlossenen Tür auf mich.

„Der wichtigste Bereich: die Küche“, erklärte er, öffnete die Tür und ging vor. Ich folgte ihm vorsichtig nach drinnen und guckte mich um. Die Küche war beengt und funktional eingerichtet. Es gab einen Herd, eine kleine Arbeitsplatte mit Mikrowelle und einen Kühlschrank. Ein Regal, das bis zur Decke reichte, war mit Konserven gefüllt.

Linus öffnete das Gefrierfach und wühlte darin herum. „Wir haben Fertigpizza, Fischstäbchen und Tiefkühllasagne.“

„Ich habe mir die Küche irgendwie luxuriöser vorgestellt“, gestand ich und strich mit dem Finger über die abgenutzte Arbeitsplatte.

„Wie sollte es sonst in einem Bunker aussehen? Du bist wohl mehr Prunk gewohnt, was, Prinzesschen?“

„Nenn mich nicht dauernd so.“ Ein Bunker. Ich saß also in einem verdammten Bunker fest. Das hörte sich gar nicht gut an.

Linus spähte vom offenen Gefrierfach zu mir und grinste. „Ist nur nett gemeint. Ich weiß doch, dass du ‘nen Freund hast.“

Ich senkte meinen Kopf. Waren Vincent und ich wirklich richtig zusammen? Ich empfand für ihn auf jeden Fall aufrichtige Zuneigung. Dahingegen fragte ich mich, ob Vincent dasselbe fühlte? Mein Herz hämmerte wie wild, als ich darüber nachdachte.

Linus steckte eine Tiefkühlpizza in die Mikrowelle, zog sich an der Arbeitsplatte hoch und setzte sich darauf. „Schieß los, stell Fragen.“

Der Blick aus seinen braunen Augen brannte wie Feuer auf meiner Haut.

Gepaart mit seinem Lächeln strahlte er positiv und energiegeladen wie ein warmer Sommertag.

Finster sah ich ihn an. Ich wusste absolut nichts über diese Leute. Zudem hatte ich keine Ahnung von Magie. Dennoch wollte ich mir meine Unwissenheit nicht anmerken lassen.

Mit gespieltem Selbstbewusstsein stellte ich die erste Frage: „Wie viele Personen leben hier?“

Er wuschelte sich durch seine Locken und guckte zur Decke.

„Das wechselt ständig. Insgesamt sind wir 14. Fünf von uns leben permanent im Quartier. Die meisten, wie ich zum Beispiel, schlafen temporär in Sammelschlafzimmern. Ich bleibe für gewöhnlich zwei Nächte pro Woche. Ansonsten wohne ich in Berlin und arbeite als Barkeeper.“

„Passt zu dir.“

„Wenn dein Hass auf mich verflogen ist, kannst du mich mal in der Bar besuchen. Ich mixe dir ‘nen Drink. Der geht natürlich auf‘s Haus.“

„Das wird nie passieren. Hab keine Lust, noch einmal gekidnappt zu werden.“

Er zwinkerte mir verschmitzt zu. „Ich bin handzahm.“

Obwohl ich Ablehnung ausstrahlen wollte, musste ich grinsen. Linus war für mich der Feind, das personifizierte Böse. Aber je länger ich mit ihm Zeit verbrachte, desto weniger passte das Bild. Er wirkte überaus heiter und freundlich. Seine nette Art brachte mich auf die Palme. So sahen keine verdammten Bösewichte aus.

„Und wie bist du zu dieser Gruppe gekommen?“, fragte ich nüchtern.

„Meine Mutter war eine schreckliche Frau. Sie trank viel und kümmerte sich nicht um mich. Die meiste Zeit verbrachte ich in Kinderheimen und auf der Straße. Donato fand mich und nahm mich unter seine Fittiche.

Er sah Potenzial in mir, unterstützte mich finanziell. Durch ihn habe ich meinen Abschluss geschafft und ein Zuhause in der Gilde gefunden."

„Aha, ein selbstloser Samariter also", sagte ich mit ironischem Unterton.

„Er ist kein böser Mensch. Die Clarks haben ihn bestohlen. Da ist es logisch, dass er Konsequenzen daraus zieht."

„Konsequenzen? Ihr habt mich vergiftet und haltet mich fest wie ein Tier. Sorry. Für mich habt ihr definitiv Bösewicht-Charakter."

„Die Wahrheit liegt wohl irgendwo dazwischen." Grübelnd drehte er den Kopf zur Seite und beobachtete die sich drehende Pizza in der Mikrowelle.

Fassungslos darüber, wie Linus die Machenschaften seiner Leute herunterspielte, schnaufte ich laut.

Er sah mich nicht mehr an und redete auch nicht länger mit mir.

„Findest du es denn okay, was ihr mit mir macht?"

Blitzartig wandte er seinen Kopf mir zu. „Natürlich nicht. Du bist ein Einzelfall, ehrlich. Wir verschleppen normalerweise keine Leute."

Etwas flammte in seinen Augen auf.

War ihm das Thema unangenehm?

„Ich habe damit auch gar nichts zu tun." Er musterte mich intensiv, dann murmelte er: „Gott, was musst du von mir halten?"

Er empfand aufrichtige Reue. Das sah ich ihm an. Warum war ein netter Kerl wie er in solch einer zwielichtigen Gruppierung? Ich verstand Linus nicht.

Die Uhr an der Mikrowelle zählte die Zeit herunter, während wir uns anschwiegen. Gute fünf Minuten sprachen wir kein Wort.

Es war in meiner Situation nicht unbedingt hilfreich, Linus zu provozieren, darum schluckte ich meine Wut runter und wechselte das Thema. „Was ist eigentlich deine Aufgabe in der Gilde?“, wollte ich wissen.

„Ich bin ein Heiler. Außerdem konstruiere ich Amulette und andere magische Geräte.“

Die Mikrowelle piepte.

Linus hüpfte von der Arbeitsplatte und holte das Essen heraus.

Notdürftig schnitt er die Pizza in Stücke.

„Komm, ich zeig dir mein Refugium“, meinte er und schnappte sich den Teller mit unserer Mahlzeit.

Neugierig folgte ich ihm durch die schmalen Gänge, bis wir bei einer dicken Eisentür ankamen. Diese öffnete er, verneigte sich leicht vor mir und lud mich ein, durch sie hindurchzutreten.

Der Raum sah wie ein Hightechlabor aus. Unzählige Werkzeuge, breite Bildschirme und Messgeräte türmten sich darin. Die Ausrüstung musste ein Vermögen gekostet haben. An einer Wand hing ein Poster vom Film *Fear and Loathing in Las Vegas* und ein verjährter Kalender mit einer sich rekelnden Blondine. Vor einem Schreibtisch stand ein Drehstuhl, neben dem sich etliche Energydrink-Dosen angesammelt hatten.

„Willkommen in meinem Reich.“

Er stellte den Teller auf einen Stapel loser Zettel auf seinem Schreibtisch und schnappte sich ein Stück Pizza.

„Was ist das alles?“, fragte ich mit großen Augen.

„Meine Forschung. Ich versuche, durch verschiedene Energiequellen magische Gegenstände wie Amulette zu betreiben. Bis jetzt ist meine Arbeit leider ziemlich ineffizient.“

Ich hatte keine Ahnung, woran genau er experimentierte.

Es sah zumindest ziemlich komplex aus.

Kauend meinte er:

„Das hast du mir nicht zugetraut, was?“

„Nach ‘nem verrückten Wissenschaftler siehst du nicht aus.“

„Ich promoviere in Ingenieurwesen. Das hast du wohl auch nicht von mir gedacht.“

Da hatte er vollkommen recht.

Ich schämte mich, wie üblich voreilige Schlüsse über eine Person gezogen zu haben.

Er griff meine Hand und zerrte mich näher an seinen Schreibtisch. Dann reichte er mir ein Stück Pizza und setzte sich auf den Drehstuhl.

„Aktuell nutze ich ein starkes Magnetfeld, um Plasma zu stabilisieren. Zumindest versuche ich es. Plasma ist ein weit verbreitetes Phänomen in der Natur und kommt in vielen verschiedenen Formen vor wie zum Beispiel in Blitzen oder in Nordlichtern.“

„Es ist ein ionisiertes Gas, das aus einer Mischung von positiven und negativen Ionen und Elektronen besteht. Im Gegensatz zu festen, flüssigen oder gasförmigen Stoffen hat Plasma keine bestimmte Form. Stattdessen nimmt es die Form des Gefäßes an, in dem es sich befindet, und füllt es vollständig aus.“

Euphorisch biss ich in die fettige Pizza und genoss den Happen. Sofort gierte mein Magen nach mehr.

Linus glotzte mich schräg von der Seite an. „Wow, ich habe dich anscheinend genauso unterschätzt wie du mich.“

„Physik, erstes Semester.“

Unsere Blicke trafen sich, und wir mussten beide lächeln. Es fühlte sich an, als würde ich Linus schon eine Ewigkeit kennen. In einem anderen Leben und unter anderen Umständen wären wir wahrscheinlich Freunde geworden. Pech, dass sein Zirkel mich verschleppt hatte und festhielt. Trotz dass er nett auf mich wirkte, war er mein Gefängniswärter und ich seine Gefangene.

„Der Großvater deines Lovers hat die Energieextrahierung von Geistern erfunden, als er in der Magiergilde aktiv war."

„Er war auch in diesem Zirkel?", stieß ich aus.

„Dachte mir, dass du das nicht wusstest." Schmunzelnd wischte er sich seine fettverschmierten Finger an einem zerknautschten Taschentuch ab. „Er war ein Genie. Irgendwann hat er sich mit Donato zerstritten. Heute behaupten die Clarks, dass sie ausgenutzt wurden. Aber bis zu dem Zeitpunkt ihres Abgangs hat sich Mihail nicht sonderlich viel aus den Geisterseelen gemacht. Sonst hätte er sie nicht als Energiequelle verwendet, oder? Selbst ich finde das fragwürdig. Und nach deiner Einschätzung bin ich ein finsterer Bösewicht."

„Darum forscht du nach anderen Möglichkeiten? Weil dir die Geister leidtun?"

Linus beantwortete meine Frage nicht und sagte stattdessen: „Du siehst, bei den Clarks ist nicht alles Gold, was glänzt. Dass du allerdings in dieses Wirrwarr reingezogen wurdest, tut mir leid."

Er hatte es tatsächlich geschafft, mich zu verunsichern. Schließlich kannte ich Vincents Familie genauso wenig wie den Zirkel.

Grübelnd stand ich da.

Konnte es sein, dass die Clarks ein ebenso dunkles Geheimnis hüteten?

Linus legte den Rand seines Pizzastücks zurück auf den Teller und beobachtete mich. „Wenn du dich uns anschließt, könntest du mir bei meinen Forschungen helfen."

Verdutzt glotzte ich ihn an. „Auf keinen Fall!", platzte es aus mir heraus.

Er prustete los und hob beschwichtigend die Hände. „Ruhig Blut, Prinzesschen, war nur Wunschdenken."

„Seitdem ich hier bin, schlottern mir die Knie. Ich habe eine Heidenangst vor eurer Truppe“, gestand ich.

„Das brauchst du nicht. Ich passe auf dich auf.“ Breit grinste er mich an.

Ein Kribbeln jagte durch meinen Körper. Warum war ich für seine Worte so empfänglich? Warum mochte ich diesen Kerl? Ich verstand mich in diesem Moment selbst nicht.

Linus winkte ab und schüttelte den Kopf. „Ich hätte gern eine Partnerin gehabt.“

Meine Augenbrauen huschten nach oben.

„Bei meiner Forschung“, ergänzte er und vergrub seine Hand in dem Durcheinander seiner Locken.

„In einem Paralleluniversum vielleicht.“ Ich lächelte verlegen und schnappte mir ein weiteres Stück Pizza. Womöglich waren diese Leute wirklich nicht von Grund auf schlecht? Ich kämpfte mit meinen wirren Gedanken, während Linus mir seine Testergebnisse präsentierte. Seine Arbeit beeindruckte mich.

Unerwartet öffnete sich die Zimmertür. Wir drehten uns gleichzeitig um und entdeckten Amari im Türrahmen stehend. Nüchtern sah sie mich an, als hätte sie mich nie zuvor gesehen.

„Ihr sollt in den Versammlungsraum kommen.“

Kapitel 16

Vincent

Donato stand vor mir. Uns trennte nur ein massiver Esstisch aus Kirschholz. Mit voller Wucht knallte ich die Artefakte auf die glänzende Platte, in der Hoffnung, ein paar Kratzer darin zu hinterlassen.

Donato lachte kühl. „Danke für deine Kooperation."

Am liebsten wäre ich ihm an die Kehle gesprungen. „Wo ist Luna?"

Begierig glitten seine Finger über die Schmuckstücke. „Es geht ihr gut. Sie wird unverzüglich hergebracht."

Ein tiefes Brummen drang aus meiner Kehle. Mein Herz hämmerte gegen meine Rippen. Jeder Muskel in mir stand unter Strom.

„Wenn ihr Luna etwas angetan habt …"

„Keine Sorge. Sie ist unversehrt. Wie geht es Eugenia und Mihail?"

Ich wandte den Blick ab und starrte zu Boden. Meine Mutter würde wahrscheinlich nie wieder ein Wort mit mir wechseln. Und mein Großvater vegetierte in einer Glaskugel vor sich hin, um die Familie zu schützen –

und die Artefakte, die ich mir nichts, dir nichts gestohlen hatte.

„Ich sehe schon, du bist genauso gesprächig wie deine Freundin. Mir ist zu Ohren gekommen, dass du Geister sehen und mit ihnen ins Jenseits reisen kannst. Das ist bemerkenswert.“

Ich schwieg beharrlich. Aus meinem Mund wären ohnehin nichts als Beleidigungen gekommen.

„Da du der Enkel von Mihail bist, werde ich dir erlauben, dabei zu sein, wenn ich das Tor aktiviere. Dein Großvater ist ein Genie. Es stimmt mich stets traurig, dass unsere Freundschaft so enden musste.“

„Ich will keine Minute länger als nötig hierbleiben.“

„Interessiert dich nicht das Lebenswerk deines Großvaters? Jetzt, da wir die Artefakte endlich wieder in unserem Besitz wissen, können wir die Fehde beenden.“

Natürlich interessierte mich die Arbeit meines Großvaters. Zugeben wollte ich es dennoch nicht. Ich ballte meine Hände zu Fäusten. Ich bebte förmlich vor Wut – auf Donato, auf den ‚Circulus Arcanorum‘ und auf mich selbst.

Ein Klopfen an der Tür beendete unser unangenehmes Gespräch. Eine weiße Aura, die hell wie die Sonne strahlte, trat herein.

Das Licht schmerzte in meinen Augen. Sofort kniff ich die Lider zusammen und drehte meinen Kopf weg. Ich hielt mir schützend die Hände vors Gesicht. Die letzte Migräneattacke hatte ich nicht auskuriert. Mein Schädel brummte nach wie vor, als würde jemand stetig ein Messer in ihn rammen. Dieses grelle Licht war nun das i-Tüpfelchen.

„Vincent!“, hörte ich Lunas Stimme.

Ich erstarrte. War das wirklich Luna? Hatte sie ihre Aura tatsächlich zurückerlangt?

Ehe ich darüber weiter nachdenken konnte, fiel mir jemand um den Hals.

„Ich bin so froh, dass du da bist.“ Ein herzzerreißendes Schluchzen dicht an meinem Ohr ertönte.

Langsam legte ich meine Arme um sie. Ich konnte nicht fassen, dass es wahrhaft Luna war, die ich wiederhatte. Perplex hauchte ich ihren Namen.

„Ich habe dir versprochen, dass sie wohlauf ist“, sagte Donato. „Als Nächstes werde ich die Artefakte testen. Folgt mir.“

Ich wollte nicht daran teilhaben, wie ein geisteskranker Magier das Ende von Jenseits und Diesseits einleitete. Ich hatte rein gar keinen Bock auf ein weiteres Abenteuer. Das Einzige, was ich wollte, war ein langer Schlaf in meinem Bett. Ich war ausgelaugt und unendlich müde. Es fehlte mir die Kraft, den Helden zu spielen.

„Alles in Ordnung?“, fragte mich Luna.

Ich versuchte, ihr Gesicht zu erkennen, doch es ging nicht. Schmerzerfüllt verengte ich meine Augen zu schmalen Schlitzen.

„Alles okay. Bin nur erledigt. Geht es dir gut? Haben sie dir was angetan?“

„Nein, alles bestens. Sie waren freundlich zu mir.“

Ich nickte und löste mich aus ihrer Umarmung. Donato war bereits verschwunden. Amari und eine männliche Person standen am Türrahmen und beäugten uns.

„Kommt. Donato möchte euch dabeihaben“, raunte Amari, als sie meinen Blick bemerkte.

Ich ergriff Lunas Hand und ging mit ihr los. Die anderen beiden liefen dicht hinter uns.

„Das ist also dein toller Freund?“, fragte der Mann.

„Ja, das ist Vincent“, antwortete Luna.

„Ziemlich düster. Mein Angebot mit der Laborpartnerschaft steht noch."

Luna kicherte. Ihr ging es offensichtlich blendend. Dabei hatte ich mir schreckliche Horrorszenarien ausgemalt, was der ‚Circulus Arcanorum' mit ihr angestellt hatte. Unbewusst zog ich sie näher an mich heran.

„Wer ist das?"

„Das ist Linus. Er hat sich um mich gekümmert und mir Pizza gemacht."

„Aha."

„Freut mich, Vincent", sagte Linus hinter mir. Ich erwiderte nichts darauf und lief stur weiter. Klar, mit Pizza gewann man Lunas Vertrauen. Wenn wir aus dem Bunker heraus waren, würde ich sie mit Fast Food vollstopfen, bis sie platzte.

Wir folgten Donato durch die schmalen Gänge. Irgendwann gelangten wir zu einer metallenen Wendeltreppe. Sie führte unzählige Stockwerke in die Tiefe und wurde notdürftig von flackernden Neonröhren beleuchtet. Von den verstaubten Lampen hingen dichte Spinnennetze. Ich fühlte mich hier überhaupt nicht wohl. Selten verspürte ich richtige Angst. Doch im Moment sträubte sich alles in mir dagegen, einen weiteren Fuß ins Ungewisse zu setzen. Diese Wahl hatte ich hingegen nicht.

„Wir sind da", verkündete Donato schließlich und öffnete eine schwere Eisentür.

Dahinter lag ein riesiges Labor. In der Mitte des Raumes stand ein gigantischer Torbogen, der aussah, als wäre er aus einem Kalkfelsen geschlagen worden. Darauf waren magische Runen eingraviert, die ich aus den alten Büchern meines Großvaters kannte. Direkt davor befand sich ein detaillierter Runenkreis auf dem Boden, der in den Beton eingraviert worden war. Ich hielt den Atem an. Etwas Derartiges hatte ich bisher nicht gesehen.

„Luna, bleib hinter mir“, murmelte ich. Mir war bewusst, dass ich sie nicht beschützen konnte; weder vor dem ‚Circulus Arcanorum‘ noch vor dem, was eventuell aus dem Tor spazierte. Wir waren der Situation schutzlos ausgeliefert.

Linus schritt an uns vorbei und half Donato beim Befestigen der Artefakte an der Pforte. Zwischen den Runen waren gusseiserne Fassungen angebracht, in die sie die einzelnen Schmuckstücke legten. Die beiden schienen genau zu wissen, welches Artefakt an welche Position gehörte.

Eine weitere Person gesellte sich hinzu und huschte an uns vorbei. Sie hielt eine Flasche Spiritus. Ihre Aura war anders als die der übrigen Magier. Bisher besaßen alle Menschen mit magischer Begabung eine violette Aura. Diese dagegen, der Statur nach zu urteilen eine Frau, umgab ein dunkles Grün.

Wie eine Hexe aus einem Mittelalterfilm trug sie einen langen Umhang, dessen Kapuze sie sich tief ins Gesicht gezogen hatte. Wortlos kippte sie den Spiritus in eine Vertiefung im Boden, die mit dem Runenkreis verbunden war. Die Flüssigkeit verteilte sich gleichmäßig in den Fugen des Runenkreises. Donato zückte einen Dolch, packte die Frau am Handgelenk und zerrte sie in die Mitte des Kreises.

Ich schluckte. Im Gegensatz zu meinem letzten Ritualzauber war das hier eine ganz andere Hausnummer. Die Frau stieß ein kurzes Wimmern aus und wandte ihr Gesicht ab. Ohne eine Miene zu verziehen, schnitt Donato ihr die Pulsadern auf.

Im gleichen Augenblick presste Luna ihren Kopf gegen meinen Oberarm und krallte sich an meinem Mantel fest. Sie zitterte vor Angst. Meine Gesichtszüge verhärteten sich. Wie gern wäre ich der Frau zu Hilfe geeilt. Mein Selbstschutzmechanismus sorgte allerdings dafür, dass ich mich keinen Millimeter rührte.

Das Blut spritzte aus dem Arm und verteilte sich über den Symbolen. Donato ließ die wimmernde Frau los. Sie sackte zusammen und lag in einer Lache ihres eigenen Blutes. Rasch verteilte sich dieses über den gesamten Runenkreis.

Amari entzündete eine Kerze und stellte sie in den Kreis. Dabei wisperte sie Worte, die ich aufgrund der Entfernung nicht verstehen konnte. Flugs breiteten sich Flammen über den Runen aus. Die am Boden kauernde Frau kreischte laut auf, als sie von dem Feuermeer verschluckt wurde.

Donato ignorierte ihr Schreien und Flehen und sprach eine Zauberformel. Als die Frau regungslos im Feuer lag und ihre Aura erlosch, überkam mich ein eisiger Schauer. Ohne mit der Wimper zu zucken, hatte Donato sie geopfert. Vor unseren Augen war ein Mensch gestorben. Ich bebte vor Entsetzen.

Donato stieg aus den Flammen. Die Arme weit erhoben, wiederholte er in stetig lauter werdendem Gesang seine Worte. Es geschah nichts. Das Tor erwachte nicht. Donato schrie vor Zorn und warf den Dolch gegen die Pforte.

Er prallte ab, flog zurück und schlitterte über den Boden, bis er in einer Ecke liegen blieb.

Abrupt zog Linus die Frau aus den Flammen und richtete seine heilenden Hände auf sie. Donato interessierte sich gar nicht für sie.

Wutentbrannt tigerte er durch den Raum und gestikulierte wild herum.

Nach wenigen Augenblicken keuchte die Frau, und ihre Aura glomm schwach auf. Linus hatte ihr Leben gerettet. Erleichtert atmete ich aus.

„Du, *du* hast mich betrogen!“

Donato stürmte auf mich zu.

Er gab mir die Schuld an dem verpatzten Ritual?

War ja klar. Ich schob Luna schützend hinter mich. Doch anstatt einen Elementarzauber auf mich loszulassen, gab er mir eine Ohrfeige. Meine Wange brannte unverzüglich, als wäre sie selbst von den Flammen geküsst worden.

Mit der Hand rieb ich über die schmerzende Stelle und sah Donato aus schmalen Augen an. „Das sind die richtigen Artefakte, und sie sind vollzählig. Alle neun.“

Seine violette Aura flammte auf und verfärbte sich in ein tiefes Schwarz.

„Sperrt beide ein. Klärt dieses Fiasko!“

Dann verschwand er laut grollend. Je weiter er sich von uns entfernte, desto leiser wurde das Geräusch, bis es letztlich ganz verstummte.

Linus trug die Frau, die in Ohnmacht gesunken war, auf seinen Armen und kam auf uns zu. Er sah geschwächt aus. Der Wiederbelebungszauber hatte ihm viel abverlangt. „Ich bringe sie auf ihr Zimmer.“

„Kommt, ihr Turteltäubchen“, sagte Amari und stieß mir hart gegen die Brust. Dieser Albtraum wurde immer unangenehmer. Inzwischen war ich mir wirklich nicht mehr sicher, ob Luna und ich jemals wieder heil aus diesem Bunker herauskommen würden.

Amari führte uns in einen Nebengang. Das Wimmern von Luna interessierte sie nicht. Vor zwei geöffneten Türen blieb sie stehen. „Handys her.“

Widerwillig händigte ich ihr mein Smartphone aus. Luna tat es mir gleich. Ohne die Möglichkeit, Hilfe zu rufen, waren wir ihnen ausgeliefert. Ich schluckte die aufsteigende Angst herunter und versuchte, vor Luna stark zu wirken. Es fiel mir unglaublich schwer, denn im Moment sah ich unsere Lage als aussichtslos an.

„Ich bin kein Unmensch, darum sperre ich euch in nebeneinanderliegende Zellen.“ Amari lachte hinterlistig und schubste Luna in ihr Gefängnis. Die Wut kochte in mir hoch. Ich ballte meine Hände zu Fäusten und musste mich zwingen, Amari nicht erneut die Nase zu brechen. Kommentarlos schloss sie die Tür hinter Luna und verriegelte sie. Anschließend zerrte sie mich einen Raum weiter und befahl mir hineinzugehen.

„Hey, Vince.“

Als ich mich zu ihr drehte, schlug sie mir mit voller Wucht gegen mein Nasenbein. Durch die Intensität und den Schmerz kippte ich direkt nach hinten und landete hart mit dem Hinterkopf auf dem Boden. Benommen schüttelte ich den Kopf. Ich sah lauter weiße Sterne, die wild vor meinen Augen tanzten. Warme Flüssigkeit lief mir über die Lippen. Ich hob meine Hand und wischte darüber. Als ich einen Blick auf meine Finger warf, klebte Blut an ihnen.

Amaris Lachen hallte durch die enge Zelle, gefolgt von dem Knall der Eisentür und dem Quietschen der Verriegelung, als diese vorgeschoben wurde.

Stille trat ein. Ich brauchte einige Minuten, um einen klaren Gedanken zu fassen. Amari hatte mir ganz schön eine verpasst. Desorientiert wischte ich mir das Blut aus dem Gesicht und sah mich um.

Der Raum war so klein, dass ich mich kaum bewegen konnte. Der Gestank von Urin nistete in den Wänden. Es gab kein Fenster.

Eine einzelne Glühbirne spendete Licht. In der Ecke lag eine Matratze auf dem Boden, die von einem abgenutzten Bettlaken bedeckt war.

Ächzend und wie betäubt kämpfte ich mich hoch. Die Migräne hämmerte gegen meinen Schädel und wurde durch den Nasenbruch zusätzlich verstärkt. Kurz gesagt: Ich fühlte mich beschissen.

Fest schlug ich ein paar Mal gegen die Wand, in der Hoffnung, Luna könnte mich hören. Es folgte keine Reaktion. Die Mauern waren zu dick. Stöhnend sank ich auf das notdürftige Bett. Was für ein ätzender Tag. Müde schloss ich die Lider und rollte mich zusammen.

Das Knarren der Tür ließ mich hochschrecken. Verwirrt blickte ich mich um. Offensichtlich war ich auf der versifften Matratze eingepennt. Schließlich entdeckte ich jemanden im Zelleneingang.

Es war die Frau mit der grünen Aura. Sie trat mit einem Teller voller Essen in der einen und einer Wasserflasche in der anderen Hand ein. „Ich dachte, du hast vielleicht Hunger."

Als ich ihre Stimme hörte, erstarrte ich. Sie ging mir durch Mark und Bein. Das konnte nicht wahr sein. Nein, ich musste mich irren.

„Du weißt gar nicht, wer ich bin, oder?" Sie streifte die Kapuze von ihrem Kopf. Mein Herzschlag beschleunigte sich. Durch die Aura fiel es mir schwer, sie zu erkennen, dennoch wusste ich genau, wer vor mir stand.

Es war Penelope, meine Ex-Freundin, die ich jahrelang gesucht hatte. Für sie war ich durch die Hölle gegangen. Und nun stand sie vor mir und unterstützte meinen Feind.

„Du hasst mich wahrscheinlich." Sie stellte den Teller vor meine Füße und kauerte sich auf den Boden.

„Um ehrlich zu sein, weiß ich nicht, was ich sagen soll", gestand ich und starrte auf das Essen: ein Stück dampfende Lasagne.

„Es tut mir schrecklich leid. Das musst du mir glauben."

Mein Herz zog sich zusammen. Ein unerträglicher Schmerz durchflutete meine Brust. „Halten sie dich auch gefangen? Haben sie dich meinetwegen verschleppt?"

„Was? Nein, ich bin freiwillig hier."

Entsetzen machte sich in mir breit und bescherte mir eine Gänsehaut. „Sie haben dich vor nicht allzu langer Zeit umgebracht, ohne mit der Wimper zu zucken."

„In Donatos Augen bin ich nichts wert, da ich keine magischen Fähigkeiten besitze. Aber ich hoffte, dass Linus mich heilen würde."

Ich schnaubte verächtlich. „Wie um alles in der Welt kommst du zum ‚Circulus Arcanorum'?"

„Mein Bruder, Nathan, weißt du noch? Er hat diese schreckliche Krankheit. Adrenoleukodystrophie. Er wäre gestorben, wenn ich keinen Deal mit der Magiergilde eingegangen wäre. Linus fährt einmal in der Woche zu ihm und lindert seine Symptome."

„Wieso hast du nicht mit mir gesprochen? Penny, warum hast du mich in Thailand sitzen gelassen und dich nicht gemeldet? Wie konntest du mir das antun?", schrie ich. Wut und Verzweiflung brachen ungefiltert aus mir heraus.

Ich bebte vor Zorn.

„Ich hatte mit deiner Mutter darüber geredet. Sie konnte ihm nicht helfen. Ihr Heilamulett hätte nicht dafür ausgereicht, weil seine Krankheit ein Gendefekt ist. Und dann saß ich nachts allein am Strand in Thailand und weinte, weil ich so verzweifelt war. Ich hasste mich dermaßen dafür, dass ich diesen Trip mit dir machte und mein Leben genoss, während mein Bruder im Sterben lag. Da kam Linus und hat mich angequatscht."

„Linus hat dich angequatscht, und du bist einfach mit ihm mitgegangen?“

„Das war der Deal. Ich musste sofort mitkommen und jeglichen Kontakt zu deiner und meiner Familie abbrechen. Ich musste ihnen alles über euch erzählen. Über dich, deine Mutter, deinen Großvater ... Ich sah keinen anderen Ausweg und habe deswegen alles getan, was sie verlangten.“ Penelope brach in Tränen aus. Sie vergrub ihr Gesicht in ihren Händen und schluchzte.

Ich verspürte jedoch keinerlei Mitleid. Ehrlich gesagt tat es gut, sie weinen zu sehen.

„Also hast du dein Leben für deinen Bruder geopfert und vegetierst in diesem Bunker vor dich hin? Ganz nebenbei hast du meine Familie verraten. War es das wert?“

„Ja, absolut“, sagte sie kühl, ohne mich anzusehen. „Ich würde es jederzeit wieder tun.“

„Wir hätten eine Lösung gefunden. Eine bessere als das hier.“

„Mag sein. Damals sah ich jedenfalls keine. Und heute auch nicht.“

„Ich saß in Thailand im Knast wegen dir. Die haben mich drei Wochen lang festgehalten, bis die Botschaft mich rausgeholt hat. Deine Eltern haben mich angeprangert. Permanent musste ich Aussagen machen. Jeder dachte, ich sei ein Mörder. All meine Freunde haben sich von mir abgewendet ...“ Meine Stimme brach.

„Ich habe schon gesagt, dass es mir leidtut.“

Verachtend stieß ich die Luft aus. „Es tut dir leid?“

„Vince, ich will es wiedergutmachen.“

„Das kannst du nicht!“

„Lass mich euch befreien. In drei Stunden schlafen alle, dann hole ich euch raus.“

Ich schwieg, würdigte sie keines Blickes mehr. Penelope war für mich gestorben. Egal was sie tat, das würde ich ihr niemals verzeihen. Die Vorstellung, dass sie meine Familie und mich verraten hatte und seit Jahren beim ‚Circulus Arcanorum' lebte, machte mich wahnsinnig. Die Gewissheit schmerzte stärker als die Unklarheit all die Zeit zuvor. Sie hatte mein Herz gebrochen und es mit Füßen getreten, obwohl ich alles für sie getan hatte.

Ich hatte sie geliebt – ehrlich und aufrichtig. Nun lag mein Herz wie ein Trümmerhaufen vor mir.

Mit herunterhängenden Schultern stand sie auf und verließ die Zelle. Erneut war ich allein. Tränen stiegen in mir auf. Ich biss die Zähne zusammen und unterdrückte mein Weinen.

Penny war es nicht wert.

Von Zorn getrieben stand ich auf und schlug mit der Faust gegen die Metalltür. Ein pochender Schmerz strömte durch meine geballte Hand. Immer und immer wieder prügelte ich dagegen, bis die Haut über meinen Fingerknöcheln aufplatzte und sich blutige Abdrücke auf der Tür abzeichneten.

„So 'ne verdammte Scheiße", schrie ich, so laut ich konnte. Ich kam mir vor wie der letzte Versager. Alles, was ich anging, endete in einem absoluten Desaster. Schluchzend lehnte ich mich gegen die Zellenwand, ließ mich an ihr nach unten gleiten und kauerte mich zusammen. Mit getrübtem Blick starrte ich ins Leere. Der einzige Mensch, den ich jemals geliebt hatte, hatte mich eiskalt hintergangen.

Es ging nicht in meinen Kopf, dass ausgerechnet Penny mich dermaßen verletzt hatte.

Sie, der ich stets alles anvertraut hatte. Ich hätte alles für sie getan. Fünf Jahre waren wir ein glückliches Paar gewesen. Mit nur fünfzehn Jahren waren wir zusammengekommen. Wir hatten unseren ersten Kuss miteinander, unser erstes Mal; wir hatten schlicht alles geteilt. Kaum einen Tag hatten wir ohneeinander verbracht. Penelope war meine Seelenverwandte gewesen. Inzwischen stand sie auf der Seite meines Feindes.

„Ich verstehe das nicht“, flüsterte ich. „Ich verstehe das einfach nicht.“

Phasma Visus

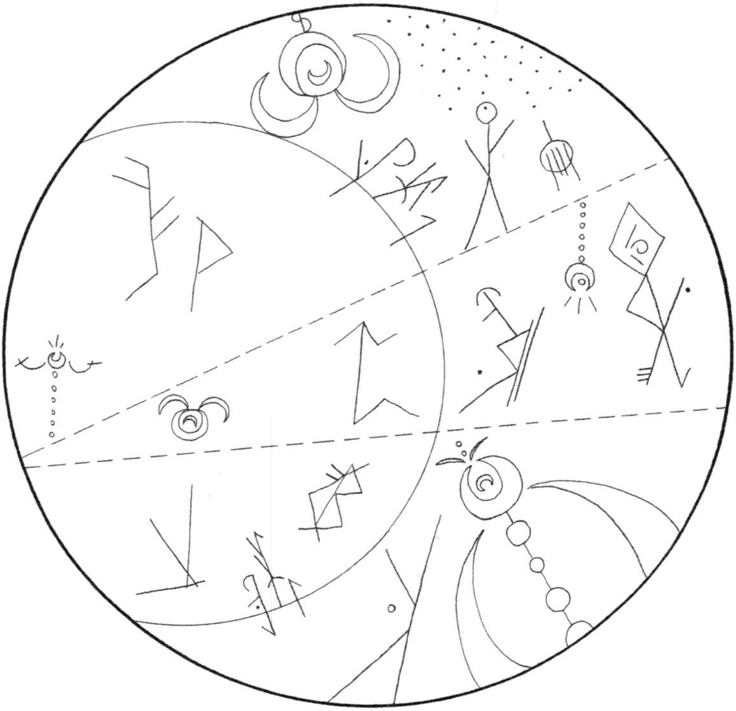

Kapitel 17

Luna

„Hey, Prinzesschen."
Linus stand in der Tür mit einem dampfenden Teller.

Augenblicklich vergrub ich mein Gesicht wieder in meinen Händen und zog die Knie weiter heran.

„Jetzt weine doch nicht."

„Was soll ich sonst tun?", sagte ich und schluchzte.

„Penelope und ich haben Lasagne für euch gemacht."
Ich erschauderte. War das nicht der Name von Vincents Ex-Freundin? „Penelope?"

„Ja, sie ist hier seit vier Jahren so was wie ‘ne Putzfrau."

Es musste ein Zufall sein. Definitiv war das nicht ein und dieselbe Person.

„Sie ist die Ex von deinem Lover, soweit ich weiß."

Okay, es handelte sich um dieselbe Person. Was für eine Scheiße. „Ist sie gerade bei ihm?"

Linus nickte und setzte sich neben mich auf die ranzige Matratze. „Sie ist etwas seltsam. Ihr Bruder hingegen ist nett."

Ihr Bruder? War er auch beim ‚Circulus Arcanorum'? Was für ein Spiel wurde mit uns getrieben?

„Hör mal, das wird sich alles klären. Donato hat mich beauftragt, die Artefakte auf ihre Echtheit zu überprüfen. Nach den ersten Tests kann ich sagen, dass sie alle echt erscheinen. Bestimmt lässt er euch gehen."

„Ich traue diesem Kerl nicht. Er ist böse."

„Er ist wie ein Vater für mich."

„Schön für dich. Mein Vater hat Leute weder verschleppt noch mit einem Dolch ermordet."

Linus pikste mit der Gabel einen Happen von der Lasagne auf und hielt ihn mir hin. „Es hat eben nicht jeder solch ein Glück wie du."

Ich prustete los.

„Glück? Meine Eltern starben, als ich zehn Jahre alt war."

„Meine Mutter war eine drogensüchtige Prostituierte, und meinen Vater habe ich nie kennengelernt. Du hast wenigstens ein paar schöne Erinnerungen."

Ich schwieg.

Auf ein Battle um die traurigste Kindheit hatte ich keine Lust ebenso wenig auf die Gabel voller Essen, die ich verweigerte.

Linus steckte sich den Happen in seinen eigenen Mund und meinte kauend: „Wenn alle Stricke reißen, bleibst du bei mir."

„Was soll der Mist? Warum hast du so einen Narren an mir gefressen?"

„Ich mag dich einfach", gestand er ohne Scham. Seine Augen wirkten sanft und ehrlich. „Ich mochte dich von der ersten Sekunde an."

Plötzlich spürte ich seine Hand auf meiner ruhen. Ein Schauer lief mir den Rücken hinunter.

Glaubte er allen Ernstes, dass ich mich von ihm angezogen fühlte in einer derartigen Situation?

Die Tür ging auf. Das Mädchen vom Ritual trat in meine Zelle. Linus zog abrupt seine Hand zurück und räusperte sich.

„Er hasst mich“, stieß sie schluchzend aus. Ich studierte ihr Gesicht. Sie sah älter aus als auf dem Foto, das ich gesehen hatte. Ihre Haare trug sie kürzer, die Gesichtszüge waren jedoch die gleichen. Das war wirklich Vincents Penelope. Sie war bildhübsch trotz tiefer Augenringe und ungemachter Mähne.

„Wundert dich das?“, antwortete Linus kühl und erhob sich von der Matratze. „Ich würde dich genauso hassen.“

„Du hast mir damals keine andere Wahl gelassen, als ihn zu verlassen.“

„Du hattest eine Wahl. Ich habe dich zu nichts gezwungen.“

Tränen rannen ihre Wangen hinunter. Wimmernd lehnte sie sich gegen den Türrahmen und schlang ihre Arme um sich.

„Komm, wir gehen. Luna braucht dein Elend nicht zu sehen.“ Nach Linus‘ Worten wanderte ihr Blick zu mir. Sie fixierte mich regelrecht aus ihren zu schmalen Schlitzen verengten Augen. In ihnen lagen Verzweiflung und Verachtung. Sie sagte nichts zu mir, nichtsdestotrotz erahnte ich ihre Gedankengänge: *Warum ist Vincent ausgerechnet mit dieser hässlichen Kuh zusammen*?

Sie konnte mich nicht ausstehen, und das beruhte auf Gegenseitigkeit. Die Eifersucht kochte in mir hoch. Ich wollte diese Tussi am liebsten zerfleischen.

Linus strich über Penelopes Arm, um sie zum Gehen zu bewegen. Sie musterte mich noch einige Zeit, bis sie nickte und ihm folgte. Nun war ich allein mit all meinem Selbsthass und der Verunsicherung. Wie hatte Vincent reagiert, als er die Liebe seines Lebens wiedergesehen hatte? In meinem Kopf formten sich Bilder, wie sich die beiden innig küssten.

Nein!

Mit der Faust schlug ich mir gegen meine Stirn, um die Gedanken zu vertreiben. Sie hatte selbst gesagt, dass er sie hasst. Er würde sich bestimmt nicht ein zweites Mal auf sie einlassen. Erneut sah ich das Bild vor mir, wie Vincent seine Ex-Freundin liebkoste.

Das Foto von seinem Nachttisch kam mir wieder in den Sinn: er und Penelope liebestrunken am Strand. Vincent hatte überglücklich gewirkt. In meiner Gegenwart hatte er kein einziges Mal dermaßen gestrahlt wie mit ihr zusammen auf dem Foto. Sie waren ein perfektes Paar. Ich dagegen passte überhaupt nicht zu ihm. Ich, das graue Mäuschen mit dem Hüftspeck und den unbändigen Haaren, hatte an seiner Seite nichts verloren.

Mir wurde schlecht. Ich musste hier raus. Ich wollte zu Vincent und herausfinden, ob er mich wirklich gernhatte.

Bitterlich weinend bedeckte ich mein Gesicht mit meinen Händen. Seitdem ich in Berlin war, ging alles schief. Eine Katastrophe folgte auf die nächste. Ich hatte so viel vorgehabt, doch nichts hatte ich bisher hinbekommen. Ich saß in einem abgefuckten Bunker in einer versifften Gefängniszelle und wollte nichts weiter als nach Hause, zurück zu meiner Schwester. Ich vermisste sie fürchterlich.

Etwas berührte meinen Oberarm.

Ich zuckte zusammen und schreckte hoch. Penelope kniete neben mir, hielt den Zeigefinger an ihre Lippen und nickte. Was hatte sie vor? Da entdeckte ich Vincent, der vorsichtig durch die Tür lugte.

„Ich bringe euch fort. Ihr müsst leise sein“, flüsterte sie und winkte mit der Hand, damit ich ihr folgte.

Ausgerechnet Penelope rettete uns? Irritiert und schlaftrunken stand ich auf und torkelte hinter den beiden her. Als wäre es selbstverständlich, fasste Vincent mich an der Hand. Sofort beschleunigte sich mein Herzschlag. Vielleicht waren meine Selbstzweifel unberechtigt. Es tat unbeschreiblich gut, ihn zu spüren. Wir schlichen nicht durch den Hauptgang, sondern durch Seitengänge, die immer enger wurden. Der Bunker sah an diesen Stellen verstaubt und extrem marode aus. Vor einer Metallleiter, die nach oben zu einer Luke führte, blieben wir stehen.

„Das habe ich von Linus geklaut." Penelope drückte Vincent seine Uhr und sein Smartphone in die Hand. „Ich weiß, es macht nichts ungeschehen."

Ungläubig betrachtete er sein Schmuckstück und strich mit einem Finger darüber.

„Beeilt euch. Draußen seid ihr auf euch gestellt."

Vincent ließ meine Hand los und umarmte Penelope. „Pass auf dich auf."

Ich wendete den Blick ab, denn ich ertrug ihre Berührung, die eine Ewigkeit zu dauern schien, nicht. In mir brodelte es wie in einem Vulkan.

„Geht jetzt", befahl sie und wand sich aus seinen Armen. Kommentarlos reichte sie mir ebenfalls mein Handy. Dabei sah sie nicht zu mir, sondern verträumt zu Vincent.

Er kletterte als Erster die verrostete Leiter nach oben. Sie quietschte bei jedem Tritt. Schweißperlen bildeten sich auf meiner Stirn. Mein Verstand wollte mich warnen: Geh nicht da hoch. Das ist gefährlich! Wir hatten keine andere Wahl.

„Beweg dich!", befahl Penelope mir im Flüsterton.

Ich fixierte sie mit ernster Miene. „Danke", sagte ich nüchtern und folgte Vincent. Als ich nur noch einen Meter vom Ausgang entfernt war, streckte er mir helfend seine Hand entgegen. Stöhnend zog er mich hoch. Wir fielen zusammen auf moosbewachsenen Boden. Die Dunkelheit, die uns umhüllte, roch nach Tannen. Ihre Nadeln, die die Erde bedeckten, piksten mich im Nacken und an meinen Händen. Ich hatte keine Ahnung, wie spät es war oder wie viel Zeit ich in dem Bunker verbracht hatte.

Kurz atmeten wir die Waldluft ein. Dann rannten wir, so schnell uns die Beine trugen.

Äste und Steine lagen auf dem Boden verteilt und erschwerten das Laufen.

Ich wagte einen flüchtigen Blick über die Schulter, um mich davon zu überzeugen, dass wir nicht verfolgt wurden. Dabei blieb ich mit meinem Fuß an einer Wurzel hängen und fiel unsanft zu Boden. Ein Zweig bohrte sich in meine Handfläche. Ein stechender Schmerz schoss durch meine Hand. Auch mein Fuß und mein Knie taten mir höllisch weh. Sogleich kam Vincent mir zu Hilfe und zerrte mich hoch.

„Alles okay?“

Ich nickte und humpelte weiter. Mein Atem ging hektisch, doch das Adrenalin in meinen Adern ließ mich stetig weiterlaufen.

Wir hielten kein einziges Mal an, bis wir die Straße erreichten. Ich spürte meine Beine nicht mehr; sie waren taub von der Anstrengung. Mit den Armen stützte ich mich auf meinen Knien ab und hyperventilierte. Ich schwitzte wie ein Schwein.

Auch Vincent war aus der Puste. Nach Luft schnappend sagte er: „Schnell, wir müssen weiter.“ Seine Hand auf meinem Rücken zu spüren, motivierte mich.

„Wir müssen das Auto finden. Ich denke, wir müssen nach rechts. Sicher bin ich mir allerdings nicht.“ Er hatte offensichtlich ebenfalls keine Orientierung.

Ich richtete mich auf, atmete noch einmal tief durch und setzte mich schließlich zusammen mit Vincent in Bewegung. Auf dem ebenmäßigen Asphalt zu laufen, war erheblich angenehmer. Trotzdem schmerzte mittlerweile jeder Schritt.

Die ersten Sonnenstrahlen kündigten einen neuen Morgen an. Sie färbten den Wald in ein bläuliches Grau. Das Vogelgezwitscher wurde fortwährend lauter. Da machte ich in der Ferne endlich ein Auto am Straßenrand aus. Erleichtert atmete ich aus.

Ein Blick zu Vincent verriet mir, dass es ihm genauso ging wie mir.

Kurz blieb er stehen. „Dort vorn liegt der Eingang zum Bunker. Wir müssen vorsichtig sein.“ Er fixierte den Wagen. „Lauf so schnell du kannst und steige direkt ein.“ Ohne Weiteres rannte er los.

Ich folgte ihm und pumpte das letzte bisschen Kraft in meine Beine, die bereits wie Feuer brannten. Als wir am Fahrzeug ankamen, lehnte ich mich keuchend dagegen, um nicht vor Erschöpfung umzufallen. Niemals zuvor war ich so froh gewesen, ein Auto zu sehen, geschweige denn damit zu fahren.

Vincent war inzwischen eingestiegen.

Die Innenbeleuchtung war an und spendete Licht und Hoffnung. Mühsam öffnete ich die Beifahrertür und warf mich mit einem lauten Seufzen auf den Sitz. Ich war nicht einmal angeschnallt, schon brauste Vincent los.

Beide zogen wir scharf den Atem ein. Der stechende Geruch von altem Schweiß lag in der Luft. Wir stanken schlimmer als Iltisse.

„Lu, ist nicht böse gemeint, aber du strahlst für mich wie ein Atomreaktor. Ich kann kaum die Straße sehen. Kannst du nach hinten klettern?“

„Dein Ernst?“ Verdutzt glotzte ich ihn an.

Er nickte. „Ich bin körperlich echt im Arsch. Wäre nett, wenn du hinten sitzt.“

Mürrisch quetschte ich mich durch den schmalen Spalt zwischen den Sitzen und landete auf einem Berg von Kaffeebechern.

„Wir haben‘s echt rausgeschafft. Ich kann‘s nicht glauben.“ Vincent wischte sich den Schweiß von der Stirn.

„Ja, was für ein Albtraum.“ Völlig fertig lehnte ich den Kopf zurück und entspannte mich. „Ich habe meine Aura wirklich zurück? Welche Farbe hat sie?“

„Weiß.“

„Weiß? Wie langweilig.“

„So eine intensive Aura wie deine habe ich bislang nicht gesehen. Ausgerechnet du musst am grellsten von allen strahlen.“

Ich kicherte. „Selbst schuld, immerhin war es deine Idee, mich ins Jenseits zu befördern.“

„Wir haben das für dich gemacht. Glaube mir, nun wird dein Leben leichter.“

„Seitdem ging‘s nur steil bergab. Solche Abenteuer brauche ich kein zweites Mal.“

„Ab sofort muss ich auf dich aufpassen. Hast du gesehen, wie dich dieser Heiler angegafft hat? Ich wurde richtig eifersüchtig.“

Umgehend spürte ich, wie meine Wangen glühten. „Wenn jemand eifersüchtig sein muss, bin das wohl ich.“

Vincent erwiderte nichts darauf. Aus dem Handschuhfach kramte er eine Schachtel Zigaretten heraus, öffnete das Fenster einen Spalt und zündete sich eine Kippe an. Sein Schweigen brachte mich beinahe um den Verstand. Warum hatten wir dort ausgerechnet auf Penelope treffen müssen? Mit müden Augen und der Ungewissheit im Herzen sah ich aus dem Fenster und beobachtete die heller werdende Umgebung.

„Hey, Lu, wach auf.“

Desorientiert öffnete ich meine Lider und blinzelte ein paar Mal. Vincent stand vor der offenen Autotür und bedeckte mit der Hand seine Augen.

„Wir sind da. Komm, ich bin hundemüde.“ Er rückte ein Stück zur Seite, damit ich aussteigen konnte. Zu meiner Verwunderung parkten wir vor dem Uhrenladen seines Vaters.

„Ich brauche erst Schlaf, bevor ich meiner Mutter unter die Augen trete. Sie wird mich umbringen.“ Vincent sperrte seufzend die Tür des Geschäfts auf. „Geh schon mal rein. Ich fahre das Auto in die Tiefgarage und stecke es an die Ladestation. Ein Wunder, dass der Akku durchgehalten hat.“

Zögerlich betrat ich den Laden.

Einzig das Licht der Schaufenster brannte. Der Verkaufsraum sah luxuriös aus. Wahrscheinlich konnte ich mir nicht eine einzige Uhr hier drinnen leisten, zumal ich bereits den zweiten Tag unentschuldigt auf Arbeit fehlte.

Den Job konnte ich mir abschminken. Ich war obdachlos, arbeitslos und besaß nichts weiter als die Sachen an meinem Leib.

„Brauchst du Verbandszeug?“, fragte Vincent, der plötzlich hinter mir stand.

Ich wirbelte zu ihm herum und bemerkte, wie mitgenommen er aussah. Sein Gesicht war blutverschmiert und seine Nase geschwollen.

Ich schaute auf meine Hand und rieb über die verwundete Stelle an ihr. „Alles bestens, ist bloß ein Kratzer.“

Hinter der Ladentheke stand ein kleiner Kühlschrank, aus dem er sich eine Kältekompresse holte.

Als er sie gegen sein Nasenbein drückte, stöhnte er vor Schmerz auf.

„Lass uns in meine Werkstatt gehen. Da ist ‘ne Couch.“

Ich folgte ihm ins Hinterzimmer. Es stand im völligen Kontrast zum Geschäftsraum. Auf dem Schreibtisch darin herrschte Chaos. Überall lagen Kaffeebecher und Zeitschriften herum – typisch für Vincent.

Er warf sich ächzend auf das Sofa und streckte alle viere von sich. „Was für ein beschissener Trip.“

Die Couch war ein Zweisitzer und viel zu klein für uns beide. Schüchtern stand ich davor und spielte mit dem Saum meines Shirts.

„Was hast du?“

„Das ist viel zu eng.“

„Quatsch. Komm her.“

Zögerlich setzte ich mich neben ihn und wagte es nicht, mich zu bewegen. „Kannst du überhaupt neben mir einschlafen? Ich blende dich doch.“

Vincent schmunzelte. „Wenn ich schlafe, sind meine Augen geschlossen.“ Er richtete sich auf und legte seinen Arm um mich. Dann flüsterte er mir ins Ohr: „Keine Sorge, ich mache nichts. Dafür bin ich viel zu müde.“

Verunsichert strich ich mir eine Haarsträhne zurück und senkte den Blick. Mein Körper kribbelte von Kopf bis Fuß, als er mich zärtlich auf den Hals küsste.

Ich genoss seine Nähe, die Ruhe, die er ausstrahlte. Wie von selbst schlossen sich meine Augen. Die Bilder von ihm und seiner Ex flogen aus meinen Gedanken wie Vögel gen Himmel. Behutsam ließ er sich mit mir im Arm auf die Polster nieder. Mein Kopf lag gegen seine Brust gelehnt, die sich gleichmäßig hob und senkte. Mit seinen Fingern kraulte er mir sanft durchs Haar. Ich war tiefenentspannt, als triebe ich schwerelos durch den Raum. Meine Nervosität löste sich in Rauch auf. Ich wollte für alle Zeit mit ihm hier liegen und seine Nähe genießen.

„Danke, dass du mich gerettet hast", murmelte ich.

„Dafür brauchst du dich nicht zu bedanken. Immerhin bist du meinetwegen in diese Situation gekommen. Es tut mir schrecklich leid, was du mitmachen musstest."

„Schon okay."

„Nein, ist es nicht. Meine Mutter hat recht. Ich handle stets unüberlegt. Bislang habe ich ausschließlich mich in Gefahr gebracht, und das war mir egal. Aber nun warst du wegen mir in Lebensgefahr. Ich bin immer noch darüber entsetzt, wie leichtfertig ich das angegangen bin."

„Du konntest das nicht wissen. Jetzt mach dich nicht fertig."

Er drückte mich enger an sich. Sein Griff war so fest, dass er schmerzte. „Nie wieder setze ich dich solchen Risiken aus. Ich hatte echt Angst um dich."

Ich hob den Kopf und sah ihn an. „Stimmt es, dass dein Großvater bei ihnen Mitglied war?"

Vincent seufzte. „Ja. Meine Mutter auch. Sie war ein kleines Kind, als sie abgehauen sind."

Linus' Worte fielen mir ein: *Bei den Clarks ist auch nicht alles Gold, was glänzt.*

Wollte ich überhaupt herausfinden, welche Geheimnisse Vincent und seine Familie außerdem hüteten? Sein Leben war völlig anders als meines. Konnte ich damit umgehen?

Lux Aeterna

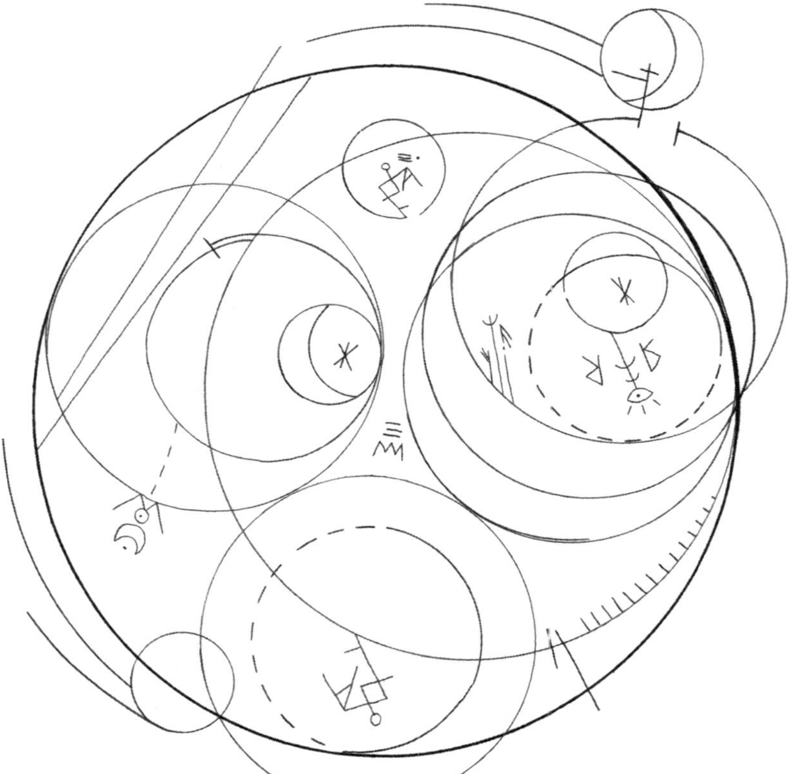

Kapitel 18

Vincent

Das Glöckchen, das gegen die Ladentür schlug, als sie geöffnet wurde, riss mich aus dem Schlaf. Luna lag auf mir, ihre Finger klammerten sich an meinem Pullover fest. An ihrem tiefen, gleichmäßigen Atem erkannte ich, dass sie noch schlief.

Am liebsten wäre ich liegen geblieben, doch ich wusste, dass mein Vater im Geschäft war. Einem Gespräch kam ich nicht mehr aus dem Weg. Mein Vater und ich verstanden uns gut – im Gegensatz zu meiner Mutter war er alles andere als aufbrausend.

Wir hatten nie Streit. Darum war ich froh, erst mit ihm reden zu können.

Behutsam löste ich mich aus Lunas Umarmung und schlich aus der Werkstatt. Schmunzelnd wischte ich über den dunklen Spuckefleck auf meinem Pulli. Niemals hätte ich gedacht, dass mich so etwas einmal freuen würde.

Aber bei Luna erhellte selbst eine Kleinigkeit dieser Art mein Gemüt.

„Vincent“, rief mein Vater erschrocken, als er mich erblickte.

„Hey, Dad.“ Verlegen strich ich mir durch mein zerzaustes Haar.

„Ein Glück, du lebst.“ Sofort hechtete er zu mir und schlang seine Arme um mich.

Tränen bildeten sich in meinen Augen. „Es tut mir schrecklich leid.“ Ich vergrub das Gesicht an seiner Schulter.

„Hauptsache, dir geht es gut.“ Behutsam klopfte er mir auf den Rücken. Dann zog er mich fester an sich.

„Guten Tag, Herr Clark.“

Wir lösten unsere Umarmung und wandten uns zur Tür. In der Bewegung wischte ich mir unauffällig die Tränen aus dem Gesicht.

„Luna, du bist auch hier. Mir fällt ein Stein vom Herzen. Eugenia sitzt aufgelöst zu Hause. Sie macht sich große Vorwürfe.“

„Hat sie mich nicht bereits enterbt? Ich habe alle Artefakte gestohlen.“

Mein Vater grinste. „Lege dir ein dickes Fell zu. Ihre Wut wird so schnell nicht verfliegen.“

Ich nickte und zog den Kopf ein. Die nächsten Tage würde sie mich im Wechsel anbrüllen und ignorieren. Das hatte ich verdient.

Meine Mutter stürzte auf mich wie ein Falke auf seine Beute. „Du Idiot. Du verdammter Volltrottel!“, sagte sie schluchzend und umklammerte mich dermaßen fest, dass ich kaum Luft bekam. Ihre spitzen Fingernägel wühlten durch mein Haar. Als sie sich ein wenig beruhigt hatte und ihre Tränen getrocknet waren, löste sie die Umarmung und sah mich ernst an. Es folgte eine Ohrfeige. „Wie konntest du das tun?“

„Es tut mir leid“, nuschelte ich.

„Es tut dir leid? *Es tut dir leid?* Ich bin fassungslos!“

Ich senkte den Kopf. „Ich musste sie retten."

Ihr Blick wanderte zu Luna, die direkt hinter mir stand.

„Ich weiß. Trotzdem hast du deine Familie verraten. Du hast dein Erbe mit Füßen getreten." Sie drückte mir ihr Heilamulett in die Hand und ließ uns stehen, ohne ein weiteres Wort zu sagen.

Seufzend sah ich ihr nach. Wie ich erwartet hatte, war sie bitter enttäuscht von mir.

Es würde einige Zeit dauern, ihre Gunst wiederzuerlangen. Ich musste endlich ein paar Gänge runterschalten. Wahrscheinlich war es das Beste – auch für Luna. Ich wollte sie kein einziges Mal mehr in Gefahr bringen.

Ich drehte mich zu ihr und kniff die Augen zusammen, um ihre strahlende Aura zu ertragen.

„Lass uns duschen und ausruhen."

Ich schleppte mich die Stufen hinauf. Jeder Knochen schmerzte. Luna ging es bestimmt nicht anders. Ich suchte uns ein paar bequeme Kleidungsstücke aus dem Schrank heraus, da tauchte auch schon Valentin neben mir auf. „Mama hat geweint wegen dir."

Augenrollend ignorierte ich ihn.

„Diesmal hast du es echt übertrieben."

„Tu nicht so unschuldig. Du hast mir sogar dabei geholfen."

Luna zog an meinem Ärmel. „Vincent."

„Warte, ich muss mit meinem Bruder reden. Valentin, hat sie denn irgendwas gesagt? Etwas Relevantes?"

Er zuckte mit den Schultern.

„Heulend hat sie ständig wiederholt: ‚Wie kann er mir das nur antun?', oder: ‚Hoffentlich kommt er heil zurück'. Also nichts Relevantes."

Luna ließ nicht von mir ab und zog kräftiger an meinem Pullover. „Vincent!"

Ich seufzte. „Sie hat wirklich schreckliche Söhne großgezogen. Hätte sie mal lieber noch ‘ne Tochter bekommen.“

Valentin kicherte. „Ich denke, die wäre nicht anders geworden unter unserem Einfluss.“

„Er ist nackt. Vincent, er ist nackt.“

Plötzlich sah ich, wie Valentin die Kinnlade herunterklappte und er sein Glied mit beiden Händen bedeckte.

„Sie sieht mich.“

„Was?“ Ich drehte mich zu Luna. Sie strahlte heller als ein Neon-Schild. Prompt musste ich die Lider senken. „Ernsthaft?“

„Er sieht aus wie du.“

Valentin stellte sich direkt vor sie und musterte ihr Gesicht. „Sie sieht mich wirklich. Irgendwie unheimlich.“

„Der Einzige, der hier unheimlich ist, bist ja wohl du!“, keifte sie ihn an.

Augenblicklich prustete ich laut drauflos.

„Wo sie recht hat ...“

Valentin hob beide Arme in die Luft und rekelte sich vor Luna. „Sei nicht so überheblich, Bruderherz. Schließlich weiß sie nun, wie du nackt aussiehst.“

„O mein Gott“, stieß sie entsetzt aus und hielt sich die Augen zu.

„Valentin, lass das!“ Ich aktivierte Großvaters Uhr und warf meinem Bruder eine Jogginghose und ein Shirt an den Kopf. „Zieh dir gefälligst was an. Die Arme kennt solch einen Anblick nicht.“

„Nicht?“ Er inspizierte Luna.

„Nein!“, kreischte sie aufgebracht.

Valentin kicherte. „Dann wurde es Zeit. Du wirst ja ganz rot.“ Er zog sich das Shirt und die Hose über und fuhr sich lässig mit den Fingern durchs Haar.

„Warum kann ich ihn sehen?"

„Ich habe keine Ahnung. Aber du überrascht mich immer wieder", gestand ich und setzte mich auf die Bettkante.

„Ich finde es klasse." Valentin nahm ihre Hand und hauchte einen Kuss darauf. „Ich bin Valentin. Freut mich, dich kennenzulernen."

„Die Uhr funktioniert maximal 30 Minuten. Dann entmaterialisiert er sich, und du siehst ihn nackt. Also gewöhne dich besser daran."

„Das will ich nicht. Das ist schrecklich."

Valentin musterte sich im Spiegel. „So schlimm sehe ich doch gar nicht aus." Er zog das Shirt nach oben und spannte seine Bauchmuskeln an. Früher war ich total neidisch auf seinen Körper gewesen. Ich war nicht dick, aber auch nicht so definiert wie er. Bis ich aufgehört hatte, Fast Food in mich reinzustopfen, und anfing, Sport zu machen.

„Heißt das, ich kann außer ihm weitere Geister sehen?", fragte Luna.

„Mit hoher Wahrscheinlichkeit, ja. Glaube mir, das Wahrnehmen von Auren ist deutlich nerviger."

„Wir sind ein tolles Dreiergespann. Das habe ich mir von Herzen gewünscht", sagte Valentin euphorisch und tänzelte im Raum umher. „Allein mit Vincent ist es oft langweilig. Er ist ständig ein missgelaunter Brummbär."

Luna atmete laut aus.

„Ich habe dir gesagt, er ist nervig."

„Nein, das ist es nicht."

Tief sog sie die Luft zwischen ihren Zähnen ein.

„Ich will keine Geister sehen. Innerhalb kürzester Zeit habe ich das Jenseits besucht, wurde von einer bösartigen Magiergilde als Geisel festgehalten und nun das. Ich halte das nicht länger aus."

Ich senkte den Blick. „Ziemlich anstrengend mit mir, was?“

„Ein wenig“, gestand sie. Ein schlechtes Gewissen machte sich in mir breit. Ich hatte ihr zu viel abverlangt. Und das alles bloß, weil ich ihr helfen wollte, ihre Seele zu vervollständigen. „Tut mir leid“, nuschelte ich nachdenklich.

Ich konnte mir nicht erklären, warum sie auf einmal Geister wahrnehmen konnte.

Sie hatte keine magische Begabung, und die Farbe ihrer Aura war Weiß. Gewöhnlich hatten Magier und Hexen eine violette Aura.

Valentin stellte sich vor uns und stemmte die Fäuste in die Hüften. „Was ist denn auf einmal los? Warum guckt ihr beide so traurig drein? Ich habe 30 Minuten und möchte auf der Stelle Spaß haben!“

Ich zog aus meiner Hosentasche eine Zigarettenpackung und ein Feuerzeug und warf ihm beides zu. „Ich hole uns ein Bier. Lass ja die Finger von ihr.“

Valentin zündete sich eine Zigarette an und lümmelte sich auf den Drehstuhl. „Geht klar. Ich rühre sie nicht an. Versprochen!“

Ich schlich die Treppe hinunter, in der Hoffnung, meiner Mom nicht über den Weg zu laufen. Doch als ich unten ankam, klingelte es an der Tür, und sie rannte aus der Küche direkt in meine Arme. Unsere Blicke kreuzten sich. Sie funkelte mich wütend an, dann ignorierte sie mich und lief zum Eingang.

Als sie die Tür öffnete, weiteten sich meine Augen. Linus stand davor und trug Penelope in seinen Armen.

„Penelope“, hauchte meine Mutter erschrocken und schlug sich die Hand vor den Mund.

„Mom, warte! Sie sind vom ‚Circulus Arcanorum‘“, warnte ich sie und hechtete zur Eingangstür. Schützend stellte ich mich vor meine Mutter und spannte sämtliche Muskeln an. „Das Haus ist mit einem Schutzzauber belegt. Verschwindet!“

Linus sah erschöpft aus. Sobald er meine aggressive Haltung bemerkte, wich er einen Schritt zurück. „Donato hat ihr an allem die Schuld gegeben und seine Wut an ihr ausgelassen.“

Penelope lag in seinen Armen. Ihre Hand hing regungslos herunter. Nichts an ihr rührte sich; ihre Aura glomm schwach wie eine bald erlöschende Kerze.

„Ich habe sie geheilt und hierhergebracht. Wenn er herausbekommt, dass ich sie wiederbelebt und zu euch gefahren habe, wird er mich vermutlich auch einen Kopf kürzer machen.“

Linus‘ Gesichtszüge verhärteten sich. Seine Aura flackerte schwach um ihn herum. Er schien selbst mit seinen Kräften am Ende zu sein. In seiner aktuellen Verfassung konnte er niemals kämpfen.

Ich entspannte mich etwas. „Was willst du hier? Glaubst du ernsthaft, wir lassen euch ins Haus?“

„Sie hat dir und Luna geholfen. Vielleicht wäre es angebracht, sich zu revanchieren.“

Meine Mutter zwängte sich neben mich in den Türrahmen und musterte die beiden. „Hat sie ein Blutmal des ‚Circulus Arcanorum‘? In dem Fall kann sie das Haus nicht betreten.“

Linus schüttelte den Kopf. „Sie ist keine Hexe und hat kein Blutmal erhalten.“

Der Schutzzauber hielt alle Magier mit solch einem Mal des Zirkels von dem Haus fern.

Mein Großvater und meine Mutter hatten einst selbst ein solches Zeichen auf der Haut getragen.

Unter Schmerzen hatten sie es sich mit einem Messer herausgeschnitten, um das Band zwischen sich und der Gilde zu trennen. Meine Mutter war damals erst sechs

Jahre alt gewesen. Seitdem prangte eine handgroße Narbe auf ihrem Oberarm.

„Mom, du ziehst doch nicht allen Ernstes in Erwägung, sie reinzulassen? Sie arbeiten mit allen Mitteln. Was, wenn sie uns ausspionieren wollen?"

„Das ist Penny!"

Linus schüttelte den Kopf. „Ich möchte gar nicht mit rein. Aber ich weiß, dass sie bei euch vor Donato sicher ist. Darum habe ich sie hergebracht." Er senkte den Blick. „Ich muss mir wohl eingestehen, dass ich meinen Ziehvater all die Jahre glorifiziert habe. Ich schäme mich für sein Verhalten."

„Vincent, nimm Penelope und bringe sie ins Gästezimmer. Wir kümmern uns um sie."

„Danke, Frau Clark. Es tut mir leid um alles, was geschehen ist. Die Artefakte funktionieren nicht. Donato wird jedoch alles in seiner Macht Stehende tun, um das Tor zu aktivieren. Seid daher bitte vorsichtig."

Als ich widerwillig die ohnmächtige Penelope entgegennahm, erstarrte Linus. „Das ist doch die Uhr. Wie hast du ...?"

„Penny hat sie mir bei unserer Flucht gegeben."

Linus schmunzelte. „Was für ein freches Ding. Ein Grund mehr, dass du dich um sie kümmerst."

Penelope war leicht wie eine Feder. Sie wog keine fünfzig Kilo.

Es betrübte mich, sie in so einem schlechten Zustand zu sehen. Ihr vertrauter Duft stieg mir in die Nase und betörte mich wider Willen. Ich ging bereits ins Haus, da pfiff mich Linus zurück.

„Kannst du das Luna geben? Ich werde eine Weile in meiner Bude hausen und mich um meine Doktorarbeit kümmern. Ich brauche Abstand von Donato." Er hielt mir eine Visitenkarte von einer Cocktailbar hin. „Mein Nebenjob." Er zwinkerte mir zu.

Ich verengte die Augen und musterte Linus skeptisch. Er ignorierte meine Reaktion und steckte das Kärtchen zwischen meine Finger. Daraufhin winkte er zum Abschied und stieg in seine alte Rostlaube.

Vires Celestiales

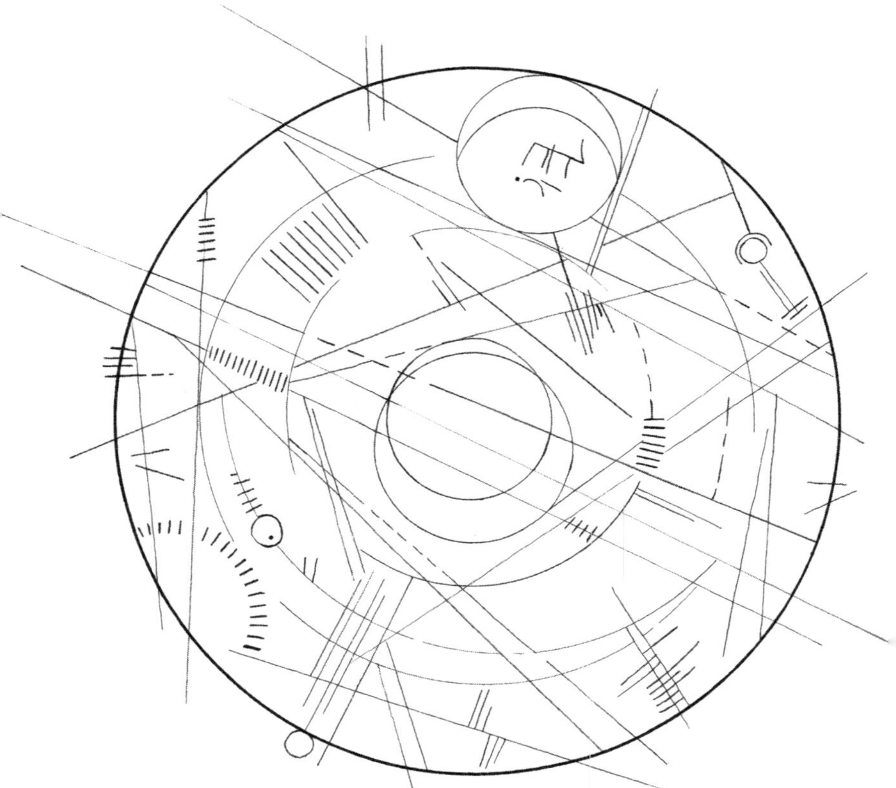

Kapitel 19

Luna

„Wo bleibt Vince mit meinem Bier?“ Hibbelig lief Valentin zum Fenster und öffnete es. Dann lehnte er seinen Oberkörper über das Fensterbrett und starrte hinaus.

Ich saß auf dem Bett und strich die Falten aus der Decke. „Wie ist es so als Geist?“

Er drehte sich zu mir und nahm einen Zug von seiner Zigarette. „Es ist beschissen.“

Mimi hüpfte auf meinen Schoss, legte ihre Vorderpfoten auf meine Brust und stupste mir mit ihrem kühlen Näschen gegen die Wange.

Ich vergrub die Finger in ihrem Fell und kraulte sie. „Warum lässt du dich von Vincent nicht ins Jenseits bringen?“

„Wir sind Zwillinge. Wenn, dann gehen wir gemeinsam.“

Mit der Antwort hatte ich nicht gerechnet. Offensichtlich hingen die beiden mehr aneinander, als es den Anschein hatte.

„Ich bin echt froh, dass er dich kennengelernt hat. Seit meinem Tod wirkt er ständig teilnahmslos. Als eines Tages seine damalige Freundin verschwand, wurde es noch schlimmer. Er wurde regelrecht zu einem Eisklotz."

„Ich dachte, das ist seine Art."

„Früher war er voll gut drauf. Er hatte 'nen großen Freundeskreis. Aber alle dachten, er hätte was mit Penelopes Verschwinden zu tun, und haben ihn von einem Moment auf den anderen gemieden. Kein Wunder, dass er keinen Bock mehr auf Menschen hat." Valentin schob sich mit beiden Armen hoch auf den Sims und setzte sich vor das geöffnete Fenster. „Na ja, jedenfalls ist er inzwischen besser drauf. Das hast du gut gemacht."

Meine Augen weiteten sich. Ich hatte nicht den Eindruck, dass Vincent gut gelaunt war. Im Gegenteil, ich befürchtete oft, ich ging ihm auf die Nerven.

„Die 30 Minuten sind gleich rum, und ich habe nach wie vor kein Bier." Seufzend hüpfte er vom Fensterbrett und gesellte sich zu mir. Er kraulte Mimi das Kinn, dabei einen Schmollmund ziehend.

„Meinst du, Vincent mag mich? Also so richtig?"

Verwundert beäugte er mich. „Klar, mach dir da mal keinen Kopf. Er nimmt sich unentwegt alles sehr zu Herzen und fühlt sich für Gott und die Welt verantwortlich. Darum hat er wohl oft schlechte Laune."

Ich kicherte. „So nervig bist du gar nicht."

„Gebe mir auch alle Mühe." Er grinste über das ganze Gesicht. Einen Wimpernschlag später fielen die Klamotten an ihm herunter, und seine Haut bekam wieder einen durchscheinenden Schimmer. „Na toll. Das war's für heute."

Peinlich berührt drehte ich den Kopf zur Seite.

„Ich verziehe mich in mein Zimmer. Sag Vincent, ich bin schwer enttäuscht.“ Geräuschlos hüpfte er mit beiden Beinen auf die Matratze und lief durch die Wand.

Was für eine schräge Begegnung. Ich hatte tatsächlich mit einem Toten gesprochen. Dass ich mittlerweile Geister sehen konnte, machte mich total fertig. Nichtsdestotrotz fand ich Valentin wirklich nett. Erschöpft legte ich mich hin und starrte an die Decke. Die Erlebnisse und Offenbarungen der letzten Tage waren zu viel für mich gewesen. Ich brauchte dringend Ruhe.

Mimi sprang auf meine Brust und gab mir einen Nasenkuss.

„Ich will mich ausruhen. Nur kurz.“

Sie tapste mit ihrer Pfote gegen mein Kinn und schnurrte dabei.

Brummend rollte ich zur Seite. „Du willst mich nicht schlafen lassen, was?“

Ich beschloss, mich während Vincents Abwesenheit frisch zu machen. Doch auch nach einer ausgiebigen Dusche war er nicht zurück. Langsam wurde ich misstrauisch. Vielleicht führte er ein klärendes Gespräch mit seiner Mutter?

Ich ging zur Tür und lugte hinaus. Da bemerkte ich, dass die Tür zum Gästequartier offen stand und Stimmen aus ihm drangen. Langsam schlich ich mich an. Eigentlich dachte ich, Eugenia redete ein ernstes Wort mit Vincent. Zu meiner Verwunderung war es Penelopes Stimme, die ich vernahm. Einen Meter von der Tür entfernt lehnte ich mich an die Wand und lauschte.

Penelope lachte übertrieben auf. „Weißt du noch, als Jan bei der Fahrradtour sein Zelt vergessen hat und bei uns im Biwaksack pennen musste?“

Vincent antwortete: „Ja, das war ziemlich unangenehm.“

„Er war sturzbetrunken und hat seinen Arm um dich gelegt. Wir hatten echt ‘ne irre Clique.“

„Sie denken alle, ich habe dich umgebracht. Keiner spricht mehr ein Wort mit mir.“

„Tut mir leid. Das ist alles meine Schuld.“

Vincent sagte nichts darauf. Zu gern hätte ich die beiden gesehen. Lagen sie womöglich nebeneinander im Bett? In dem Bett, in dem er mich das erste Mal geküsst hatte? Mein Herzschlag beschleunigte sich vor Aufregung.

Penelope wisperte: „Können wir nicht von vorn anfangen? Wir waren ein tolles Paar. Ich vermisse dich.“

Meine Hände ballten sich zu Fäusten. Die Sekunden vergingen quälend langsam. Vincent antwortete nicht. Ich bibberte am ganzen Leib. Warum sagte er nichts? Kamen sie sich näher? Sah er sie innig an?

Als er nichts erwiderte, sprach Penelope weiter: „Richtig verliebt wirken du und dieses Mädchen jedenfalls nicht auf mich. Wir haben besser zusammengepasst.“

Meine Augen weiteten sich vor Entsetzen.

Wie konnte sie das sagen?

Am liebsten wäre ich zu ihr gestürmt, hätte sie an den Haaren gepackt und nach draußen gezogen.

Ich hörte Vincent laut schnauben. „Ich gehe besser. Ruh dich aus.“

Schnell schlich ich zurück in sein Zimmer, bevor er mich beim Lauschen erwischte.

Ich lehnte die Tür an, schmiss mich aufs Bett und weinte stumm in das Kissen.

„Schläfst du?“, flüsterte Vincent, als er in den Raum trat. Ich rührte mich nicht, in der Hoffnung, dass er mein Zittern nicht mitbekam. Er wartete einen Moment, ob ich ihm eine Antwort gab, und verschwand schließlich im Bad. Kurze Zeit später hörte ich die Dusche und das Plätschern des Wassers.

Warum hatte er gezögert? Warum hatte er ihr nicht klipp und klar gesagt, dass er kein Interesse an ihr hatte? Völlig aufgelöst zog ich die Decke über mich und wischte mir die Tränen aus dem Gesicht. Als Vincent das Bad verließ, hörte ich seine nackten Füße auf dem Parkett tapsen. Er schaltete das Licht aus, zog die Vorhänge zu und legte sich dicht neben mich. Eine Duftwolke seines Aftershaves stieg mir in die Nase. Seine Hand wühlte sich unter der Decke entlang zu mir und berührte meine Taille. Ein kalter Schauer fuhr mir den Rücken herunter.

„Liebst du sie noch?“, fragte ich mit brüchiger Stimme.

„Was?“

„Liebst du sie noch?“

Er stöhnte. „Du hast uns belauscht.“

Ich wartete auf die Antwort auf meine Frage. Sie kam nicht. Warum sprach er es nicht aus? Eine Welle der Angst rollte über mich; ich bekam kaum Luft.

„Dieser Linus hat sie hergebracht. Donato muss sie ganz schön zugerichtet haben. Ich habe sie ins Gästezimmer gesperrt. Nicht, dass sie herumschnüffelt.“

Ich schlang die Arme um mich selbst, versuchte, das Zittern unter Kontrolle zu bringen. „Warum antwortest du nicht auf meine verdammte Frage?“

„Sie war fix und fertig. Ich hatte sie gerade so weit, dass sie aufhörte zu heulen. Da kann ich nicht mit der Brechstange ...“ Er brach ab und brummte genervt.

Wie ein Igel, der sich mit seinen Stacheln vor der Außenwelt schützen will, rollte ich mich zusammen. Gute fünf Minuten schwiegen wir uns an.

„Lu, sei bitte nicht so. Mir fällt es total schwer, über solche Sachen zu reden.“

Versöhnlich streichelte er über meinen Oberarm.

Seine Berührung fühlte sich angenehm an, doch ich kämpfte gegen die Wärme an, die sie in meinem Herzen auslöste.

Abrupt zog Vincent seine Hand zurück.

Er setzte sich auf und atmete laut aus.

„Also gut, du willst wissen, wie es in mir aussieht? Aktuell bin ich einfach nur durcheinander. Ich meine, sie hat sich mit unserem Feind verbündet und meine Familie verraten. Und ich Idiot habe sie vier Jahre lang gesucht. Ich komme mir dämlich vor.“

Ich richtete meinen Oberkörper ebenfalls auf und wischte mir die restlichen Tränen aus dem Gesicht.

„Ich liebe sie nicht mehr. Es fällt mir eher schwer, ihre Gegenwart zu ertragen. Ich sehe sie an und denke an die schöne Zeit. Gleichzeitig kommt der Gedanke auf, dass sie das alles ohne Probleme weggeworfen hat.“

„Es tut mir leid. Ich habe schlicht Angst, dass du zu ihr zurückwillst, jetzt wo sie aufgetaucht ist.“

„Ehrlich gesagt möchte ich, dass sie schnellstens verschwindet. Ich bin wütend und fühle mich bloßgestellt. Und ihr plumper Versuch, die vier Jahre wegzuwischen, als wäre nichts passiert, hat mich gekränkt. Darum war ich sprachlos.“

„Das verstehe ich. Du hättest das gleich sagen können. Ihr wart lange Zeit ein Paar, da war ich verunsichert. Wir kennen uns schließlich erst seit Kurzem.“

„Ich mache solche Sachen lieber mit mir selbst aus. Über Gefühle zu reden, fällt mir schwer.“

„Und dann zicke ich dermaßen rum, was?“ Ich kicherte peinlich berührt von meinem emotionalen

Ausbruch. Auf einmal kam ich mir extrem dumm vor. Ich hatte mich benommen wie ein Kleinkind.

„Du verwirrst mich übrigens genauso sehr. Bisher hast du nicht den Anschein gemacht, als wolltest du ernsthaft mit mir zusammen sein. Jegliche Annäherung kommt von mir.“

Ich riss die Augen weit auf und starrte in die Dunkelheit. „Ich will dich nicht nerven …“, rechtfertigte ich mein Verhalten.

Er wuschelte sich durchs Haar. „Du nervst mich nicht. Nie.“ Er wandte seinen Kopf von mir ab. „Du kannst dir gar nicht vorstellen, wie nah ich dir gern wirklich wäre.“

„Sorry, dass ich den Abend ruiniert habe.“

„Wenn, dann hat ihn Penelope ruiniert.“ Er legte sich hin und drehte mir den Rücken zu. „Zwinge mich nie wieder zu so einem Gespräch. Mir ist das echt unangenehm“, sagte er schmollend. Es war irgendwie putzig, dass er eingeschnappt war.

Seine Worte arbeiteten noch in mir: *Du kannst dir gar nicht vorstellen, wie nah ich dir gern wirklich wäre.*

Er hatte damit klar den Wunsch geäußert, dass ich ihm mehr Zuneigung schenken sollte. Warum fiel mir das so schwer? Behutsam deckte ich ihn zu. Sofort beschleunigte sich mein Puls.

Ich hörte in mich hinein und erkannte das Problem: All die Jahre war ich von anderen Menschen abwertend behandelt worden. Vincent war der Erste, der meine Nähe suchte. Es tat unbeschreiblich gut, bei ihm sein zu können. Aber sollte ausgerechnet er mich irgendwann abweisen, würde ich das nicht ertragen. Ich hatte Angst, mich fallen zu lassen, ihm zu hundert Prozent zu vertrauen. Ich war ein emotionales Frack ohne jegliches Selbstbewusstsein.

Trau dich, Luna. Er ist das Risiko wert.

Mit zittrigen Fingern streichelte ich ihn von seinem Oberarm bis zum Hals.

Vincent stöhnte unter der Berührung leicht auf. Ein Lächeln stahl sich auf mein Gesicht.

Ja, er ist es definitiv wert.

Ich rückte ein Stück näher an ihn heran und schmiegte mich an seinen Rücken.

„Das ist alles neu für mich“, gestand ich.

Er griff nach meiner Hand und schlang meinen Arm um seinen Körper. „Ich verstehe das. War auch viel los in den letzten Tagen. Das war unfair von mir. Ich wollte dich nicht derart anmaulen.“

Zögerlich kraulte ich seinen flachen Bauch, bevor ich ihm einen Kuss auf sein Haar hauchte. Just in dem Moment drehte er sich um und drückte mich an sich. Seine Lippen trafen entschlossen auf meine. Dieser Kuss fühlte sich anders an als sämtliche Küsse zuvor. Er war fordernder und glühte wie ein Funkenflug. Ein leises Seufzen drang aus meiner Kehle.

„Wenn ich aufhören soll, sag es“, flüsterte er, als seine Lippen über meinen Hals bis zu meinem Schlüsselbein wanderten.

Ich wollte nicht, dass er aufhörte. Unbeholfen glitten meine Finger nach unten bis zu seiner Hose.

Vincent unterbrach seine Zärtlichkeiten und schob meine Hand zurück.

„Das hat Zeit.“ Er schlang seine Arme um mich und küsste mich auf die Stirn. „Lass mich ruhig ein wenig länger leiden.“

Kapitel 20

Vincent

Müde blinzelte ich und wurde von Lunas Aura geblendet. Sie lag an meinen Arm gekuschelt und schlief. Ein Blick aufs Smartphone verriet mir, dass es erst 22 Uhr war. Mein Schlafrhythmus war mal wieder komplett im Arsch.

Sachte zog ich den Arm unter Lunas Kopf vor und quälte mich aus dem Bett.

So lange es meine Augen zuließen, beobachtete ich sie. Leider konnte ich durch ihre Aura so gut wie nichts erkennen.

Da waren einzig ihre Silhouette und das grelle Licht, das sie umgab. Zu gern hätte ich sie betrachtet, ihre Haare, die zerzaust über der Schulter lagen, oder ihr entspanntes Gesicht beim Träumen.

Lächelnd zog ich einen Pulli und eine Jeans an und verließ den Raum. Kurz lauschte ich an Penelopes Tür, hörte allerdings keinen Ton.

Nach ihr sehen wollte ich nicht. Wenn sie etwas benötigte, würde sie sich bemerkbar machen.

Ich ging hinunter ins Wohnzimmer, wo ich meine Eltern vorfand.

Sie saßen auf dem Sofa und guckten sich die Aufzeichnung einer Opernaufführung an. Ein seltenes Bild, denn meistens waren die beiden viel zu sehr mit ihrem Business beschäftigt, sodass sie bis spät in die Nacht an ihren Schreibtischen hockten.

Kommentarlos warf ich den Schlüssel des Gästequartiers auf den Tisch.

„Vincent, du siehst erholt aus", bemerkte mein Vater.

Ich fixierte meine Mutter. „Du willst Penelope hierbehalten? Dann kümmere *du* dich um sie."

Mühsam richtete sie sich auf.

„Du kommst rein und stänkerst?"

„Sie hat mir das Herz gebrochen und uns verraten. Ich will sie nicht hier haben."

„Ich verstehe, dass du sauer auf sie bist. Aber wir haben eine Verantwortung ihr gegenüber. Schließlich hat sie der ‚Circulus Arcanorum' unseretwegen konsultiert. Bei ihren Eltern ist sie schutzlos. Donato würde sie geradewegs finden. Dasselbe gilt für dich und Luna. Ihr dürft das Haus nicht verlassen."

Aufgebracht warf ich mich in den Sessel und vergrub mein Gesicht in meinen Händen. „Ich will ein normales Leben führen. Ich will mich nicht zu Hause verschanzen müssen und in Angst leben."

„Wir konnten ein normales Leben führen. *Du* hast den ‚Circulus Arcanorum' provoziert."

„Als ob das ein normales Leben war. Mom, ich bitte dich! Großvater schlummert in einer Glaskugel auf dem Dachboden. Ich kann nicht nach draußen, ohne 'ne Migräneattacke zu kriegen. In der Kindheit durften wir nicht einmal bei einer Klassenfahrt mit. Du hast uns regelrecht eingesperrt. Jedes kleinste Stückchen Freiheit mussten Valentin und ich uns erkämpfen."

„Du gibst mir die Schuld? Ihr Jungs habt schon immer gemacht, was ihr wolltet.“

Ich seufzte und sah meine Mutter an. „Nein, ich bin dir dankbar für alles. Wirklich. Trotzdem können wir so nicht weitermachen.“

Meine Mutter rieb sich die Schläfen.

„Mom, wir können nicht mehr an die Uni. Wie soll ich das Luna erklären? Ich kann sie doch nicht bei uns einsperren.“

Sie deutete auf meine Uhr. „Donato will mit Sicherheit das letzte Artefakt, und rachsüchtig ist er obendrein. Ihr könnt nicht raus, ohne Angst haben zu müssen. Wir alle müssen im Haus bleiben, bis wir eine Lösung gefunden haben.“

Mein Vater grummelte: „Ich bin ruiniert, wenn ich den Uhrenladen nicht weiterführen kann.“

„Wenn dieses beschissene Ritual funktioniert hätte, hätten wir unsere Ruhe“, raunte ich.

Mit verhärteter Miene fixierte mich meine Mom. „Sag das nicht! Dein Großvater hat alles aufgegeben, um genau das zu verhindern. Wenn er bei uns wäre ... Er wüsste, was zu tun ist.“

Großvater. Nach Donato war er einer der mächtigsten Zauberer unserer Zeit.

„Die Parfümerie kann ich ebenfalls dichtmachen. In vier Tagen hätte ich ein wichtiges Treffen in London für einen großen Deal. Sie wollten mehrere Düfte von mir in ihren Katalog aufnehmen.“ Meine Mutter schluchzte und wischte sich die Tränen aus den Augenwinkeln. „Das ist unsere dunkelste Stunde.“

Dermaßen fertig hatte ich sie zuletzt gesehen, als mein Bruder gestorben war. Ihr war die Parfümerie genauso wichtig wie meinem Vater der Uhrenladen. Ich wusste, dass sie ihr gesamtes Vermögen und all ihre Zeit in ihre Geschäfte steckten.

Nachdenklich senkte ich den Kopf. „Die dunkelste Stunde.“ Augenblicklich musste ich an das Rätsel meines Großvaters denken, das ich samt der Uhr von ihm geerbt hatte:

„Wenn deine dunkelste Stunde schlägt, finde das Licht. Wenn dein Schicksal dich zur Hoffnung führt, sehe in das Licht. Wenn das Licht die Ketten sprengt, folge ihm.“

So ein bescheuerter Text. Warum hatte er nicht einfach beschreiben können, was ich zu tun hatte? Ich hatte ihn nie persönlich kennengelernt. Jedoch wusste ich von meiner Mutter, dass er ein seltsamer Kauz und stets in Gedanken versunken war. Ein umtriebiger Geist, besessen von seiner Arbeit.

Sein Erbe hatte ich einzig aus dem Grund erhalten, weil ich der Erstgeborene war. Meine Mutter hatte von ihm die Anweisung bekommen, es ihrem ersten Kind auszuhändigen. Wenn Valentin vor mir geboren worden wäre, hätte er alles geerbt.

Konnte man da von Schicksal sprechen? Oder war es purer Zufall?

„Was grübelst du?“, riss mich mein Vater aus meinen Gedanken.

„Großvater und sein dummes Rätsel ... Es treibt mich ständig um. Wenn ich wenigstens einen Ansatz hätte, dann könnte ich ihn aufwecken. Ich werde es wohl niemals lösen.“

Meine Mutter nahm die Fernbedienung und schaltete den Fernseher aus. „Er sprach gern verworren. Vielleicht hat es gar nichts zu bedeuten. Er meinte, wenn die Zeit gekommen ist, würden wir wissen, was wir zu tun haben.“

„Störe ich?“, ertönte Lunas Stimme hinter mir. Abrupt drehte ich mich um und starrte in das grelle Licht ihrer Aura.

„Licht“, murmelte ich. Meine Augen weiteten sich, sobald mich die Erkenntnis traf. „Licht!“, wiederholte ich entschlossener.

Meine Mutter seufzte. „Jetzt dreht der Junge durch.“

„Ihre Aura strahlt heller als alles, was ich bisher gesehen habe. Sie ist das Licht.“

„Woher hätte Mihail wissen sollen, dass du ausgerechnet Luna kennenlernst?“

Ich ignorierte den Einwand meiner Mutter, packte Lu an ihrem Handgelenk und zerrte sie die Stufen zum Dachboden rauf.

„Vince? Alles in Ordnung?“, fragte sie, während ich sie hinter mir herzog. Meine Eltern folgten uns und redeten auf mich ein. Doch ich sagte kein Wort und lief stur zum Dachboden, wo mein Großvater in seinem selbst erbauten Gefängnis verweilte.

Vor der verschlossenen Tür blieb ich stehen und wandte mich zu meiner Mutter um. „Aufmachen.“

„Vincent, was ist denn mit dir los?“, fragte sie irritiert.

„Mach die Tür auf!“

Sie eilte an mir vorbei und kramte an ihren unzähligen Halsketten das passende Amulett hervor.

„Ich weiß nicht, was du vorhast, aber ich mache mir Sorgen um dich.“ Mit zittrigen Händen steckte sie den Anhänger in die Vertiefung und öffnete die Tür.

Vor uns lag eine großräumige, vollgestellte Kammer mit Dachschräge. Unzählige, seltsam aussehende Geräte und Werkzeuge türmten sich in einer Vielzahl von Regalen. Auf einem Schreibtisch stapelten sich Bücher und Zettel bis an die Decke. In der Mitte des Raumes stand eine riesige Glaskugel, umhüllt von einem weitmaschigen Messinggitter. Die Sphäre war mit einer milchigen, leicht fluoreszierenden Substanz gefüllt. Im Innern konnte man einen Menschenkörper erahnen.

Sollte das tatsächlich mein Großvater sein, der darin trieb wie ein Embryo im Mutterleib?

Andächtig schritt ich auf die Kugel zu und legte meine Hand darauf. Sie strahlte eine angenehme Wärme aus.

Meine Mutter trat neben mich und verschränkte die Arme vor der Brust. „Siehst du? Es passiert absolut nichts. Du hast dich getäuscht.“

Meine Gesichtszüge verhärteten sich. Hatte ich mich wirklich geirrt? Ich inspizierte die Kugel, suchte nach einem Hinweis. So schnell wollte ich nicht klein beigeben. Ich duckte mich, kroch unter dem verstaubten Schreibtisch hindurch und quetschte mich an den Regalen vorbei.

„Vincent, übertreibe es nicht“, murrte meine Mutter. Sie konnte mich nicht bremsen. Ich war der Lösung ganz nah. Das spürte ich.

Hinter dem Gerümpel entdeckte ich einen laufenden Generator aus Messing, der mit unzähligen Zahnrädern angetrieben wurde.

In ihm steckte ein magischer Energiestein, der im selben Weiß wie Lunas Aura leuchtete. Durch ein Rohr war er mit der Glaskugel verbunden.

Ich zwängte mich zwischen den Regalen hindurch zu dem Generator und untersuchte ihn genauer. Dort war eine Art Schlossvorrichtung – ein Kreis mit einer kleinen Ausbuchtung wie für die Krone einer Taschenuhr. Ich sah auf mein Handgelenk. Größe und Form der Uhr passten exakt.

Hektisch öffnete ich den Verschluss und nahm sie ab. Sobald ich sie in die Vorrichtung steckte, leuchtete das Ziffernblatt auf, und es ertönte ein Klicken, als würde etwas einrasten.

Von da an ratterte der Generator wie beim Hochziehen eines Burgtors. Ich sah erneut auf die

Glaskugel. Es passierte nichts. Mit gerunzelter Stirn ließ ich mich auf den Boden fallen und dachte angestrengt nach. Was machte ich falsch? Was fehlte? Es gab nur noch eine Option, die mir einfiel. Ich kämpfte mich zurück zu den anderen. „Lu, berühre die Glaskugel."

Mit zitternden Fingern legte sie ihre Handfläche auf sie. Das messingfarbene Gitter um die Kugel herum erstrahlte in einem grellen Licht und löste sich auf.

Mit aufgerissenem Mund wartete ich, dass sich die Sphäre öffnete. Sie tat es nicht.

„Komm schon", nuschelte ich. Ich stierte die Kugel an, als könnte mein Blick allein etwas bewirken.

„Und jetzt?", fragte Luna. Ihre Hand ruhte weiterhin auf der Kugel.

Meine Eltern standen da und starrten gebannt auf das Leuchten. Endlich schienen sie mir zu vertrauen.

„Vincent, konzentriere dich. Was könnte fehlen?", fragte meine Mutter eindringlich.

Ich wusste es nicht. Doch wenn ich eines war, dann stur. Grübelnd ging ich die Worte des Rätsels durch. „Wenn deine dunkelste Stunde schlägt, finde das Licht. Wenn dein Schicksal dich zur Hoffnung führt, sehe in das Licht. Wenn das Licht die Ketten sprengt, folge ihm."

Wenn das Licht die Ketten sprengt, folge ihm.

Ein ums andere Mal sprach ich den letzten Satz in Gedanken. *Ihm folgen …*

Ich legte ebenfalls meine Hand auf das Glas. Nichts geschah. Ernüchtert ließ ich die Schultern hängen.

„Ihm folgen ... dem Licht folgen ... Lu folgen", brabbelte ich leise vor mich hin. Ich sah zu Luna, zwang mich, meine Augen geöffnet zu halten, so sehr es auch schmerzte.

Sollte ich sie küssen?

Das wäre ziemlich kitschig.

Im Nu verwarf ich den Gedanken. Ich ging einen Schritt auf sie zu und stellte mich dicht neben sie. Als Nächstes streckte ich die Hand aus und legte sie auf ihre. Just in diesem Moment erstrahlte der komplette Raum. Ich musste die Augen schließen.

Ein Vibrieren jagte durch meinen Körper; ich bekam kaum Luft.

Luna wollte vor Schreck ihre Hand wegziehen, da presste ich sie fest gegen das Glas und verschränkte meine Finger mit ihren. Die starre Oberfläche wurde gallertartig und bewegte sich wellenförmig. Plötzlich wurden wir alle von einer klebrigen Masse überschwemmt. Sie fühlte sich an wie warmer Wackelpudding. Wir vier waren von Kopf bis Fuß damit bedeckt.

„Igitt", kreischte Luna und schüttelte angewidert ihre Hände.

Meine Aufmerksamkeit galt dem am Boden liegenden Mann vor mir. Er war nackt und abgemagert. Regungslos lag er da.

Das war Mihail.

Mein Großvater.

Ich hatte ihn aus der Sphäre befreit.

„Vati", hauchte meine Mutter und rannte zu ihm. Sie kniete sich auf den Boden und drehte den Körper auf den Rücken. „Ich fühle seinen Puls. Er lebt."

Mihail trug langes weißes Haar und einen Bart. Äußerlich sah er aus wie Ende 60, dabei war er weit über 100 Jahre alt.

Meine Mutter rüttelte an seiner Schulter.

„Mihail, kannst du mich hören?"

Keuchend drehte er sich auf die Seite und wischte sich die nassen Haare aus dem Gesicht.

„Eugenia", krächzte er. Dann hustete er sich die Seele aus dem Leib.

„Schnell, holt Wasser und eine Decke!“, befahl meine Mutter. Sofort stürmte mein Vater los.

Endlich konnte ich mich aus der Schockstarre lösen und schritt bedächtig auf ihn zu.

Ich ging in die Hocke und betrachtete ihn. Nur ein leichtes weißes Glimmen umgab seinen Körper.

Er war schwach, dem Tod näher als dem Leben. Ich richtete das Heilamulett, das ich von meiner Mutter bekommen hatte, auf ihn. Die wärmenden Strahlen drangen in seinen Leib.

Er öffnete seine Augen einen Spalt weit und sah mich an. Ein mildes Lächeln bildete sich auf seinen Lippen.

„Du hast das Licht gefunden.“

Sellae Tesseram

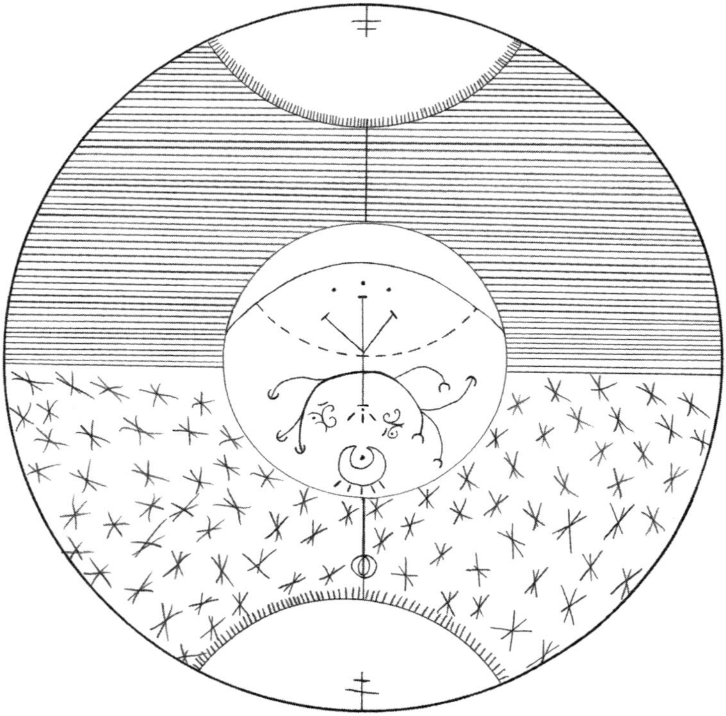

Kapitel 21

Luna

Das Klingeln meines Smartphones riss mich aus dem Schlaf. Mit kleinen Augen blinzelte ich desorientiert auf das grell leuchtende Display.

Es war ein Anruf von Sarah.

Ich ging ran und fragte mit kratziger Stimme: „Ja?“

„Wo zur Hölle steckst du?“, keifte sie mich an.

Ich erstarrte. „Was meinst du? Ich liege im Bett.“

„Ich habe Tausend Mal probiert, dich zu erreichen. Die Polizei hat mich kontaktiert, weil ich als Bürgin hinterlegt bin. Deine Wohnung hat gebrannt. Das ganze Haus ist abgefackelt. Weder du noch deine WG-Mitbewohnerin sind auffindbar.“

Shit!

Was machte ich denn jetzt? Warum musste sie ausgerechnet in diesem Moment anrufen? Mihail lag bewusstlos in Eugenias Büro, und wir hatten alle Angst davor, von der Magiergilde überfallen zu werden.

„Äh, davon weiß ich nichts. Ich bin bei Vincent, dem Freund, von dem ich dir erzählt habe.“ Selbst von meiner Ausrede nicht überzeugt, schlug ich mir mit der flachen Hand gegen die Stirn. Ich war die schlechteste Lügnerin des Jahrhunderts. „Wurde jemand bei dem Brand verletzt?“

„Zum Glück nicht. Nur Amari und du gelten als vermisst. Deine Arbeit hat ebenfalls angerufen, weil du seit Tagen nicht aufgetaucht bist. Luna, was ist los mit dir? Ist dir was passiert?“

„Nein, alles gut. Ehrlich.“

„Ich sitze längst im Auto Richtung Berlin. Gib mir die Adresse.“

Panik stieg in mir auf. „Was? Nein, das brauchst du wirklich nicht. Mir geht‘s gut.“ Ich drehte mich zu Vincent, doch er lag nicht neben mir.

„Irgendwas stimmt nicht. Ich komme auf der Stelle zu dir, damit wir das klären können. In zwei Stunden bin ich da.“

„Du musst nicht herkommen. Mir geht‘s gut.“

„Luna Mayer, du gibst mir sofort die Adresse!“

Schöne Scheiße! Ich schluckte schwer. Keine Ahnung, wie ich sie abwimmeln sollte. „Musst du nicht arbeiten?“

„Luna!“, schrie Sarah ins Telefon. Sie war total aufgebracht und panisch. So kannte ich sie gar nicht. Sie machte sich ernsthafte Sorgen. Dabei wollte ich mein Leben allein hinbekommen. Mir wurde bewusst, dass das alles andere als der Fall war. Resigniert schloss ich die Augen und gab ihr Vincents Adresse.

„Bin gleich da, dann reden wir.“ Schon hatte sie aufgelegt.

Was sollte ich tun? Mein Herz hämmerte wie wild in meiner Brust. Ich wollte mir nicht ausmalen, was geschah, wenn Mihail erwachte, während meine Schwester anwesend war. Obendrein saß im Gästezimmer Vincents Ex-Freundin als Gefangene.

Sarahs Besuch verkomplizierte unsere Lage zusätzlich. Wie sollte ich das den Clarks erklären?

Rasch sprang ich aus dem Bett und zog mich an, um Vincent zu suchen.

Sobald ich fertig war, sprintete ich aus dem Raum. Sein Vater Richard kam mir auf der Treppe entgegen.

„Guten Morgen. Auch so früh wach? Ich glaube, heute Nacht haben wir alle unruhig geschlafen“, sagte er in seinem wohlklingenden britischen Akzent.

Kleinlaut piepste ich: „Ich muss mit euch reden. Können wir uns im Esszimmer treffen? Sobald ich Vincent gefunden habe, komme ich mit ihm dorthin.“

Er nickte mit fragendem Blick. „Ich gebe Eugenia Bescheid. Vincent ist im Keller. Er trainiert.“

Ohne ein weiteres Wort zu verlieren, galoppierte ich die Stufen hinunter in den Keller. Die Räume sahen hier weniger prunkvoll aus, eher wie die typischen U-Bahnhöfe Berlins. Ein langer, schmaler Gang mit vier Türen erstreckte sich vor mir. Die Decke war niedrig und die Wände mit schmucklosen Fliesen verkleidet. Nur die unzähligen Graffitis und der Geruch nach Urin fehlte.

„Vince?“, rief ich. Niemand reagierte. Daher öffnete ich vorsichtig die erste Tür. Ein Haufen Gerümpel flog mir entgegen. Die Kammer war vollgestopft mit antiken Möbeln und Gemälden. Wahrscheinlich war das eingestaubte Zeug mehr Wert, als ich jemals in meinem Leben verdienen würde.

Schnell ging ich weiter und gelangte zur nächsten Tür. Ich machte sie einen Spaltbreit auf und konnte umgehend das mechanische Summen eines Laufbands hören, und ein intensiver Geruch nach Aftershave und Schweiß stieg mir in die Nase.

Vincent rannte wie ein Irrer und bemerkte mich nicht. Mehrfach sang er ein paar Wörter eines Liedes von Peter Fox mit. Ich musste kichern. Dass ausgerechnet er Deutschrap mochte, fand ich amüsant. Ich hätte ihm eher melancholischere Lieder oder Klassik zugetraut. Da fiel mir auf, dass er nie Musik im Auto gehört hatte. Daher hatte ich bislang keinen Hinweis auf seinen Musikgeschmack erhalten.

Ich stellte mich neben Vincent und guckte auf das Display des Laufbands. Er rannte bereits seit einer Stunde. Obgleich ich ihm nahe war, nahm er mich nicht wahr, wirkte völlig weggetreten. Wahrscheinlich dachte er wieder über Gott und die Welt nach. Erst als ich die Hand hob und sie vor sein Gesicht hielt, bemerkte er mich und zuckte zusammen. Beinahe hätte es ihn vom Laufband gefegt. Gerade rechtzeitig konnte er sich fangen und hüpfte vom Band.

„Hast du mich erschreckt." Sein Atem ging hektisch. Er nahm die Kopfhörer aus den Ohren und wischte sich mit dem Arm über die schweißnasse Stirn.

„War keine Absicht, aber du hast mich nicht gehört."

„Schon gut." Er schnappte sich die Wasserflasche, die neben dem Laufband bereitstand, und nahm einen großen Schluck daraus. Daraufhin schüttete er ein paar Tropfen auf seine Handfläche und befeuchtete sich damit sein Gesicht.

Schmunzelnd summte ich das Lied, das er zuvor gesungen hatte.

Er kniff die Augen zusammen und schüttelte den Kopf. „Was? Der Track ist super."

Ich brach in schallendes Gelächter aus.

„Dir scheint es gut zu gehen", meinte er lächelnd. „Das freut mich."

Prompt kam mir das Telefonat mit meiner Schwester in den Sinn. „Vince, wir haben ein riesiges Problem."

Er stöhnte und rubbelte sich durch sein nasses Haar. „War ja klar."

„Meine Schwester hat mich angerufen. Sie wurde von der Polizei kontaktiert wegen der abgefackelten Wohnung. Außerdem weiß sie, dass ich nicht auf Arbeit war.“

„Und nun? Hast du ihr gesagt, dass alles in Ordnung ist?“

Ich schüttelte den Kopf.

„Sie glaubt mir nicht. Vince, sie hat mich gezwungen, ihr deine Adresse zu geben. Sie ist auf dem Weg und wird in zwei Stunden da sein.

Gequält presste er die Luft aus den Lungen. „Dann gehe ich wohl besser duschen.“

„Bist du böse auf mich?“

„Quatsch, denke nicht dauernd so schlecht von mir.“ Er stellte sich dicht vor mich und strich mir liebevoll durchs Haar.

Verlegen lächelte ich.

„Tut mir leid. Der Stress hätte echt nicht sein müssen. Ausgerechnet in diesem Augenblick ... Deine Eltern warten im Esszimmer. Ich weiß nicht, wie wir das anstellen sollen.“

„Wir bekommen das hin. Mach dir keine Sorgen, Täubchen.“

Vincent schien gut gelaunt zu sein.

Das Erwachen von Mihail trug offenbar einen erheblichen Anteil dazu bei.

Er holte das Handtuch vom Laufband, legte es sich um den Nacken, griff sich meine Hand und ging mit mir ins Esszimmer.

Vincent erklärte seinen Eltern die Lage. „Lunas Schwester macht sich Sorgen. Sie weiß von der abgebrannten Wohnung und dass Luna nicht mehr auf Arbeit erscheint. Sie wird bald eintreffen.“

Eugenia rieb sich die Stirn. „Auch das noch.“

„Tut mir leid“, murmelte ich und sah zu Boden.

„Liebes, dafür kannst du nichts. Es ist gut, wenn sie sich um dich sorgt. Sie hat durchaus allen Grund dazu.“

Richard stand auf und sah auf seine Taschenuhr. „Valentin soll auf Penelope aufpassen, solange deine Schwester bei uns ist. Falls sie aufwacht, soll er euch Bescheid geben.“

Als sein Name fiel, tauchte Valentin schlagartig auf und tänzelte wie ein Wirbelwind um mich herum.

„Valentin ist zur Stelle.“ Er verbeugte sich vor mir und deutete einen Handkuss an. „Ich werde den bösen Drachen mit meinem Leben bewachen.“

Augenblicklich musste ich kichern. Vincent rollte mit den Augen. „Mach nicht ständig solche Faxen. Geh lieber an die Arbeit.“

„Ja, ja, Mr. Spaßbremse“, maulte Valentin und verschwand durch die Wand.

Eugenia saß mit hochgezogenen Augenbrauen da und schlürfte an ihrem Tee.

„Ich beneide euch um eure Gabe. Es ist lange her, dass ich ihn gesehen habe. Wir sollten demnächst ein gemeinsames Abendessen mit ihm veranstalten.“

Ich nickte ihr zu. „Er ist wirklich nett.“

Vincent lenkte das Gespräch wieder zurück auf meine Schwester.

„Sie wird womöglich hier schlafen wollen. Luna und ich entstauben Valentins Reich und beziehen das Bett. Ist sowieso nötig.“

„Was machen wir mit Mihail?“, fragte Richard und sah zu seiner Frau.

„Er schläft tief und fest. Ich werde ab und zu nach ihm sehen.“

„Gut, dann spielen wir mal eine ganz normale Familie“, meinte Richard und rückte seinen Hemdkragen zurecht. „Ich richte das Esszimmer her und bereite Häppchen zu. Die gute Frau hat bestimmt Hunger."

Mit einem Staubwedel und anderem Putzzeug bewaffnet, gingen Vincent und ich in Valentins Zimmer. Die Luft roch abgestanden, alle Oberflächen waren mit einer dicken Staubschicht überzogen. Er zog die Vorhänge auf und öffnete das Fenster.

„Echt traurig, wie wir das alles vernachlässigt haben."

„Du vernachlässigst selbst dein eigenes Zeug."

Vincent grinste. „Wo du recht hast ... Ich hab es eben nicht so mit der Ordnung."

Ich schnappte mir einen feuchten Lappen und wischte die Regale und den Schreibtisch ab.

Die Bongs und Crackpfeifen packte Vincent kopfschüttelnd in einen Karton. „Ich hätte ihm öfter ins Gewissen reden sollen."

„Was meinst du?"

„Seinen Drogenkonsum. Ich habe es unentwegt ignoriert. Leben und leben lassen. Ich hätte ihm besser die Meinung geigen sollen. Das ganze Zeug hätte damals schon in den Mülleimer gehört."

„Das hätte vermutlich nicht viel gebracht. Er hätte sich neue Sachen gekauft. Mach dich dafür nicht verantwortlich."

„Bin ich aber. Ich bin sein Zwillingsbruder. Verdammt, der Junge hat sich Heroin gespritzt. Ich war solch ein Idiot und habe nicht gecheckt, was mit ihm los war."

Ich drehte mich zu ihm. Er stand mit dem Rücken zu mir und starrte mit herunterhängenden Schultern in die Kiste. Selbst von hinten wirkte er unendlich traurig. Zögerlich streichelte ich ihm über den Rücken. „Du liebst ihn sehr, was?"

„Ich behandle ihn immer wie den letzten Dreck, weil ich wütend bin, dass er sein Leben arglos weggeworfen hat. Und weil ich so wütend auf mich selbst bin, dass ich nichts unternommen habe.“

Tröstend schlang ich meine Arme um seinen Oberkörper. Seine Melancholie konnte ich mit keinem Wort mildern.

Ich wusste genau, wie es sich anfühlte, geliebte Menschen zu verlieren. Ich hatte mir ebenfalls oft Vorwürfe gemacht, hatte mich schuldig für den Tod meiner Eltern gefühlt. Schließlich waren wir nur wegen meines Geburtstags unterwegs gewesen.

Vincent seufzte. „Manchmal habe ich das Gefühl, nichts richtig machen zu können.“

„Das kenne ich zu gut. Aber du machst mehr richtig, als du denkst. Wie vielen Geistern hast du geholfen? Und mir hilfst du auch permanent. Du bist ein guter Mensch.“

Vincent drehte sich zu mir und zog mich an sich. „Du bist lieb.“

„Du bist der beste Mensch, den ich kenne“, versicherte ich ihm und sah zu ihm auf.

Lächelnd streichelte er mir den Pony aus dem Gesicht und musterte mich eingehend. „Schade, dass ich deine Augen nicht mehr sehen kann.“

Ich schloss die Lider und genoss seine Nähe.

Abrupt ließ er mich los und ging zurück an die Arbeit. Wir bezogen das Bett und reinigten den Boden. Die Schachtel gefüllt mit allerlei Gegenständen, die auf einen Drogenkonsum hindeuteten, verstaute er im Keller. Im Anschluss sprang er unter die Dusche und zog sich ein schickes Hemd und eine teuer aussehende Markenhose an. Mittlerweile gefiel er mir mit Jogginghose und Hoodie besser.

Er legte seine Armbanduhr um und strich sich durch sein dichtes Haar.

„Als wen wirst du mich ihr vorstellen?“

Meine Augen weiteten sich. Darüber hatte ich noch gar nicht nachgedacht. „Äh ... also ..."

Vincent schmunzelte und lief wortlos an mir vorbei Richtung Tür.

Ich hatte wohl die falsche Antwort gegeben.

Genervt von mir selbst biss ich mir auf die Unterlippe und folgte ihm.

„Luna, Gott sei Dank. Du lebst!"

Sarah rannte auf mich zu und presste mich an sich. Sie schlang ihre Arme derart fest um mich, dass ich keine Luft bekam. Ich fühlte mich wie das Opfer einer würgenden Python.

„Du hast doch gerade erst mit mir telefoniert", sagte ich ächzend und versuchte, mich aus ihrer Umarmung zu befreien.

„Ich habe mir solche Sorgen gemacht." Endlich ließ sie von mir ab und wischte sich eine Träne aus dem Gesicht.

Die Clarks hatten sich vor der Eingangstür aufgereiht und beobachteten uns. Mir war die Situation total peinlich. Sie hatten im Moment wirklich andere Probleme als meine über die Maßen besorgte Schwester.

„Das ist Sarah", stellte ich sie nüchtern vor.

„Hallo." Übertrieben winkte sie ihnen mit beiden Händen zu und setzte ihr künstliches Lächeln auf. „Der Überfall tut mir leid. Ich hatte wirklich Angst um Luna."

Eugenia ging einen Schritt auf Sarah zu. „Ach, das ist verständlich. Kommen Sie ruhig herein." Die Clarks nebeneinanderstehen zu sehen, erinnerte mich an die Addams Family. Ich unterdrückte ein Schmunzeln und lief ins Haus.

Eugenia legte ihre mit Schmuck überladene Hand auf die Schulter meiner Schwester und führte sie durch die Räumlichkeiten im Erdgeschoss. Dann brachten wir sie ins Esszimmer. Richard machte Tee und stellte Häppchen auf den Tisch.

„Sehen Sie, es ist alles in bester Ordnung“, trällerte Eugenia überaus freundlich und schob den Stuhl zurück, um Sarah zu signalisieren, dass sie sich setzen sollte. Ich nahm gegenüber Platz und grinste nervös. Die Situation war schräg.

Eine unbehagliche Stimmung lag in der Luft. Vincent setzte sich neben mich.

Bis jetzt hatte er kein Wort gesagt.

„Ich komme mir dumm vor, dass ich überstürzt losgefahren bin. Aber wissen Sie, ich kümmere mich um Luna, seit sie zehn Jahre alt war. Ich hatte einen Nervenzusammenbruch wegen dieser ganzen unheilvollen Meldungen.“

Sarahs Blick wanderte zu mir. Aus verengten Augen schaute sie mich an.

„Was hast du dir nur dabei gedacht? Warum meldest du dich nicht, wenn du Hilfe brauchst?“

„Die Wohnung hat gebrannt, während ich nicht zu Hause war. Mir ist nichts passiert. Ich kann vorübergehend bei den Clarks wohnen. Darum habe ich das als nicht so schlimm empfunden“, antwortete ich kleinlaut.

„Und warum gehst du nicht arbeiten? Habe ich dir das etwa beigebracht?“

Ich rollte mit den Augen. „Meine Chefin ist eine Cholerikerin. Sie war richtig mies zu mir. Ich suche mir was Besseres.“

Ihr Blick ruhte intensiv auf mir; sie musterte mich von oben bis unten.

Eugenia schob einen Teller mit Häppchen zu Sarah und legte eine Hand auf ihren Arm. „Sie sehen, es geht ihr gut. Luna ist ganz liebreizend. Wir kümmern uns gern um sie.“

„Sie sieht wirklich bemerkenswert gut aus. Ganz anders als sonst.“ Skepsis flammte in Sarahs Augen auf. „So glücklich“, murmelte sie gedankenverloren.

„Vincent tut ihr offensichtlich gut“, stimmte Eugenia zu.

„Und ihr seid zusammen? Also ein Paar?“, hakte Sarah nach und beäugte Vincent.

Er stellte einen Ellenbogen auf den Tisch, stützte seine Wange auf seiner Faust ab und wartete schmunzelnd und mit hochgezogenen Augenbrauen auf eine Antwort von mir.

Ich wollte am liebsten auf der Stelle tot umfallen. Solche Gespräche waren mir absolut unangenehm. Ich rutschte auf meinem Stuhl ein Stück nach unten und zog die Schultern ein. Nickend starrte ich auf die Tischplatte. „Denke schon.“

Vincent stieß amüsiert die Luft aus.

„Na schön, wir sind ein Paar“, ergänzte ich. „Denke ich.“

Vincents Eltern und Sarah starrten mich mit großen Augen an. Meine Finger krallten sich in die Kante des Holztisches. Plötzlich ruhte Vincents Hand auf meiner. Ich schielte zu ihm. Er sah lächelnd zu meiner Schwester.

„Wir kennen uns aus der Uni.“ Ihm war die Situation kein bisschen peinlich. Warum hatte ich dann solch ein Problem damit? Ich verstand mich selbst nicht.

Valentin kam hereingeschwebt und drängte sich zwischen Vincent und mich. „Der Drache ist erwacht und giert nach Nahrung.“

Augenrollend erhob sich Vincent. „Ich komme gleich wieder.“ Er lief mit Valentin zur Tür, ohne sich noch einmal umzudrehen.

„Ich muss auch kurz etwas nachsehen“, erklärte Eugenia und begleitete ihren Sohn nach draußen.

Nun saßen bloß Sarah, Richard und ich im Esszimmer. Stille trat ein. Das Ticken Dutzender verschiedener Standuhren, die im Raum verteilt ausgestellt waren, machte mich nervös.

Richard räusperte sich und stand ebenfalls auf. „Ich lasse euch beide für einen Moment allein.“ Er angelte sich ein weiteres Häppchen und ging.

Sarah und ich saßen uns schweigend gegenüber und musterten uns einige Minuten lang ausgiebig.

„Da hast du mir einen ganz schönen Schrecken eingejagt“, meinte sie schließlich und beendete die Stille.

„Es tut mir leid. Wie gesagt, du hättest nicht kommen brauchen.“

„Ich fühle mich für dich verantwortlich. Natürlich komme ich, wenn du in Not bist.“

Verlegen strich ich mir das Haar hinters Ohr und schwieg. Ich wollte mich nicht tausendmal entschuldigen.

„Dein Freund sieht hammermäßig aus. Hut ab.“ Sarah kicherte wie ein kleines Kind. Ihre Wangen färbten sich rosa, und ihre Augen strahlten wie das Lichtspiel auf der Wasseroberfläche eines Sees. „Vermögend scheint er obendrein zu sein. Solch einen Fang habe ich dir gar nicht zugetraut.“ Ihr Blick wanderte durch den prunkvoll eingerichteten Raum.

„Auch ein blindes Huhn findet mal ein Korn“, murmelte ich schüchtern. Ich konnte selbst nicht glauben, dass Vincent und ich tatsächlich ein Paar waren.

„Luna, ernsthaft, du siehst richtig gut aus. So habe ich dich lange nicht mehr gesehen. Du strahlst regelrecht.“

Ich schluckte bei dem Gedanken, dass ich bis vor wenigen Stunden die Gefangene einer boshaften

Magiergilde gewesen war. Früher hatte ich meiner Schwester alles erzählt – ob sie wollte oder nicht. Schließlich hatte ich sonst niemanden.

Mittlerweile standen unzählige Geheimnisse zwischen uns. Am liebsten hätte ich ihr von dem Treffen mit unseren Eltern im Jenseits erzählt.

Ich hätte ihr gern gesagt, dass beide glücklich ausgesehen hatten und stolz auf sie waren. Das ging allerdings nicht.

Ich musste dieses schöne Erlebnis für mich behalten. Damit meine Gedanken nicht aus mir heraussprudeln konnten, biss ich mir auf die Unterlippe und versuchte, an etwas anderes zu denken.

„Mann, Luna, lass dir nicht alles aus der Nase ziehen! Erzähle mir jedes Detail! Wie habt ihr euch kennengelernt? Wie war der erste Kuss?“

Ich grinste breit. Wie ein Wasserfall sprudelten die Worte aus mir heraus, und ich berichtete ihr von den vergangenen Wochen, natürlich ohne den ganzen Magie- und Geisterkram.

In ihren Augen erkannte ich, dass sie sich aufrichtig für mich freute. Vincent hatte erklärt, dass durch meine wiedergewonnene Aura der Kontakt mit anderen Leuten einfacher werden würde.

Und er hatte recht.

Schon bei Linus war mir aufgefallen, wie interessiert er an meiner Person gewesen war. Bei meiner Schwester fiel es mir noch deutlicher auf, dass sie mich anders wahrnahm.

Das Leben mit der Ausstrahlung einer leblosen Schaufensterpuppe gehörte der Vergangenheit an. Unser beschwerliches Abenteuer hatte sich definitiv gelohnt. Auch wenn Vincent darunter leiden musste, da er von mir nicht mehr als eine grell strahlende Silhouette erkannte.

Ein zufriedenes Lächeln zeigte sich auf Sarahs Gesicht. „Ich will euch nicht länger stören. Wenn ich gleich losfahre, schaffe ich meine Abendschicht beim Rettungsdienst.“ Sarah griff sich ihre Handtasche und stand auf.

„Was? Warte, du kannst nicht gleich wieder abhauen.“

Sie zwinkerte mir zu und nickte.

„Es geht dir gut. Davon wollte ich mich überzeugen. Die Clarks sind äußerst freundlich. Aber ich will ihnen nicht zur Last fallen.“

Aufgeregt schüttelte ich den Kopf.

„Wir haben dir extra ein Bett hergerichtet. Du kannst hier übernachten.“

„Ich bin ein gutes Vorbild und vernachlässige meine Arbeit nicht. Nein, nein, Lunalein. Ich lasse euch in Ruhe.“ Schwungvoll lief sie um den Tisch herum, beugte sich zu mir herunter und knuddelte mich. „Du hast das verdient, Liebes.“

Dann verließ sie wie ein Wirbelwind den Raum.

Perplex folgte ich ihr.

„Willst du dich nicht verabschieden?“

Vincent kam uns entgegen.

„Mach‘s gut, du Hübscher“, sagte Sarah und kniff ihm in die Wange. „Und brich meinem Lunalein nicht das Herz, hörst du?“

Mit fragendem Blick sah er sie an.

Sie ignorierte es, stolzierte stattdessen an ihm vorbei und lief Richtung Ausgang.

„Adieu und bis bald. Kommt an Weihnachten zu Besuch. Ich will nicht allein unterm Baum sitzen.“ Winkend verließ sie das Haus und schloss die Tür lautstark.

„Das war‘s?“, fragte Vincent irritiert.

„Meine Schwester ist speziell.“

Er zuckte mit den Schultern und grinste. „Liegt wohl in der Familie.“

Ich warf ihm einen scharfen Blick zu und boxte ihm gegen den Oberarm.

„Wir haben Valentins Zimmer ganz umsonst aufgeräumt.“

Ich schüttelte den Kopf. „Stimmt nicht. Er freut sich bestimmt darüber.“

Obscurum Porta

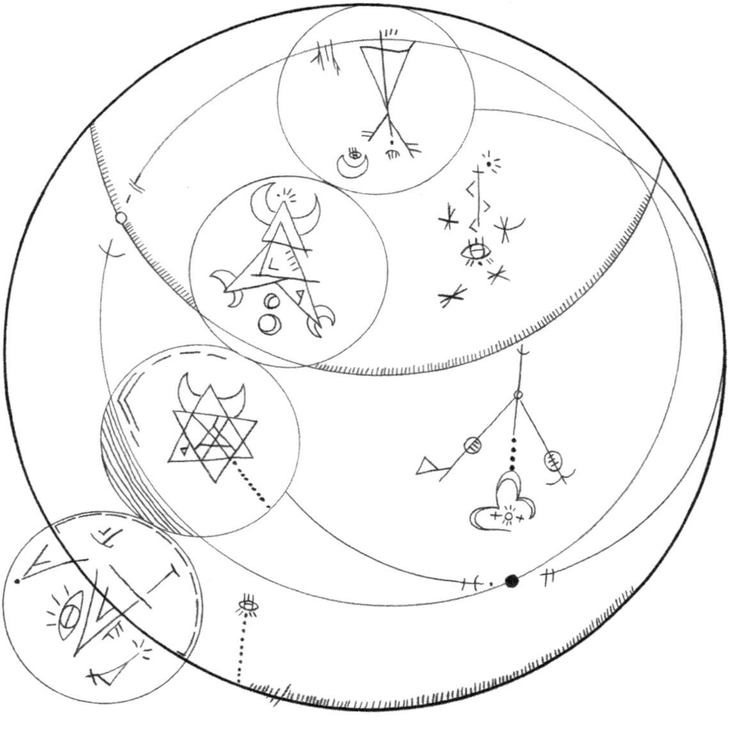

Kapitel 22

Vincent

„Ich bekomme noch einen Lagerkoller, wenn wir nicht bald raus dürfen." Luna stützte ihr Kinn auf ihre Faust und starrte resigniert aus dem geöffneten Fenster.

Vor lauter Langeweile hatten wir Valentins Wände mit Postern von nackten Frauen beklebt.

Kein Fleck Tapete blitzte zwischen den Bildern hinter seinem Bett hervor.

Wir hatten ganze Arbeit geleistet und die Patronen vom Großformatdrucker meiner Mutter restlos aufgebraucht.

Ich zog an meiner glimmenden Zigarette und blies den Rauch aus dem Fenster. „Ich hoffe, der ‚Circulus Arcanorum' lässt deine Schwester in Ruhe. Sie beschatten uns sicherlich und haben ihren Besuch bemerkt."

„Meinst du, sie verschleppen sie, wie sie es mit mir getan haben? Daran habe ich bisher gar nicht gedacht."

„Hoffen wir es nicht. Aktuell sind wir in einer misslichen Lage. Wenn Mihail nur endlich aufwachen würde ... Ich habe Sorge, dass er überhaupt nicht mehr die Augen öffnet."

„Mach dir nicht so trübe Gedanken. Das wird schon. Ich freue mich darauf, demnächst wieder in einer Vorlesung zu sitzen. Hoffentlich haben wir nicht allzu viel verpasst."

Lunas naive Art baute mich etwas auf.

Manchmal wünschte ich mir, ebenfalls nicht alles schwarzsehen zu müssen. Der Blick auf die Straße hingegen verfinsterte mein Gemüt. Nach einem letzten Zug schnipste ich den Zigarettenstummel aus dem Fenster auf den Bürgersteig.

„Schau mal, da drüben. Siehst du die Person neben dem grünen Auto?"

Luna lehnte sich aus dem Fenster und musterte die Umgebung.

„Sie steht da seit einer ganzen Weile. Ihre Aura ist violett. Bestimmt eine Anhängerin von der Magiergilde."

Sie zuckte zusammen, duckte sich nach unten und linste über den Rand des Fensters. „Das ist Amari, glaube ich."

„Habe ich mir gedacht." Seufzend ging ich ein paar Schritte zurück. „Lass uns die Vorhänge zuziehen."

Nickend entfernte sich Luna vom Sims.

Sofort schloss ich das Fenster und zog die Stoffe vor. Ein mulmiges Gefühl breitete sich in meiner Magengegend aus.

Mihail hatte sich in die Sphäre gesperrt, um das Haus mit einem Zauber zu schützen.

Inzwischen war die Kugel zerstört und mein Großvater befreit. Wahrscheinlich war der Schutzzauber nicht länger aktiv.

Ich wollte Luna nicht beunruhigen und behielt diesen Verdacht für mich. Solange der ‚Circulus Arcanorum' davon ausging, dass sie das Haus nicht betreten konnten, waren wir sicher darin.

„Wo steckt eigentlich Valentin? Wir wollten ihn doch überraschen."

„Er inspiziert sicherlich Penelope ausgiebig. Ich hole mal das Bier. Wenn er das Klirren der Flaschen hört, wird er bestimmt neugierig."

Ich schlenderte die Treppe hinunter und lief in die Küche. Im Kühlschrank herrschte gähnende Leere. Wir bunkerten nie Vorräte zu Hause. Das wurde uns nun zum Verhängnis. Ich schnappte mir die letzten drei Bierflaschen und lief zurück in den ersten Stock. Vor dem Gästezimmer blieb ich stehen und lauschte. Es war kein Ton zu hören.

Ich hatte null Bock, Penelope zu sehen, und verkniff mir zu klopfen.

Stattdessen flüsterte ich Valentins Namen.

Es dauerte nicht einmal den Bruchteil einer Sekunde, da lugte er aus der Wand heraus. Mit einer Handbewegung signalisierte ich ihm, dass er mitkommen sollte. Wortlos gingen wir in sein Zimmer.

Vollkommen überwältigt sah er sich um. „Ihr habt mein Reich dekoriert?", fragte Valentin und fasste sich theatralisch an die Brust. „Ihr seid die Besten."

Luna kicherte. „Das haben wir gern gemacht."

Schmunzelnd stellte ich die Bierflaschen auf den Schreibtisch.

„Lu, halte dir lieber die Augen zu."

Mit einer gewohnten Handbewegung betätigte ich die Armbanduhr und materialisierte meinen Bruder. „Ehrlich gesagt war uns bloß verdammt langweilig."

Valentin schlang seine Arme um meinen Hals und gab mir ein Küsschen auf die Wange.

„Zieh dir was an", maulte ich und wischte mit der Hand seine Spucke weg.

Valentin hüpfte zum Kleiderschrank und zog sich ein grelles orangefarbenes T-Shirt und weite Baggy Pants über. Ich fand diese labbrigen Hosen schlichtweg affig.

Luna versuchte, die Flaschen mit einem Feuerzeug zu öffnen, scheiterte allerdings kläglich. „Ich bin echt zu blöd für alles", meinte sie und warf sich aufs Bett.

Valentin schnappte sich das Feuerzeug aus ihrer Hand und öffnete mit einem gekonnten Griff die Flaschen.

„Du hast halt keine Übung, Kleines."

Grinsend reichte er Luna ein Bier und stieß mit ihr an. „Prost, auf das neue Dreiergespann."

Nach dem ersten Schluck verzog sie das Gesicht. „Tatsächlich habe ich so was bisher nicht getrunken. Schmeckt ziemlich bitter."

Ich holte mir meine Flasche, quetschte mich zwischen Valentin und Luna aufs Bett und nahm einen großen Schluck. „Es gibt nichts Besseres als ein eiskaltes Pils."

„Hey, ohne anzustoßen? Schäm dich", sagte Valentin entrüstet. Unsere Flaschen stießen fest gegeneinander und klirrten laut. Dann tranken wir alle drei gleichzeitig.

„Genießt es. Das sind die letzten", bemerkte ich.

Luna stellte ihr Bier auf den Nachttisch. „In der heutigen Zeit ist das doch kein Problem. Du kannst alles online einkaufen. Theoretisch müssen wir das Haus gar nicht mehr verlassen."

Stöhnend warf ich mich aufs Kissen und starrte die Decke an. „Genau. Wir bestellen ab jetzt ausschließlich Essen und studieren über Onlinekurse. Brillanter Plan."

„Sei nicht wieder so grummelig." Valentin stürzte sich auf mich und rubbelte mit der Faust durch mein Haar. „Lass uns in der kurzen Zeit Spaß haben. Was haltet ihr von einem Trinkspiel? Ich fange an. Ich hab noch niemals ... ein Mädchen geküsst." Sowohl Valentin als auch ich nahmen einen Schluck aus der Flasche. Ein Augenrollen konnte ich mir dabei nicht verkneifen.

„Und nun?“ In Lunas Stimme lag die pure Irritation.

„Kennst du das Spiel nicht? Wenn du ein Mädchen geküsst hast, musst du trinken. Ansonsten setzt du aus“, erklärte Valentin. „Vincent ist dran.“

Genervt schnaubte ich. „Das Spiel ist dämlich. Wir sind zu alt für so was.“

Valentin zog einen Schmollmund. „Komm schon, Bruderherz. Sei kein Spielverderber.“

Ich seufzte und sah zu den leeren Regalen. „Ich hab noch niemals Drogen konsumiert und bin dabei gestorben.“

Valentin rümpfte verächtlich die Nase und trank einen weiteren Schluck. „Luna, du bist dran.“

„Puh, keine Ahnung.“ Grübelnd zupfte sie am Bettlaken herum. „Ich hab noch nie ... einen Geist gesehen.“ Kichernd setzte sie die Flasche an ihre Lippen und trank.

„Zählt es, wenn ich Teile meines eigenen Geisterkörpers gesehen habe?“, hakte Valentin nach.

Luna schüttelte lachend den Kopf. „Nein, du selbst zählst nicht.“

„Na gut, dann bin ich wieder dran. Ich hatte noch niemals Sex.“ Schelmisch funkelte er Luna an, die ein Kissen nach ihm warf.

„Keine intimen Fragen. Das ist peinlich.“

Valentin konterte und drückte ihr das Kissen ins Gesicht. „Sei nicht so prüde. Du bist jung und musst das Leben genießen. Es kann schneller vorbei sein, als man glaubt. Schau mich an. Hab gefälligst Spaß!“ Dann kitzelte er sie unter den Achseln. Luna bekam vor lauter Gegacker kaum Luft.

Irgendwie fühlte ich mich in dem Moment fehl am Platz – wie auf einer Party für pubertierende Teenies.

Die beiden verstanden sich ziemlich gut, und ich hatte absolut keine Lust auf das Spiel.

„Ja, du wurdest nur 18 Jahre alt, weil du es übertrieben hast. Maßlos übertrieben.“ Kaum hatte ich den letzten Satz zu Ende gesprochen, bekam ich das Kissen von Valentin ins Gesicht geknallt.

„Hör endlich auf damit! Ich weiß, dass es scheiße war. Wenn ich könnte, würde ich es ungeschehen machen. Kann ich aber nicht. Also halte es mir nicht unentwegt vor!“ Grimmig starrte er mich an. Seine Augen wirkten müde und traurig. Ich hatte ihn wie so oft verletzt. Warum musste ich ständig solch ein Arsch ihm gegenüber sein? Wir sahen uns tief in die Augen.

Verlegen strich ich mir durchs Haar und flüsterte: „Ich hab noch niemals meinem Bruder gesagt, dass es mir leidtut.“

Sein Blick senkte sich, während ich die halbe Flasche exte.

„Es tut mir ernsthaft leid. Ich hätte besser auf dich aufpassen müssen.“

Luna kletterte aus dem Bett und winkte. „Ich lass euch mal allein.“ Ohne auf eine Reaktion von uns zu warten, verließ sie das Zimmer.

Valentin saß wortlos neben mir und bewegte sich keinen Millimeter.

„Außerdem tut es mir leid, dass ich dich nicht öfter materialisiere. Ich könnte dich jeden Tag für eine halbe Stunde am Familienleben teilhaben lassen. Ich bin ein egoistisches Arschloch.“

„Du hebst dir die Ladungen deiner Uhr eben für Geister in Not auf. Das verstehe ich vollkommen.“

„Du bist mein Bruder. Und doch habe ich lieber irgendwelchen Fremden geholfen. Ich habe erst in letzter Zeit begriffen, wie einsam du bist. Es tut mir leid.“

Er schmunzelte traurig und nippte an seinem Bier. „Als du mich die ersten Male materialisiert hast, hatte ich nichts Besseres zu tun, als mein restliches Pott zu rauchen. Es hatte nicht mal mehr eine Wirkung auf mich, genau wie Alkohol oder Zigaretten.“

Er stellte die Flasche neben Lunas und vergrub das Gesicht in seinen Händen.

„Ich habe mein Leben weggeworfen und euch Trauer und Schmerz bereitet. Du musst dich bei mir nicht entschuldigen. Vielmehr sollte ich das bei dir tun. Ich war alt genug, um die Konsequenzen zu kennen. Crack, Methamphetamin, Koks, H ... Mann, ich habe mir alles reingezogen, weil ich mich so leer gefühlt habe. Wenn ich high war, konnte ich das vergessen. Auf Partys war ich lebendig und glücklich. Sobald die Wirkung der Drogen allerdings nachgelassen hatte, fühlte ich mich wie ein Häufchen Elend.“

„Du hättest mir das vor deinem Tod sagen können. Ich hätte dir geholfen. Du hättest einen Entzug machen können. Du hättest mit Penelope und mir abhängen können, anstatt dir täglich die Birne wegzuballern.“

„Hätte, hätte. Ich habe es verkackt. Hör auf, in der Vergangenheit zu wühlen. Du hast die letzten Jahre genauso vergeudet wie ich meine. Dabei wünsche ich mir, dass du ein schönes Leben führst und glücklich bist.“

Traurig berührt schnaubte ich. Ich legte meine Hand versöhnlich auf seinen Rücken.

„Du hast recht. Ich habe mich echt gehen lassen. Es war nicht leicht ohne dich und Penny.“

„Du warst wie ein Zombie. Aber jetzt hast du Luna, und sie ist total liebenswert und nett. Ich bin ein klein wenig eifersüchtig.“

Er zwinkerte mir verschmitzt zu. Wir lächelten uns beide an.

„Ich mag sie wirklich sehr gern“, gestand ich. „Nur ihre Aura ist für mich kaum erträglich. Wenn der Stress mit dem ‚Circulus Arcanorum‘ vorbei ist, will ich eine Lösung finden. Wenigstens ihre Augen und ihr Lächeln möchte ich wieder sehen können. Die anderen Menschen sind mir egal.“

„Und wenn es dafür keine Lösung gibt?“

Ich senkte den Blick und seufzte.

Ein lautes Poltern und Klirren im Erdgeschoss riss uns aus der Unterhaltung. Panisch sprang ich auf, lief aus dem Raum und jagte die Stufen nach unten.

Das Fenster neben der Eingangstür war kaputt. Tausende Glassplitter lagen auf dem Boden verteilt. In der Mitte des Scherbenhaufens befand sich ein großer Stein, an dem ein Zettel befestigt war. Sofort wusste ich, wer hinter diesem Angriff steckte.

Ich hob den Stein auf und las die Nachricht: „Händigt uns die fehlenden Artefakte aus. Wir wissen, dass es ein weiteres gibt. Penelope soll als Überbringerin dienen. Liefert sie spätestens in drei Tagen aus.“

Unterzeichnet hatte die Botschaft Donato.

Meine Mutter tauchte neben mir auf und riss mir die Notiz aus der Hand. Sie schlug sich eine Hand vor den Mund, ihre Finger zitterten dabei. „Das darf nicht wahr sein.“ Wutentbrannt zerknüllte sie das Papier und warf es auf den Boden.

„Mom …“ Ich wollte sie besänftigen, jedoch fehlten mir die Worte.

Sie schluchzte auf und warf sich in meine Arme. Bitterlich weinte sie dicke Tränen. Valentin stieß zu uns und umarmte sie von hinten. Augenblicklich drehte sie sich zu ihm und streichelte ihm über die Wange.

„Ach, mein Schatz.“ Durch ihr starkes Wimmern konnte man kaum ein Wort verstehen. Sie vergrub ihr

Gesicht an seiner Brust. Ihr ganzer Körper bebte. „Ich weiß einfach nicht, was wir tun sollen."

„Sei nicht traurig, Mom. Das wird wieder." Liebevoll streichelte er ihr übers Haar. Just in dem Moment entmaterialisierte sich Valentin, und seine Kleidung fiel auf den Boden.

Wütend presste ich die Zähne fest aufeinander. Ich ballte meine Hände zu Fäusten und starrte auf die Glasscherben. „Sie werden uns nicht in Ruhe lassen. Sie werden uns weiter unter Druck setzen. Es bringt gar nichts, sich hier zu verschanzen."

Meine Mutter legte die Hand auf ihre Brust. „Donato sieht inzwischen seine Chance, endlich zu bekommen, was er sich ersehnt."

„Das wird er nicht. Ich habe die Schnauze voll von diesen Leuten", sagte ich knurrend.

Mein Vater kam mit einer Kehrschaufel um die Ecke und beseitigte die Unordnung. „Ich habe ein ungutes Gefühl. Wir müssen auf der Hut sein."

„Wer weiß, was sie bereits mit dem Uhrenladen und der Parfümerie angestellt haben", sagte meine Mutter mit tränenerstickter Stimme und streichelte seinen Oberarm.

Astralis Silente

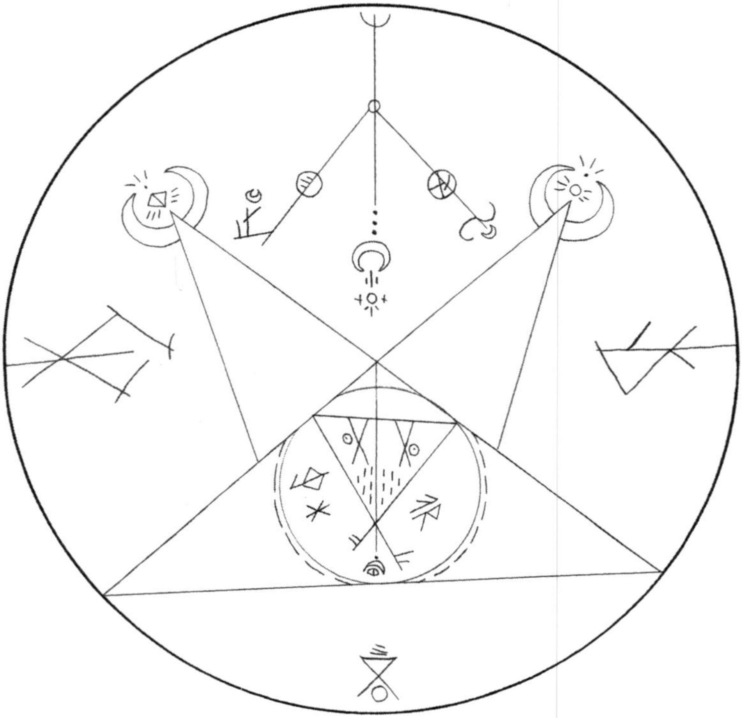

Kapitel 23

Luna

Endlich erwachte Mihail aus seinem Schlaf.

Eugenia half ihm, sich zu waschen und anzuziehen. Nach ein paar Stunden der Ruhe wollte er uns alle gemeinsam sprechen.

Darum versammelten wir uns im Esszimmer. Ich positionierte mich ein Stück abseits, damit ich bei dem Gespräch nicht störte.

Eigentlich fühlte ich mich ziemlich fehl am Platz und hätte lieber in Vincents Zimmer gewartet. Doch er hatte darauf bestanden, dass ich mit dabei war.

Valentin stieß ebenfalls zu uns und gesellte sich neben mich.

Er zwinkerte mir verschmitzt zu und lauschte mit mir der Unterhaltung.

Verhalten schlürfte ich an einer Tasse Tee. Eugenia und Vincent erzählten im Schnelldurchlauf, was die letzten 50 Jahre passiert war.

Mihail wirkte eher desinteressiert. „Na gut“, sprach er, „wir haben Zeit. Beruhigt euch.“

Beruhigen? Ich kam mir vor wie in einem Horrorfilm. Wenn das alles vorbei war, musste man mich wahrscheinlich in eine Nervenklinik einweisen lassen.

„Donato war nicht in der Lage, das Tor zu öffnen, und er wird es auch niemals sein. Gleichzeitig wird er uns nicht in Ruhe lassen."

„Was?", stieß Vincent entsetzt aus.

Mihail verkündete: „Ich bin das fehlende Artefakt."

Wir glotzten ihn alle mit großen Augen an. Ich war mir nicht sicher, ob er bei klarem Verstand war. Er wirkte verwirrt, seine Mimik wechselte immerfort von freudig erregt zu grübelnd und Trübsal blasend.

„Die Artefakte sind nicht irgendwelche magischen Gegenstände. Auf die Kombination verschiedenster Elemente kommt es an. Und es braucht eine spezielle Magie, die nur wenige in sich tragen." Mihail schielte zu mir. „Die Seele einer solchen Person zu finden und sie in einem Energiekristall zu versiegeln, ist daher äußerst unwahrscheinlich. Zumal Donato nichts davon weiß."

„Luna hat dieselbe Aura wie du", merkte Vincent an. „Trägt sie auch diese seltene Magie in sich?"

Als ich meinen Namen hörte, lief es mir eiskalt den Rücken runter.

„Ja, das hat sie. Aber da sie keinerlei Ausbildung in der Zauberkunst genossen hat, ist ihre Magie gering ausgeprägt. Ihre Energie würde nicht ausreichen, denke ich."

Vincent nickte erleichtert. Ich hatte keine Ahnung, was das alles bedeutete. Fragend guckte ich ihn an und hoffte auf weitere Informationen. Zu meinem Bedauern kamen keine.

Valentin lehnte sich dicht zu mir herüber und flüsterte: „Er will damit sagen, dass es dem ‚Circulus Arcanorum' nichts bringt, dich umzubringen und deine

Seele in einen Magiekristall zu sperren. Du bist ein Neuling, ein Noob."

„Das beruhigt mich", murmelte ich. Allerdings war ich mir nicht sicher, ob Donato mich nicht vorsorglich trotzdem töten würde, wenn wir das nächste Mal aufeinandertrafen.

Mihail räusperte sich.

„Durch meine Befreiung ist der Schutzzauber erloschen. Er war mit der Sphäre gekoppelt. Nun kann uns Donato selbst hier angreifen."

Eugenia stand auf und lief im Zimmer auf und ab. „Und was sollen wir als Nächstes tun? Ich meine, du hast bestimmt einen Plan, richtig?"

Mihail lächelte. „Wir müssen Donato überzeugen, sein Vorhaben zu verwerfen, oder ihn töten. Ich gehe davon aus, dass Ersteres nicht eintreten wird."

Alle sahen bedrückt ins Leere. Auf diese Antwort hatte niemand gehofft.

„Sind wir dazu überhaupt in der Lage?", fragte Vincent.

„Wenn es einfach wäre, hätte ich mich nicht jahrzehntelang in eine Sphäre gesperrt, um die Artefakte zu schützen."

Vincent senkte den Kopf. Ich wusste, dass er noch immer ein schlechtes Gewissen hatte, weil er dem ‚Circulus Arcanorum' die magischen Schmuckstücke ausgehändigt hatte.

„Woher wusstest du all das: dass ich als Erstgeborener in der Lage sein würde, Magie zu wirken; dass ich eine Person wie Luna finden würde mit dieser seltenen Energieform, um dich zu befreien?"

Mihail schmunzelte und nippte an seinem Tee. Er ließ sich lange Zeit mit seiner Antwort. Schließlich sah er zu Vincent und meinte: „Mit absoluter Sicherheit wusste ich es nicht. Bei meinen Expeditionen und

Forschungen bin ich hingegen an Orte gelangt, die mir die Gabe verliehen haben zu sehen. Sagen wir es so: Ich kannte die unzähligen Möglichkeiten und hoffte auf die beste. In allen anderen Szenarien wären wir sowieso hoffnungslos verloren.“ Er musterte Valentin.

Konnte er ihn etwa auch sehen?

Valentin zog den Kopf ein und vergrub die Hände in seinen Hosentaschen.

„Redest du von Paralleluniversen?“, fragte Vincent weiter. „Trotzdem ergibt das keinen Sinn. Kannst du in die Zukunft schauen?“

Mihail sah plötzlich zu mir. Sein durchdringender Blick ging mir durch Mark und Bein. „Nenne es von mir aus, wie du möchtest. Wir nehmen die Zeit subjektiv als Gerade war. An anderen Orten, unter anderen Zuständen gleicht sie vielmehr einer Spirale. Nur wenige sind in der Lage zu sehen. Weitaus weniger können es begreifen.“ In seinen Augen blitzte etwas auf. „Kosmologische Expansion.“

Für mich war dieser alte Mann völlig durchgeknallt.

„Wie kann es sein, dass du gegen Donato keine Chance hattest? Warum hast du ihn damals nicht einfach pulverisiert?“, sprudelte es aus Vincent heraus.

Mihail schnaubte. Endlich hörte er damit auf, mich anzustarren. Er schnappte sich einen Apfel von der reichlich befüllten Obstschale in der Mitte des Tisches.

„Ich beherrsche die Elementarmagie nicht so gut wie er. Sie ist fundamental bei einem Kampf. Er hätte mich auf jeden Fall besiegt. Außerdem wollte ich Eugenia in Sicherheit wissen.“

Er sah zunächst zu Vincents Mutter und richtete als Nächstes seine Aufmerksamkeit auf die ganze Gruppe.

„Wir sind alle nicht in der Lage dazu, Donato zu besiegen. Womöglich könnten wir es schaffen mit vereinten Kräften, Glück und Heimtücke.“ Er ballte seine freie Hand zu einer Faust und reckte sie siegessicher in die Höhe. Dann biss er vom Apfel ab und nickte unentwegt.

Eugenia verschränkte die Arme vor der Brust und seufzte. „Hast du das ebenfalls als Zukunftsvariante gesehen?“

„Es ist die einzig positive aller Möglichkeiten. Die anderen ignorieren wir schlichtweg. Die Linien werden sich kreuzen und die Zukunft besiegeln.“

Sie schlug die Hände über dem Kopf zusammen und atmete laut aus. „Das kann nicht dein Ernst sein.“

Donato zu töten, schien mir ein gewagter Plan. Er war mächtig und hatte Anhänger, die ihn schützten. Obwohl ich Donatos Kaltherzigkeit mit eigenen Augen gesehen hatte, fand ich es nicht in Ordnung, ihn ermorden zu wollen. Es musste eine andere Lösung geben – eine weniger gefährliche und ohne Gewalt.

Gedanklich ging ich den Streit zwischen der Magiergilde und den Clarks durch. Die Situation eskalierte wegen dieses Tors zum Jenseits, das Mihail erbaut hatte.

„Das Tor“, stieß ich aus. „Darum geht‘s, oder? Wenn wir es zerstören, hört der Konflikt nach all dieser Zeit auf.“

Mihail kicherte amüsiert über meinen Vorschlag. „Nette Idee, die leider nicht funktionieren wird. Donatos Rache wäre tausendmal schlimmer als das, was wir bisher von ihm kennen. Das Problem ist er und nicht das Tor.“

Enttäuscht ließ ich die Schultern hängen.

„Ich kann euch helfen“, ertönte es plötzlich. Alle Blicke wanderten in die Richtung, aus der die Stimme gekommen war: zum Türrahmen, in dem Penelope stand.

Perplex starrte Vincent sie an. „Was …?“

Eugenia ging auf sie zu. „Ich habe sie rausgelassen. Wir können sie nicht permanent einsperren."

„Aber sie ..." Mit gerunzelter Stirn hob er seine Hand und deutete auf seine Ex.

Eugenia tätschelte ihre Schulter. „Soll sie bis in alle Ewigkeit dahinvegetieren, das arme Ding?"

Vincent legte den Kopf in den Nacken und atmete schwerfällig aus.

Penelope hielt sich mit einer Hand ihren Oberarm und krallte ihre Fingernägel in die Haut. „Wenn ihr geradewegs zum Quartier schlendert und vor dem Eingang winkt, werden sie euch ohne Umschweife angreifen." Sie machte einen Schritt auf uns zu und sah ernst zu Vincent. „Ich werde zum Haupteingang gehen und tun, als ob ich dem ‚Circulus Arcanorum' die fehlenden Artefakte aushändigen will. Ich werde damit prahlen, dass ich wichtige Informationen über euch habe und mit Donato sprechen möchte. In der Zwischenzeit dringt ihr durch den Notausgang in den Bunker ein. So habt ihr das Überraschungsmoment auf eurer Seite."

Mihail nickte. „Das Mädchen ist gut."

„Was? Nein! Penny, das ist viel zu gefährlich!" Vincent stürmte auf sie zu und packte sie am Arm.

Durch meine Brust zog sich ein Stich, als hätte mir jemand ein Messer hineingerammt. Ich drehte mich weg und stierte auf den gedeckten Tisch. Vincent hatte mir vergewissert, dass er mit mir zusammen sein wollte und nicht mit ihr. Warum entflammte die Eifersucht aufs Neue in mir? Vehement versuchte ich, dieses Gefühl zu unterdrücken. Ich scheiterte darin kläglich.

Entschlossen sprach Penelope: „Donato ist ein schrecklicher Mensch. Ich tue das nicht allein für euch, sondern vor allem für mich. Tötet den Mistkerl. Er hat es verdient." Sie ergänzte ihre harten Worte mit einem leisen Gemurmel: „Außerdem will ich alles wiedergutmachen."

Aus dem Augenwinkel bemerkte ich, dass Vincent sie umarmte. Ich ballte die Hände zu Fäusten und drückte sie fest gegen meine Oberschenkel. Alles an mir verkrampfte sich.

Als er mit ihr aus dem Raum verschwand und mich bei seiner Familie zurückließ, schwappte eine Welle der Unsicherheit über mich.

Alle Blicke ruhten auf mir. Mein Gesicht glühte. Ich zog den Kopf ein und schwieg.

Valentin lehnte sich zu mir rüber und flüsterte mir ins Ohr: „Lass uns abhauen. Gehen wir in mein Zimmer."

Ohne mich zu verabschieden, stand ich auf und ging. Dieses Gespräch nagte schrecklich an mir. Ich hatte gehofft, dieser Albtraum würde enden und wir könnten unser normales Leben wieder aufnehmen. Pustekuchen. Mihails Plan hörte sich nach Chaos, Zerstörung und Untergang an.

„He, das wird schon", sagte Valentin, nachdem ich seine Zimmertür hinter uns geschlossen hatte.

Stöhnend warf ich mich auf sein Bett.

„Mihail wirkt etwas verwirrt, aber ..."

„Etwas? Er kommt wie ein irrer Tattergreis rüber. Er hat nicht mal ‘nen richtigen Plan und will alle in den Tod schicken!"

„Er mag nicht den Anschein erwecken, trotzdem ist Mihail ein kluger Kopf."

Wütend rollte ich mich im Bett herum und schleuderte das Kissen gegen die Wand. „Ich will Normalität! Ich will an die Uni! Ich will keine Geister sehen!"

„Hey, das nehme ich jetzt wirklich persönlich!" Valentin setzte sich schmollend neben mich

„Das ist doch alles krank!"

Ohne etwas darauf zu erwidern, sah er mich ernst an. Dann streichelte er mir übers Haar. Ich konnte seine Berührung nicht spüren. Was wollte er mir damit sagen? Irritiert kniff ich die Augen zusammen.

Er lächelte traurig und zog seine Hand zurück.

„Alles okay?“, fragte ich.

„Ich bin froh, dass du mich sehen kannst. Sehr sogar.“

Meine Augen wurden groß.

„Seit sechs Jahren gammle ich in diesem Haus herum. Es ist zum Kotzen langweilig. Manchmal wünsche ich mir, das alles hinter mir zu lassen. Mein Leben war ein bedeutungsloser Witz. Als Geist bin ich noch nutzloser.“

Ich strich ihm ebenfalls übers Haar. Meine Hand berührte nichts als Luft. Dennoch schloss er die Augen.

„Tut mir leid, dass ich dich vollgejammert habe“, sagte ich.

Er öffnete seine Lider. Wir sahen uns eindringlich an.

Meine unüberlegten Worte taten mir schlagartig leid. Bislang hatte ich die Anwesenheit von Valentin sehr genossen. Ich mochte ihn. Ganz gleich, ob er ein Geist war oder nicht. Nun verstand ich, wie einsam er all die Jahre gewesen sein musste. Bis auf Vincent hatte er niemanden zum Reden.

„Ich habe das nicht so gemeint. Ich bin froh, dass ich dich sehen und mit dir sprechen kann“, gestand ich.

„Sag Vincent ja nicht, dass ich mit meinem Schicksal hadere. Ich will bei ihm bleiben, bis zum Schluss. Wenigstens ein Versprechen will ich halten.“

Ich nickte stumm. Meine Wut auf die Situation und auf Penelopes Anwesenheit verpufften und wurden vom tiefen Mitgefühl für Valentin ersetzt.

Stundenlang lagen wir nebeneinander und erzählten uns gegenseitig von unserer Vergangenheit. Beide Leben hätten unterschiedlicher nicht sein können. Und wahrscheinlich hätten wir unter anderen Umständen niemals eine Freundschaft aufgebaut. Ungeachtet dessen verstanden er, der feierwütige Draufgänger, und ich, die graue Maus, uns blendend. Wir lachten und alberten herum. Es fühlte sich unheimlich gut an, sich mit ihm zu unterhalten.

Die Tür flog auf. Der Lärm ließ uns beide hochfahren. Vincent stand mit ernster Miene im Türrahmen und musterte uns. Er sah aufgebracht aus, seine Brust hob und senkte sich rasend schnell.

„Alles in Ordnung?", fragte ich erschrocken.

Mit großen Schritten kam er auf mich zu, griff nach meiner Hand und zerrte mich aus dem Bett.

Verwirrt folgte ich ihm. War er sauer auf mich? Hätte ich nicht so lange mit Valentin abhängen sollen?

Als wir in seinem Zimmer ankamen, zog er mich an sich und vergrub sein Gesicht an meinem Hals. Tief sog er die Luft ein. „Ohne dich war es einfacher."

„W-was?"

„Ohne dich hatte ich nicht solche Angst. Es war mir egal, was mit mir passiert. Jetzt will ich dagegen leben ... mit dir. Ich will dich beschützen." Seine zittrigen Finger drückten fest gegen meine Schulterblätter. „Und ich will dich lachen sehen."

Gerührt schloss ich die Augen und genoss seine Nähe. Seine kühle, selbstsichere Fassade bröckelte. Dermaßen aufgelöst hatte ich ihn bislang nie erlebt. Sein Verhalten zeigte mir, wie gefährlich das kommende Vorhaben sein musste. Zaghaft streichelte ich seinen Nacken und hauchte ihm einen Kuss aufs Haar.

„Wann geht es los?"

„Morgen."

„Ich bin bereit! Wir machen Donato fertig!"

„Wir?" Er hob seinen Kopf und runzelte die Stirn.

„Ja, wir! Ich lass dich nicht allein.“

Ein trauriges Lächeln bildete sich in seinem Gesicht. „Es tut mir unendlich leid.“ Seine warmen Lippen pressten sich auf meine, nahmen mir fast die Luft. Fordernd schob er mich Richtung Bett, drückte mich auf die Matratze und folgte mir. Zaghaft strich er mit dem Daumen über meine Wange, sein warmer Atem streifte meinen Hals. Ein zarter Kuss von ihm berührte liebevoll die Narbe auf meiner Haut. Alle meine Härchen stellten sich auf.

„Danke, dass du bei mir bist“, sagte er mit gedämpfter Stimme.

Meine Finger glitten durch sein Haar und zogen ihn wieder nach oben, um ihn zu küssen. Die Zeit schien stehen zu bleiben, während wir uns innig liebkosten. Seine Zunge umspielte meine in langsamen Bewegungen und bescherte mir ein brennendes Gefühl im Bauch, das sich weiter ausbreitete. In diesem Moment war alles unwichtig, einzig er zählte. Ich bekam nicht genug von ihm, wollte, dass die Küsse und Berührungen niemals endeten.

Seine Hand schob sich unter mein Oberteil und streichelte meine Taille. Sachte zog er mir den Pullover über den Kopf. Die Hitze stieg in mir hoch, als er den Verschluss meines BHs öffnete.

„Ist das okay?“, fragte er.

Ich nickte und presste den Mund sofort wieder auf seinen. Meine Lippen prickelten intensiv; ich stöhnte. Ich wollte ihn mit jeder Faser meines Körpers.

„Ich möchte auf ewig bei dir sein“, wisperte ich in sein Ohr.

Eine Gänsehaut bildete sich auf seiner Haut, als ich mit den Fingernägeln über seinen Rücken fuhr.

Er öffnete meine Jeans und streichelte sanft über den Stoff meines Höschens. „Bin ich zu gierig?“

Ich schüttelte den Kopf und nahm einen tiefen Atemzug. Ich schlang meine Arme um seine Schultern und zog seinen Oberkörper eng an mich. Keinen klaren Gedanken konnte ich mehr fassen. Die bevorstehende Auseinandersetzung mit der Magiergilde war mir gerade vollkommen gleichgültig. Da waren nur noch er und ich und dieses allumfassende Gefühl von Liebe.

Während er zärtlich an meinem Ohrläppchen knabberte, befreite er mich gänzlich aus der Jeans und zog mir das Höschen aus.

„Egal was morgen passiert, ich will diesen Moment mit dir genießen“, raunte ich ihm zu. Seine Finger zwischen meinen Beinen zu spüren, versetzte mich in Ektase.

„Zu gern würde ich deine Augen sehen. Wenigstens ein letztes Mal“, flüsterte er, seine Lippen strichen an meinem Ohr entlang. Mit jedem Atemzug spürte ich seine Haut stärker glühen, als würde eine heiße Woge der Begierde durch seine Adern strömen und mir seine Leidenschaft offenbaren. Leise stöhnte er auf und presste seine Lippen erneut auf meine, als er sich in mir versenkte.

Ich ließ mich gänzlich fallen, passte mich seinen Bewegungen an und genoss seine verschwitzte Haut auf meiner. In diesem Augenblick fühlte ich, wie sich unsere Seelen vereinten. Nie wieder wollte ich einen Tag ohne ihn verbringen. Ich brauchte ihn wie die Luft zum Atmen.

Verschlafen blinzelte ich in die Dunkelheit. Es musste mitten in der Nacht sein. Auf der Stelle sehnte ich mich nach Vincents Nähe und drehte mich zu ihm. Meine Hände wanderten umher, suchten seine Arme, die sich um mich schlingen sollten.

Doch da war niemand.

Ich lag allein im Bett.

Das Laken hing zerknautscht an einer Ecke der Matratze. Die Decke war über meinen nackten Körper drapiert.

Wo war er?

Ich lauschte, ob ich die Dusche hörte. Es war mucksmäuschenstill. Vom Schlaf benommen taumelte ich aus dem Bett und suchte im Dunkeln meine Kleidung zusammen, die im Feuer der Leidenschaft wild auf dem Boden gelandet war. Ich lief zur Tür, umfasste die Klinke, drückte sie herunter und – die Tür war versperrt.

Ganz gleich wie viel Kraft ich aufwendete und rüttelte und zerrte, ich kam nicht raus.

Kapitel 24

Vincent

Ich fuhr unsere Gruppe, bestehend aus meiner Mutter, Penelope, Großvater und mir, raus aus Berlin in Richtung des Quartiers des ‚Circulus Arcanorum'. Es war drei Uhr in der Nacht. Auf den Straßen herrschte ungewohnte Leere. Keiner von uns sprach ein Wort. Wir kämpften alle mit uns selbst und mit der Angst, das Unterfangen nicht heil zu überstehen. Schließlich hatten wir uns einen waghalsigen Plan ausgedacht, der alles andere als einen Sieg versprach.

Während Penelope die Mitglieder der Gilde ablenkte, würden wir einen komplexen Zauber wirken, der sämtliche Magie für gewisse Zeit unwirksam machte. Wenn Donato uns entgegentrat, wollte Mihail den Zwist ein für alle Mal aus der Welt schaffen und ihn überzeugen, das Tor zum Jenseits aufzugeben. Für den Fall, dass das nicht funktionierte, hatten wir wenigstens eine reelle Chance, bei einem Kampf zu gewinnen. Ich schluckte schwer. Weder meine Mutter noch mein Großvater waren in der Lage, eine physische

Auseinandersetzung zu bestreiten. Falls die Situation eskalierte, lag es also an mir, Donato auszuschalten. Bewaffnet mit nichts weiter als zwei Ritualdolchen fühlte ich mich alles andere als bereit, einen Menschen zu töten. Ein Baseballschläger oder eine Schusswaffe wären mir deutlich lieber gewesen. Aber solche Waffen hatten wir nicht im Haus, darum mussten die Messer ausreichen. Immerhin waren sie handlich. Ich trug sie an beiden Seiten meines Gürtels – vom Mantel gut verdeckt.

Donato würde nicht allein gegen uns antreten. Wie viele Magier waren aktuell im Bunker? Wenn wir Glück hatten, eine Handvoll. Wenn wir Pech hatten, waren es mehr. Wie sollten wir aus diesem Konflikt als Sieger hervorgehen? Wir mussten auf Donatos guten Willen hoffen. Und auf Glück – jede Menge davon.

Aus diesem Grund hatte ich Luna zurückgelassen. Obwohl mein Großvater aus unerfindlichen Gründen mehrmals erwähnt hatte, dass er sie gern dabeihaben wollte. Sie wäre uns keine Hilfe gewesen. Natürlich hatte ich ihr das vorher nicht gesagt. Sie hätte darauf bestanden, uns zu begleiten und sinnlos ihr Leben zu riskieren. Allein bei dem Gedanken, sie mit einer Klinge bewaffnet auf gewissenlose Magier zu hetzen, wurde mir übel.

Jetzt, da ich sie in Sicherheit wusste, konnte ich mich besser auf unsere Aufgabe konzentrieren und höhere Risiken eingehen. Falls wir nicht zurückkehrten, würde mein Vater sie am nächsten Abend aus meinem Zimmer befreien.

„Wir sind da." Ich parkte das Auto am Straßenrand in der Nähe des Bunkers. „Penny, bist du sicher, dass du das durchziehen willst? Es ist dir keiner böse, wenn du dich umentscheidest."

„Nein, ich bin fest entschlossen."

Offensichtlich war sie mutiger, als ich dachte. Und sie war mutiger als ich, dem die Knie schlotterten.

Wir stiegen aus. Hier trennten sich unsere Wege.

„Mach keinen Scheiß“, flüsterte ich zu Penelope und umarmte sie ein letztes Mal. Es fühlte sich nach wie vor befremdlich an, sie zu berühren. Einerseits war da diese Vertrautheit, andererseits stiegen Unwohlsein und Melancholie in mir hoch.

„Pass lieber du auf dich auf.“ Sie kniff liebevoll in meine Wange, ganz wie sie es früher getan hatte, wenn sie mich aufmuntern wollte.

Dann lief sie zielstrebig los.

Ein mulmiges Gefühl machte sich in meinem Magen breit. Die letzten Tage war ich ziemlich mies zu ihr gewesen. Mittlerweile hatte ich Angst um ihr Leben. Zähneknirschend wandte ich mich ab und nickte dem Rest zu. Wir schlichen durch das Unterholz, machten einen großen Bogen um den Haupteingang, damit wir nicht bemerkt wurden.

Mihails körperliche Verfassung war schlecht, weshalb wir langsam vorankamen.

Alle paar Meter blieb er stehen, hielt sich an einem Baumstamm fest und rang nach Luft. Schließlich war er jahrelang in einer Glaskugel eingesperrt gewesen. Es grenzte an ein Wunder, dass er überhaupt in der Lage war zu laufen.

„Vati, bist du sicher, dass du hierfür bereit bist?“, fragte meine Mutter ihn und streichelte über seinen Rücken.

„Ich bin stärker als jemals zuvor. Mein Körper spielt dabei keine Rolle.“

Ich war mir dahingehend nicht allzu sicher. Wenn ich an die rostige Leiter dachte, wurde mir ganz anders.

Als wir den Notausgang erreicht hatten, öffnete ich vorsichtig die Luke. Mein Blick wanderte zu Mihail.

„Ich gehe als Erstes. Du folgst mir, wenn ich unten bin.“

Er nickte und starrte in das dunkle Loch.

Einige Sprossen der Leiter gaben unter meinem Gewicht beunruhigend stark nach. Als ich bloß noch zwei Meter in die Tiefe zu klettern hatte, schielte ich in den schmalen Gang.

Es war niemand zu sehen. Das letzte Stück der Leiter war komplett verrostet. Schon bei unserer Flucht war mir ihr desolater Zustand aufgefallen. Ich sprang nach unten und lief ein paar Schritte voraus, um die Lage auszukundschaften. Zum Glück hatte mich keiner bemerkt. Rasch schlich ich zurück und klopfte gegen das Metall – das Zeichen für Mihail, dass die Luft rein war.

Er stieg mit langsamen Schritten hinab. Die Leiter ächzte unter seinem Gewicht.

„Pass auf. Die letzten Stufen sind ziemlich porös“, flüsterte ich. Einen solchen Sprung, wie ich ihn gemacht hatte, würde mein Großvater keinesfalls schaffen.

Kaum hatte ich es ausgesprochen, brach eine Sprosse. Mihail verlor den Halt und stürzte hinab.

So gut ich konnte fing ich ihn auf, doch er zog mich mit nach unten.

Wir knallten beide auf den harten Beton.

Stöhnend kauerte er auf dem Boden und rieb sich den Oberschenkel.

„Leise, wir müssen leise sein!“, ermahnte ich ihn.

Er presste sich seine Hand auf den Mund und unterdrückte einen Schmerzensschrei.

Ich rappelte mich auf. Ein unangenehmes Ziehen in meiner Leistengegend und ein stechender Schmerz im Steißbein verwehrten mir eine aufrechte Haltung. Gekrümmt schielte ich nach oben zu meiner Mutter.

„Klettere runter. Die letzten Meter musst du springen.“ Glücklicherweise wog sie nicht mehr als eine ausgemergelte Katze.

Als sie am Ende der Leiter angekommen war, streckte ich ihr beide Arme entgegen. „

Ich fange dich auf.“

Einen Augenblick zögerte sie, dann sprang sie. Direkt in meine Arme. Als ich sie auf dem Boden absetzte, klopfte sie mir auf den Rücken. „Danke. Geht‘s Mihail gut?“

„Mir ging es nie besser“, murmelte mein Großvater und rieb sich das Knie.

Skeptisch beäugte ich ihn. „Ich helfe dir.“

Er legte seinen Arm um meinen Nacken und stützte sein Gewicht auf mich. Lautlos schlichen wir durch den dunklen Gang.

Meine Gedanken kreisten um Penelope. Die Sorge um sie überschattete die Angst um mein eigenes Leben.

Sie hatte den beschissensten Part unseres Plans.

Wir konnten nur hoffen, dass Donato einen guten Tag hatte und sie nicht gleich pulverisierte.

„Lasst uns in mein altes Labor gehen. Dort haben wir Zeit, den Zauber zu wirken. Ich kenne eine Abkürzung.“ Mihail zeigte auf die Gabelung, die uns entweder zu den Nachtquartieren oder in einen weitaus engeren, unbeleuchteten Gang führte.

„Halt, wer seid ihr?“

Ich erstarrte. Der Klang von Schritten kam rasant näher. Ich blickte über meine Schulter. Eine violette Aura kam auf uns zu. Ich kannte die Person gut, zu der sie gehörte: Es war Amaris.

„Du schon wieder!“, keifte sie und zeigte mit dem Finger auf mich. Prompt ging sie in Angriffsstellung und formte in ihren Händen eine Kugel aus züngelnden Flammen.

Mihail löste sich von mir und säuselte einen Zauberspruch. Amaris Feuerball flog auf uns zu. Kurz vor dem Einschlag verpuffte er zu Rauch. Amari sah uns irritiert an und wich einen Schritt zurück. „Was zur Hölle ...?“

Mihails Lippen bewegten sich immerfort. Was er sprach, konnte ich nicht verstehen. Er richtete seine knochigen Finger auf Amari. Ein Nebel quoll aus seiner Handfläche und umhüllte die Hexe.

„Was tust du? Hör auf!“ In ihrem Blick lag die pure Angst. Sie wich einen weiteren Schritt nach hinten und schlang ihre Arme schützend um sich selbst. Ein gequältes Stöhnen drang aus ihrer Kehle, ihr ganzer Körper bebte, bis sie sich keinen Millimeter mehr bewegte. Sie sah aus wie eine Eisstatue.

„Wir sollten uns beeilen, denn dieser Zustand ist nicht von Dauer“, erklärte Mihail.

Ich konnte den Blick nicht von Amari abwenden. Sie glänzte, als bestünde sie aus Wachs. Ihre Aura war verschwunden. „Sie ist am Leben? Warum hast du sie nicht getötet?“

„Ich lösche ungern ein Leben aus“, sagte er kühl und lief weiter.

Mein Blick verfinsterte sich. Es wäre klüger gewesen, sie umzubringen, denn mit Amari als Elementarmagierin war nicht zu spaßen.

Der Gang endete nach ein paar Metern vor einer Wendeltreppe. Ihre Oberfläche überzog eine Schicht aus Rost.

„Sicher, dass sie uns hält? Ich möchte nicht bereits vor dem Kampf krepieren“, äußerte ich meinen Unmut.

Mein Großvater ignorierte mich und hinkte die ersten Stufen hinab. Die Treppe knarzte bei jedem Schritt. Von den Wänden rieselte der Staub.

Die Luft roch modrig und feucht.

Unten angekommen meinte Mihail kichernd: „Das Glück ist auf unserer Seite, mein Junge.“

Mit hochgezogenen Augenbrauen glotzte ich ihn an. Immer deutlicher bekam ich den Eindruck, dass Luna recht hatte und er nicht ganz bei Verstand war. Je näher wir seinem alten Labor kamen, desto schneller lief er. Es trieb ihn förmlich zu seinen ehemaligen Räumlichkeiten.

„Da sind wir. Ich zeichne den Runenkreis, ihr bereitet das Räucherwerk vor“, verkündete er euphorisch.

Meine Mutter und ich sahen uns an und nickten entschlossen.

Die dicke Eisentür quietschte unangenehm laut, als ich sie öffnete. Sie wog sicherlich gut hundert Kilo. Ich hatte sie einen Spaltbreit geöffnet, da huschte Mihail flugs an mir vorbei.

„Los, los, wir müssen uns sputen. Der Zauber braucht viel Zeit“, befahl er und winkte uns zu sich.

Seufzend folgte ich ihm. Das ungute Gefühl in mir verstärkte sich von Sekunde zu Sekunde. Mein Innerstes brüllte mich an: *Ihr begeht einen großen Fehler.* Meine Gedanken flogen zu Luna, die wahrscheinlich seelenruhig in meinem Bett lag und träumte. Sie würde in Tränen ausbrechen, wenn sie ohne mich aufwachte. Es kam mir inzwischen ziemlich egoistisch vor, mit ihr geschlafen zu haben. Es war ihr erstes Mal gewesen, und ich hätte ihr gern mehr Zeit gelassen. Ich lächelte bitter, als ich an ihre Berührungen der letzten Nacht dachte.

Spectra Passus

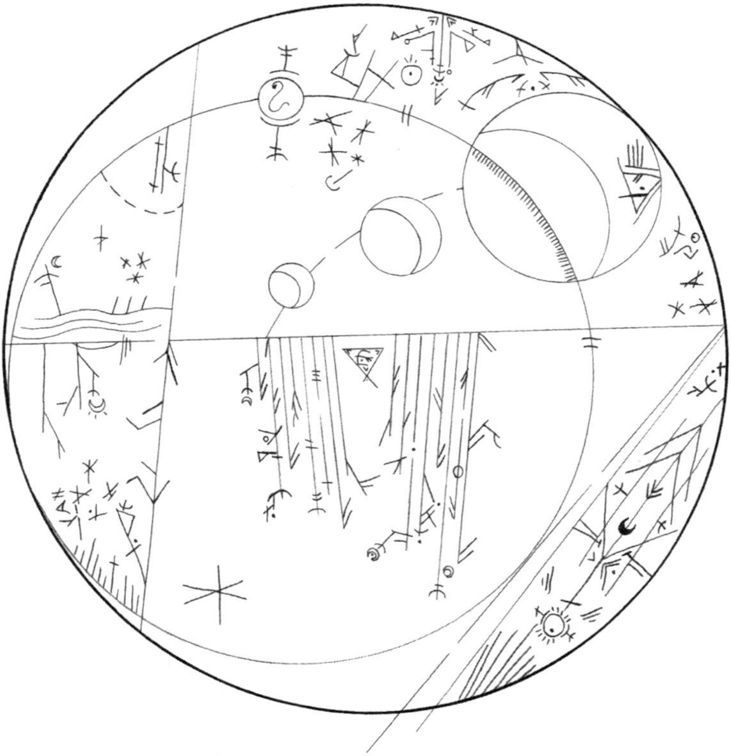

Kapitel 25

Luna

„Er hat mich echt zurückgelassen“, wisperte ich und starrte dabei auf die verschlossene Tür.

Valentin setzte sich neben mich auf den Fußboden und kratzte sich am Kopf. „War doch klar. Was wollen sie da auch mit dir? Du bist ein Magie-Noob. Vergiss das nicht.“

„Penelope hat er bestimmt mitgenommen.“

„Ich checke rasch die Lage.“ Schnell wie der Blitz verschwand er durch die Wand und tauchte wenige Sekunden später wieder neben mir auf. „Bis auf Paps sind alle weg.“

Bockig starrte ich weiterhin auf die Tür, als würde sie sich öffnen, wenn ich sie grimmig genug anglotzte.

„Er kommt zurück. Keine Sorge. Er will dich eben nicht in Gefahr bringen.“

Ich schnaubte verächtlich. „Das sagst du einfach so daher.“

„Du meintest selbst, dass du mit diesem ganzen Kram nichts zu tun haben willst.“

„Ich will nicht, dass er stirbt.“ Ich vergrub das Gesicht in meinen Händen und schluchzte.

„Ach, Süße.“ Aus dem Augenwinkel bemerkte ich, wie Valentin mich umarmte. Leider spürte ich nichts von seiner tröstenden Geste.

„Ich will helfen. Egal wie. Irgendwas bekomme ich hin. Da bin ich mir sicher. Notfalls stürze ich mich auf Donato und überwältige ihn. Stell dir bloß vor, wenn Vincent nicht zurückkommt ... Das könnte ich mir niemals verzeihen.“

Valentin seufzte. „Du bist fest entschlossen, dein Leben zu riskieren, was?“

Ich nickte mit ernster Miene. „Ich kann nicht tatenlos herumsitzen. Ich muss was tun. Irgendwas!“

„Vincent war gestern bei mir, kurz bevor sie losfuhren. Er bat mich, gut auf dich aufzupassen und keinen Scheiß zu machen.“ Sein Blick wanderte zum Nachttisch. „Wenn sie bis morgen nicht zurückgekehrt sind, sollst du mich ins Jenseits befördern.“

Mit großen Augen musterte ich ihn. „Wie bitte?“

„Er hat das Buch dagelassen und die Seitenzahl markiert. Du trägst Magie in dir. Du bist die Einzige, die mich dorthin bringen kann, wenn ihre Mission fehlschlägt.“

„Er denkt, sie werden nicht zurückkommen?“

Valentin schnaubte. „Mein Vater kann keine Magie wirken im Gegensatz zu dir. Ohne dich sitze ich hier bis ans Ende aller Tage fest.“

Aufgebracht stand ich auf und fixierte das Zauberbuch. „Das kann nicht sein Ernst sein!“

„Aber weißt du, Mihail kam wenig später in mein Zimmer. So viel Aufmerksamkeit hatte ich lange nicht.“ Er kicherte, seine Augen wirkten jedoch bedrückt. „Du hast recht: Der Mann ist alt und verwirrt.“

„Was hat er denn gesagt?“

Er schwieg und senkte den Kopf.

„Valentin, was hat er zu dir gesagt?“, fragte ich mit Nachdruck und ballte meine Hände zu Fäusten.

„Er meinte: ‚Vielleicht bist du nicht wegen Vincent nach wie vor in dieser Welt, sondern ihretwegen. Gib ihr den Funken, den sie braucht, um zu erstrahlen.‘ Total dämlich, oder?“

„Warum hast du das nicht gleich erzählt? Das heißt, ich kann ihnen helfen. Hol mich aus diesem Zimmer raus!“

„Sie müssen gestern ganz schön gestritten haben, weil Mihail mehrfach gedrängt hat, dich mitzunehmen. Vincent war jedoch dagegen.“

„Mach die Tür auf!“

Valentin schüttelte den Kopf. „Das kann ich nicht. Du vergisst permanent, dass ich ein Geist bin.“

Ich verdrehte die Augen.

„Selbst wenn ich es könnte, wie willst du da hinkommen?“

Frustriert sackte ich wieder zu Boden und ließ die Schultern hängen. „Frag mich nicht permanent so ein Zeug. Ich habe keine Ahnung!“

Er sah mich mitfühlend an. „Du liebst den Kerl wirklich, oder?“ Valentin stand auf und schlich zum Nachttisch. „O Mann, Vincent wird mich umbringen.“

„Geht wohl schlecht“, raunte ich und lächelte wehmütig.

„Okay, pass auf. Da drin hat er immer ein Feuerzeug. Hole es und zünde irgendwas an.“

„Ich soll die Tür abfackeln?“, fragte ich stirnrunzelnd.

„Nein, ich.“

Ungläubig musterte ich ihn.

Wie um alles in der Welt wollte er das anstellen?

Er stemmte die Fäuste in die Seiten. „Beweg deinen Hintern, sonst sind sie tot, bevor du ankommst.“

Hektisch stand ich auf, eilte zum Nachttisch und kramte darin herum. In der Schublade herrschte ein ungeahntes Durcheinander: Taschentücher, Kondome, leere Zigarettenschachteln ... Aber wo war das Feuerzeug? Achtlos schmiss ich den Kram auf den Boden und wühlte mich durch das Chaos. In der hintersten Ecke fand ich schließlich, wonach ich suchte. Wie den Heiligen Gral hob ich es in die Höhe.

„Mach Feuer und lege es vor die Tür“, dirigierte Valentin.

Sofort sprang ich auf und zündete ein zerknülltes Taschentuch an. Es qualmte mehr, als dass es brannte.

Valentin ging in die Hocke und hielt die Hände über das glimmende Papier. Die Funken stoben schlagartig bis zu seinen Fingern. Wie zu einer Art winziger Feuerwelle formte er sie zwischen seinen Händen. Ich war mehr als beeindruckt. Eine Fähigkeit wie diese hatte ich ihm gar nicht zugetraut.

„Geister können Elemente beeinflussen“, erklärte er nüchtern und hielt letzten Endes eine Flamme in seinen Händen. Zusammen mit ihr erhob er sich. Anstatt die komplette Tür in Brand zu stecken, so wie ich es getan hätte, richtete er das Feuer ausschließlich auf das Schloss. Es dauerte lediglich wenige Sekunden, bis ein Klacken zu hören war. Die Flamme in seinen Händen erlosch.

„Sie ist offen. Pass auf, die Klinke ist heiß.“

„Du bist der Wahnsinn!“ Ich hauchte ihm ein Küsschen auf seine durchsichtige Wange und wollte direkt los, da schrie er mir nach: „Du hast kein Auto. Willst du laufen?“

„Wenn es nicht anders geht.“

„Du brauchst einen Fahrer. Einen, der die Strecke kennt.“

„Ich weiß.“ Ernüchterung machte sich in mir breit.

„Nicht nur du bist eifersüchtig. Glücklicherweise bin ich ein gelangweilter Geist, der jede Kleinigkeit bemerkt in diesen vier Wänden."

„Kannst du mal Klartext reden?", maulte ich ihn an. „Wir haben keine Zeit für solch ein Gerede."

„Dieser Typ, der Penelope herbrachte, hat Vincent 'ne Visitenkarte für dich in die Hand gedrückt. Mein liebster Bruder hat sie in den Papierkorb in der Küche geworfen."

Meine Augen wurden groß. „Linus", stammelte ich.

„Keine Ahnung, wie er hieß. Aber offensichtlich hat er eine Karre und weiß, wie man zum ‚Circulus Arcanorum' kommt."

Wie eine Rakete sauste ich die Treppe hinunter zur Küche und durchwühlte den Mülleimer. Tatsächlich fand ich eine zerknüllte Visitenkarte mit Linus' Handynummer. Ein Blick auf mein Smartphone verriet mir, dass es bereits halb vier Uhr nachts war. Hoffentlich ging er ans Telefon. Mir blieb keine andere Wahl. Linus war meine einzige Hoffnung. Ich wählte die Nummer. Es klingelte.

„Komm schon, nimm ab!"

Es klingelte weiter.

Ein Knurren drang aus meiner Kehle.

„Was soll das?", hörte ich Linus mit kratziger Stimme sagen. „Schau mal auf die Uhr, du Penner!"

„Ich bin's. Luna."

Ein kurzer Moment der Stille. Dann sprach Linus wesentlich sanfter weiter: „Luna? Ernsthaft?"

„Hör zu, ich habe keine Zeit für Erklärungen. Ich brauche dich. Hol mich bei den Clarks ab."

„Jetzt?"

„Jetzt sofort!" Ich legte umgehend auf, verwehrte Linus die Möglichkeit, weitere Fragen zu stellen. Ich war mir sicher, dass er kommen würde. Euphorisch drehte ich mich um und strahlte Valentin an. „Danke.“

„Versprich mir, nicht zu sterben.“

„Wenn ich könnte, würde ich dich küssen.“

Ein breites Grinsen zeigte sich in seinem Gesicht. „Wenn ihr heil zurück seid, lässt sich das einrichten.“

Ich rannte zur Garderobe und zog mir Mantel und Schuhe an, da räusperte sich jemand hinter mir. Erschrocken drehte ich mich um.

Vincents Vater Richard stand vor mir im Pyjama. „Nächtlicher Spaziergang?“

Meine Mimik fror ein. Ich gab ihm keine Antwort.

„Vincent will dich in Sicherheit wissen. Er hat darum gekämpft, dass du hierbleibst.“

„Es wird einen Grund geben, warum Mihail mich dabeihaben will. Ich muss gehen“, erklärte ich.

„Ich weiß nicht, ob du mutig oder naiv bist. Das ist kein Spiel. Eugenia habe ich nur schweren Herzens gehen lassen.“

„Ich liebe Vincent. Ich kann nicht tatenlos herumsitzen. Ich muss es wenigstens versuchen.“

Er senkte den Kopf und drehte sich halb von mir weg. „Tu, was du tun musst. Manchmal ist es allerdings mutiger zu warten, als zu handeln.“

Ich erwiderte darauf nichts, wandte mich ab und ging zur Eingangstür.

„Viel Glück“, rief er mir nach.

Ich hob zum Abschied die Hand. „Bis bald.“

Valentin stand an der Türschwelle und grinste. „Gut geschauspielert. Hab dir dein Selbstbewusstsein fast abgekauft.“

Verlegen lächelte ich und strich mir eine Haarsträhne aus dem Gesicht.

„Pass auf dich auf, Kleines“, verabschiedete er mich.

Ich warf ihm einen Luftkuss zu und sprang die vier Stufen runter auf den Bürgersteig.

Es dauerte keine fünf Minuten, da brauste ein alter Opel an. Er bremste scharf und blieb vor mir stehen. Vom Fahrersitz glotzte mich Linus mit tiefen Augenringen an und kurbelte die Fensterscheibe runter. „Was ist los?“

„Auf welcher Seite stehst du?“

Mit zusammengezogengen Augenbrauen musterte er mich. „Auf keiner.“

Ich öffnete die Beifahrertür und stieg ein. „Das reicht mir.“

„Kannst du mal erklären, was hier abgeht?“

„Bring mich schnellstens zum ‚Circulus Arcanorum‘. Den Rest erzähle ich dir während der Fahrt.“

Somnium Lucidum

Kapitel 26

Vincent

Gekonnt zeichnete Mihail den Runenkreis mit Kohle auf den Beton. Trotz seiner langen Abwesenheit sah seine Ausführung professionell aus.
Er benötigte nicht einmal eine Vorlage, obwohl er den komplexesten und mächtigsten erschuf, den es gab. Seine Form vereinte den irdischen Geist mit dem Kosmos. Dieser Runenkreis verlangte Perfektion.
Die kleinste Abweichung und der Zauber misslang.

Meine Mutter streckte mir fordernd ihre Hand entgegen. „Vincent, dein Rucksack.“

Ich stellte ihn auf den Boden und öffnete den Reißverschluss. Darin lagen allerlei Tiegelchen mit getrockneten Kräutern wie Beifuß, Lavendel und Rosmarin. Außerdem hatten wir spezielle Kerzen dabei, von meiner Mutter eigens gegossen und mit magiefördernden Runen bestückt.

Wir verteilten die Utensilien um den Kreis. Anschließend zündeten wir das Räucherwerk an und begossen die Runen mit Brandbeschleuniger.

„Seid ihr bereit?“, fragte mein Großvater. Er stand bereits in der Mitte des Kreises.

Wir nickten und betraten ebenfalls den Bereich. Ich kramte das Sturmfeuerzeug aus der Hosentasche und zündete es an. Eine Sekunde zögerte ich, die magischen Symbole zu entfachen.

Ja, ich vertraute Mihail.

Er war ein erfahrener Magier. Aber wenn etwas schiefging bei einem derart mächtigen Zauber, dann gnade uns Gott.

Ich schloss kurz die Augen und öffnete meine Hand. Das Feuerzeug fiel zu Boden und entflammte augenblicklich den Runenkreis. Mit zittrigen Fingern zog ich einen der Ritualdolche aus der Scheide und reichte ihn meinem Großvater. Er wisperte die ersten Worte des Zaubers. Ohne in seinem Gemurmel zu unterbrechen, schnitt er sich in die Handfläche.

Das Blut tropfte in die lodernden Flammen und färbte sie in ein grelles Lila. Mihail reichte das Messer an meine Mutter weiter. Sie ritzte sich ihrerseits in die Hand. Nach ihr war ich an der Reihe. Als mein Blut in das Feuer rann, zischte und lebte das Feuer auf und erstrahlte in reinstem Weiß.

Eine Lichtsäule schoss in die Höhe und hüllte uns ein. Funken flogen bis zu unseren Köpfen empor. Sie brannten höllisch auf der Haut und zwangen mich, die Augen zu schließen.

Dieser Blutzauber war eine völlig andere Hausnummer als meine bisherigen. Ich fühlte mich in diesem Moment wie der letzte Anfänger.

„Was tut ihr da?“, hallte es durch den Raum. Es war Donatos Stimme. Ich öffnete die Lider einen Spaltbreit und inspizierte die Umgebung. Er stand mit zwei weiteren Magiern und der wiedererweckten Amari da. Penelope hielt er am Handgelenk fest und zerrte sie hinter sich her. Ohne auf eine Antwort zu warten, schmetterte er eine violett leuchtende Kugel auf uns.

Mein Großvater begann mit fester Stimme einen neuen Zauber zu wirken: „Exspirav…“

Es war zu spät. Donatos Angriff schlug ein wie eine Bombe und schleuderte uns meterweit durch die Luft. Ich knallte mit dem Rücken gegen den Schreibtisch und sackte zusammen. Erst nach einigen Augenblicken kam ich wieder zu mir. Ein unangenehmer, pfeifender Ton quälte mein Gehör, als wäre eine Granate in unmittelbarer Nähe explodiert.

Donato stand mittlerweile direkt über Mihail, der gleichermaßen am Boden lag.

„Wie kannst du es wagen, hier aufzutauchen?“, schrie er meinen Großvater an. Penelope hielt er weiterhin am Handgelenk fest.

Mihail kämpfte sich hoch. Es gelang ihm nicht, sich gerade aufzurichten, somit blieb er in geduckter Haltung vor Donato stehen und musterte ihn. „Ich möchte mit dir reden. Am besten allein.“

„Du hast sämtliches Potenzial für Gespräche verwirkt. Aktiviere das Tor, und deine Familie wird in Ruhe gelassen. Ansonsten findet ihr heute euer Ende.“

Mein Großvater kicherte in seinen Bart.

„Im Große-Töne-Spucken warst du schon früher hervorragend. Seit unserer letzten Begegnung hast du ganz schön viele Falten bekommen. Das Amulett, das ich dir eigens geschaffen habe, um dein Leben zu verlängern, scheint deinem Alterungsprozess nicht mehr gewachsen zu sein.“

Donato kniff verärgert die Augen zusammen und taxierte seinen Kontrahenten.

„Wenigstens habe ich mich nicht in einer Glaskugel verkrochen wie ein feiger Hund. Du hast Eugenia mir nichts, dir nichts im Stich gelassen. Wäre sie bei uns geblieben, hätte sie eine glorreiche Magierin werden können."

Meine Mutter trat einen Schritt vor.

„Niemals hätte ich das gewollt! Das Einzige, was du kannst, ist, andere auszunutzen. Dein Stolz lässt dich erhaben wirken. Dabei bist du nichts weiter als selbstverliebt und egoistisch."

Donatos Lachen hallte durch den Raum.

„Ich? Dann frage deinen Vater, warum er das Tor nicht zerstört hat, als ihm mein Vorhaben nicht länger in den Kram passte."

Alle Blicke ruhten auf meinem Großvater.

Er räusperte sich. „Nun, das ist leicht erklärt. Ich kann es nicht zerstören, weil ich an meinem Leben hänge. Das ist derselbe Grund, warum ich das Tor nicht aktivieren kann. Mein Leben habe ich meiner Arbeit verschrieben, und sie wird mein Untergang sein." Mihail verschränkte die Hände hinter dem Rücken und fuhr fort: „Ich liebe meine Forschungen und Experimente. So sehr, dass ich nicht erkennen konnte, wie du mich und meine Arbeit ausgenutzt hast. Ich war verblendet, konnte nicht sehen, zu was für einem bösartigen Monster du mich gemacht hattest."

„Was redest du für einen Unsinn? Du hast selbst wie besessen an dem Tor geforscht", entgegnete Donato.

„Weil ich eine Möglichkeit gesucht habe, Geistern zu helfen. Weil ich verstanden habe, dass es falsch ist, sie für die Energiegewinnung zu eliminieren. Du köderst talentierte Leute mit einer Kommune, die durch ein Blutmal Verbundenheit und unbegrenzte magische Fähigkeiten verspricht. Letztlich nutzt du ihre Magie einzig für deine selbstgefälligen Zwecke. Dir geht es ausschließlich um Macht, Reichtum und ewiges Leben. Das ist mir erst klar geworden, als es zu spät war. Wie ein Welpe bin ich deinem Lob hinterhergejagt. Doch sobald ich anfing, deine Pläne infrage zu stellen, wurdest du aufbrausend und hast versucht, mich mundtot zu machen."

„Das kommt mir bekannt vor", ertönte es. Alle reckten ihre Köpfe in die Richtung, aus der die Stimme gekommen war. In der Tür stand mit verschränkten Armen Linus.

Meine Augen weiteten sich, als ich die weiß strahlende Aura hinter ihm bemerkte.

Es war Luna.

Was zur Hölle machte sie an diesem Ort? Wie hatte sie es so schnell hierher geschafft?

Ein Frösteln überzog mich vom Kopf bis zu den Zehen. Wie von selbst bewegten sich meine Beine und trugen mich zu ihr. Als ich sie erreichte, schlang ich meine Arme fest um ihren Körper.

„Du Dummerchen", flüsterte ich in ihr Ohr und drückte sie an mich.

Ihre Finger vergruben sich in meinem Haar. „Ich bin penetrant. Hast du selbst gesagt."

Linus trottete auf Donato zu. „Mit jedem weiteren Dienst, den ich für dich vollbrachte, wurdest du mir wohlgesonnener und hast mich mehr behandelt wie einen Sohn. Es gefiel mir, daher wollte ich dir weiterhin imponieren, damit deine Gunst mir gegenüber nicht nachlässt. Schließlich äußerte ich ein kritisches Wort – ist nicht allzu lange her -, und du hast mich sofort zum Schweigen gebracht."

Donato schüttelte den Kopf und schmunzelte abfällig. „Linus, das ist etwas völlig anderes. Hör auf, dich einzumischen."

„Ich lasse mir nicht länger von dir den Mund verbieten."

„Du undankbares Balg! Was habe ich dir alles ermöglicht, und jetzt fällst du mir in den Rücken?"

Mihail richtete sein Wort an Linus: „Junge, weißt du, wie alt Donato ist? Er hat den ‚Circulus Arcanorum' vor über 500 Jahren gegründet, um seine Magie zu verstärken und Möglichkeiten zu finden, ewiges Leben zu erlangen. Was habe ich an lebensverlängernden Amuletten geforscht ... Je älter er wird, desto mehr Energie benötigt er, um seinen Status quo zu erhalten." Mihail senkte den Blick und schüttelte den Kopf. „Ich war dumm. Ich habe nicht gesehen, dass ich nicht gefördert, sondern ausgenutzt wurde. Mein Fokus lag allein auf meiner Arbeit. Die Konsequenzen habe ich ausgeblendet. Geister als Energiequelle zu verwenden ... Ein Tor zum Jenseits zu bauen ... Ich schäme mich jeden Tag für mein Lebenswerk. Ich habe meine Fähigkeiten an diesen Egozentriker vergeudet."

„Alles, was du beherrschst, kannst du nur meinetwegen. Stelle mich nicht als den bösen Übeltäter und dich als Opfer dar", sprach Donato.

Resigniert schloss ich die Augen.

Das Gespräch lief gar nicht gut. Die Fronten waren verhärtet, und die Vorwürfe, die sich alle an den Kopf warfen, führten zu nichts.

Mihails Stimme wurde lauter. „Ich habe dir von meiner Begegnung mit den mächtigen Energiewesen erzählt, die mich vor dem Tor ins Jenseits gewarnt haben. Du hast das geradewegs ignoriert und mich beschimpft. Das Tor darf nicht aktiviert werden!"

Donatos lautes und tiefes Lachen brachte die uns umgebenden Wände zum Vibrieren. Mit voller Wucht schleuderte er Penelope hinter sich und streckte seine Arme weit nach vorn aus.

„Genug geredet."

Zwischen seinen Händen formte sich erneut eine violette Lichtkugel. Seine Untergebenen gingen ebenfalls in Angriffsstellung.

Instinktiv drückte ich Luna fester an mich und drehte sie weg vom Geschehen. Gleichwohl wusste ich, dass ich keine reale Chance hatte, sie ernsthaft vor den Attacken zu schützen.

Mein Großvater konterte den Angriff mit einem Zauber. Eine Explosion warf Luna und mich zwei Meter weit durch den Raum. Auf der Türschwelle blieben wir liegen. Die Wände bebten unter der Erschütterung.

„Alles okay? Hast du dich verletzt?“, schrie ich, während das Chaos um uns herum ausbrach. Donato fluchte. Seine Anhänger kreischten sich wahllos Anweisungen zu.

Luna hustete den Staub aus ihrer Lunge. Sie zitterte am ganzen Körper. „Mir geht‘s gut.“

„Du verschwindest auf der Stelle!“

Trotzig schüttelte sie den Kopf. „Ich lasse dich nicht allein.“ Ein Feuerball explodierte in unserer unmittelbaren Nähe.

Luna zuckte vor Angst zusammen.

„Du hast hier nichts verloren. Hau ab!“

Auf allen vieren kroch ich vor sie und versuchte, sie vom Geschehen abzuschirmen. Ein Zauber krachte direkt neben uns in der Wand ein und hinterließ einen schwarzen Brandfleck. Asche rieselte auf unsere Köpfe. Die Luft roch nach verbrannter Kohle.

Luna bedeckte ihren Kopf mit ihren Armen, um sich zu schützen, und ignorierte meinen Befehl. Aus verengten Augen sah ich sie an. Warum wollte sie ihr Leben sinnlos aufs Spiel setzen? Resigniert ließ ich den Kopf hängen.

„Sturer Esel!“, knurrte ich. Ich bebte vor Wut und schlug mit der Hand auf den Boden. Ich hätte sie gern zur Vernunft gebracht. Allerdings war dies für eine verbale Auseinandersetzung ein schlechter Zeitpunkt.

Ich schluckte den Zorn über ihre Dickköpfigkeit hinunter und musterte sie gequält. „Trägst du wenigstens das Amulett, das ich dir gegeben habe?“

Nickend zog sie den Anhänger aus ihrem Mantel und hielt ihn fest umschlungen.

Ich konnte sie nicht zwingen zu gehen. Wirklich beschützen konnte ich sie genauso wenig. Die Machtlosigkeit lähmte mich. Langsam verlor ich jegliche Hoffnung, heil aus diesem Kampf herauszukommen. Bisher war unser Plan komplett schiefgegangen.

Ich stand auf und blickte mich um. Bis auf Linus gingen alle Magier des ‚Circulus Arcanorum‘ auf meinen Großvater los. Sie schossen mit Feuerbällen und anderen Zaubern auf ihn. Er hatte eine magische Barriere um sich und meine Mutter erschaffen und versuchte, sich zu wehren. Wie er zuvor angekündigt hatte, waren seine Angriffe zu schwach für Donato. Sie verpufften förmlich auf dessen Haut.

Gebannt verfolgte ich das Magiegefecht. Ich musste etwas tun. Irgendwas! Meine Hand wanderte von ganz allein zu meiner Hüfte und umschlang den Zeremoniendolch. Meine Augen weiteten sich. Donato war zu weit weg. Dafür stand Amari höchstens zwei Meter entfernt mit dem Rücken zu mir. War ich dazu in der Lage, sie heimtückisch von hinten zu ermorden? Bei dem Gedanken musste ich schwer schlucken. Meine schwitzigen Finger zogen den Dolch aus seiner Scheide.

Tu es einfach. Steh nicht so dumm in der Gegend herum! Deine Mutter und dein Großvater brauchen Hilfe.

Vorsichtig ging ich einen Schritt auf Amari zu. Keiner beachtete mich, jegliche Aufmerksamkeit galt dem Kampf. Amari stand nur noch einen Meter von mir entfernt. Sie hatte mir in der Vergangenheit bereits mehrfach gezeigt, dass sie mich gern tot sehen würde.

Wenn sie in meiner Situation wäre, würde sie keine Sekunde zögern. Ich für meinen Teil war nicht derart skrupellos wie sie. Bislang hatte ich niemanden lebensbedrohlich verletzt oder gar getötet. Und mein Innerstes sträubte sich vehement dagegen, diese blutrünstige und niederträchtige Tat zu wagen. Wie in Zeitlupe erhob ich die Hand.

Tu es!

Mein Arm wog plötzlich das Tausendfache. Mit Mühe zwang ich mich zu einem weiteren Schritt. Ich stand dicht hinter Amari.

Tu es endlich!

Mein Puls hämmerte mir in den Ohren. Auf einmal spielten sich Bilder aus der Vergangenheit vor meinem geistigen Auge ab: Meine besten Freunde spuckten mir vor die Füße und nannten mich einen Mörder; sie kehrten mir den Rücken zu, ließen mich allein mit meinem Kummer. Alle trauten mir zu, Penelope getötet zu haben, verurteilten mich für eine Tat, die ich nicht begangen hatte. Der niederschmetternde Schmerz von damals flammte in meinem Herzen auf.

Meine Augen weiteten sich.

Mörder!

Erschrocken öffnete ich die Hand. Das Messer fiel scheppernd zu Boden. Von dem lauten Ton aufgeschreckt, drehte sich Amari um. Für den Bruchteil einer Sekunde starrten wir uns an.

„Du Bastard!“, keifte sie, dann hob sie ihre Hände und griff mich mit einem Feuerball an.

Ich sprang zur Seite, ihr Zauber traf meine rechte Körperhälfte. Die Hitze verbrannte meine Kleidung samt meiner Haut und versengte meine Haare.

Unsanft landete ich auf dem Boden und schrie auf. Mein halbes Gesicht, meine halbe Brust und mein rechter Arm brannten wie Feuer. Der Schmerz breitete sich weiter aus. Die Stofffetzen meiner Kleidung verschmolzen mit meiner verschmorten Haut. Fest presste ich eine Hand gegen die Wunde auf der Brust. Mir wurde schlecht. Ich röchelte nach Luft und unterdrückte den Drang, mich zu übergeben.

Meine Mutter schrie meinen Namen. Luna eilte zu mir und beugte sich schützend über mich.

„O Gott“, hauchte sie und schlug sich die Hand vor ihren Mund.

Amari stellte sich neben uns und keifte Luna an: „Mach Platz und verpiss dich!“

„Nein, niemals!“

Ich versuchte, Luna mit einer Hand von mir zu schieben. Meine Kraft reichte nicht aus.

„Geh“, presste ich zwischen zusammengebissenen Zähnen hervor. Wie ein Embryo rollte ich mich zusammen und unterdrückte einen weiteren Schmerzensschrei. Aus dem Augenwinkel bemerkte ich, dass der Kampf pausierte und mich alle anstarrten. Selbst Donato sah zu mir.

Amari packte Luna am Arm, doch sie wehrte sich. Ein Handgemenge entstand. Meine Mutter rannte auf mich zu, kniete sich neben mich und richtete ihr Heilamulett auf meinen Körper.

Mit großer Anstrengung hielt ich die Augen geöffnet; meine Sicht verschwamm zunehmend. Halb ohnmächtig wanderte mein Blick zu Penelope. Sie lag eingeschüchtert in der Ecke, hielt sich ihr Handgelenk an der Stelle, an der Donato sie festgehalten hatte. Langsam stand sie auf. Keiner außer mir schenkte ihr Beachtung. Sie schlich zu dem Ritualdolch, den ich beim Blutzauber in die Flammen geworfen hatte, und hob ihn auf.

Mühselig presste ich Sauerstoff in meine Lungen. Ein Röcheln drang aus meiner Kehle. Es fühlte sich an, als läge eine Tonne Gewicht auf meiner Brust. Die heilende Magie des Amuletts schoss durch meine Adern, brachte die Nervenbahnen zum Kribbeln und Zucken. Ich stöhnte auf.

Donato wandte sich von mir ab und drehte sich zu Mihail. Die magische Barriere um meinen Großvater war verschwunden. Mit herunterhängenden Schultern stand er da und blickte auf mich. Dabei bemerkte er nicht, dass Donato einen weiteren Zauber in seinen Händen formte.

Ich wollte Mihail warnen, öffnete den Mund. Lediglich ein leises Krächzen verließ meine Lippen.

In dem Augenblick, als Donato die Attacke abfeuerte, tauchte Penelope hinter ihm auf.

„Penny", wisperte ich. Ich schloss die Augen. Der Versuch, sie erneut zu öffnen, scheiterte. Dazu fehlte mir schlichtweg die Kraft. Einen Moment lang hörte ich den dumpfen Klang von Moms Stimme. Ich verstand ihre Worte nicht, als triebe ich unter Wasser. Eine ungeahnte Dunkelheit übermannte mich und raubte mir die Sinne.

Da war nichts mehr als Stille und Schwärze.

Oculus Divinus

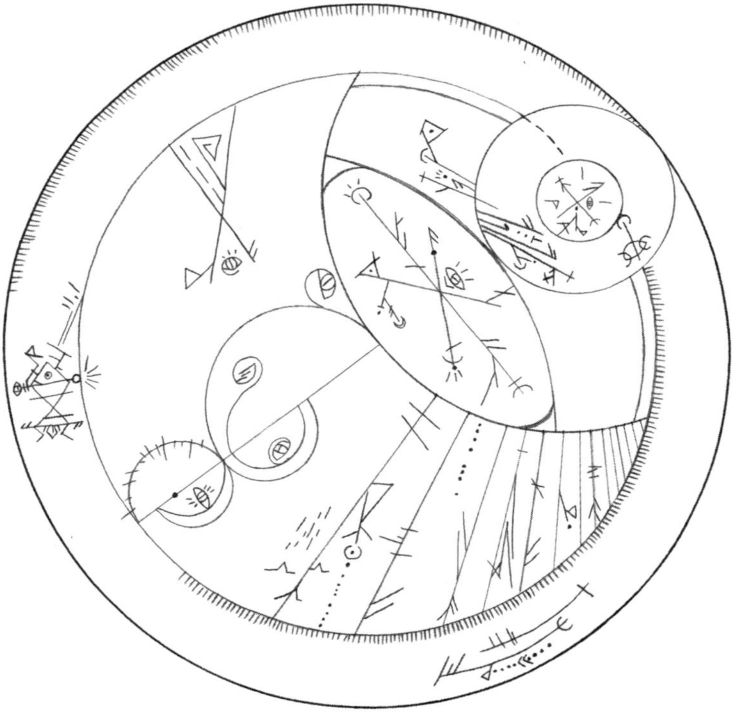

Kapitel 27

Luna

Als der Name seiner Ex-Freundin seine Lippen verließ, blieb mein Herz stehen. Ich wehrte mich nicht länger gegen Amari und verharrte am Boden.

Unverzüglich stürzte sie sich auf Eugenia und entriss ihr das Amulett.

„Vince“, flüsterte ich völlig durcheinander.

Ich wusste nicht, ob er tot war.

Ich wusste nicht, was ich tun sollte.

Ich wusste gar nichts mehr.

Wie betäubt lag ich da. Die Geschehnisse um mich nahm ich nur noch in Zeitlupe wahr.

Vincent hatte recht: Ich war hier völlig unnütz. Was hatte ich mir dabei gedacht herzukommen?

Während Eugenia mit Amari rang, stürmte Linus zu mir und kniete sich neben mich.

„Ich heile ihn. Keine Sorge.“

Er legte seine Hände auf Vincents Bauch. Ein angenehm helles Licht glomm zwischen seinen Fingern auf und strömte in Vincents Körper.

Amari schrie ihn an: „Hör auf!“

Linus ignorierte sie und hauchte Vincent neues Leben ein. Ein röchelnder Atemzug drang aus dessen Kehle, sein Brustkorb hob sich.

Sanft streichelte ich ihm über die Stirn. Kurz öffneten sich seine Augen einen Spaltbreit. Dann sank er in sich zusammen und blieb regungslos liegen.

„Er wird wieder. Versprochen. Er ist bloß ohnmächtig.“ Linus lächelte mich an. Die Heilung hatte ihn viel Energie gekostet. Seine Haut war fahl und seine Augen müde.

„Danke“, sagte ich schluchzend und warf mich in seine Arme. Kraftlos sackte er zur Seite, stützte sich mit einer Hand an mir ab. Sein Körper strömte eine unnatürliche Kälte aus.

„Geht‘s dir gut?“, fragte ich ihn.

Bevor er antworten konnte, schleuderte uns eine mächtige Explosion zu Boden. Schützend warf sich Linus über mich. Ein grelles Licht umhüllte uns gänzlich. Es dauerte einige Sekunden, bis ich wieder etwas sehen konnte. Absolute Stille trat ein, niemand sagte ein Wort.

Linus sah mir tief in die Augen. „Alles okay?“

Ich nickte und schob ihn von mir runter. Wir rappelten uns hoch und sahen uns um. Staub wirbelte umher, der sich nach und nach legte und schließlich das Ausmaß der Zerstörung preisgab.

Dort, wo zuvor Mihail gestanden hatte, befand sich nun ein qualmender Krater. Über ihm schwebte ein weiß leuchtender Kristall, der sich langsam um die eigene Achse drehte. Auf Anhieb begriff ich, dass dies das fehlende Artefakt war, von dem der alte Mann mehrfach gesprochen hatte. Von Vincents Großvater selbst war nichts weiter übrig geblieben als ein Häufchen Asche.

„Nein“, hauchte ich und brach in Tränen aus.

Donato sackte ein paar Meter weiter zu Boden, dabei die Arme in die Höhe streckend. Erst jetzt bemerkte ich, dass Penelope hinter ihm stand und einen blutigen Dolch in den Händen hielt. Was war geschehen? Hatte sie ihn bezwungen? Meine Aufmerksamkeit hatte gänzlich Vincent gegolten.

„Linus ...“, presste Donato mühsam hervor, „heile mich.“

Penelope stach mehrmals in Donatos Rücken ein. Dabei kreischte sie wie eine Furie.

Mein Blick wanderte zu Linus, der dicht neben mir stand. Die Hände zu Fäusten geballt zitterte er am ganzen Körper. Er biss die Zähne fest aufeinander, sodass die Muskeln an seinen Wangen hervortraten, und starrte seinen Ziehvater an.

Die anderen beiden Magier rannten auf Penelope zu und rissen sie von Donato weg. Sie landete unsanft auf dem Boden.

Anstatt vor Schmerzen zu schreien, lachte sie.

Amari ließ von Eugenia ab und eilte ihren Verbündeten zu Hilfe. Breitbeinig stellte sie sich über Penelope und schaute auf sie herunter. Donato fiel mit dem Oberkörper nach vorn und stützte sich mit den Händen ab.

Sein Rücken war großflächig mit Blut bedeckt, das ihm zu den Seiten herabfloss und auf den Boden rann. Allmählich bildete sich eine dunkle Pfütze unter seinem Körper und breitete sich weiter aus.

Er war lebensbedrohlich verwundet. Auf allen vieren stöhnte er: „Tötet sie. Tötet dieses Miststück!“

Kühl sprach Amari: „Dich konnte ich noch nie leiden.“ Ohne zu zögern, richtete sie ihre Handflächen auf Penelope und feuerte eine Salve Feuerbälle aus nächster Nähe ab.

Ich erschauderte bei dem Anblick. Der Geruch von verkohltem Fleisch stieg mir in die Nase. Mein Magen rebellierte. Ich musste würgen. Speichel sammelte sich in meinem Mund. Händeringend versuchte ich, meinen Körper unter Kontrolle zu bringen, presste mir beide Hände auf die Lippen. Es half nicht. Ich drehte mich zur Seite und übergab mich. Sofort spürte ich Linus' Hand, die sanft über meinen Rücken strich.

„Heile sie. Bitte", sagte ich wimmernd.

„Das geht nicht. Ihre Leiche ist komplett verkohlt. Da ist nichts mehr zu retten."

Ich richtete mich auf und sah Linus in seine müden Augen. In ihnen fand ich traurige Gewissheit. Er sprach die Wahrheit: Er konnte sie nicht zurückholen.

„Tu irgendwas!", forderte ich von ihm und wischte mir Erbrochenes aus dem Gesicht.

Linus senkte den Kopf. Er zitterte am ganzen Leib wie Espenlaub.

„Warum tut niemand irgendwas!", schrie ich laut. Keiner rührte sich. Einzig Donato kroch zum Krater und schnappte sich den Kristall. Mit letzter Kraft schleppte er sich zum Tor.

Amari kam auf uns zu und blieb vor Vincent stehen. Ohne mich eines Blickes zu würdigen, streifte sie ihm seine Uhr vom Handgelenk und lief in Richtung ihres Anführers.

„Halt!", schrie ich.

Eugenia brach schluchzend zusammen und vergrub ihr Gesicht in beiden Händen.

Hilflos stieß ich aus: „Amari, warte!"

Sie ignorierte mich und platzierte das Artefakt im Torbogen. Just entzündete sie mit ihrer Magie den Runenkreis und schnitt sich selbst die Pulsadern auf. Kreischend stürzte sie ins Flammenmeer. Das Feuer färbte sich lila und peitschte hoch bis an die Decke.

Donato saß vor dem lodernden Symbol auf dem Boden und nuschelte unverständliche Worte.

Hilflos stand ich da und beobachtete das Szenario. Ich fühlte mich wie in einem nicht enden wollenden Albtraum.

„Warum unternimmt keiner was?“, fragte ich leise unter Tränen. Ich kannte die Antwort längst. Eugenia und Linus hatten beide kapituliert. In ihren Augen lagen Verzweiflung und Resignation. Aber was war mit mir? Hatte ich ebenfalls aufgegeben? Bis jetzt hatte ich rein gar nichts geleistet, war ausschließlich stille Beobachterin gewesen. Donato hatte mich nicht einmal richtig wahrgenommen, so unwichtig war ich für diesen Kampf.

Mein Innerstes rebellierte. Ich konnte Donato nicht tatenlos gewinnen lassen. Mihail und Penelope waren gestorben. Vincent war schwer verwundet und bewusstlos. Sollten ihre Opfer umsonst gewesen sein?

Mein ganzes Leben lang hatte ich zu keiner Zeit die Initiative ergriffen.

Ich hatte jegliche Situationen hingenommen, egal wie sehr sie mich verletzt hatten. Die Beziehung mit Vincent hatte allerdings etwas in mir verändert. Die Wut, die ich all die Jahre zurückgehalten hatte, kochte in mir hoch. Sie brodelte in mir wie in einem Vulkan, der kurz vor dem Ausbruch steht. Ich konnte sie nicht länger ignorieren. Entschlossen wagte ich den ersten Schritt.

Donato öffnete seine Handfläche, in der er den Kristall hielt. Dieser leuchtete intensiver als zuvor und rotierte rasend schnell um seine eigene Achse, sodass man seine Form nicht mehr erkennen konnte.

Aus schmalen Augen beobachtete ich das Geschehen. Gute zwei Meter schwebte der Kristall über dem Boden und flog langsam auf das Tor zu. Die Pforte erstrahlte in einem grellen Lila. In ihrer Öffnung entstand eine leuchtende, wabernde Masse.

Donatos siegessicheres Kichern klang schrill und irre. Ich presste die Kiefer aufeinander. Jeder Muskel in mir spannte sich an. Heute würde ihm das Lachen in der Kehle stecken bleiben. Sollte er daran elendig verrecken.

Wie ein Blitz rannte ich los.

Mit voller Kraft sprang ich in die Luft, über den brennenden Runenkreis hinweg und direkt auf das Tor zu.

„Was tust du?“, schrie Donato.

Einer seiner Helfer attackierte mich mit einem Zauber. Glücklicherweise absorbierte ihn Vincents Schutzamulett und schleuderte mich noch höher.

Kurz bevor der Kristall die vorgesehene Einkerbung im Torbogen erreichte, streckte ich den Arm weit aus und schnappte ihn mir. Das Adrenalin pumpte durch meine Adern, mein Herz hämmerte triumphierend gegen meine Rippen. Grinsend flog ich durch die Pforte hindurch. Das grelle Licht verschlang mich regelrecht und strahlte eine eisige Kälte aus. Ein Frösteln überzog meinen Körper und bescherte mir eine Gänsehaut.

Das Licht erlosch, das Tor schloss sich. Ich war allein in vollkommener Dunkelheit.

Was mich erwartete, spielte für mich keine Rolle. In diesem Moment zählte ausschließlich mein Sieg über Donato. Ich hatte ihm das verwehrt, was er all die Jahre begehrt hatte.

Inzwischen war der Kristall unerreichbar für ihn auf der anderen Seite. Lächelnd schloss ich die Augen und drückte den glimmenden Stein an meine Brust.

Kapitel 28

Vincent

„Er kommt zu sich.“

Langsam öffnete ich die Augen und erkannte meine Mutter und Linus über mir. Unverzüglich setzte ein brennender Schmerz in meiner rechten Körperhälfte ein. Mit der linken Hand tastete ich das Gesicht und die Brust ab. Die Wunden waren oberflächlich verschwunden. Linus legte seine Finger auf meine, um mich zu beruhigen.

„Keine Sorge, du wirst wieder. Das habe ich Luna versprochen.“

„Luna“, stieß ich aus und richtete den Oberkörper auf. „Wo ist sie? Was ist passiert?“

Meine Mutter schluchzte und wandte ihr Gesicht von mir ab.

Orientierungslos sah ich um mich. „Wo sind alle? Wo ist Lu?“

Linus legte seine Hände auf meine Schultern und ging auf Augenhöhe. „Vincent, hör zu, du solltest dich erst mal ausruhen.“

Seine Nähe war mir unangenehm. Ich wischte seine Hände von mir und sah ihn stirnrunzelnd an.

„Was ist passiert?“ Ein ungutes Gefühl breitete sich in mir aus. „Mom, bitte rede mit mir.“

Sie rieb sich schniefend durchs Gesicht und erzählte, was geschehen war. „Oh, Vincent, es tut mir unfassbar leid.“ Bitterlich weinend, warf sie sich in meine Arme.

Ich war wie zu Eis erstarrt, konnte ihre Worte nicht glauben. Das musste ein Scherz sein.

Linus saß in der Hocke und umklammerte seine Oberarme.

„Donato ist an seiner Verletzung gestorben. Ich habe ihn nicht geheilt. Er ist elendig vor dem Tor verblutet. Amari ist ebenfalls tot, und seine restlichen Gehilfen sind panisch geflohen.“

„Das ist mir scheißegal. Mein Großvater und Penny sind tot und Luna verschwunden.“ Ich starrte auf meine zitternden Hände. „Ich will das nicht glauben. Das kann nicht sein.“

Linus schüttelte den Kopf. „Es tut mir leid.“

„Es tut dir leid? Du bist einer vom ‚Circulus Arcanorum‘. An deinen Händen klebt genauso das Blut Unschuldiger.“

Er berührte meinen Oberarm, um mich zu besänftigen. „Wenn ich könnte, würde ich es ungeschehen machen. Glaub mir.“

Voller Zorn schlug ich seine Hand weg. „Fass mich nicht dauernd an, und verpiss dich!“

„Vincent, du bist sauer. Aber gib Linus nicht die Schuld. Er ist auf unserer Seite“, rügte mich meine Mutter.

Ich drehte den Kopf weg und schnaubte verächtlich. Wut und Verzweiflung breiteten sich in mir aus und brachten mein Blut zum Kochen. Nicht allein auf Linus war ich wütend, sondern vor allem auf mich selbst.

Nichts Hilfreiches hatte ich zu diesem Kampf beigetragen. Ich war ein absoluter Nichtsnutz. Tränen sammelten sich in meinen Augen und nahmen mir die Sicht. Ich konnte ein Schluchzen nicht mehr zurückhalten und verbarg das Gesicht hinter meinen Händen. Donato war besiegt, der Preis dafür zu hoch.

„Du bist völlig am Ende. Lass uns nach Hause gehen. Dort überlegen wir uns was wegen Luna“, sagte meine Mutter.

Ohne sie anzusehen, schüttelte ich den Kopf. „Wenn sie tot ist, werde ich mir das niemals verzeihen!“

Fürsorglich schob sie ihre Hände unter meinen Arm, zog mich hoch und wischte mir die Tränen von den Wangen. „Ihr geht es bestimmt gut. Wir dürfen die Hoffnung nicht aufgeben.“

Es fühlte sich falsch an, ausgerechnet von *ihr* getröstet zu werden. Lediglich einen Tag hatte sie mit ihrem Vater verbringen dürfen, bevor er für immer von uns gegangen war. Ich hatte keinen emotionalen Bezug zu Mihail gehabt. Meine Mutter hatte mir allerdings oft erzählt, wie sehr sie ihren Vater vermisste und sich sehnlichst wünschte, dass er aufwachte. Ein einziger verfluchter Tag war ihnen vergönnt gewesen, den sie mit der Planung von Donatos Bezwingung vergeudet hatten.

Linus stieg über Donatos und Amaris Leichen, entfernte die Artefakte aus der Torfassade und überreichte sie meiner Mutter. Wortlos hielt er mir die Armbanduhr hin. Als ich sie entgegennahm, ging er an mir vorbei und verließ den Raum.

Meine Mutter folgte ihm. Ein paar Meter schlich ich hinter ihnen her.

Gedankenverloren beäugte ich die Uhr.

Ausruhen. Wie sollte ich mich auch nur eine Sekunde erholen, wenn ich Lu nicht in Sicherheit wusste?

Nein, das konnte ich nicht. Unbemerkt blieb ich stehen und schloss die Augen. Sie war durch das Tor ins Jenseits gereist.

Ich würde ihr folgen und sie suchen.

Ohne ein Wort des Abschieds teleportierte ich mich heimlich aus dem Diesseits und landete vor der Pforte zum Jenseits. Erschöpft öffnete ich die Augen. Die dichte Nebelschicht waberte bis zu meinen Knien. Ich fixierte den Torwächter und lief direkt auf ihn zu.

„Weißt du, wo Luna ist, die junge Frau vom letzten Mal?“

Er ignorierte mich.

„Komm schon, bitte.“

Er drehte seinen Körper leicht in meine Richtung, schwieg jedoch weiterhin.

„Willst oder kannst du nicht mit mir sprechen?“

Mit seiner Hand streifte er sich die Kapuze ab. Dort, wo sein Kopf sitzen sollte, schwebte eine dunkle Kugel aus Nebel. In ihrem Zentrum glomm es violett auf. In meinen Gedanken vernahm ich eine tiefe Stimme: *Gehe zu den Weisen.*

Ich grinste. „Geht doch.“

Mit einem Klaps auf seinen Rücken verabschiedete ich mich von ihm und durchschritt das Tor.

Als ich das Jenseits betrat, formte sich vor mir ein gewundener Sandweg, den leuchtende Wiesenblumen säumten. Mein Blick folgte dem Pfad. Mir blieb wohl nichts anderes übrig, als darauf zu vertrauen, dass er mich zum gewünschten Ziel führte.

„Vincent, wie toll.“

Hannah erschien neben mir und lachte vergnügt. Sie trug ein rosafarbenes Elfenkostüm mit Flügeln.

„Hab dir ja versprochen, dich abzuholen.“ Sofort griff sie meine Hand und schlenderte mit mir gemeinsam den Weg entlang.

Ihre überschwängliche kindliche Art milderte meinen Schmerz kurzzeitig. „Du scheinst dich wohlzufühlen. Das freut mich."

„Es ist spitze hier. Ich habe viele neue Freunde gefunden. Trotzdem vermisse ich meine Eltern."

Ich nickte verständlich. „Weißt du, wo ich die Weisen finden kann?"

Abrupt blieb sie stehen und starrte mich mit großen Augen an.

Mit ernster Miene ging ich in die Hocke. „Ich muss wirklich dringend zu ihnen. Ist das der richtige Weg?"

„Keiner darf dorthin."

Das hörte sich wieder danach an, dass mein Unterfangen nicht leicht werden würde. „Bringst du mich trotzdem zu ihnen?"

Hannah legte den Kopf schief. „Ich weiß nicht, wo die sind. Darf ich mit dir zusammen suchen?" Wie der Wind rannte sie los. Ihre zarten Flügel schillerten regenbogenfarben im Licht.

Schmunzelnd folgte ich ihr.

Von all den Geistern, die ich ins Jenseits gebracht hatte, begleitete mich ausgerechnet dieses kleine Mädchen. Zwar konnte sie mir nicht helfen, trotzdem freute ich mich über ihre Gesellschaft.

Ihr quirliges Wesen lenkte mich von den Geschehnissen ein Stück weit ab.

Wir gingen keine hundert Schritte, da änderte sich die Vegetation schlagartig.

Weiße Felsen schossen aus dem Erdreich, ein dichter Ahornwald wuchs um uns herum und tauchte die Umgebung in ein sattes Rot.

Der Weg bestand nicht mehr aus Sand, sondern aus weißem Kies.

„Hannah, hast du dir das gewünscht?", fragte ich irritiert.

Sie schüttelte den Kopf und beäugte ein Windspiel, das an einem der Bäume hing und melodisch klimperte.

„Das Jenseits fasziniert mich ein ums andere Mal. Es ist so chaotisch, als wären die Gesetze der Physik außer Kraft“, nuschelte ich in mich hinein.

Eine Frauenstimme erklang aus dem Nichts: „Hast du noch nie geträumt?“ Eine junge Frau sprang hinter einem meterhohen Farn hervor und grinste frech.

Ich wich einen Schritt zurück. „Wer bist du?“

„Was? Du enttäuscht mich!“

Eingehend betrachtete ich die Frau. Ihr Körper war perfekt proportioniert. Sie hatte blaue Augen, eine lange knallrote Mähne und trug ein figurbetontes schwarzes Kleid.

„Das Jenseits ist wie ein luzider Traum, den alle Seelen miteinander teilen.“ Ihre Haare färbten sich in ein dunkles Aschblond. Sie schrumpfte einige Zentimeter, dafür wuchs ihr Bauchumfang.

„Julia“, stammelte ich.

„Ich war deine erste verlorene Seele, die du gerettet hast.“ Schmunzelnd lief sie auf mich zu und schlang ihre Arme um mich.

Ich erinnerte mich an den Tag unseres Kennenlernens, wie peinlich berührt ich gewesen war, weil sie nackt vor mir gestanden hatte. Wir hatten uns an den Treppenstufen vor dem Gendarmenmarkt kennengelernt.

Dort hatte sie mir ihre Leidensgeschichte erzählt: von dem Mobbing an ihrer Schule, von dem Stiefvater, der sie misshandelt, und von ihrer Mutter, die alles schweigend hingenommen hatte. Julia hatte sich im Alter von 17 Jahren bei einer Klassenfahrt das Leben genommen und war für knapp zwei Jahre als Geist umhergeirrt. Bis sie auf mich getroffen war. Nach unzähligen Gesprächen waren wir auf die Idee gekommen, dass ich sie ins Jenseits mitnehmen könnte. Seitdem sah ich es als meine Berufung an, ruhelosen Geistern die Möglichkeit zu bieten, an den Ort zu gelangen, an dem sie Frieden fanden.

Während Hannah per Zeigefinger den Wegesrand mit Gartenzwergen verschönerte, erklärte ich Julia, was geschehen war.

Sie klopfte mir auf die Schulter. „Puh, bei dir ist ständig was los."

„Ich ziehe Chaos magisch an."

„Die Weisen werden dir nicht helfen. Sie reden mit niemandem. Zumindest erzählt man sich das. Wenn sie mit dir sprechen wollen würden, wären sie längst erschienen und du bräuchtest nicht einem unendlichen Pfad ins Nirgendwo zu folgen."

Demotiviert senkte ich den Blick. „Das habe ich geahnt. Dennoch habe ich keine andere Wahl. Luna muss hier irgendwo gelandet sein."

„Ich begleite euch." Augenblicklich steckte Julia wieder in ihrem Topmodel-Körper, und ihre Haare färbten sich rot.

„Hast du nichts Besseres zu tun?"

Sie boxte mir gegen den Arm und schaute grimmig drein. Grinsend griff ich ihre Hand und zog sie weiter den Weg entlang.

„Freut mich, dass du mitkommst."

Es freute mich wirklich.

Julia war damals die einzige Freundin gewesen, die mir meine Unschuld am Verschwinden von Penelope geglaubt hatte.

Ich war heilfroh gewesen, sie kennengelernt zu haben, und hatte jede Unterhaltung mit ihr genossen.

Umso trauriger hatte es mich einst gemacht, sie im Jenseits zu lassen und allein ins Diesseits zurückzukehren. Sie hatte mich zu meiner Rückkehr gedrängt und gewollt, dass ich das Leben genoss.

Wir liefen unzählige Kilometer durch einen dichter werdenden Wald. Mein innerster Wunsch, mich direkt zu Luna zu teleportieren, wurde mir vom Jenseits verwehrt. Es gab keine Abkürzung. Die Überlegung keimte in mir auf, dass das Tor sie an einem völlig anderen Ort ausgespuckt hatte.

„Schau nicht so traurig“, meinte Julia.

„Wir laufen seit einer gefühlten Ewigkeit. Weder diese komischen Weisen noch Luna sind aufgetaucht. Ich fürchte, dieser Weg bringt uns nicht ans Ziel.“

„Vielleicht wollen dich die Weisen testen. Womöglich beobachten sie dich die ganze Zeit. Und du schlurfst rum wie ein trauriger Molch.“

„Das Jenseits lässt alles auf die Weise aussehen, wie ich es mir wünsche, oder? Was, wenn ich mir etwas anderes vorstelle als du?“ Ich dachte an einen steilen Gebirgspass. Unverzüglich bebte der Boden und wuchs in die Höhe. Die Bäume verschwanden und wurden durch vertrocknete Büsche ersetzt. Die Landschaft wurde felsig und karg. Ein eisiger Wind schlug mir ins Gesicht.

„Es ist wie ein kollektiver Traum. Meistens entsteht eine Mischung aus den verschiedenen Wünschen. Wenn sich die Vorstellungen allerdings zu stark voneinander unterscheiden, wird man getrennt.“

„Sowohl der Raum als auch die Zeit verhalten sich nach anderen Gesetzen“, murmelte ich.

„Du kannst hier nicht von A nach B laufen. Es gibt keinen fixen Ort. Aber wenn du an etwas Spezielles denkst, beispielsweise an dein Zuhause, wird es erscheinen.“

Ich ging in die Hocke und stemmte die Hände auf den Knien ab. „Das bedeutet, dass es wirklich vollkommen sinnlos ist, diesem Pfad nachzugehen. Ich fühle mich, als säße ich in einem Hologramm fest."

„Wie gesagt: Vielleicht ist es der Wunsch der Weisen, dass du dem Weg folgst."

Knurrend kratzte ich mich an der Schläfe und grübelte. „Was sollte es ihnen bringen, mich stundenlang durch die Gegend tingeln zu lassen? Das macht keinen Sinn. Wer sind die überhaupt? Was ist ihre Aufgabe?"

Julia zuckte mit den Schultern. „Gehen wir weiter."

Wir liefen den schmaler werdenden Pfad entlang. Eine dicke Eisschicht bedeckte die Felsen. Meterhoch lag der Pulverschnee. Die Sonne brannte auf unsere Köpfe. Oben am Gipfel angelangt, endete der Weg. Wir blickten auf eine karge Gesteinswüste tief unten in einem Tal.

„Na toll", brummte ich und warf mich auf den Boden.

„Jetzt weiß ich auch nicht mehr weiter", gestand Julia und setzte sich auf einen Felsvorsprung.

Ratlos sahen wir uns um. Ein kleiner Turm, gebaut aus Steinen, ragte am höchsten Punkt auf. Sonst gab es nichts.

Hannah kletterte bis zu dem Türmchen hinauf und bestaunte es. „Vincent, schau mal."

Niedergeschlagen stieß ich die Luft laut aus und quälte mich hoch.

„Da, auf dem Fähnchen ist was drauf."

Ich begutachtete die kleine Flagge. Sie war vom Wind schon total zerfetzt. Auf dem ausgeblichenen Stoff konnte man ein Symbol erahnen. Neugierig stieg ich die Steinwand hinauf, um einen besseren Blick zu erhaschen. Das Zeichen sah aus wie eine Magierune. Mit den Händen bekam ich den Stoff nicht zu fassen. Also brach ich den dünnen Ast ab, an dem die Flagge befestigt war. Schnell kletterte ich nach unten und zeigte Julia den Stofffetzen.

„Es könnte ein magisches Zeichen sein. Magier verwenden solche Runen für komplexe Zauber."

Mit großen Augen sah sie mich an. „Also war der Aufstieg nicht umsonst."

„Das Problem ist, dass ich keine Ahnung habe, welchen Zauber ich sprechen soll. Ohne Zauberbuch bringt mir das Zeichen nichts", erklärte ich.

Hannah hüpfte aufgeregt neben mir auf und ab. „Na, das ist leicht. Bücher gibt es in einer Bibliothek." Sie kniff die Augen zusammen und ballte ihre Hände zu Fäusten. Flugs standen wir in einem schmalen Gang zwischen Regalen, die gut fünf Meter bis zur Decke reichten.

„Wow", stieß ich fasziniert aus und drehte mich um die eigene Achse. Die unterschiedlichsten Bücher umringten uns, wohin wir auch sahen. Ich lief den nicht enden wollenden Gang entlang. „Wie soll ich hier das richtige finden? Ich weiß nicht einmal, nach welchem Zauber ich suche."

„Stelle es dir einfach vor", antwortete Julia.

Ich schloss die Augen und dachte an einen dicken Folianten. Den Umschlag zierte die gleiche Rune wie die auf der Flagge.

Ein Ziehen an meinem Ärmel riss mich aus meinen Gedanken, und ich hörte Hannah sagen: „Es klappt!"

Rasch öffnete ich die Lider. Ein Buch schob sich wie von Zauberhand aus dem Regal, flog auf mich zu und knallte mir gegen den Kopf. Dann landete es in meinen Händen. Verwirrt rieb ich mir die schmerzende Stelle und musterte den dicken Wälzer. „Strange."

Bedächtig schlug ich ihn in der Mitte auf und blätterte wahllos darin. Die Seiten waren leer. Julia riss mir das Buch ungeduldig aus der Hand und besah sich ihrerseits die erste Seite. Tatsächlich, sie war beschrieben. „Da du dir glücklicherweise nur den einen Zauber vorgestellt hast, steht bloß dieser drinnen."

Ich nickte und nahm das Buch zurück.

‚Sapientis Semita' stand groß als Titel in verschnörkelter Schrift darauf. Darunter folgten eine Anweisung und die Zauberformel. Auch die Magierune war dort ein weiteres Mal detailliert abgebildet. „Ihr beiden seid spitze. Danke für eure Hilfe."

Hannah kicherte und umarmte mich. „Das war einfach."

„Ernsthaft, ohne euch hätte ich das niemals hinbekommen."

Julia streckte ihren Zeigefinger mahnend in die Luft. „Lobe uns nicht zu früh. Noch bist du nicht angekommen."

Ich sah sie ernst an und nickte. „Wir brauchen Platz, etwas zum Zeichnen, getrockneten Lavendel und Feuer."

Julia krempelte ihre Ärmel hoch. „Dann mal los!"

Luna Cantus

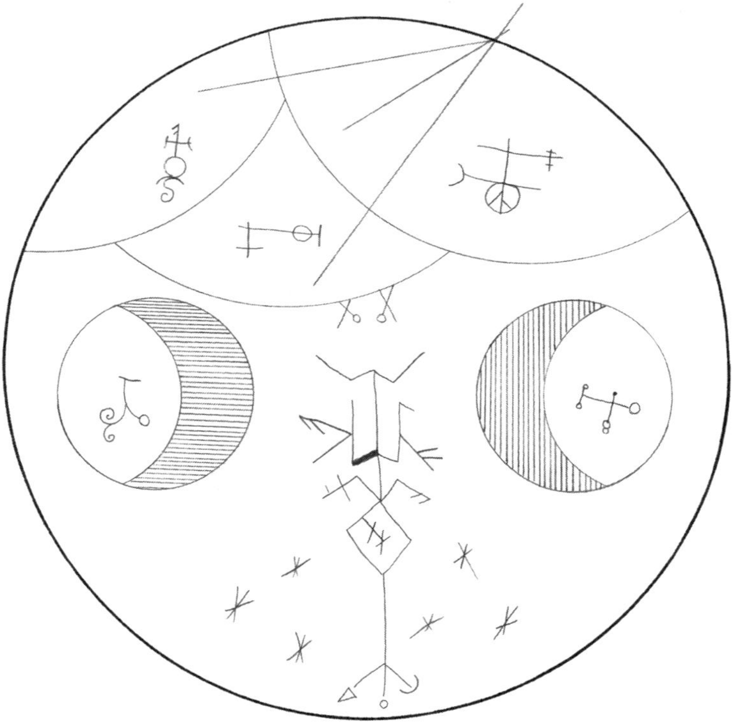

Kapitel 29

Luna

Schwerelos trieb ich durch den leeren Raum, als wäre ich in der Unendlichkeit gefangen. Vor mir erstreckte sich ein atemberaubender Nebel, der dem im Sternbild Orion ähnelte.

Seine prächtigen Lila- und Blautöne leuchteten in der Dunkelheit und faszinierten mich. Gleichzeitig breitete sich ein beklemmendes Gefühl in mir aus. Meine Gedanken rasten, und ich begriff, dass ich allein war. Mutterseelenallein.

Ich zitterte vor Kälte, hielt den Kristall weiterhin fest an meine Brust gedrückt, während er wie ein Herz schlug und ein wenig Wärme absonderte. Verzweifelt klammerte ich mich an die Hoffnung, dass Mihail im Kristall noch lebte.

Die Zeit verging. Nichts geschah. Ich wollte schreien. Mir fehlte die Kraft dazu. Die Stille schmerzte förmlich in meinen Ohren. Hier in der Einsamkeit vermisste ich die vertrauten Geräusche und die Hektik der Welt. Doch am meisten sehnte ich mich nach Vincent. Das

Bild von ihm, ohnmächtig und schwer verwundet am Boden liegend, flackerte permanent vor meinem inneren Auge auf.

Hatte er seine Verletzungen überlebt? Würde er kommen und mich retten?

Ich versuchte, mich abzulenken, und dachte an unsere gemeinsame Zeit. Die Freundschaft war holprig gestartet, bis er sich mir nach und nach geöffnet und mich näher an sich heran gelassen hatte. Er war der erste Mensch gewesen, der sich ernsthaft für mich interessiert hatte. Selbstlos hatte er mir geholfen, meine Seele wieder zu vervollständigen. Innerhalb weniger Wochen war meine Welt einzig von ihm geprägt gewesen. Nichts war mir wichtiger als Vincent.

Empfand er genauso?

Als Penelope aufgetaucht war, hatte er sich seltsam verhalten. Er hatte mir zwar erklärt, dass seine Liebe zu ihr erloschen war und er mit mir zusammen sein wollte, trotzdem regten sich tief in mir seither Zweifel. In seinem Blick hatte so viel Liebe gelegen, wenn er Penelope ansah. Allein das Aussprechen ihres Namens ließ mein Herz zu Eis gefrieren. Ich fragte mich, ob er ehrlich zu mir und zu sich selbst war und wirklich nichts mehr für sie empfand. Sogar jetzt kochte die Eifersucht in mir hoch. Sie war um so vieles besser als ich, in jeglicher Hinsicht.

Wie konnte Vincent mich ihr vorziehen? Ich hatte ihm nichts zu bieten. Vielleicht wandte er sich mir aus reinem Mitleid zu?

Penelope war tot, meine Konkurrentin war ausgelöscht. Immer wieder spielte sich die Szene ihres letzten Atemzugs in meinem Kopf ab.

Ein zaghaftes Lächeln bildete sich auf meinen Lippen, wenn ich daran dachte, dass Penelope der Vergangenheit angehörte. Ich versuchte, die Freude zu unterdrücken, aber tief in meinem Inneren wusste ich, dass ihr Tod mich erleichterte. Ein Gefühl der Scham durchflutete mich. Was für ein abscheulicher Mensch war ich?

Wie ein Igel rollte ich mich zusammen und biss die Zähne aufeinander. Ich wollte, dass die finstere Stimme in mir verstummte. Den Gefallen tat sie mir nicht.

Du bist erbärmlich. Einfach nur schrecklich!

Tränen sammelten sich in meinen Augen. Ich wollte diese Gedanken nicht haben. Ich wollte keine Freude über den Tod eines Menschen empfinden. Nichtsdestotrotz konnte ich dieses Gefühl nicht abschalten. Was für ein Monster war ich? Ich war keinen Deut besser als Donato.

Jeder Augenblick meines armseligen Daseins spielte sich erneut ab. Alle erniedrigenden Situationen durchlebte ich noch einmal: wie meine Mitschüler mich mit feuchtem Klopapier bewarfen, wie sie mich festhielten und mir die Haare abschnitten, die Reißnägel auf dem Stuhl, die Verhöhnungen und der Spott. Hatte ich das alles womöglich verdient?

Verzweifelt versuchte ich, das düstere Gedankenkarussell anzuhalten. Es gelang mir nicht. Unentwegt drehte es sich und zog mich tiefer in eine dunkle Welt. Mein Leben war ein absoluter Witz. Ich war lächerlich, abscheulich, ein Niemand.

Ein letztes Mal atmete ich aus. Ein letzter Herzschlag verteilte das Blut in meinen Adern. Eine letzte Träne rann über meine Wange und gefror auf ihr zu Eis. Bis ich mich der Einsamkeit und der Kälte vollkommen hingab und mit ihnen eins wurde.

SAPIENTIS SEMITA

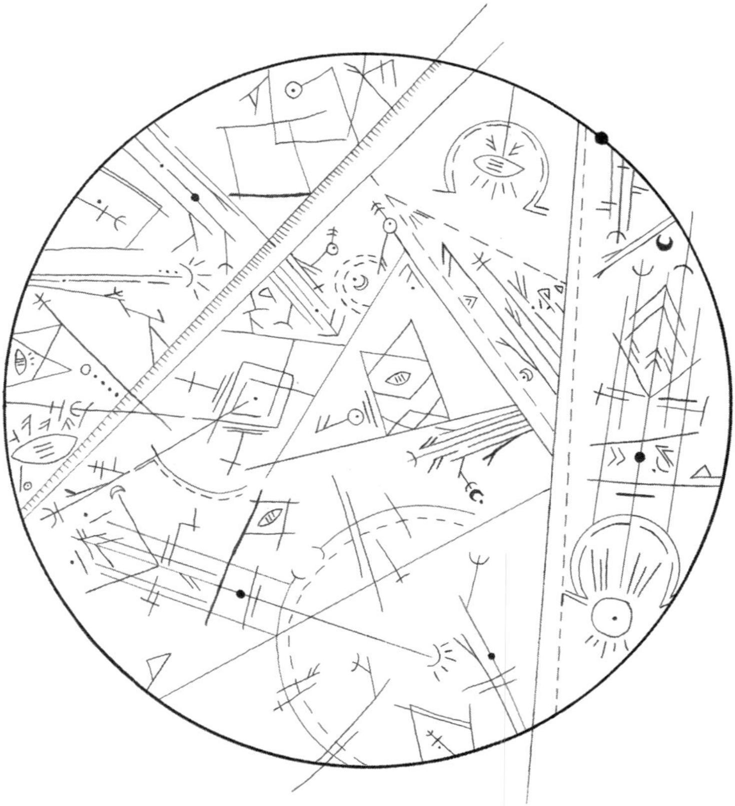

Kapitel 30

Vincent

Die Bücherei verschwand wie von Zauberhand. Wir fanden uns in einer Wüste wieder. Ein wolkenloser blauer Himmel erstreckte sich über unseren Köpfen und gab den perfekten Farbkontrast zum Orange der Sanddünen. Neben uns erschien eine ausgebreitete Decke. Die gewünschten Utensilien für den Zauberspruch lagen geordnet darauf.

Mit dem Stock, an dem die Flagge befestigt gewesen war, zeichnete ich die Magierune in den feinen Sand. Immer wieder ging mein Blick ins Buch, und ich verglich die Zeichnung.

Ich wollte es auf keinen Fall vermasseln.

„Voll öde“, beschwerte sich Hannah und warf sich auf die Decke. Julia gesellte sich zu ihr und verwickelte sie in ein Gespräch, um sie zu beschäftigen. Von ihrem Gerede und ihrem zwischenzeitlichen Gekicher blieb ich unbeirrt. Strich für Strich zeichnete ich das Abbild. Es machte mich konfus, dass der Ast in dem Sand eine dünne, exakte Linie hinterließ. Doch über dieses unnatürliche Phänomen wollte ich mir keine weiteren Gedanken machen. Schließlich funktionierte im Jenseits selten etwas wie gewohnt.

Die Runen waren äußerst komplex. Sie erinnerten mich an den Kreis im Bunker, den mein Großvater gezeichnet hatte.

Ich war ziemlich nervös, meine Hände zitterten.

Die Sonne brannte erbarmungslos auf meinen Kopf, und der Wind blies mir unablässig Sandkörner in die Augen. Im Sekundentakt musste ich meine Arbeit unterbrechen, um mir Schweiß und Sand aus dem Gesicht zu wischen. Nach einer gefühlten Ewigkeit vollendete ich die Zeichen und begutachtete sie erneut mit gerunzelter Stirn.

Anschließend verteilte ich, wie im Buch beschrieben, die Räuchergefäße mit dem getrockneten Lavendel auf die vorgegebenen Positionen. Lavendel wurde häufig in Zauberpraktiken verwendet, die mit dem Tod oder der Beschwörung von Geistern in Verbindung standen. Als ich das erste Mal mittels Blutmagie ins Jenseits gereist war, hatte ich dasselbe stinkende Kraut benutzt.

Julia eilte mit einer Packung Streichhölzer und dem Ritualdolch herbei. „Geht's los?"

Ich nickte und stellte mich in die Mitte des Kreises. „Wollt ihr mit? Dann kommt zu mir."

Hannah sprang an meine Seite und umschlang mein Bein. Julia zündete die Tiegelchen an und gesellte sich ebenfalls neben mich. Während sie das Ethanol im Kreis verteilte, las ich den ersten Satz des Zauberspruchs laut vor:

„Ventus Divinus, aurae pellucidae, pergam ab extremis terrae usque ad altissimum caelum, volitans super astra et fines astrorum."

Ein starker Wind peitschte uns schlagartig um die Ohren und wehte die Decke davon. Schützend hielt sich Hannah ihre Arme vor die Augen. Julia sah mich eingeschüchtert an.

Entschlossen sprach ich weiter:

„Spiritus Luminis, aurora veritatis, dissipa caliginem erroris et ignem mendacii, revela veram naturam et coram mundo ostende."

Ein Licht, heller als die Mittagssonne am Äquator, strahlte auf uns herab. Jeder Schatten von uns wurde ausgelöscht. Selbst in die kleinste Ritze des Runenkreises drang es ein und füllte sie aus. Die Intensität brannte höllisch in meinen Augen. Aber ich durfte sie nicht schließen. Der Zauber war bereits in vollem Gange. Ich musste mich beeilen und weiterlesen. Julia reichte mir ein brennendes Streichholz. Ich nahm es ihr ab. Die kleine Flamme flackerte trotz der rauen Brise kaum. Ich warf das Hölzchen auf den Boden. Binnen einer Sekunde entfachte es eine meterhohe Stichflamme. Hannah kreischte auf und presste sich ihre Hände auf die Ohren.

„Ignis Aeternus, flamma in noctem, lumen per tenebras, lucem in umbras, ostende mihi iter ad infinitum."

Das Feuer wuchs säulenförmig in die Höhe. Mit zitternden Händen gab mir Julia den Dolch. Ich schnitt in meine Handfläche, ohne auch nur das Geringste zu spüren, und ließ die Klinge fallen. Das Blut tropfte in die Flammen und färbte sie lila.

„Animus Volatilis, corpus immobilis, transmutatio temporis, accipiat me in dimensionem aeternitatis, ubi regna mortalia atque immortalis coeunt."

Der Boden unter unseren Füßen verschwand. Weiterhin umringt vom lilafarbenen Lichtkegel rauschten wir ungebremst ins Dunkel.

Julia und Hannah schrien und klammerten sich an mir fest.

„Ex rudibus ruinis, aedificare turrim temporis et tribue mihi audiendam apud consilium sapientium.“

Ohne Vorwarnung knallten wir auf einen Felsen. Im Normalfall wären wir nun tot. Kurz wartete ich auf den eintretenden Schmerz. Auch dieser blieb aus. Es dauerte einige Momente, bis sich die Staubwolke um uns herum legte. Was meine Augen dann erblickten, verpasste mir eine Gänsehaut. Ein imposanter Steinturm ragte scheinbar endlos in den Himmel. Auf jeder seiner Etagen wehten Flaggen mit goldenen Symbolen, die der vom Gipfel ähnelten.

„Wir haben‘s geschafft“, murmelte ich und stand auf.

Hannah wimmerte und rieb sich die Tränen aus dem Gesicht. Julia klopfte den Sand von ihrem Kleid ab und ordnete ihr Haar.

Zielstrebig lief ich auf die eindrucksvolle Marmortreppe zu.

„Vincent, warte“, rief Julia. „Wir kommen mit dir.“ Sie schnappte sich Hannahs Hand und eilte mir nach. „Ist ein bisschen gruselig ...“

„Wenn ihr hier warten wollt, bin ich euch nicht böse.“

Beide schüttelten den Kopf und traten an meine Seite. Zu dritt standen wir vor einem riesigen Steintor. Rumpelnd öffnete es sich von selbst. Ich schluckte schwer. Da spürte ich Julias Hand, die meine fest umschloss. Als sich unsere Blicke trafen, lächelte sie. Wir nickten uns zu und betraten den Turm.

Bis auf eine in Felsen gehauene Wendeltreppe erwartete uns im Inneren nichts. Die Luft war kalt und roch modrig. An den Wänden wuchsen Moosflechten groß wie Wandteppiche. Ich sah nach oben und sagte: „Lasst uns keine Zeit verlieren.“

Stufe um Stufe kämpften wir uns hinauf und gelangten zu einem weiteren Steintor. Goldene Runen zierten die Pforte. Es gab weder eine Klinke noch ein Schlüsselloch. Hibbelig wartete ich ab, damit es sich wie das andere von selbst öffnete. Nichts geschah.

„Klopf einfach“, sagte Julia und zuckte mit den Achseln.

„Quatsch. Das ist bestimmt wieder irgendein Rätsel.“

Bevor Julia und ich weiter diskutieren konnten, sprang Hannah zum Tor und klopfte dreimal. Der Raum vibrierte, der Boden bebte. Vor Schreck wich ich einen Schritt zurück. Tatsächlich öffnete sich das Portal. Dahinter wurden wir von einem warmen Licht begrüßt.

„Pipieinfach“, sagte Hannah, kicherte und rannte los.

Julia und ich folgten ihr kopfschüttelnd. Ich war beeindruckt von Hannahs Tatendrang.

Als sich unsere Augen an das Licht gewöhnt hatten, erkannten wir eine große Halle aus purem Gold.

In der Mitte davon schwebte eine gewaltige Glaskugel. Darin schwang ein menschengroßes Pendel. Sandkörner rieselten gleichzeitig nach oben und unten, wie zwei Flüsse, die einen Kreis bildeten.

„Willkommen“, schallte es durch die Halle.

Ich löste meine Augen von der Konstruktion und schritt voran.

Hinter der Kugel standen vier Throne, auf denen jeweils eine Lichtgestalt saß. Ihre Körper bestanden aus reinem Licht. Es waren keinerlei Gesichtszüge erkennbar.

„Seid ihr die Weisen?“

„So werden wir genannt. Essenzhüter betiteln wir uns selbst. Wir wachen über den Fluss der Energie in dieser Welt. Jeder von uns repräsentiert eine essenzielle Energiequelle. Dein Suchen und dein Anliegen drangen zu uns vor. Selten verirrt sich eine Seele in unsere Räumlichkeiten. Weitaus seltener ein Sterblicher aus dem Diesseits.“

„Ich suche Luna, eine junge Sterbliche, die vor Kurzem ins Jenseits teleportiert wurde. Wisst ihr etwas davon?“

Ein leises Raunen drang aus den Gestalten.

„Du bist Mihails Enkel. Dieses Tor ist eine Meisterleistung deines Großvaters. Dennoch darf es nicht bestehen. Es muss für alle Zeiten zerstört werden.“

Warum wechselten sie schlagartig das Thema? Das war kein gutes Zeichen. Ich ballte meine Hände zu Fäusten und zwang mich, ruhig und gelassen zu sprechen: „Das mache ich. Ich zertrümmere es, bis nichts als Staub davon übrig ist. Aber zuerst muss ich Luna retten.“

„Deine Hilfsbereitschaft ist grenzenlos. Seit Längerem beobachten wir dein selbstloses Unterfangen. Wie viele Seelen brachtest du bereits hierher? Anders als dein Großvater bist du eine Bereicherung für diese Welt.“

Meine Augen wurden groß. Ihre Aufmerksamkeit ehrte mich zweifellos. Nichtsdestotrotz bereitete mir diese Tatsache Unbehagen. Zudem zählte im Moment nur eins: Lu in Sicherheit zu wissen.

„Ich weiß es nicht. Abgesehen davon, spielt es keine Rolle. Ich hab‘s gern gemacht.“

Eine der Gestalten kicherte, zwei andere tuschelten miteinander. Die dritte, der Redner von ihnen, stand auf und trat einen Schritt auf uns zu. Julia ließ meine Hand los und taumelte ein Stück zurück.

„Weißt du, was das ist?“ Der Hüter deutete auf die Glaskugel.

Ich schüttelte den Kopf. Eigentlich war es mir völlig egal. Ich wollte wissen, wo Luna steckte, mehr nicht.

„Es ist das Zentrum des Jenseits. Man könnte es auch als das Herz bezeichnen. Das Pendel schwingt unentwegt. Jedes Sandkorn symbolisiert eine Seele.

Alles ist permanent in Bewegung, Raum und Zeit fließen.“ Er kam näher und stellte sich direkt vor mich. Sein strahlender Körper maß gut zwei Meter, sodass ich zu ihm aufsehen musste.

„Als sich das Tor zum Jenseits öffnete, bekam die Hülle einen Sprung. Es ist lediglich ein feiner Riss, dünner als ein Haar.“ Er schritt an mir vorbei und streichelte mit seinen Fingern über das gewölbte Glas. „Es alarmierte uns. Wir mussten handeln. Wir haben den Fremdkörper, der eingedrungen war, isoliert und in die unendlichen Weiten des Nihilvortex befördert.“

Mein Atem stockte. „Nihilvortex?“

„Wir bezeichnen die höherdimensionale Region zwischen den Universen so. Hier existieren weder Zeit noch Raum noch Materie. Einzig das absolute Nichts herrscht dort.“

Ein unangenehmes Ziehen breitete sich in meiner Brust aus. Der Gedanke, dass ich Luna nicht retten konnte, manifestierte sich. „Ist sie ... tot?“

„Das wissen wir nicht. Was außerhalb unserer Membran geschieht, können wir nicht wahrnehmen.“

„Ich muss dorthin!“

Die anderen Lichtgestalten tuschelten wild durcheinander. Der Klang ihrer wirren Stimmen dröhnte wie ein schräges, dumpfes Glockenspiel in meinen Ohren.

Ein weiterer Hüter erhob sich und kam auf mich zu.

„Mihail war ebenfalls ein häufiger Gast in unserem Reich. Er hat uns zeit seines Lebens großes Kopfzerbrechen beschert mit seinen Erfindungen. Die Energie von verstorbenen Seelen für magische Instrumente zu extrahieren, betrachteten wir mit großer Sorge. Und dieses Tor als Verbindung zwischen dem Diesseits und dem Jenseits glich einem Affront. Das war einst der Anlass, ihn aus unserem Reich zu verbannen.

Wir gewährten ihm keinen Einlass mehr. Du hingegen scheinst ausschließlich gute Absichten zu hegen."

„Hört mal, ich will nicht über meinen Großvater plaudern. Verdammt, ich will zu Luna! Sofort! Ich tue alles für euch, wenn ihr mich dorthin bringt."

Stille trat ein. Langsam verlor ich die Geduld.

Hannah tänzelte auf die Hüter zu und guckte sie schief an.

„Wollt ihr nicht helfen oder könnt ihr es nicht?"

„Hannah!" Rasch folgte ich ihr und legte beide Hände auf ihre Schultern, um ihr zu signalisieren, dass sie damit aufhören sollte.

Einer der Hüter winkte ab.

„Wir können und wir werden. Dir muss trotz allem bewusst sein, dass wir weder deine Freundin noch dich zurückholen können. Dafür bedarf es mehr Energie, als uns zur Verfügung steht."

Hannah löste sich aus meinem Griff.

„Julia und ich helfen."

Ein lautes Gelächter von allen vier Lichtgestalten setzte ein.

Ich ging in die Hocke und sah Hannah in die Augen. Behutsam strich ich ihr ein paar Haarsträhnen hinter das Ohr.

„Lieb, dass du helfen willst."

Hannah drückte sich an mich. „Du bist so weit gekommen. Ich will, dass du gewinnst."

„Es gibt eine Möglichkeit", sprach der Essenzhüter, der bisher nichts zu der Unterhaltung beigesteuert hatte. „Dafür braucht es allerdings die Energie des halben Jenseits als Unterstützung. Es könnte das gesamte Universum aus dem Gleichgewicht bringen und es ins Chaos stürzen."

Just löste Hannah sich aus meiner Umarmung und riss die Hände in die Höhe. „Aber das ist doch einfach.

Vincent ist im Jenseits berühmt. Ihn kennen viele Leute."

Peinlich berührt schloss ich die Augen und wischte mir übers Gesicht. Hannahs aufbrausende Art schien mir völlig fehl am Platz. „Es ist mir egal. Ich gehe trotzdem."

„Vincent!", stieß Julia aus.

„Es ist mir wirklich egal. Auch wenn es kein Zurück gibt. Ich will keine Umstände machen. Ich will kein Chaos erzeugen. Ich will nur, dass Luna nicht allein dort draußen ist."

Enthusiastisch stürmte Julia auf mich zu. „Ich kenne diese Luna nicht. Dass du dich jedoch blind ins Verderben stürzt, ist nicht die Lösung."

Die Lichtgestalt neben mir lief zurück zu ihrem Thron und setzte sich. „Vincent Clark, ist das dein letztes Wort?"

Ich senkte den Kopf und nickte.

Julia packte mich am Ärmel. „Vincent, nein!"

Das Licht der vier Essenzhüter verstärkte sich.

„Dann wollen wir dir diesen Wunsch erfüllen. Sieh es als Belohnung deiner Mühen an."

Sie nahmen sich an den Händen. Der gesamte Raum erstrahlte. Vom Licht geblendet schloss ich die Augen und ging einen Schritt auf die Hüter zu. Sobald mich ein glühender Strahl umhüllte wie ein Mantel, hielt ich inne. Quälende Hitze breitete sich in mir aus. Schützend schlang ich die Arme um meinen Körper. Die Welt um mich herum verschwamm, als würde ich langsam verblassen.

„Hört auf!", flehte Julia.

Die Prozedur schritt weiter voran. Ein unerklärliches Engegefühl lag auf meiner Brust und drohte, mich zu erdrücken. Es fühlte sich an, als würde ich durch ein kleines Nadelöhr gepresst werden. Ich konnte einen

Schmerzensschrei nicht länger unterdrücken. Panisch schlug ich die Augen auf und sah an mir herab. Mein Körper leuchtete von innen heraus golden. Meine Haut schimmerte durchsichtig. Kleine Partikel flogen wie glimmende Asche davon. Ich löste mich auf.

Wie ein metallisches Echo vernahm ich Julias verzweifelten Schrei. Sie rief unentwegt meinen Namen. Ich sah um mich, konnte sie jedoch nirgends erkennen. Die Umgebung wurde von dem grellen Licht verschluckt.

„Es ist okay“, hauchte ich.

Ich fiel auf die Knie, kämpfte nicht mehr gegen die Schmerzen an. Ein letztes Mal zuckten meine Nervenbahnen und bewegten unkontrolliert meine Gliedmaßen. Leblos sackte ich zusammen.

Ich dachte an Lu, an ihre warmen Augen, an ihr herzerwärmendes Lächeln. Ich hatte es mir lange nicht eingestehen wollen, doch bereits bei unserer ersten Begegnung hatte sie mich in ihren Bann gezogen und die Mauern, die ich um mich erbaut hatte, zum Einsturz gebracht. Sie war für mich nicht irgendein Mädchen. Sie war nicht bloß eine frische Liebe, flüchtig und intensiv zugleich. Sie hatte mich gerettet. Vor mir selbst. Binnen kurzer Zeit hatte sie meine verbitterte Seele geheilt. Sie hatte mir einen neuen Sinn im Leben gegeben.

Ich wollte sie beschützen, wollte bei ihr sein. Ich wollte sie wenigstens noch ein einziges Mal lachen sehen.

Kapitel 31

Luna

„Luna."

Das war mein Name. Ein stetiges Piepen zerrte an meinen Trommelfellen.

„Luna."

Müde blinzelte ich. Ein grelles Licht zwang mich, die Augen wieder zu schließen. Ich versuchte, mich an etwas zu erinnern. Wie ein unbeschriebenes Blatt ruhte mein Gedächtnis und gab keinerlei Informationen preis.

„Luna, wach auf."

Dem Befehl folgend, öffnete ich erneut meine Lider. Ich konnte nichts erkennen. Wie durch ein Milchglas blickend, erkannte ich lediglich Schemen. Mit verengten Augen konzentrierte ich mich auf die trüben Umrisse einer Person.

Ich wollte etwas sagen, doch es ging nicht.

Mein Hals war trocken, als hätte ich tagelang nichts getrunken.

Das Piepen wurde schneller. Ich bekam keine Luft. Alles um mich herum drehte sich.

Abermals sprach eine Stimme zu mir. Sie hörte sich ganz anders an, heller und weicher. „Du versuchst zu sprechen. Das geht im Moment nicht. In deinem Hals steckt ein Schlauch.“

Ich wagte einen weiteren Blick. Die Umrisse wurden klarer. Eine junge Frau stand über mich gebeugt. Meine Augen weiteten sich. Es war meine Schwester Sarah.

„Du bist im Krankenhaus, Liebes. Du lagst im Koma. Aber jetzt wird alles gut.“

Krankenhaus? Koma? Händeringend suchte ich nach einem Fetzen Erinnerung.

Eine sommerliche Brise wehte mir durchs Haar. Ich schwebte federleicht mit meinen Eltern Hand in Hand über eine endlose Blumenwiese, während das warme Sonnenlicht meine Haut streichelte. Die Farben schienen intensiver und lebendiger, als sähe ich die Welt durch einen Fotofilter.

Mein Vater zwinkerte mir verschmitzt zu. Seine Falten waren ebenso verschwunden wie sein Bart. Derart gelassen hatte ich ihn nie zuvor erlebt.

Die Augen meiner Mutter funkelten wie Sterne. Ihre Haut war ebenmäßig und rein. Sie wirkte sorgenlos und voller Freude.

Trotz allem fehlte etwas. In meinem Hinterkopf pochte es. Ein unbehagliches Gefühl überkam mich, als stünde ich vor einer unechten Fassade.

Warum suchte ich vehement nach einem Makel?

Meine Eltern ergriffen jeweils eine meiner Hände und warfen mich in die Luft. Sie kicherten, ihre Augen strahlten.

Dieser Moment war perfekt. Zu perfekt.

Fast schon surreal.

Eine leise Stimme in meinem Inneren flüsterte: „Sieh genauer hin.“

Ich musterte die Umgebung, lauschte den Geräuschen – irgendwas stimmte nicht. Wieder kam ich zu der Überzeugung, dass etwas fehlte. Was konnte es sein? Woher kam dieses unangenehme Ziehen in meiner Brust?

„Luna“, säuselte aufs Neue eine Stimme. „Luna, wach auf.“ Nein, es waren zwei Stimmen – eine weibliche und eine männliche. Beide kamen mir unsagbar vertraut vor.

Ich landete mit den nackten Fußsohlen auf dem weichen Gras. Dunkle Wolken türmten sich in rasender Geschwindigkeit auf und verdeckten die Sonne. Der Himmel färbte sich lila. Kälte zog in meine Glieder. Mit großen Augen sah ich zu meinen Eltern. Ich hörte nach wie vor ihr Lachen, allerdings schrillten ihre Stimmen schief wie in einem Geisterfilm. Ihre Gesichter verschwammen und verzogen sich zu dämonischen Fratzen. Was war hier los?

„Lu, bitte, wach auf“, flehte die männliche Stimme.

Träumte ich? War das ein Albtraum? Das Ganze erschien absolut verworren. Ich konnte die Situation nicht einschätzen. Aufgeschreckt reckte ich den Kopf gen Himmel.

Ich sah in das Gesicht meiner Schwester Sarah, die mich mit Tränen in den Augen anlächelte. „Du bist im Krankenhaus, Liebes. Du lagst im Koma. Aber jetzt wird alles gut.“

Ich runzelte die Stirn. Hatten wir diesen Satz nicht gerade erst? Ich richtete mich auf und wollte Sarah fragen, was vor sich ging. Kein Wort drang aus meiner Kehle.

„Du versuchst zu sprechen. Das geht im Moment nicht. In deinem Hals steckt ein Schlauch.“

Mit zittrigen Händen fasste ich mir an die Gurgel. Tatsächlich, dort hing ein Plastikschlauch. Das penetrante Piepen wurde schneller und lenkte meinen Blick auf den EKG-Monitor. Er zeichnete eine gerade Linie anstelle einer Kurve. Der Ton passte nicht zu der Aufzeichnung. War die Maschine kaputt?

Die Männerstimme flüsterte ein weiteres Mal in mein Ohr: „Luna, mach jetzt bitte deine Augen auf."

Irritiert sah ich Sarah an. Sie lächelte und legte eine Hand auf meine. „Du bist im Krankenhaus, Liebes. Du lagst im Koma. Aber jetzt wird alles gut."

Okay, das wurde mir echt zu viel. Angst stieg in mir hoch. Vergeblich schrie ich um Hilfe.

„Du versuchst zu sprechen. Das geht im Moment nicht. In deinem Hals steckt ein Schlauch."

Ich riss die Augen auf. Ich musste fort von hier. Ich musste ...

„Luna, du musst endlich aufwachen!"

Ein tiefer Atemzug brachte das Leben zurück in meinen Körper. Mein Herz machte einen Satz und schlug auf Anhieb tausend Mal in der Minute. Panisch riss ich die Lider auf und sah in das vertraute, tiefe Meer von Vincents Augen.

„Gott sei Dank", stieß er aus und drückte mich fest an sich. Es dauerte einen Moment, bis ich zu mir kam und die Situation erfasste.

Hatte ich das eben geträumt?

Mir war alles so bekannt vorgekommen: wie ich mit meinen Eltern über die Blumenwiese gerannt war ... Im Traum war ich jedoch höchstens zehn Jahre alt gewesen.

Waren es Erinnerungsfetzen an meine kurze Zeit im Jenseits?

Orientierungslos schaute ich mich um. Noch immer schwebte ich im Weltall umher. Den Kristall hielt ich dabei mit den Händen fest umschlungen.

„Vincent", hauchte ich.

Er schluchzte und zog mich fester an sich. „Ich hatte solche Angst.“

Verwirrt löste ich mich ein Stück aus seiner Umarmung und sah ihn an. „Was machst du hier? Was ist das für ein schrecklicher Ort?“

Vincent wischte sich die Tränen aus dem Gesicht. „Du bist starr wie ein Eisblock herumgeschwebt. Ich dachte, du wärst tot.“

Mein Blick trübte sich. Vincent hatte sich offenbar große Sorgen um mich gemacht und war mir blindlings gefolgt.

Nach Fassung ringend, stieß er einen tiefen Seufzer aus und rieb sich die Augen. „Man sagte mir, dass das der Bereich zwischen den Universen sei. Sie nennen es den Nihilvortex. Ich habe keine Ahnung, wie wir wieder wegkommen.“ Anhand seiner Gänsehaut vermutete ich, dass er fror. Seine Hand streichelte über meine Wange. „Wenigstens sind wir zusammen.“

Ich senkte den Kopf. „Du hättest mir nicht folgen sollen.“

„Natürlich folge ich dir, Dummerchen.“

„Nun enden wir beide hier.“

Er legte einen Finger unter mein Kinn, hob es an und zwang mich auf diese Weise, ihn anzusehen. „Ich habe keine Sekunde gezögert, zu dir zu kommen. Hast du etwa daran gezweifelt?“

Zweifel, die hatte ich zuhauf. Aufs Neue musste ich an Penelope denken und wie Amari sie in ein Häufchen Asche verwandelt hatte.

Tränen stiegen in mir hoch. „Ich habe dich nicht verdient.“

„Rede keinen Blödsinn. Was ist los mit dir?“

Ich schob Vincents Hand weg und wandte mich ab. „Ich bin schwach und kann absolut gar nichts. Nichts habe ich dir zu bieten! Mein Charakter ist widerwärtig.“

„Lu, es ist echt ein unpassender Zeitpunkt, um in Selbstmitleid zu verfallen.“

Ich bedeckte mein Gesicht mit meinen Händen, damit Vincents Blicke nicht zu schwer auf mir ruhten. Ich schämte mich entsetzlich vor mir selbst.

„Hey, Täubchen, ich habe ebenfalls Angst.“

Ich spürte seine Arme, die er um mich schlang. Mein Körper bebte. Ich ertrug seine liebevollen Berührungen nicht.

„Du bist das Beste, was mir je passiert ist“, säuselte er und küsste mich auf den Kopf. „Ich liebe dich.“

Sein Geständnis bescherte mir ein warmes Kribbeln, das sich von meiner Brust bis in jede Zelle meines Körpers ausbreitete. Ich liebte ihn auch. Ich liebte ihn über alles auf der Welt. Kein Mensch hatte bisher solche Gefühle in mir ausgelöst. Zu gern hätte ich seine Zuneigung angenommen und genossen. Allerdings konnte ich es nicht. Zu sehr verabscheute ich mich selbst.

„Penelope ist tot“, stieß ich aus.

„Ich weiß. Das ist furchtbar. Penny hat das nicht verdient.“

So fest es ging, presste ich eine Hand auf meinen Mund, um ein Schluchzen zurückzuhalten. Es gelang mir nicht.

„Ich habe mich darüber gefreut. Ich habe versucht, das Gefühl zu unterdrücken. Es ging nicht. Ich bin schrecklich, ganz schrecklich.“ Ich heulte jämmerlich wie ein Kleinkind. Als Vincent seine Umarmung löste und ich ihn nicht mehr spürte, fühlte ich mich einsam wie nie zuvor. Jetzt verabscheute er mich, bis in alle Ewigkeit. Nichts anderes hatte ich verdient.

„Du bist wirklich schrecklich“, sagte er mit klarer Stimme. Seine Worte drangen in mich wie ein Dolch. „Dein Selbsthass kennt echt keine Grenzen, was?“

Verwirrt lugte ich ihn zwischen meinen Fingern hindurch an.

Seufzend stieß er die Luft aus.

„Du kanntest Penelope nicht. Und du wusstest, was sie mir angetan hat. Außerdem war sie zum Zeitpunkt eures Kennenlernens ein Mitglied des ‚Circulus Arcanorum'. Darüber hinaus warst du eifersüchtig auf sie wie Bolle. Natürlich bist du nicht in Heulkrämpfe ausgebrochen, als sie starb."

„W-was?"

„Schön ist es nicht. Deswegen musst du dich trotzdem nicht niedermachen."

Mit großen Augen guckte ich ihn an. Meinte er das ernst?

„Dass du deine Gefühle bereust und dich dafür schämst, zeigt, dass du kein schlechter Mensch bist. Du bist vielleicht nicht perfekt. Du hast Ecken und Kanten. Die hat aber jeder, und das ist völlig okay."

„Du relativierst das ohne Weiteres?"

„Meine Mutter hat mir erzählt, wie mutig du warst. Aufopfernd bist du losgerannt, hast dir den Kristall geschnappt und bist durch das Tor gesprungen. Damit hast du nicht bloß Mihails, sondern auch Pennys Tod gerächt. Donato ist elendig an seinen Verletzungen verendet."

Vor lauter Selbsthass hatte ich das völlig aus den Augen verloren.

„Obwohl ich dich eingesperrt habe, bist du mir gefolgt, weil du mich nicht allein lassen wolltest."

„Ich kam mir dermaßen hilflos vor und hatte Angst um dich. Da habe ich einfach gehandelt", murmelte ich kleinlaut. „Es war absolut unüberlegt, aus einem Impuls heraus."

„Ja, *du* hast gehandelt. Ich habe zum Beispiel überhaupt nichts auf die Reihe bekommen, außer beinahe draufzugehen. Du kannst wahnsinnig stolz auf dich sein."

Seine Worte erwärmten mein Herz. Womöglich hatte Vincent recht und in mir steckte ein Fünkchen Gutes?

Er griff nach meiner Hand und legte sie auf seine Brust.

„Du hast mir geholfen, das Leben wieder zu schätzen. Ich war ein Eisblock, und du hast mich durch deine liebenswerte Art aufgetaut. Du bist zielstrebig, mutig und zugleich hilfsbereit und total fürsorglich. Ich liebe deine Missgeschicke und wie deine Wangen immer gleich rot werden. Ich liebe deine warmen Augen und dein strahlendes Lächeln. Du bist der beste Mensch, den ich kenne. Es ist Zeit, dass du mit dem Drama aufhörst und dir lieber überlegst, wie wir nach Hause kommen."

Die Kinnlade fiel mir herunter, und mein Kopf glühte, als hätte ich Fieber. Seine Worte wirkten wie heilender Balsam für meine Seele.

„So siehst du mich also?", flüsterte ich.

„Wenn wir in einem Stück aus dem Nihilvortex rauskommen, schmiere ich dir jeden Tag Honig um den Mund, bis du mir ein für alle Mal glaubst." Sein freches Grinsen stand in einem starken Kontrast zu seinem sanften Blick.

„Das wäre schön", nuschelte ich und lehnte meinen Kopf gegen seine Brust. „Ich bin heilfroh, dass du mich nicht hasst."

„Wie könnte ich dich hassen?" Er seufzte laut und streichelte mir durchs Haar. „Mir ist bewusst, dass ich oft unnahbar und schlecht gelaunt wirke. Das hat jedoch nichts mit dir zu tun. Ich will mit dir zusammen sein. Glaub es endlich."

Ich legte meine Lippen auf seine. Einen Moment lang verweilten wir in unserer Zweisamkeit. Die ehrliche und aufrichtige Liebe, die er mir entgegenbrachte, vertrieb meine dunklen Gedanken. Mein Herz schlug ruhig und kräftig und verteilte neuen Lebensmut in mir. Ich wollte ein neues Leben beginnen – zusammen mit Vincent. Vieles lag vor mir, das es zu entdecken galt. Zusammen mit ihm wollte ich das erleben. Ich wollte an mir arbeiten und lernen, mich selbst in einem neuen Licht zu sehen. Nicht nur seinetwegen, sondern auch für mich selbst. Damit das gelang, mussten wir zurück ins Diesseits.

„Hast du eine Idee, wie wir von hier wegkommen?"

Er löste sich von mir und deutete auf den Kristall in meiner Hand. „Ist der von Mihail?"

Ich nickte. „Als er starb, entstand er und öffnete das Tor."

Nachdenklich strich er mit dem Zeigefinger über die Oberfläche des Steins, wodurch dieser intensiv pulsierte und hell aufblitzte.

„Er scheint viel Energie in sich zu tragen. Ich denke, er hat eine Art Barriere um uns gelegt. Wahrscheinlich wären wir ohne ihn auf der Stelle im Nihilvortex gestorben. Vielleicht hilft er uns ebenfalls dabei zu entkommen."

Ich bestaunte den Kristall, der auf meiner Handfläche lag.

„In dir ruht genauso magisches Potenzial. Mihail sprach davon mehrmals. Er hielt viel von dir. Allein deine Aura strahlt heller als alles, was ich bisher gesehen habe. Wenn wir unsere Kräfte bündeln, reicht es eventuell aus, einen Teleportationszauber ohne Runenkreis zu wirken." In Vincents Augen sah ich Skepsis aufflackern.

„Du glaubst nicht wirklich daran, oder?", fragte ich.

„Es ist die einzige Möglichkeit, die uns bleibt. Wir müssen es probieren."

„Und was muss ich tun? Ich habe keine Ahnung von Magie.“

Brummend legte er den Kopf in den Nacken und rieb sich über die Schläfe. „Das ist schwer zu erklären. Normalerweise braucht man Jahre, um die Magie in sich zu nutzen.“ Aus verengten Augen musterte er mich. „Du musst tief in dich hineinfühlen. Dort ist sie verborgen.“

Ich schloss die Lider und suchte etwas in meinen Gedanken, das sich irgendwie magisch anfühlte.

Vincent legte seine Hand auf den Kristall. Durch unser beider Berührung pulsierte er intensiver und entwickelte eine unendliche Hitze. Meine Hand brannte, als läge sie auf einer heißen Herdplatte.

„Der Kristall strahlt genau die Energie aus, die du in dir suchen musst“, ergänzte Vincent.

Ich konzentrierte mich mit aller Macht auf mein Innerstes. Fest kniff ich die Augen zusammen und spannte sämtliche Muskeln an. Ich konnte Vincents Atem an meinem Ohr spüren, er war ganz dicht an mich herangerückt.

„Denke an was Schönes. Etwas, das dich glücklich macht.“

Sofort besann ich mich auf unsere gemeinsamen Momente: als er mich gefragt hatte, ob ich mit ihm eine Lerngruppe bilden wollte, als er mich nach der Unifeier abgeholt und getröstet hatte, an das Geburtstagsgeschenk von ihm und an unseren ersten Kuss. Eine angenehme Wärme entstand in meiner Brust und brachte alles in mir bis in die Zehenspitzen zum Kribbeln. Sie wurde stetig stärker. Bald fühlte es sich an, als würde ich brennen. Jede meiner Zellen stand in Flammen.

„Halte dieses Gefühl fest. Versuche, die Energie zu sammeln und lenke sie in den Kristall.“

Vertieft wie bei einer Meditation konzentrierte ich mich auf den rhythmischen Herzschlag, der glühende Magma durch meine Blutbahnen pumpte.

Jede einzelne Arterie nahm ich wahr.

Niemals zuvor in meinem Leben hatte ich mich dermaßen lebendig gefühlt. Ich stellte mir vor, wie die Energie sich in meiner Brust zu einer strahlenden Sonne formte.

Die Verbundenheit, die ich dabei zu mir selbst fühlte, war neu und überwältigend. Ich war gar nicht so schwach, wie ich geglaubt hatte.

Da war dieser Funke, dieses weiße Feuer, diese Kraft, welche die ganze Zeit darauf gewartet hatte, von mir entdeckt zu werden.

Das, was ich all die Jahre gesucht hatte, fand ich in mir selbst.

Ich war kein Niemand.

Ich war Luna Mayer.

Und ich wollte verdammt noch mal leben!

ARCANUM CLAVIS

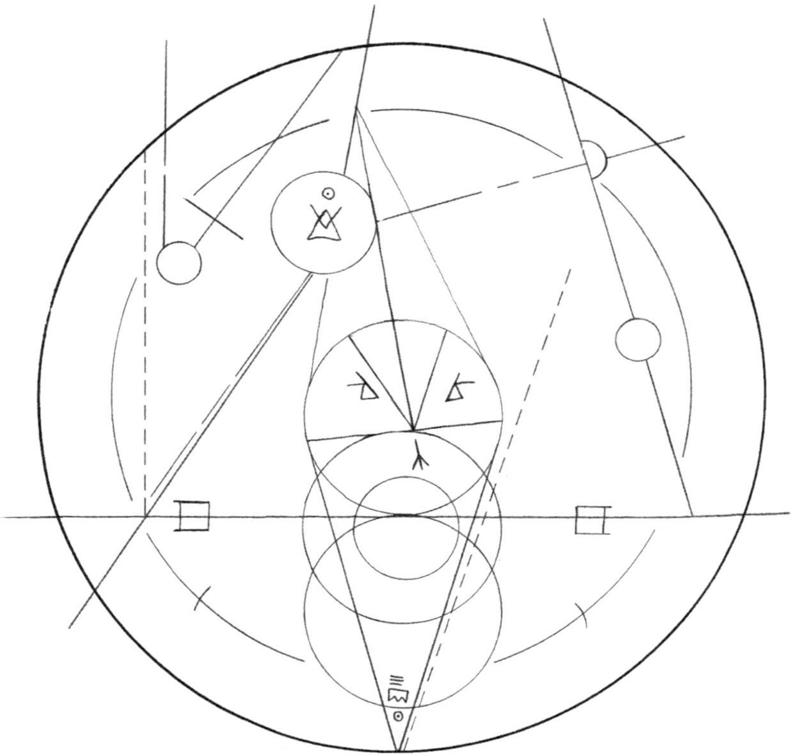

Kapitel 32

Vincent

Lunas Aura strahlte heller denn je.
Ihre Magie dehnte sich weiter aus und hüllte uns ein. Das weiße Licht blendete mich sogar durch meine geschlossenen Lider. Ein Hoffnungsschimmer keimte in meinem Herzen auf. Zu keinem Punkt hätte ich gedacht, dass sie eine magische Kraft von solcher Größe in sich trug. Und noch weniger, dass sie ihre Magie in kürzester Zeit kontrollieren und einsetzen konnte. Sie war bemerkenswert.

Meine Finger hielten Lunas Hand und den Kristall fest umschlungen. Ich selbst lenkte meine Magie in den leuchtenden Stein, obwohl sie nicht ansatzweise so mächtig war wie ihre. Eingehüllt in Licht trieben wir durch den Nihilvortex.

Bitte, flehte ich in Gedanken, *bitte lass es uns schaffen.*

Mein ganzes Leben zog wie ein Film im Zeitraffer an mir vorbei. Ausgelassene Momente meiner Jugend vermischten sich mit der Dunkelheit nach dem Tod meines Bruders und dem Verschwinden von Penelope.

Die Erinnerung an die erste Begegnung mit Julia flackerte in meinen Gedanken auf: wie wir auf den Steinstufen gesessen und uns angefreundet hatten. Plötzlich waren da all die Geister, denen ich geholfen hatte, ins Jenseits zu gelangen.

Sie streckten mir freudestrahlend ihre Arme entgegen und redeten auf mich ein.

„Vincent, komm zu uns."

„Wir retten dich."

„Wir sind dir unendlich dankbar."

„Wir wollen dir helfen."

Julia zwinkerte verschmitzt.

„Nimm unsere Hilfe an."

Selbst Emre tauchte vor mir auf. „Na komm, Bro. Ich will auch mal was Sinnvolles machen."

Ich war verwirrt.

War das ein Traum?

„Du hast unfassbar viele Seelen gerettet. Sie wollen dir etwas zurückgeben", hörte ich Penelopes Stimme. Sie lugte hinter all den anderen Geistern hervor und lächelte.

„Penny", flüsterte ich.

Sie reichte mir die Hand. „Gemeinsam retten wir dich und Luna."

Zögernd streckte ich meinen Arm aus und berührte Penelopes Fingerspitzen.

Sie schenkte mir einen liebevollen Blick, den ich niemals vergessen würde. Explosionsartig durchflutete mich von innen heraus eine ungeahnte Energie und riss mich in Tausend Stücke.

„Wir haben es tatsächlich geschafft!", kreischte Julia. Ich öffnete die Augen und blickte in Dutzende bekannte Gesichter. Ich lag in einem weichen Bett, eine warme Decke schmiegte sich um meinen Körper.

Hannah warf sich auf mich. „Du bist wieder da!"

Ich kapierte nicht im Mindesten, was geschehen war.

Emre boxte gegen meinen Oberarm. „Mit dir wird's echt nicht langweilig."

Ich stöhnte laut auf und fasste mir an den Kopf. „Was zur Hölle ...?"

„Wir haben dich zurückgeholt. Mit vereinten Kräften", sagte Julia freudig und klatschte sich mit Emre ab.

„Hannah und Julia haben uns gerufen. Sie haben alles gegeben für eure Rettungsaktion", erklärte Penelope. Sie drängelte sich zwischen Julia und Emre und strich sich verlegen ihr Haar hinters Ohr. „Du hast unglaublich tolle Freunde."

Langsam kam ich zu mir. Meine Augen weiteten sich. „Luna", flüsterte ich.

Julia winkte ab. „Der geht's gut. Sie schlummert wie ein Baby. Ihre Eltern sind da. Sie haben mitgeholfen." Sie drängte die Traube an Leuten beiseite, damit ich Luna sehen konnte.

Ich schob Hannah von mir runter und richtete meinen Oberkörper auf. Tatsächlich lag Luna ein paar Meter weiter ebenfalls in einem Bett, umgeben von einer Steinwüste. Ihre Eltern saßen auf der Bettkante und sahen sie liebevoll an. Die schwere Last fiel von meinen Schultern. Ich bedeckte mein Gesicht mit beiden Händen und schluchzte.

„He, es ist alles gut." Julia tätschelte mir den Rücken. „Sie wacht bestimmt bald auf."

Ich konnte unser Glück kaum fassen. Die Situation überwältigte mich. „Danke", sagte ich mit tränenerstickter Stimme. „Im Ernst, ihr seid großartig."

„Der Kristall deines Großvaters wurde bei eurer Rettung zerstört."

Ich sah auf. Die Stimme gehörte einem der Hüter. Er kam auf mich zu.

„Seit Anbeginn unserer Existenz hat es nie etwas Vergleichbares gegeben. Wir sind froh über eure Rückkehr."

Er hielt die Scherben des Kristalls in seinen Händen.

Mihails Licht war erloschen.

„Er hat euch beschützt und damit Buße getan. Wir hegen keinen Groll mehr gegen ihn. Seine Seele ist dennoch auf ewig verloren. Doch es scheint, als hätte er dir ein letztes Geschenk gemacht."

Ich verstand nicht, worauf er hinauswollte, und sah ihn mit hochgezogenen Augenbrauen an.

Der Hüter überreichte mir die Scherben.

„Nun, ich verabschiede mich. Ihr habt genug Chaos angerichtet, das wir beseitigen dürfen. Das Pendel des Jenseits ist stark geschwächt. Wenigstens schwingt es unvermindert weiter. Es wird einige Zeit in Anspruch nehmen, den Kreislauf wiederherzustellen. Wir Essenzhüter werden uns darum kümmern. Lebt wohl." Er wandte sich ab und schritt Richtung Turm, der wenige Meter vor uns lag.

„Ich danke euch", schrie ich ihm hinterher. Er drehte sich nicht um, sondern ging unbeirrt seiner Wege. Wir alle sahen ihm nach, bis er hinter dem Steintor verschwunden war.

Penelope räusperte sich.

„Ich weiß, das ist alles nervenaufreibend. Kann ich trotzdem kurz mit dir sprechen? Allein?" Sie wartete auf eine Antwort. Ich schwieg und sah zu Luna. Das weiße Licht um sie herum war erloschen. Das machte mir Angst.

„Sie schläft. Mach dir keine Sorgen", drängelte Penny und spielte nervös am Saum ihres Kleids.

Wortlos kämpfte ich mich aus dem Bett und nickte ihr zu. Sie reichte mir ihre Hand. Als ich sie berührte, befanden wir uns an einem völlig anderen Ort. Palmen säumten einen pudrigen Sandstrand. Wir standen vor der Hütte, in der wir unseren Urlaub verbracht hatten, unmittelbar bevor sie spurlos verschwunden war. Die Sonne ging gerade unter und küsste das Meer. Alles war in satte Rot– und Pinktöne getaucht.

„Thailand“, hauchte ich.

Penelope zuckte kichernd mit den Schultern und lief ein paar Schritte auf das Wasser zu. Dann setzte sie sich in den weichen Sand und vergrub ihre nackten Füße darin.

Ich ging neben ihr in die Hocke und starrte auf die Wellen. „Der Ort hat sich mir schmerzlich ins Gedächtnis gebrannt.“

„Vincent, es tut mir leid. Einfach alles.“

„Entschuldige dich nicht andauernd.“

„Tut mir leid“, flüsterte sie und senkte den Kopf. „Ich kann es nicht oft genug sagen.“

„*Mir* tut es leid. Du bist verdammt noch mal gestorben. Ich hätte dich nicht mitgehen lassen sollen. Was für ‘ne Scheiße. Ich mache mir gewaltige Vorwürfe.“ Verlegen zerwühlte ich mir das Haar. „Ernsthaft, ich weiß nicht, was ich sagen soll außer: Du hast das nicht verdient.“

Sie schüttelte den Kopf. „Nein, ich wollte es so. Es war das Mindeste, was ich tun konnte. Donato hat es verdient. Ich bin froh, dass er durch meine Hand starb. Es ist mir eine Genugtuung.“ Ihre Stimme bebte.

Sie in dieser Verfassung zu sehen, schmerzte mich sehr. Meine Finger suchten ihre und verschränkten sich mit ihnen.

„Du warst unglaublich mutig. Obwohl ich dich behandelt habe wie Scheiße, hast du uns geholfen und dein Leben geopfert. Es tut mir schrecklich leid, wie ich mich verhalten habe, dass ich dich eingesperrt habe. Ich war nur furchtbar durcheinander ...“

Sie drehte ihren Kopf zur Seite und nuschelte: „Ich bin dir nicht böse."

Mir fehlten die Worte.

Ich fühlte mich wahnsinnig schuldig, sodass es mich innerlich zerriss.

Ihr Blick suchte meinen. „Vincent, können wir nicht all das vergessen und Freunde sein?"

Meine Gesichtszüge verhärteten sich. „Gar nichts werde ich vergessen. Keine Sekunde. Sowohl die guten als auch die schlechten Erinnerungen will ich für alle Zeiten im Herzen tragen."

Schmunzelnd kniff sie mir in die Wange. „Schau nicht so ernst."

Ich grinste. „Freunde?" Ich streckte ihr meine Hand entgegen.

„Freunde." Sie packte meine Hand und schüttelte sie. „Ich werde dich besuchen. Ganz oft, versprochen."

Sie warf sich in meine Arme und klammerte sich fest an mich. „Ich wünsche dir und Luna alles Glück der Welt. Ihr habt es verdient."

Lunas Stimme erklang hinter uns.

„Das ist echt nett von dir."

Penny und ich lösten uns voneinander und drehten uns ruckartig um.

„Lu", murmelte ich mit großen Augen.

Ausgerechnet in dem Moment, in dem ich mich mit Penelope versöhnte, tauchte sie auf.

Wahrscheinlich wurde sie jetzt wieder eifersüchtig.

„Julia hat mir gesagt, dass ihr beide reden wolltet. Ich hoffe, ich störe nicht."

Penelope schüttelte den Kopf.

„Nein, du störst nicht. Im Gegenteil. Wir beide hatten kaum Zeit, uns kennenzulernen, und ich gebe zu, dass ich wütend war, dass Vincent dich als neue Freundin hat. Aber du tust ihm gut, und er liebt dich von ganzem Herzen. Ich bin froh, dass du lebst und bei ihm sein kannst. Ich freue mich für euch."

Augenblicklich glühten meine Wangen.

Luna fiel auf die Knie und schluchzte. „Es tut mir schrecklich leid, dass du gestorben bist. Ich war dermaßen eifersüchtig auf dich. Ich habe dich wirklich gehasst."

Ein Schauer lief mir über den Rücken. Das Gespräch zwischen den beiden war mir unangenehm. Am liebsten hätte ich mich in Luft aufgelöst.

„Dich trifft keine Schuld. Ich habe dich auch gehasst. Ein klein wenig zumindest." Penelope kicherte. „In einem anderen Leben wären wir vielleicht dicke Freundinnen geworden."

Ich fasste mir an die Stirn und senkte den Blick. „Wohl kaum."

Beide prusteten vor Vergnügen.

Als Penelope sich wieder beruhigt hatte, seufzte sie und stand langsam auf. Sie musterte Luna von oben bis unten. „Verkacke es nicht wie ich. Ich wünsche mir, dass ihr glücklich werdet."

Luna reichte ihr die Hand und schüttelte sie entschlossen. „Danke, ich werde mir Mühe geben."

Lächelnd richtete Penelope ihren Blick auf mich. „Grüßt mir meinen Bruder. Erzählt ihm, was geschehen ist, und sagt ihm, dass ich ihn lieb habe. Okay?"

Ich nickte. „Machen wir."

Die beiden lösten ihre Hände und sahen sich tief in die Augen. Ihre Worte hatten ehrlich auf mich gewirkt. Luna und Penelope schienen nach ihrer Aussprache erleichtert zu sein.

Ich stand auf und legte meinen Arm um Luna. „Wollen wir nach Hause?"

„Nichts lieber als das."

Wir verabschiedeten uns von Penelope und ließen sie am paradiesischen Strand von Thailand zurück. Noch einmal wünschte ich uns zu Julia und den anderen und bedankte mich bei allen. Ich versprach, sie häufig zu besuchen und nach ihnen zu sehen. Das waren mir die Migräneattacken auf jeden Fall wert.

Luna umarmte währenddessen ihre Eltern und sagte ihnen Lebewohl. Bis zu ihrem Tod würden sie sich wahrscheinlich nicht wiedersehen. Allerdings hatte sie wenigstens die Gewissheit, eines Tages mit ihren Eltern vereint zu sein.

Ich stellte mich dicht hinter sie und legte meine Hände um ihre Taille. „Bereit?“

Sie lächelte und weinte gleichzeitig, schlang ihre Arme um meinen Hals und lehnte ihren Kopf gegen meine Brust. „Bereit.“

„Pass gut auf sie auf“, bat mich ihr Vater.

Ich sah ihn eindringlich an. „Das werde ich. Ehrenwort.“

Kapitel 33

Luna

Blinzelnd öffnete ich die Lider und starrte an die karge Decke des Bunkers. Mir war schwindelig. Alles drehte sich um mich herum. Orientierungslos führte ich die Hand an meine Stirn und schüttelte den Kopf.

Ein lautes Stöhnen ganz in meiner Nähe holte mich zurück in die Realität. Ich richtete den Oberkörper auf, strich mir die Haare aus den Augen und sah zur Seite. Vincent lag neben mir. Mit beiden Händen bedeckte er sich sein Gesicht und krümmte sich.

„Alles okay?“, flüsterte ich und rückte ein Stück an ihn heran.

„Mein Schädel dröhnt.“ Er rollte sich zur Seite und stöhnte erneut auf.

Sanft streichelte ich über seinen Rücken. „Wir haben‘s geschafft. Wir sind zurück.“

Brummend drehte er sich zu mir und lugte mich zwischen seinen Fingern hindurch an. Wie in Zeitlupe senkte er seine Arme und musterte mich intensiv. „Ich kann dich sehen.“

„Echt? Kein Leuchten mehr?“

„Ja, deine Aura ist verschwunden.“ Er richtete sich auf und lächelte mich müde an. „Das scheint wohl das letzte Geschenk meines Großvaters zu sein.“

Verwirrt sah ich ihn an.

„Einer der Weisen meinte, Mihail hätte mir ein letztes Geschenk gemacht. Ich weiß es nicht mit Sicherheit, aber ich glaube, es bezog sich darauf.“

Sofort kam eine Vermutung in mir auf. „Vielleicht habe ich wieder einen Teil meiner Seele im Jenseits zurückgelassen.“ Panisch begutachtete ich mich und tastete meinen ganzen Körper ab. Ich fühlte mich elend, müde und schwer, allerdings nicht leer und unvollkommen wie früher.

Vincent schüttelte den Kopf. „Nein, deine Präsenz ist vorhanden. Du strahlst wie die Sonne. Kein Vergleich zu der Schaufensterpuppe von damals. Nur die Aura ist weg.“ Den Blick starr auf mich gerichtet krabbelte er auf allen vieren dicht an mich heran. „Selbst wenn ich ausschließlich dich sehen kann, reicht mir das völlig.“ Er lehnte seine Stirn gegen meine. „Ich bin überglücklich, dass wir leben.“

Ich legte die Hände auf seine Schultern und hauchte ihm einen Kuss auf seine zitternden Lippen. „Ich auch.“

Kurz hielten wir inne und sahen uns tief in die Augen, während sich unsere Nasenspitzen weiterhin berührten. In seinem Blick lag so viel Liebe, dass es mir den Atem raubte. Wir hatten Schreckliches durchgemacht. Die Erlebnisse würden uns auf ewig miteinander verbinden.

„Was ich im Nihilvortex zu dir gesagt habe, meinte ich ernst“, flüsterte er. Er schloss seine Lider halb und legte seine Lippen zärtlich auf meine. Ich zog ihn enger an mich heran, vergrub die Hände in seinem Haar.

Solche innigen Momente waren uns nicht oft vergönnt gewesen. Doch ich hoffte, dass Tausende folgten. Ein warmes Kribbeln jagte durch meinen Körper, bis sich Vincent von mir löste.

Er drehte seinen Kopf und ließ seinen Blick zu der Tür zu dem Raum schweifen, in dem die Katastrophe ihren Lauf genommen hatte. „Ich will sie nicht hierlassen. Penelope und Mihail meine ich. Außerdem habe ich versprochen, das Tor zu zerstören."

Seine Worte rissen mich aus unserer innigen Zweisamkeit. Es war also längst nicht vorbei. Ich verstand vollkommen, dass er Penelopes und Mihails sterbliche Überreste nicht zurücklassen wollte. Sie hatten als ihre letzte Ruhestatt einen besseren Ort verdient.

Vincent räusperte sich und stand auf. Mit einem Arm zog er mich hoch. „Du musst nicht helfen. Ich verstehe, wenn du das nicht möchtest."

Ich klammerte mich fest an meinen Mantel und schüttelte den Kopf.

„Nein, wir machen das gemeinsam."

Mitfühlend reichte ich ihm die Hand und begleitete ihn in das alte Labor Mihails. Es stank noch immer bestialisch nach Verbranntem.

Die Wände hatten tiefe Risse vom Kampf davongetragen. Amari und Donato lagen leblos am Boden vor dem erloschenen Tor. Bei ihrem Anblick zog sich mein Magen zusammen.

„Was machen wir mit den beiden?", fragte ich, als wir vor ihren Leichen standen.

„Ist mir ehrlich gesagt egal. Sollen sie hier ewiglich verrotten."

Vincent stieg über Donato und ging zu dem tiefen Loch, an dem einst Mihail gestanden hatte. „Es ist lediglich ein Häufchen Staub übrig. Ich bin mir nicht mal sicher, ob es seine Überreste sind oder Betonbrösel.“

Ich lief zum Schreibtisch und suchte nach einem passenden Gefäß. Die meisten Behälter waren bei dem Kampf zerbrochen oder zu groß. Mihails Überbleibsel hätten in eine Handfläche gepasst, so wenig war von ihm erhalten. Schließlich entdeckte ich hinter einer schmucklosen Schatulle ein Glas in der richtigen Größe, das heil geblieben war. Ich kippte die durchsichtige Flüssigkeit darin auf den Boden und brachte das Gefäß Vince.

„Ich denke, Eugenia wird sich freuen, wenn wir ihn nach Hause bringen. Egal wie viel von ihm übrig ist.“

Nickend nahm er das Behältnis entgegen und ging in die Hocke. Mit äußerster Demut hob er den Staub auf und füllte ihn in das Glas. „Ich hätte Mihail gern näher kennengelernt. Er hätte mir vieles beibringen können.“ Stirnrunzelnd betrachtete er die aufgesammelten Überreste.

„Du hast nach wie vor die Kristallsplitter von ihm, oder?“

Mit einer Hand kramte er die Bruchstücke aus seiner Manteltasche und begutachtete sie. „Ja, ein schönes Andenken. Ich werde meiner Mutter eine Scherbe abgeben.“ Behutsam stellte er das Glas auf den Tisch. Seine Finger ruhten einen weiteren Augenblick darauf. Wenig später drehte er sich zu mir und sah mich betrübt an. „Penny will ich auch ...“ Ihm brach seine Stimme weg.

„Wir nehmen sie mit. Bringen wir sie zu ihren Eltern.“

Ein trauriges Lächeln bildete sich auf seinen Lippen. „Das geht nicht. Sie werden erst recht denken, dass ich sie umgebracht habe. Wahrscheinlich lande ich dann lebenslänglich im Knast.“ Er schlich zu ihrer verbrannten Leiche und kniete sich vor sie. „Das ist ‘ne riesengroße Scheiße.“

Ich stellte mich neben ihn. Mit aufgerissenen Augen starrte ich auf die verkohlten Überbleibsel. Penelopes Gesicht war bis zur Unkenntlichkeit verbrannt. Ihr gesamter Körper bestand lediglich aus schwarzer Kohle.

Tränenüberströmt strich Vincent ihr über die Wange. Seine Berührung löste die erste Schicht, Pulver bröckelte herunter.

Er schluchzte und schlug mit der Faust auf den Boden. Sein Körper bebte vor lauter Trauer. Er weinte bitterliche Tränen um seine verlorene Liebe.

Meine Augen wurden gleichermaßen feucht. Ich wischte mir durchs Gesicht und wandte den Blick ab. Ja, ich war unbeschreiblich eifersüchtig auf sie gewesen und hatte sie als Konkurrentin angesehen. Dennoch hatte sie dieses Ende nicht verdient.

Mit den Emotionen ringend, verschränkte ich die Arme und krallte die Fingernägel fest in den Stoff meines Mantels. Vincent derart niedergeschlagen zu sehen, ertrug ich nicht.

Ich räusperte mich und sagte mit vorgehaltener Hand: „Ich lasse dich kurz allein.“

Mit schnellen Schritten verließ ich den Raum, strich mir wiederholt die Tränen aus dem Gesicht. Im Jenseits von Penelope Abschied zu nehmen, war für uns beide einfacher gewesen.

Jetzt ihre Leiche zu sehen, zerriss Vincent das Herz, und ich fühlte mich machtlos. Kein Wort, keine Geste von mir hätte etwas an dieser Situation geändert. Seiner Trauer konnte ich nichts entgegenbringen.

Ein ums andere Mal ging ich den Kampf mit Donato durch, suchte nach Möglichkeiten, wie es hätte anders ausgehen können. Ohne Opfer. Ohne den Tod einer

Unschuldigen, die sich so tapfer gezeigt hatte. Penelope hatte uns alle gerettet. Als Dank war einzig Asche von ihr übrig.

Nach einiger Zeit kam Vincent mit einem starren Gesichtsausdruck zurück. Seine Hände waren schwarz gefärbt und hielten zittrig die Schatulle, die ich bei meiner Suche nach einem Gefäß für Mihail bemerkt hatte. Mir war klar, dass darin nun die Überreste von Penelope lagen. Hineinsehen wollte ich auf keinen Fall.

„Kannst du Mihail holen? Dann verschwinden wir."

Ich nickte und ging seiner Bitte nach.

„Lass uns erst die beiden hier rausbringen und nach Hause fahren. Das Tor zerstöre ich, wenn ich mich erholt habe. Ich kann mich kaum auf den Beinen halten. Meine Mutter hat die restlichen Artefakte. Es kann also nichts passieren."

Mit gesenkten Köpfen humpelten wir durch den Haupteingang des Bunkers und liefen zum Auto. Die untergehende Sonne blitzte in ihrem satten Pink zwischen den Bäumen hindurch und blendete mich. Licht – wie sehr hatte ich mich danach gesehnt, als ich allein im Nihilvortex umhergetrieben war. Für den Bruchteil einer Sekunde schloss ich die Augen und genoss die kühle Brise, die mein Gesicht streifte.

Vincent öffnete eine der hinteren Autotüren und warf alle Kaffeebecher und den restlichen Müll achtlos auf die Straße.

Als Nächstes stellte er die Schatulle behutsam auf den Rücksitz und befestigte sie mit dem Gurt.

Ich setzte mich auf den Beifahrersitz und hielt das Gefäß mit Mihail eng umschlungen. Auf der Fahrt sprachen wir kein Wort miteinander. Ein paar Mal schielte ich zu Vincent rüber. Er hatte den Blick starr auf die Fahrbahn gerichtet, wirkte jedoch, als wäre er mit den Gedanken ganz woanders. Wahrscheinlich schwelgte er in schönen Erinnerungen mit Penelope. Oder er sinnierte über unsere Erlebnisse der letzten Stunden. Mein Geist hingegen war wie leer gefegt, als wäre ich nur stille Beobachterin der Tragödie. Ich fühlte mich ausgelaugt und taub.

Eine Zigarette nach der anderen zündete Vincent sich an, während wir aus dem trostlosen Wald hinausfuhren. Die Sonne war bereits untergegangen, und die Nacht tauchte die Welt in ein trübseliges Blaugrau. Ich sah aus dem Seitenfenster und betrachtete die in Reih und Glied stehenden Kiefern. Es sah beinahe aus, als würden sie mit Vincent trauern.

Plötzlich blieb der Wagen neben einem See stehen. Er war umringt von Bäumen und dichten Sträuchern. Ohne ein Wort zu sagen, stieg er aus und holte die Schatulle vom Rücksitz.

Was hatte er vor? Irritiert schnallte ich mich ab und folgte ihm. Wir kämpften uns durch das hohe Gras bis zum Ufer und blieben dort stehen.

„Penny hat solche Seen geliebt. Im Sommer waren wir täglich schwimmen. Ich habe sie kaum aus dem Wasser bekommen.“ Vincent ging in die Hocke und beobachtete die ruhige Wasseroberfläche. „Ich kann sie nicht zu ihren Eltern bringen. Es geht einfach nicht.“

Mir fehlten die Worte. Ich fühlte mich derart fehl am Platz. Dieser Moment gehörte den beiden. „Ich lasse dich allein, wenn ...“

„Nein“, stieß er aus, ohne mich ausreden zu lassen. „Bleib bei mir. Ich brauche dich.“

Verhalten nickte ich, wusste nicht, was ich tun sollte. Also stand ich bloß da und schaute zu, wie er die Asche auf dem See verstreute. Frösche quakten, Grashüpfer zirpten, ein Kauz sang sein einsames Lied in der Dunkelheit. Mein Herz pochte dumpf und schwerfällig in meiner Brust.

Als Vincent fertig war, setzte er sich ins feuchte Gras und sah in die Ferne. Verunsichert nahm ich neben ihm Platz, sagte aber nichts. Mir fielen keine passenden Worte ein. Eine gefühlte Stunde starrten wir in die Nacht.

„Danke, dass du bei mir bist“, beendete Vincent die Stille zwischen uns.

Ich zog die Knie an meine Brust und schlang die Arme um sie. „Tut mir leid, dass ich nichts tun kann.“

„Du hast mehr getan, als du ahnst.“ Er lehnte seinen Kopf an meine Schulter. „Danke dafür.“

Kapitel 34

Vincent

„Vincent! O Gott!“

Meine Mutter stürzte sich auf mich und drückte mich fest an sich. Ihr Wimmern klang wie der traurige Gesang eines verletzten Vogels. Sie zitterte am ganzen Körper. Wie Luna umgab sie nicht länger eine Aura. Dafür sah ich ihre tiefen Augenringe und die Falten an ihrem Hals.

Innerhalb der letzten vier Jahre war sie deutlich gealtert. Erleichtert schloss ich die Augen und genoss für einen Moment ihre innige Umarmung. Ich legte meinen Zeigefinger unter ihr Kinn, hob es sachte an und betrachtete sie nochmals ausgiebig. Sanft umfasste ich ihr Gesicht mit beiden Händen und wischte mit dem Daumen eine Träne von ihrer Wange.

Nach so langer Zeit die Augen meiner Mutter zu erblicken, bescherte mir eine Gänsehaut. Ich lächelte sie müde an und gab ihr ein Küsschen auf die Stirn.

Schluchzend lehnte sie ihren Kopf gegen meine Brust und krallte sich mit ihren spitzen Fingernägeln in

meinen Mantel. „Ich dachte, ich habe euch alle verloren.“

„Alles gut, Mom.“ Kraftlos legte ich den Arm um sie. Meine Energie war restlos aufgebraucht. Als ich das Haus betreten hatte, hatte sich plötzlich eine Tonne Gewicht auf meine Schultern gelegt und meine Beine waren schwer wie Blei geworden. Mein Körper hatte bis hierhin alles gegeben. Nun, da ich zu Hause war, forderte er Ruhe und Schlaf.

„Seid ihr verletzt? Braucht ihr das Heilamulett?“ Mit ihren Händen tastete sie meinen Körper ab und suchte hektisch nach offensichtlichen Verletzungen.

Ich umfasste ihre Handgelenke und hielt sie fest. „Mom, es geht mir gut. Wirklich.“

„Wir haben etwas mitgebracht“, sagte Luna schüchtern.

Meine Mutter drehte den Kopf in ihre Richtung und sah sie tränenüberströmt an. „Ach, Liebes, ich bin heilfroh, dass du wieder hier bist.“ Sie ging auf Luna zu und streichelte ihr durchs Haar.

„Wir haben die Überreste von Mihail in diesem Gefäß. Wir dachten, er gehört besser nach Hause als in diesen Bunker.“

Meine Mutter drückte sich eine Hand auf ihre Brust. Mit der anderen nahm sie das Glas entgegen.

„Danke. Das bedeutet mir viel.“ Sie wischte sich die Tränen aus dem Gesicht und betrachtete den Staub. „Entschuldigt, ich bin total aufgelöst. Ich bringe ihn ins Wohnzimmer.“ Mit einem liebevollen Lächeln nickte sie uns zu und ging.

Sofort nutzte mein Vater den Moment und umarmte mich ebenfalls. Kein Wort brachte er heraus. Lediglich ein tiefes Seufzen drang aus seiner Kehle.

„Du musst echt viel mit uns mitmachen. Tut mir leid“, entschuldigte ich mich bei ihm.

Er löste sich von mir und sah mich mit feuchten Augen an. Dann klopfte er mir auf die Schulter und nickte.

„Ihr seid bestimmt hundemüde. Geht rasch ins Bett. Wenn ihr etwas braucht, sagt Bescheid."

Müde - das war ich. Nur mühevoll konnte ich die Augen offen halten. Ich streckte Lu die Hand entgegen. Auf der Stelle verschränkten sich unsere Finger miteinander. Mit letzter Kraft taumelten wir die Stufen hinauf zu meinem Zimmer. Stöhnend warf ich mich aufs Bett, mit dem Gesicht direkt ins Kissen.

„Ihr seid zurück. Mann, bin ich erleichtert!" Valentins Stimme riss mich aus meinem Sekundenschlaf. Ohne zu antworten, betätigte ich die Armbanduhr und materialisierte ihn.

Splitterfasernackt warf er sich auf meinen Rücken und knuddelte mich.

„Danke, dass ihr nicht gestorben seid."

Ich schubste ihn von mir runter und kniff ihm in die Wange. „Ich lass dich hier nicht zurück. Keine Sorge. Wenn, dann gehen wir gemeinsam von dieser Welt. Weißt du doch." Lächelnd zerzauste ich ihm das Haar und sah ihm tief in die Augen.

„Darf ich Luna umarmen, obwohl ich nichts anhabe?"

Schmunzelnd nickte ich. „Kleine Ausnahme."

„Was? Nein! Niemals!"

Luna hielt abwehrend die Hände in die Höhe. Valentin ignorierte ihre Geste geradewegs und schloss sie fest in seine Arme.

„Ah, ich habe euch beide schrecklich vermisst."

Luna kreischte angewidert und drückte ihn von sich weg. „Das ist zu viel."

Kommentarlos schnappte ich mir jeweils eine Hand von den beiden und zerrte sie zu mir aufs Bett. Alle

prusteten wir laut los und verweilten in einer innigen Umarmung zu dritt.

„Ich bin überglücklich, dass ich euch habe“, gestand ich und schmiegte mein Gesicht in Lunas Haar.

Mein Bruder glotzte mich argwöhnisch an. „Jetzt werde bloß nicht sentimental. Solche Gefühlsduselei kenne ich von dir gar nicht.“

Ich grinste und hauchte ihm ein Küsschen auf die Wange. „Ich liebe dich auch.“

„Ich weiß“, murmelte er und vergrub sein Gesicht an meiner Brust.

Luna löste sich aus unseren Armen und begrüßte Mimi, die aufs Bett gehüpft war und uns beschnupperte.

„Hallo, liebes Kätzchen. Dich haben wir ebenfalls vermisst.“ Liebevoll streichelte sie ihr durchs Fell und gab ihr einen Nasenkuss.

Ich war physisch und psychisch komplett im Arsch. Die Beisetzung von Penelopes Asche hatte mir den Rest gegeben. Aber in diesem Augenblick spürte ich, dass ich unglaubliche Menschen um mich herum hatte, die ich von ganzem Herzen liebte.

Sie bauten mich auf und kümmerten sich um mich. Ich war nicht allein mit der schweren Last und der Trauer. Egal ob ich gut gelaunt oder betrübt war, sie gaben mir Halt.

Die dunklen Tage der Einsamkeit lagen hinter mir. Die Mauer, die ich errichtet hatte, war gänzlich eingestürzt.

Nach langer Zeit blickte ich wieder positiv in die Zukunft und freute mich auf morgen.

„Erde an Vince.“

Gähnend streckte ich meine Glieder.

„Hast du endlich ausgeschlafen?“ Lunas Stimme zu hören, bescherte mir ein Lächeln.

Müde rollte ich mich auf sie und küsste ihren Hals. „Wie lange war ich weg?“

„Einen Tag und vier Stunden. Hab versucht, dich wie Dornröschen wach zu küssen. Hat nicht funktioniert.“

Schlaftrunken sah ich ihr in die Augen. „Du siehst erholt aus.“

„Ja, und dazu bin ich frisch geduscht.“

„Willst du mir damit etwas sagen?“

Sie grinste frech und nickte. Dann schob sie mich von sich runter. „In zwei Stunden wird Linus eintreffen. Also, ab unter die Dusche mit dir.“

„Was? Linus?“ Irritiert glotzte ich sie an. „Warum kommt der Kerl her?“

„Er wird mit dir zusammen das Tor zerstören und den Bunker abfackeln.“

Ich warf mich zurück aufs Kissen und kratzte mich am Kopf. „Warum ausgerechnet er? Ich kann ihn nicht ausstehen.“

„Das war die Idee deiner Mutter. Ich habe ihn angerufen. Er ist wirklich freundlich und will dir helfen.“

„Ich brauche seine Hilfe nicht.“

„Sei nicht so zickig. Ist doch nett von ihm. Außerdem will er sein Labor abbauen und wichtige Unterlagen mitnehmen.“

Seufzend quälte ich mich aus dem Bett und ging ins Bad. Ich konnte den Typen nicht leiden, weil er auf Luna stand und die Ausstrahlung eines niedlichen Golden-Retriever-Welpen besaß.

Außerdem war er quasi der Sohn von Donato und hatte Penelope in Thailand aufgegabelt. Er hatte sie mir entrissen und trug die Schuld an dem Debakel der vergangenen vier Jahre.

Er war der Letzte, mit dem ich freiwillig Zeit verbringen wollte.

Kaum hatte ich mich angezogen, klingelte es. Absichtlich ließ ich mir Zeit, um nach unten zu gehen und ihn einzulassen.

Sollte er ruhig warten.

Schließlich war es nicht länger zu vermeiden, und ich öffnete mit angespannten Kiefern die Tür. Mürrisch musterte ich Linus.

„Hey, Vince. Freut mich, dass es dir gut geht." Freudestrahlend streckte er mir die Hand entgegen. Ich erwiderte die Geste nicht.

Da ich ihn inzwischen ohne Aura sehen konnte, fielen mir seine warmen Augen und sein perfekt geformtes Gesicht auf.

Warum musste der Kerl auch noch gut aussehen?

Verlegen strich er sich über seinen Lockenschopf. „Ich habe alles eingepackt: zwei Vorschlaghammer, Umzugskartons und jede Menge Benzin. Lass uns den Scheißhaufen abfackeln."

Ich nickte und griff mir den Mantel von der Garderobe. „Lass uns getrennt fahren."

„Kommt Luna nicht mit?"

„Nein. Nie wieder bringe ich sie an diesen schrecklichen Ort. Wir beide machen das allein."

Naserümpfend zuckte er mit den Schultern und lief zu seiner Rostlaube.

Wir parkten die Autos nebeneinander in unmittelbarer Nähe des Haupteingangs. Linus kramte einen riesigen Vorschlaghammer aus dem Kofferraum und drückte ihn mir gegen die Brust.

„Wir zertrümmern dieses Tor, bis nichts weiter von ihm übrig ist als Staub."

Grinsend holte er den zweiten Vorschlaghammer aus dem Auto und schulterte sich ihn lässig.

Den Kofferraum ließ er achtlos offen stehen. Pfeifend schlenderte er an mir vorbei Richtung Bunker.

Ich vertraute diesem Typen nicht. Er könnte mich mit seinem Hammer von hinten erschlagen. Also ließ ich ihn einige Schritte vorauslaufen und folgte ihm dann.

Schließlich gelangten wir beim Eingang an. Während er den Zahlencode an dem digitalen Kästchen eingab, meinte er: „Hör mal, ich will das Kriegsbeil begraben. Ich weiß, du kannst mich nicht ausstehen. Aber ich will euch helfen." Ohne auf eine Antwort zu warten, ging er durch das geöffnete Tor.

Brummend schlich ich hinter ihm her und betrat den Bunker. Ein kühler Windhauch streifte mein Gesicht.

„Ich weiß selbst, dass der ‚Circulus Arcanorum' nicht unbedingt Superheldenstatus verdient hat. Und dass ich Penelope mit hineingezogen habe, tut mir leid." Er quasselte weiter auf mich ein, bis wir im alten Labor von Mihail standen.

„Können wir einfach unsere Arbeit erledigen?", fragte ich im genervten Ton. Ich wollte schnellstens wieder von hier verschwinden. Mein Magen zog sich zusammen, als der Verwesungsgeruch mir in die Nase stieg. Die Blutlache unter Donatos Leiche war mittlerweile zu einem schwarzen Fleck getrocknet.

Linus schenkte den Toten keine Beachtung und ging zum Tor. Demütig sah er darauf. Seine Finger strichen über die eingravierten Runen. „Ich bin dermaßen wütend auf das alles."

Mit einem mulmigen Gefühl schlich ich um die Leichen herum und stellte mich an die andere Seite der Pforte. „Wenn das der Fall ist: Lass deiner Wut freien Lauf und hau drauf."

Er grinste mich an und hob den Hammer in die Höhe. „Normalerweise bin ich nicht der gewalttätige Typ." Mit Schwung holte er aus und knallte das Werkzeug auf den Torbogen. Ein großes Stück davon platzte ab und flog durch den Raum.

„Ja, du bist eher 'ne Quasselstrippe.“ Ich streckte meinen Hammer in die Höhe und schlug mit voller Kraft auf den Stein. Genugtuung breitete sich in mir aus. Es fühlte sich befreiend an, das Tor zu zerschmettern.

Wie die Berserker droschen wir auf es ein. Jeder Schlag löste ein intensives Kribbeln in mir aus. Keine Rune war mehr erkennbar, als wir schweißgebadet zusammensackten und unsere Zerstörung bestaunten.

„Mann, das hat gutgetan, oder?“ Linus wischte sich mit dem Ärmel über die Stirn. Seine Augen strahlten beim Anblick des Trümmerhaufens.

„Ja, das hat es.“ Mit tiefen Atemzügen presste ich den Sauerstoff in meine Lunge.

Linus stand auf und stellte sich vor mich. Lächelnd reichte er mir die Hand. Einen Moment lang musterten wir uns intensiv. Zögerlich nahm ich seine Hilfe entgegen und wurde von ihm auf die Füße gezogen. Er klopfte mir dreimal auf den Rücken.

„Ich räume noch mein Labor aus. Dann zünden wir alles an.“

Ich nickte und folgte ihm. Sein Forschungsraum war in einem chaotischen Zustand und erinnerte mich an meine Werkstatt im Uhrenladen. Schmunzelnd inspizierte ich seinen Schreibtisch. „Du hast es anscheinend auch nicht so mit der Ordnung, was?“

„Dafür habe ich keine Zeit. Manchmal hat Penelope für mich aufgeräumt.“ Als er ihren Namen erwähnte, fröstelte ich.

„Wie bei mir. Sie konnte mein Chaos nicht ertragen.“ Traurig lächelte ich in mich hinein, als ich in den Erinnerungen schwelgte.

„Ich bin mit ihr nie warm geworden. Sie hat es bereut, mit mir mitgekommen zu sein. Ich denke, sie hat mir für alles die Schuld gegeben. Dabei habe ich nur Donatos Anweisungen befolgt. Ich weiß, das macht es nicht besser."

„Ist sie tatsächlich ohne Umschweife mit dir mitgegangen?"

Er senkte den Kopf und nickte. „Sie hat ihren Bruder Nathan sehr geliebt. Für ihn hätte sie alles getan." Seine Hände krallten sich in einen Haufen loser Zettel und zerknüllten sie. „Ich werde mich um ihn kümmern, keine Sorge."

„Linus, ich habe eine Bitte an dich."

Rasch hob er seinen Blick und sah mich neugierig an.

„Kannst du Nathan sagen ... Ich weiß auch nicht. Kannst du ihm erzählen, was passiert ist?"

Verächtlich zog er die Nase kraus und biss sich auf seine Unterlippe. „Ich bin mir nicht sicher, ob das eine gute Idee ist."

„Ich flehe dich an. Sie hat mich im Jenseits darum gebeten, ihm von ihrem Tod zu erzählen. Er vertraut dir offensichtlich. Ich weiß, es ist hart. Aber er hat ein Recht darauf." Ich setzte mich auf Linus' alten Drehstuhl. „Genau wie ihre Eltern."

„Ich weiß ni..."

Ich unterbrach ihn mit fester Stimme: „Tu es für Penny. Als Wiedergutmachung."

Linus wandte sich von mir ab und ließ den Kopf hängen.

„Ich würde es wirklich gern tun. Allerdings hassen mich ihre Eltern wie die Pest. Sie würden mir nicht glauben und denken, ich hätte sie getötet. Wahrscheinlich würden sie mir gar nicht zuhören und gleich die Bullen rufen."

Laut stieß er die Luft aus. „Ich mach's. Keine Sorge. Versprochen."

Ich ging auf ihn zu und legte meine Hand auf seine Schulter. „Danke."

Er drehte sich zu mir und sah mich ernst an. In seinen Augen hatten sich Tränen gesammelt.

Flüchtig wischte er sie weg und räumte ohne ein weiteres Wort seine Utensilien in Kisten. Als alles verpackt war, trugen wir die Kartons zu den Autos und holten die Benzinkanister. Donatos Büro durchsuchten wir ebenfalls, fanden jedoch nichts Relevantes.

„Siehst du den riesigen Safe in der Wand? Dort wird alles drin sein. Da kommen wir nicht ran. Schade, ich hätte gern seine Unterlagen für seine Bankkonten gefunden. Auf denen liegt ein Vermögen.“

Linus räumte den gesamten Schreibtisch aus und nahm jeden Zettel unter die Lupe.

„Nicht so wichtig. Hauptsache, irgendwelche neugierigen Eindringlinge finden nichts, was auf eine Magiergilde hindeutet.“

„Trotzdem ist es schade um das ganze Geld und die magischen Gegenstände, die er darin bunkert.“ Kurzerhand schnappte er sich den Briefbeschwerer aus Gold und eine Bronzeskulptur, die beide auf dem Tisch standen, und verließ den prunkvoll eingerichteten Raum. „Wir können leider nicht den ganzen antiken Kram mitnehmen.“

„Ich will nichts von diesem Ungeheuer. Soll es hier drinnen verrotten wie seine Leiche.“

Wir verteilten im ehemaligen Labor meines Großvaters das Benzin und zündeten es an.

In Donatos Büro und dem Versammlungsraum legten wir gleichfalls Feuer.

Anschließend rannten wir eilig zum Ausgang, sprangen ins Freie und schlossen das Tor zum Bunker.

„Hoffentlich fackeln wir nicht den kompletten Wald ab“, brummte ich und musterte den Haupteingang mit Angst, jeden Augenblick züngelnde Flammen zu erblicken.

„Keine Sorge, in der oberen Ebene gibt es eine Sprinkleranlage, die intakt ist. Auf den anderen Etagen haben wir sie abgestellt. Sie ging permanent los, wenn Amari ihre Feuerbälle durch die Gegend geschossen hat. Hauptsache, die Leichen verbrennen. Das Tor zum Jenseits ist ja bereits zerstört. Wir müssen uns keine Gedanken machen."

Ich ließ mich auf den Boden plumpsen und lugte skeptisch zum Haupteingang.

„Es ist vorbei", murmelte Linus und setzte sich neben mich. Er sah betrübt ins Leere. Seine Hände zitterten wie die eines alten Mannes. Ihn machte unsere Aktion mehr zu schaffen, als er zugab. Schließlich war Donato jahrelang ein Vaterersatz für ihn gewesen. Nichtsdestotrotz half er mir dabei, den Bunker zu zerstören. Das bedeutete nicht, dass ich ihm vertraute, und leiden konnte ich ihn auch nicht. Dennoch stieg Mitgefühl in mir auf. Er hatte alles verloren.

„Hast du Hunger?", fragte ich.

Er wandte seinen Blick zu mir und sah mich mit großen Augen an.

„Lass uns zu mir nach Hause fahren." Ächzend stand ich auf. Mir tat nach wie vor jeder Knochen weh. Wie er es bei mir gemacht hatte, reichte ich Linus die Hand, um ihm beim Aufstehen zu helfen. „Na komm, lass uns abhauen."

Er zögerte einen Moment, bis er nach meiner Hand griff. Mit ernster Miene standen wir uns gegenüber und musterten uns gegenseitig. Beide schmunzelten wir gleichzeitig drauflos.

„Wir sind zurück“, rief ich, als ich die Tür aufgesperrt und Linus hineingebeten hatte.

Luna polterte die Treppe herunter, sprang mir in die Arme und schmiegte sich eng an mich. „Lief alles nach Plan?“

Müde lächelnd nickte ich. „Alles erledigt.“

Sofort wanderten ihre Lippen auf meine. Sie schenkte mir einen innigen Kuss, der mir ein warmes Kribbeln bescherte. Wie von selbst glitten meine Hände ihre Taille entlang und zogen sie noch fester an mich heran.

Linus räusperte sich und schlich an uns vorbei. „Hey, Prinzesschen. So verliebt habt ihr das letzte Mal gar nicht gewirkt.“

Luna löste sich von mir und grinste Linus frech an. „Hey, hätte nicht gedacht, dass Vince dich ins Haus lässt. Fühl dich geehrt.“

Er sah sie mit einem durchdringenden Blick an und wollte gerade etwas erwidern, da kam meine Mutter um die Ecke.

„Vincent, Linus, schön, dass ihr zurück seid. Hat alles geklappt?“

Ich nickte und lockerte meine Umarmung. „Das Tor ist zerstört und die Leichen verbrannt.“

Erleichtert atmete sie aus. „Vielleicht können wir nun endlich Ruhe finden. Die letzten Tage waren wirklich nervenaufreibend.“

„Ich habe Linus zum Essen eingeladen. Ist das okay?“

Meine Mutter hob erstaunt die Augenbrauen. „Tatsächlich?“ Ihr Blick wanderte zu Linus. „Sehr gern. Natürlich darf er bleiben. Ich habe sowieso etwas mit euch dreien zu besprechen. Vince, du zauberst uns was Leckeres, ja?“

Augenrollend seufzte ich. „War klar, dass ich auch noch kochen muss.“

„Du hast ihn eingeladen. Also, husch, husch."

Luna gab mir einen Kuss auf die Wange. „Ich helfe dir."

„Du hast nur Angst, dass ich sonst Salat serviere."

„Ertappt. Wir machen Pasta." Kichernd rannte sie in die Küche.

Schmunzelnd folgte ich ihr. Nie zuvor hatte ich mich so darauf gefreut, etwas zu kochen, was ich nicht gerne aß.

„Ist alles in Ordnung bei dir?", fragte sie mich und streichelte flüchtig meinen Arm.

„Ja. Ich bin erleichtert, dass es vorbei ist. Mir fällt eine große Last von den Schultern."

Sie schenkte mir ein sanftes Lächeln. „Das sind wir alle. Glaube mir."

Ich seufzte, mein Blick schweifte zur Küchenzeile. „Dann lass uns dem ehemaligen Erzfeind mal ein Sternemenü zaubern."

Luna lachte und gab mir einen Klaps. Wir waren mehr mit dem Austausch von Zärtlichkeiten beschäftigt als mit dem Zubereiten des Essens, was dazu führte, dass die Nudeln zerkocht waren und zerfielen. Die Tomatensoße war uns angebrannt und blubbernd über den Topf gelaufen. Zu allem Überfluss schmeckte sie versalzen. Das Essen war ein absolutes Desaster. Doch das war mir egal.

Als wir uns im Esszimmer versammelten und Luna und ich die Teller servierten, rührte mein Vater mit dem Löffel in der Napolisoße herum, in der schwarze Bröckchen schwammen, und rümpfte die Nase. „Interessant. Vielen Dank euch beiden."

Luna und ich warfen uns einen kurzen Blick zu und prusteten spontan los.

„Hach, es ist schön, Vincent glücklich zu sehen. Da nehme ich überflüssige Kohlenhydrate gerne in Kauf", sagte meine Mutter und pikste eine Nudel mit der Gabel auf. „Ist das Tütensoße? So was haben wir im Haus?“

Anstatt ihr eine Antwort zu geben, stellte ich den Ellenbogen auf den Tisch, stützte mein Kinn auf meine Faust und sah ihr amüsiert beim ersten Bissen zu.

Meine Mutter verzog das Gesicht und wischte sich mit einer Serviette den Mund ab. Mir war klar, dass sie ihr Essen dezent ausgespuckt hatte.

Mit einem Lächeln legte meine Mutter ihre Gabel beiseite.

„Ich möchte euch etwas verkünden. Mihail war eine Gemeinschaft von magiebegabten Menschen seit jeher wichtig. Darum habe ich beschlossen, einen neuen Zirkel zu gründen.“

„Was?“, stieß ich aus und sah sie irritiert an.

Sie schloss ihre Augen und nickte.

„Ja. Ich möchte eine Magiergilde aufbauen, nach seinem Maßstab. Es wird klare Regeln geben. Der Austausch und die Ausbildung neuer Magieanwärter sollen an oberster Stelle stehen. Und dieses Haus wird die Basis. Es muss nicht von jetzt auf gleich passieren. Aber es ist mein Plan für die Zukunft. Für Mihail.“

Ich war fassungslos. Wir hatten uns noch nicht von dem letzten Abenteuer erholt, da plante meine Mutter das nächste. Auch wenn ich keine Auren mehr wahrnehmen konnte, war ich nicht unbedingt ein geselliger Typ. „Muss das wirklich sein? Ich meine ...“

„Ja, das muss sein. Vincent, dir wird es guttun, Gleichgesinnte kennenzulernen. Wir werden alle Mitglieder auf Herz und Nieren überprüfen, und nur wenn wir alle unser Okay geben, nehmen wir sie in unseren Zirkel auf. Und Magie darf niemals gegen Menschen eingesetzt werden. Wer dagegen verstößt, wird unverzüglich davongejagt.“

Missmutig stopfte ich mir eine schleimige Nudel in den Mund und nuschelte: „Toller Plan."

„Luna, willst du unser erstes Mitglied werden?"

Mein Blick wanderte erstaunt zu Lu, die sich verschluckte und laut hustete.

„W-was? Ich? Ich kann doch gar nicht zaubern."

„Als wir im Nihilvortex festsaßen, hast du durchaus Magie eingesetzt. Du hast eine gewaltige Kraft in dir. Außerdem kannst du Geister sehen. Ich finde es eine gute Idee, dich auszubilden."

Mit großen Augen glotzte sie mich an.

„Das Studium ... und ich muss mir 'nen neuen Job suchen."

Meine Mutter kicherte. „Ach, Liebes, mache dir keine Sorgen. Das Studium geht bei euch beiden natürlich vor. Und du kannst gern bei uns wohnen. Wir unterstützen dich. Sieh die Magieausbildung als deinen neuen Job an."

„Im Ernst?", fragte Luna ungläubig.

Nickend zwinkerte meine Mutter ihr zu. „Bist du an Bord?"

„Ich denke schon?" Fragend sah sie mich an.

„Ohne dich mache ich sowieso nicht mit", sagte ich und zuckte mit den Schultern.

Sie strahlte mich an und griff nach meiner Hand. „Gut, ich bin dabei. Was das auch bedeuten mag. Ich habe keine Ahnung von diesem Hexenkram."

„Ach, und Linus, du kannst dich uns ebenfalls anschließen."

„Ich dachte, alle Mitglieder müssen abstimmen?", warf ich ein.

Meine Mutter winkte ab.

„Er hat uns geholfen. Er ist ein gut ausgebildeter Heiler und kann magische Amulette herstellen. Wir wären dumm, ihn nicht aufzunehmen."

„Er war beim ‚Circulus Arcanorum' und Donatos Lieblingsschoßhund."

Linus erhob sich und legte beide Hände flach auf den Tisch. „Ich wäre gern dabei. Sehr gern sogar." Seine Finger zitterten wie nach der Zerstörung der Bunkeranlage. Skeptisch beäugte ich ihn, dennoch keimte erneut Mitgefühl in mir auf.

„Ich werde mein Image als böser Mensch schwer losbekommen. Das ist mir klar. Trotz allem will ich euch eines Besseren belehren. Ich würde alles für euch tun. Wirklich alles."

Seine Stimme brach, und er schluchzte.

Es schien ihm sehr wichtig zu sein, unserer Magiergilde beizutreten.

Ich verstand nicht recht, was er sich davon versprach. Er kannte uns kaum, die meiste Zeit waren wir Feinde gewesen.

Meine Mutter stand auf und ging um den Tisch herum zu Linus.

Sie legte ihre Hand auf seine zittrigen Finger.

„Ich spüre, dass du ein guter Mensch bist. Mach dir nicht solche Vorwürfe. Selbst Mihail hat sich von Donato lange blenden lassen. Mein Vater hätte dich sicher gern in unserer Mitte gesehen. Also, was sagt ihr? Darf Linus sich uns anschließen?"

Luna packte meine Hand und zerrte sie in die Luft. „Wir sind dafür."

„Was?", raunte ich und sah sie grimmig an.

Gütig lächelte sie mich an. „Gib ihm 'ne Chance. Jeder hat eine zweite verdient."

Brummend rutschte ich auf dem Stuhl ein Stück tiefer. „Na schön."

„Hurra!", kreischte Luna, schlang ihre Hände um meinen Hals und küsste mich flüchtig. Meine Mutter und Linus warfen sich ebenso auf mich.

Händeringend versuchte ich, alle von mir zu schieben. Es gelang mir bloß mühsam. „Ist ja gut. Hört auf damit!“

Alle prusteten laut drauflos. Ich sah Linus in die Augen. Er strahlte über das ganze Gesicht. „Danke, Vincent, du wirst es nicht bereuen.“

Ein lautes Stöhnen riss uns aus unserer Unterhaltung. „Ich habe da wohl kein Mitspracherecht, oder?“ Mein Vater sah uns gequält an.

„Schatz, du hast eine Hexe geheiratet. Du wirst mit den Konsequenzen leben müssen. Außerdem bist du ohnehin die meiste Zeit in deinem Uhrenladen.“

Kopfschüttelnd aß er einen weiteren Happen. „Und wie nennst du deine Zaubertruppe, Liebes?“

Meine Mutter lächelte überglücklich, rannte zu meinem Dad und hauchte ihm ein Küsschen auf den Kopf. Dann richtete sie ihren Blick auf uns und sprach mit bebender Stimme: „Wir nennen uns die ‚Societas Elementorum‘.“

Ich rümpfte die Nase. „Klingt komisch.“

Linus verschränkte die Arme. „Komisch und altbacken.“

Schwerfällig atmete meine Mutter aus. „Na, mit euch werde ich Spaß haben.“

Mein Vater schmunzelte und machte einen weiteren Vorschlag: „Was haltet ihr von ‚Concilium Temporis Magicae‘?“

„Das ist zu lang“, hielt Linus dagegen. „Warum immer Latein? Ein englischer Name klänge viel moderner.“

Meine Mutter schloss die Augen und reckte die Nase in die Höhe. „Ich beharre auf ‚Societas Elementorum‘. Der Name ist gut.“

Die Diskussion nahm kein Ende. Linus und mein Vater schlugen Dutzende Bezeichnungen vor, die meine

Mutter allesamt ablehnte. Sie beharrte auf ihre Idee. Genervt rollte ich mit den Augen. Hätte ich nur nichts gesagt. Im Prinzip war mir der Name scheißegal.

Luna lehnte sich zu mir rüber und flüsterte in mein Ohr: „Wollen wir ein wenig spazieren gehen? Ich brauche frische Luft."

„Klar." Ich nahm ihre Hand und schlich mit ihr aus dem Esszimmer.

„Wo geht ihr hin?", rief meine Mutter uns hinterher. Wir ignorierten sie und liefen schmunzelnd zur Garderobe. Als ich Luna ihren Mantel reichte, fiel mein Blick auf ihren Schlaufenschal, der an einem der Haken hing. Sie bedeckte schon die ganze Zeit ihre Narbe nicht mehr.

„Hier, es ist kühl draußen." Ich legte ihr den Schal um und küsste sie auf die Stirn. Daraufhin verließen wir das Haus und gingen ein paar Schritte wortlos nebeneinanderher. Es war bereits spät und die Touristenmassen hatten sich gelichtet. Bloß vereinzelt fuhr ein Auto an uns vorbei und erhellte die dunkle Seitenstraße mit seinen Scheinwerfern.

Luna verhakte ihre Finger mit meinen und ließ unsere Arme hin und her baumeln. Tief sog sie die kalte Luft ein.

„Morgen Uni?", fragte ich sie, um das Schweigen zu brechen.

„Ja, morgen gehen wir zur Uni, als wäre nichts gewesen."

„Wenn du eine Zeitlang Ruhe brauchst ... also von meiner Familie ... und von mir, dann verstehe ich das."

Luna löste ihre Hand und legte ihre Arme von der Seite um meine Körpermitte.

„Spinner. Ich liebe dieses ganze Chaos. Es muss nicht jeder Tag so aufregend sein wie die letzten, aber es ist tausendmal besser als mein einsames Leben zuvor."

Wir kamen an einer Kreuzung an und blieben stehen. „Lu, ich …“

Ich wusste nicht, was ich zu ihr sagen sollte. Ich war völlig durcheinander und überwältigt von ihr. Ich liebte sie mit Haut und Haaren. Ich wollte sie küssen und eng an mich drücken – für den Rest meines Lebens. Ich wollte ihr sagen, wie wichtig sie mir war.

Doch alle Worte, die mir einfielen, kamen mir unsagbar melodramatisch und dumm vor, sodass ich den Blick senkte und schwieg.

„Siehst du die Laterne da drüben?“, fragte sie unerwartet. Ich sah auf die andere Straßenseite zu der flackernden Lampe und nickte.

„Siehst du die Motten, die wild darum herumflattern? Früher war ich einer dieser hilflosen Falter. Ich lebte in der Dunkelheit und strebte händeringend dem Licht entgegen. Ganz gleich wie sehr ich es versuchte, ich erreichte es nicht.“

Ich drehte mich zu ihr und strich eine Haarsträhne aus ihrem Gesicht. „Jetzt bist du das Licht.“

Sie hielt sich eine Hand vor den Mund und kicherte. „Ist das nicht dein Kryptonit?“

Lächelnd schüttelte ich den Kopf. „Nicht mehr. Die dunklen Tage sind Vergangenheit.“

Animus Bellator

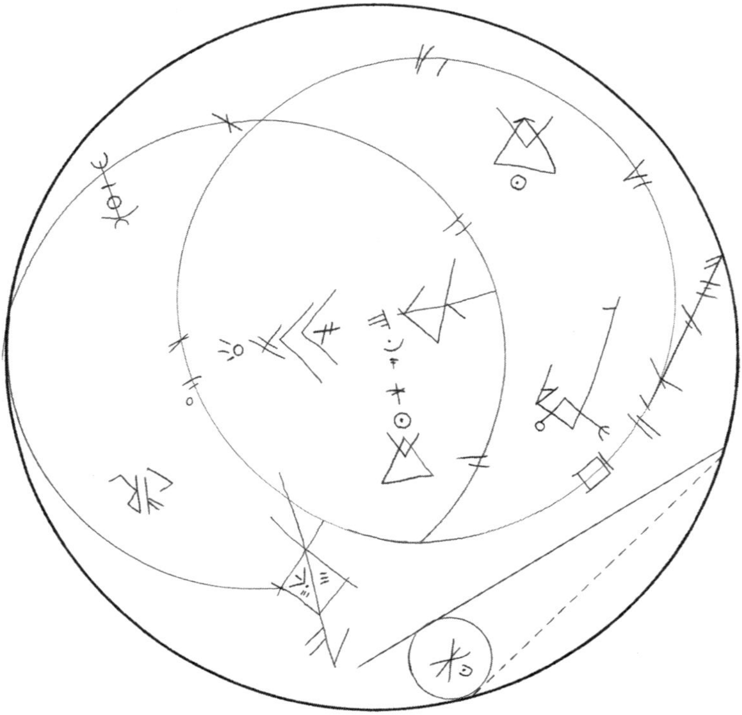

Epilog

Luna

„Ich weiß nicht, was du hast. Ich finde die Outfits cool.“

„Auf keinen Fall werde ich das anziehen!“, maulte Vincent und rümpfte die Nase.

Für unsere nächtlichen Geistertouren hatte ich extra Kostüme anfertigen lassen: schwarz, figurbetont, Superheldenstyle, natürlich mit Maske.

Er verschränkte die Arme. „Ich renne auf keinen Fall wie Batman rum.“

„Probiere es wenigstens an. Das sieht bestimmt heiß an dir aus.“

Skeptisch hob Vincent die Augenbrauen und beäugte mich.

Valentin erschien neben uns und kicherte vor sich hin. „Er wird viel eher aussehen wie ein grummeliger, abgemagerter Robin.“

Geknickt ließ ich die Schultern hängen. „Nur für einen Abend. Mir zuliebe.“ Mit großen Augen sah ich ihn an und klimperte mit den Wimpern.

Vincent seufzte übertrieben. „Du bist furchtbar penetrant ... Na schön. Für einen Abend. Dann schmeiße ich das Teil in die Tonne."

Ich jubelte und schlang meine Arme um ihn. „Danke, das wird spitze."

Valentin schüttelte den Kopf und grinste. „Sie hat dich voll unter ihrer Fuchtel. Irgendwie niedlich."

Während die Brüder sich mit Worten duellierten, zog ich mich im Bad um und sah zufrieden in den Spiegel.

„Das ist megacool", bestätigte ich mir selbst und ging zurück zu den beiden. Kaum hatte ich das Zimmer betreten, drehten sie ihre Köpfe in meine Richtung. Sie verstummten und starrten mich an. Voller Selbstbewusstsein stand ich da, die Fäuste in die Hüften gestemmt.

„Euer Abenteuer hat sie echt verändert", murmelte Valentin.

Ohne seinen Blick von mir abzuwenden, antwortete Vincent: „Halt die Klappe und verschwinde." In seinen Augen erkannte ich, dass er mich gerade genauso sexy fand wie ich mich selbst.

„Wohin denn? Das Haus platzt aus allen Nähten." Valentin warf sich frustriert auf unser Bett.

Dass Eugenia, die Nachfahrin des großen Mihails, eine neue Magiergilde gegründet hatte, hatte sich wie ein Lauffeuer verbreitet. Rasch war die Mitgliederanzahl ihres Zirkels ‚Societas Elementorum' in die Höhe geschossen. Einige Anhänger schliefen im Haus der Clarks. Sogar bei Valentin hatte sie jemanden untergebracht. Vincent und ich mussten uns ein Zimmer teilen.

Vom ersten Tag an hatte Linus Eugenia bei der Organisation des Zirkels geholfen und war schnell ihre rechte Hand geworden. Außerdem bildete er drei Rekruten gleichzeitig in der Heilmagie aus – darunter auch mich. Anders als bei den meisten magiebegabten Menschen konnte ich verschiedene Arten von Magie wirken. Darum bekam ich aktuell einen Crashkurs in jeder Disziplin.

„Bald hast du mehr Platz. Du kannst unser Reich haben“, schlug ich Valentin vor.

Erschrocken richtete er sich auf und stierte mich an.

Meine Augen wurden groß. „Hat Vincent es dir nicht erzählt?“

„Nein, hat er nicht“, beantwortete Vincent selbst die Frage und kratzte sich verlegen am Kopf.

„Ihr zieht aus? Ernsthaft? Nehmt ihr die Katze mit?“ Der Schock stand Valentin ins Gesicht geschrieben.

„Hier ist es einfach zu eng für uns. Außerdem bin ich mittlerweile 25, da kann man durchaus ausziehen“, sagte Vincent duckmäuserisch, ohne seinen Bruder dabei anzusehen. „Und ja, Mimi nehmen wir mit. Luna und sie sind unzertrennlich.“

Spielerisch tat ich, als würde ich gegen Valentins Nase tippen. „Ich habe gehört, dass eine junge Magieanwärterin demnächst in die Gilde eintritt. Vielleicht bekommt sie ja das Zimmer, und du kannst es mit ihr teilen?“

„Ist sie hübsch?“, fragte Valentin wie aus der Pistole geschossen. Seine Augen leuchteten auf.

„Das wirst du bald herausfinden.“ Ich kicherte vergnügt.

Vincent ergänzte: „Dazu kann sie wie Luna und ich Geister sehen.“

„Tatsache?“ Sein Blick wechselte zwischen Vincent und mir hin und her. „Jackpot! Wann zieht ihr aus?“

Vor lauter Lachen bekam ich keine Luft mehr, und Freudentränen rannen mir über die Wangen.

Vincent schmunzelte und betätigte seine Armbanduhr. Umgehend materialisierte sich Valentin vor uns und hielt sich sofort mit einem überrumpelten Gesichtsausdruck die Hände vor sein Glied, als wäre er nicht vorher bereits nackt sichtbar für uns gewesen.

„Warum hast du das gemacht? Ihr wolltet gleich auf Geistertour gehen."

Lachend warf Vincent seinem Bruder die Uhr vor die Füße. „Ich brauche sie nicht länger. Du kannst sie haben. Gib sie von mir aus der neuen Magieanwärterin oder Mom."

„Was? Aber ...?" Valentin glotzte seinen Bruder mit großen Augen an.

Kichernd hielt ich eine weitere Armbanduhr zwischen den Fingern. „Wir haben sie zusammen mit Linus dupliziert. Und mit einem Stück der übrig gebliebenen Reste von Mihails Kristall funktioniert diese genauso gut wie die alte Uhr."

Ein Fragment des Kristalls trug Vincent stets als Kette um seinen Hals. Ein weiteres hatte er Eugenia geschenkt als Andenken. Die restlichen Splitter benutzten Linus, Vincent und ich für unsere Forschungen.

Linus hatte sein Labor auf dem Dachboden aufgebaut und forschte mit Vincent und mir an neuen Methoden zur Energiegewinnung. Zudem tüftelten wir an magischen Hilfsmitteln wie beispielsweise Amuletten. Wir drei waren gute Freunde geworden. Auch wenn Vincent es nicht zugeben wollte, schätzte er Linus sehr.

„Heißt das, ich kann mich ab sofort jeden Tag materialisieren?", hakte Valentin nach.

Ich nickte vehement und gab ihm ein Küsschen auf die Wange. „Weil du uns geholfen hast. Das war das Mindeste, was wir für dich tun konnten."

Obwohl er nackt vor uns stand, streckte er beide Arme aus und drückte uns schluchzend an sich. „Danke."

Vincent klopfte ihm fest auf den Rücken. „Verscherze es dir mit der Neuen nicht."

„Ich versuche es. O Mann, ich bin total aufgedreht. Ich quetsche Mom mal über die Rekrutin aus." Ohne um Erlaubnis zu bitten, schnappte er sich aus Vincents Kleiderschrank ein Shirt und eine Jeans, zog beides an und verschwand aus dem Raum.

Grinsend zog mich Vincent an sich und umspielte mit seinen Fingern mein Kinn. Seine ozeanblauen Augen strahlten mich liebevoll an. Ich erwiderte sein Lächeln, bevor er mich zärtlich küsste.

„Na los, Täubchen. Du willst doch heute noch deine Runde in den Kostümen drehen. Morgen um acht Uhr ist schon Vorlesung. Wir sollten daher nicht zu lange machen."

Unser Studium stand an erster Stelle. Wir beide liebten es, zur Uni zu gehen, und belegten alle Kurse gemeinsam. In der Zwischenzeit waren wir im dritten Semester angelangt und gehörten zu den Besten unseres Jahrgangs.

Seitdem Vincent keine Auren mehr wahrnahm, fiel ihm der Umgang mit anderen leichter.

Ich kam ebenfalls besser mit meinen Mitstudierenden klar, sodass sich unsere Lerngruppe um drei weitere Personen erweitert hatte.

In der Freizeit trafen wir uns häufig zu fünft zum Grillen im Park oder unternahmen Ausflüge. Endlich konnte ich meine Teeniejahre nachholen und ausgelassen feiern. Es war einfach unglaublich, dermaßen viele liebe Leute um mich zu haben, die meine Person schätzten.

Das Studium, die Aufgaben in der Magiergilde und die neu gewonnenen Freunde unter einen Hut zu bekommen, war oftmals ein Kraftakt. Nichtsdestotrotz liebte ich dieses neue, chaotische Leben.

„So ruhig hier. Kein Geist weit und breit." Aufgeregt beobachtete ich die düstere Umgebung. Mit unseren schwarzen Outfits huschten wir durch ein menschenleeres Gebiet in der Parkanlage vom Tiergarten auf der Suche nach Geistern, die Hilfe benötigten. Nur zwei Obdachlose waren uns bisher begegnet. Zu einem belebteren Ort konnte ich Vincent nicht überreden.

„Ich komme mir dämlich vor", gestand er und schlurfte demotiviert hinter mir her.

„Ich finde es witzig. Wir sind echte Superhelden."

Er stöhnte laut auf.

„Nachts, wenn alles schläft ...", murmelte ich in einem geheimnisvollen Ton.

„Um Himmels willen. Bitte hör auf!"

Ich ignorierte ihn und schlich wie eine Assassinin durch das Dickicht. „... beginnt ihre Suche nach ruhelosen Seelen."

„Lu, muss das sein?"

„Aufopfernd stellen sie sich jeder Gefahr und bilden die Verbindung zwischen dieser Welt und dem Jenseits."

Vincent packte meinen Arm, drehte mich zu sich und sah mir ernst in die Augen.

„Sie sind stark. Sie sind mutig. Sie sind magisch."

Er konnte ein Prusten nicht mehr unterdrücken und zog mich eng an sich. „Ich liebe es, wenn du herumblödelst."

Kichernd presste ich meine Lippen auf seinen Mund.

In seinen Armen wiegte er mich sanft hin und her. „Ehrlich, ich liebe dich."

„Und ich liebe dich."

In der Umarmung verweilend, lächelten wir uns an. Ich war der glücklichste Mensch auf der Welt. Letzten Endes gehörten die finsteren Tage der Vergangenheit an. Auf unserer beschwerlichen Reise hatte ich zu mir selbst gefunden. Und die Liebe zwischen Vincent und mir wuchs täglich ins Unermessliche. Ich freute mich auf jeden weiteren Tag, den ich mit ihm verbringen durfte.

„Zusammen nennen sie sich ..." Ich machte eine dramatische Pause und schrie dann laut heraus: „... die ‚Soul Saviors'!"

Ende

Astra Somnium

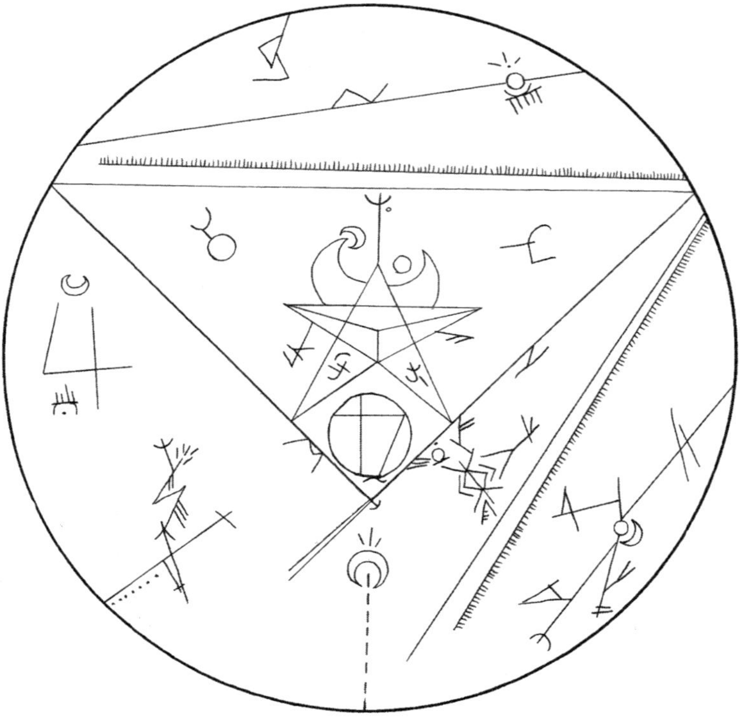

Glossar

Circulus Arcanorum

Kreis der Geheimnisse: Magiergilde von Donato. Ein geheimer Zirkel magiebegabter Personen, die nach Donatos Anweisungen handeln. Donato hat den Zirkel vor ca. 500 Jahren gegründet, um mehr Macht und Reichtum zu erlangen. Außerdem sollten die Magier für ihn nach lebensverlängernden Zaubern forschen. Die Mitglieder sind mit einem magischen Blutmal gezeichnet und dadurch miteinander verbunden.

Nihilvortex

Wirbel des Nichts: Die Essenzhüter bezeichnen so den leeren Raum zwischen den Universen.

Projekt Porta Aeternitatis

Projekt ‚Pforte der Unsterblichkeit': Ein Tor, das Diesseits und Jenseits miteinander verbinden soll. Um es zu aktivieren, werden zehn Artefakte benötigt. Es ist das Lebenswerk von Mihail und der Auslöser für den Konflikt zwischen Donato und den Clarks.

Societas Elementorum

Gemeinschaft der Elemente: Die neu gegründete Magiergilde von Eugenia. Ein geheimer Zirkel von magiebegabten Personen, die ihre Kräfte für gute Zwecke einsetzen. Sie teilen ihr Wissen miteinander und bilden neue Magieanwärterinnen und Magieanwärter aus.

Übersetzung des Zauberspruchs ‚Sapientis Semita'

‚Sapientis Semita' – Der Weg der Weisen

Ventus Divinus, aurae pellucidae, pergam ab extremis terrae usque ad altissimum caelum, volitans super astra et fines astrorum.

Göttlicher Wind, klare Lüfte, ich werde von den äußersten Grenzen der Erde bis zum höchsten Himmel fliegen, über die Sterne und die Grenzen der Gestirne hinweg.

Spiritus Luminis, aurora veritatis, dissipa caliginem erroris et ignem mendacii, revela veram naturam et coram mundo ostende.

Geist des Lichts, Morgenröte der Wahrheit, vertreibe die Dunkelheit des Irrtums und das

Feuer der Lüge, enthülle die wahre Natur und zeige sie der Welt offen dar.
Ignis Aeternus, flamma in noctem, lumen per tenebras, lucem in umbras, ostende mihi iter ad infinitum.

Ewige Flamme, Feuer in der Nacht, Licht durch die Dunkelheit, leuchte mir den Weg ins Unendliche.

Animus Volatilis, corpus immobilis, transmutatio temporis, accipiat me in dimensionem aeternitatis, ubi regna mortalia atque immortalis coeunt.

Der Geist ist flüchtig, der Körper unbeweglich, die Veränderung der Zeit möge mich in die Dimension der Ewigkeit aufnehmen, wo die Reiche der Sterblichen und der Unsterblichen sich vereinen.

Ex rudibus ruinis, aedificare turrim temporis et tribue mihi audiendam apud consilium sapientium.

Aus den groben Trümmern baue einen Turm der Zeit, und gib mir Gehör vor dem Rat der Weisen.